Miss Charity

Illustrations de Philippe Dumas

l'école des loisirs
11, rue de Sèvres, Paris 6ᵉ

Composition et mise en pages Nord Compo
à Villeneuve-d'Ascq

© 2016, l'école des loisirs, Paris, pour l'édition Médium poche
© 2008, l'école des loisirs, Paris, pour la première édition
Loi n° 49.956 du 16 juillet 1949 sur les publications
destinées à la jeunesse : novembre 2016
Dépôt légal : novembre 2016
Imprimé en France par Pollina
à Luçon - L78459

ISBN 978-2-211-22319-5

Pour Sylvie Jeanne-Haurillon

Avec mes remerciements pour leur participation
au lapin de Beatrix Potter,
au corbeau de Charles Dickens,
à Oscar Wilde et à Bernard Shaw.

Maman commença la matinée par un interrogatoire.

1

Tous les dimanches de mon enfance se ressemblaient. Voilà pourquoi celui-ci, de l'hiver 1875, m'est resté en mémoire. J'allais avoir bientôt cinq ans. Maman commença la matinée par un interrogatoire.

MAMAN, *lisant* — «Quelle est la principale fin de la vie humaine?»

MOI, *récitant* — «C'est de connaître Dieu.»

MAMAN, *lisant* — «Pourquoi dites-vous cela?»

MOI, *récitant* — «Parce qu'Il nous a mis au monde pour être glorifié en nous.»

Ne pouvant me prendre en défaut, maman referma d'un geste sec *Le Guide spirituel du jeune enfant*.

Elle se tourna en direction d'un journal déplié au-dessus d'un fauteuil.

MAMAN — Viendrez-vous à l'église?

PAPA — Je ne le pense pas.

J'aurais aimé que maman me posât aussi la question.

Le Révérend Donovan fit son sermon ce jour-là sur la phrase du prophète Ézéchiel: «Lorsque le pécheur se détourne du péché pour pratiquer la justice, il mérite de vivre.» Le Révérend Donovan, qui avait la mauvaise habitude de se poser des questions à haute voix, se demanda tout à coup: «Pourquoi Dieu permet-Il au pécheur de vivre, s'il ne le mérite pas?» Il me sembla qu'il me regardait et j'ouvris la bouche, en cherchant désespérément ce que *Le Guide spirituel du jeune enfant* pouvait en penser. Le Révérend Donovan donna tout de suite la réponse, qui était: «Le pécheur vit, car la bonté de Dieu est infinie.» Ouf.

RÉVÉREND DONOVAN — Pourquoi dis-je que la bonté de Dieu est infinie?

La curiosité de cet homme était insatiable.

Peu à peu, je sentis que les yeux me piquaient et je les fermai. Ce fut donc ce jour-là que je tombai de ma chaise comme une masse. Sur le chemin du retour, maman se demanda tout haut si elle pourrait encore, après une telle honte, se rendre à l'église avec moi. Je pus enfin répondre comme papa.

MOI — Je ne le pense pas.

L'après-midi, nous eûmes des visites. C'étaient les mêmes dames que nous avions saluées le matin. Elles me dirent une phrase ou deux, mais ma timidité les gênait autant que moi et elles m'oublièrent bientôt pour parler de choses importantes.

MISS DEAN — Mrs Carrington portait du gris clair, avez-vous remarqué? Et seulement six mois après la mort de ce pauvre Mr Carrington!

MAMAN — Il doit se retourner dans sa tombe.

Je jetai un regard à ma propre robe, soulagée d'être en noir de la tête aux pieds. Je portais le deuil de Grand-papa qui, à la différence de Mr Carrington, devait être bien content dans sa tombe. J'étais assise au salon dans mon petit fauteuil, un peu en retrait, et balançais les jambes. Je sentis à ce moment-là le besoin d'un éclaircissement.

MOI, *à maman* — N'est-on pas en squelette quand on est mort depuis six mois ?

MAMAN — Cessez de remuer les jambes.

MISS DEAN — Et si vous nous faisiez la lecture, Mrs Tiddler ?

Maman se leva et alla prendre la Bible. Elle s'ouvrit d'elle-même à l'endroit du signet.

MAMAN, *lisant* — Ézéchiel 37, 11 : « Yahvé me déposa au milieu de la vallée, une vallée pleine d'ossements. Or, ces ossements étaient très nombreux sur le sol de la vallée et ils étaient complètement desséchés. Il me dit : "Fils d'Homme, ces ossements vivent-ils ?" »

La question me fit sursauter et je regardai autour de moi le cercle des dames penchées sur leurs broderies. J'étais l'unique enfant dans ce salon, l'unique enfant de cette maison. J'aurais dû être assise entre mes deux sœurs. Mais Prudence, ma sœur aînée, avait renoncé à vivre trois heures après être née. Quant à Mercy, venue au monde deux ans plus tard, elle n'avait pas voulu tenter l'aventure plus d'une semaine.

MAMAN, *lisant toujours* — «Voici que j'ouvre vos tombeaux et je vais vous faire remonter de vos tombeaux.»

Ce dimanche-là, je sentis que mes deux sœurs, profitant de ce qu'Ézéchiel 37,11 aérait les cimetières, m'appelaient pour que j'aille jouer avec elles. Malheureusement, c'étaient deux petits squelettes qui joignaient pitoyablement leurs petites mains tout en osselets. Personne ne faisant attention à moi, je glissai à bas de mon fauteuil et quittai le salon.

Je fus surprise en entrant dans la salle à manger voisine de la trouver plongée dans la pénombre. Les lourds rideaux grenat étaient restés tirés depuis la veille au soir. Les hautes chaises qui me tournaient le dos semblaient vouloir me cacher d'inquiétants convives. J'aurais pu retourner vers les lumières du salon, mais mes sœurs se tenaient juste derrière moi, m'implorant toujours de venir jouer avec elles. Je continuai donc ma progression au milieu du sombre mobilier d'acajou quand, soudain, je butai dans le pied d'une chaise et me retrouvai projetée à quatre pattes. Ma main droite, au lieu de sentir le rugueux tapis de laine, se trouva en contact avec une boule soyeuse et chaude qui émit une faible plainte. Un curieux mouvement me fit resserrer les doigts. Je me redressai et me mis à courir, victorieuse, exultant, tenant à présent la boule palpitante dans le creux de mes mains jointes. Je traversai la bibliothèque puis grimpai les trois étages jusqu'à la nursery.

Une fois dans ma chambre, je fis un tour complet sur moi-même, cherchant où enfermer ma prise. La maison de poupée? Le tiroir de la commode? Non, là! Dans un carton à chapeau vide. Je déposai la petite bête tout au fond et je pus enfin la regarder. Avec son fin museau pointu, ses minuscules pattes tremblotantes et ses deux yeux comme deux grains de café luisants, elle me parut vraiment charmante. Seule sa queue annelée, aussi longue que son corps, me posait quelque problème. Et comment s'adresser à elle? Ne vivant qu'avec des grandes personnes, je n'avais aucune idée de la façon dont on doit parler aux animaux.

Moi — Bonjour, je suis Charity Tiddler. J'espère que vous allez bien. Je suis très contente de vous connaître.

UNE VOIX DERRIÈRE MOI — À qui parlez-vous?

Tabitha avait congé le dimanche, mais elle venait de rentrer.

Moi — Je ne sais pas son nom. C'est une souris, je crois.

Ma bonne s'approcha du carton à chapeau et murmura: «Dieu nous vienne en aide!» Elle avait une peur effroyable de toutes les petites bêtes à poils, plumes, ou écailles, qu'elles trottent, volent ou rampent. Quand elle eut compris que j'avais tenu la souris entre mes mains, elle s'écria, la mine dégoûtée: «Fi, Miss Charity!» Mais elle ne me parla ni de la tuer ni de la remettre en liberté.

TABITHA — Fermez ce couvercle et courez vite au salon. Votre mère vous cherche.

Je jetai un dernier coup d'œil à ma souris avant de la plonger dans la nuit du carton à chapeau. Puis je me tournai vers ma bonne en la suppliant du regard.

TABITHA — Fi, Miss Charity!

Ces mots répétés me tranquillisèrent. Elle me désapprouvait, mais elle ne ferait rien dans mon dos. Dès le lendemain, Tabitha me procura une cage. Il ne faut pas en conclure que ma bonne couvrait mes sottises par amitié. En vérité, elle pensait que j'étais mauvaise et, pour s'en donner la preuve, elle m'encourageait à mal faire.

Ma souris, baptisée par mes soins Madame Petitpas, ne resta pas enfermée dans sa cage. Je laissais souvent la porte ouverte et Madame Petitpas en profitait pour pointer son nez, moustaches au vent. Elle était incroyablement effrontée, s'aventurant sur ma main, sur mon bras, mon épaule, me chatouillant le cou, s'empêtrant dans mes cheveux. J'avais beau la nourrir raisonnablement de légumes verts et de graines pour oiseaux, elle éventrait ma poupée de son ou grignotait le haut de mes bottines. Insensible à mes gronderies, elle s'asseyait sur son derrière, la queue en rond, et faisait sa toilette avec des gestes si drôles et si gracieux qu'il était impossible de se fâcher longtemps. C'était aussi une acrobate-née et elle s'était prise de passion pour ma maison de poupée, entrant par la fenêtre, grimpant l'escalier, ressortant par une lucarne. Elle y faisait des dégâts, rongeant le minuscule mobilier et semant partout ses petites crottes boudinées. Parfois, sa tête moustachue jaillissait de la cheminée puis disparaissait brusquement dans le conduit, comme si on venait de la tirer par la queue.

À quelque temps de là, Madame Petitpas me présenta à une de ses bonnes amies, plus courte et plus dodue, Miss Tutu. Miss Tutu était d'un naturel plus calme et pouvait rester toute une matinée dans la poche de mon tablier. Mais la nuit, je les entendais toutes deux qui trottaient et couinaient dans la nursery. « C'est une invasion ! », se lamentait Tabitha. Elle ne faisait que commencer.

Ce monde autour de moi, que j'avais cru aussi mort et desséché que les ossements d'Ézéchiel 37,11, était grouillant de vie. Ainsi, le jardin poussiéreux à l'arrière de notre maison recélait des trésors, nids, taupinières, fourmilières et mare à têtards. Un oisillon me tomba, pour ainsi dire, entre les mains, et je le portai à la nursery, avec ce même sentiment de triomphe qui s'était emparé de moi quand j'avais fait la connaissance de Madame Petitpas. Je le mis dans une boîte tapissée de foin dérobé au râtelier de notre vieille jument. Puis j'essayai de le nourrir avec des boulettes de pain ramollies dans du lait et je l'étouffai définitivement le lendemain avec mon porridge. J'en conçus un peu de chagrin, mais moins qu'au décès de Madame Petitpas. La gourmandise la perdit. Elle aimait prendre en dessert un peu de bougie et c'est en escaladant mon chandelier qu'elle dérapa et tomba rudement sur le dos. Je l'aidai à se remettre sur pied et elle repartit en zigzaguant. Mais je la découvris ce soir-là raide morte sur le palier de la maison de poupée qu'elle avait tant aimée.

La vie m'enseigna alors sa première leçon, celle du cycle éternel de la mort et de la naissance. Le jour où j'enterrai la regrettée Petitpas, cherchant un mouchoir dans mon tablier, j'en sortis une limace lilliputienne aux paupières closes qui fit pousser des cris d'épouvante à ma bonne. Miss Tutu avait fait ses petits dans ma poche, huit souriceaux qui auraient sans doute conduit une naturaliste plus âgée que moi à remettre en question le sexe de Madame Petitpas.

Le lendemain, à mon réveil, je courus vers mon tablier et trouvai ma poche vide. Les souriceaux avaient disparu. J'en accusai alors Tabitha, mais ma longue fréquentation des souris m'incite aujourd'hui à penser que Miss Tutu les avait mangés. Une fois son souricide accompli, elle n'osa plus se présenter devant moi.

En ce temps-là, nous habitions dans une maison

neuve d'une rue tout aussi neuve dans le West Brompton. Londres, en s'étirant, avalait peu à peu les villages avoisinants, mais, des fenêtres de la nursery, je pouvais voir des prés et des vergers. La vie sauvage était là, toute proche. Je me souviens d'un jeune hérisson qui, ayant échappé à la surveillance maternelle, avait franchi notre grille. Je l'emportai dans mon tablier, le baptisai Dick et le nourris de lait et d'œuf frais. Dick se roula en boule dans le nid de feuilles que je lui avais confectionné et ne bougea plus. Je pris un ton savant pour expliquer à Tabitha qu'il hibernait.

Dick devint aussi dur qu'une pierre et poussa si loin ses talents pour l'hibernation qu'il finit par se liquéfier. Une odeur abominable envahit alors la nursery. Dick fut remplacé par Jack, avec lequel j'eus plus de satisfactions. Il mangea de bon appétit, surtout à partir du moment où je découvris son goût pour les escargots bien croquants, et il me tint compagnie plus de cinq ans. Il disparut un jour mystérieusement, la seule explication possible étant qu'il s'était jeté par la fenêtre.

J'adorais soigner les animaux et j'avais souvent de bonnes aubaines, comme cette jolie grive que je ramassai à terre, l'aile cassée. J'inventai pour elle un appareillage de bouts de bois et de ficelles, censé immobiliser l'aile, le temps que la Nature fasse son œuvre. Ayant tiré quelque enseignement de l'oisillon étouffé au porridge, je nourris ma grive avec des vers de terre finement découpés en rondelles. Au bout de quelques jours, la Nature fit son œuvre et ma grive mourut.

Je me fis alors la réflexion que les vers, limaces ou

escargots dont se nourrissent les hérissons et les oiseaux étaient eux-mêmes des animaux et qu'ils méritaient, à ce titre, tout mon intérêt. Peut-être s'en seraient-ils passé si je leur avais demandé leur avis.

Un matin de pluie, je fis une belle récolte d'escargots jaunes finement striés de noir et d'autres qui alternaient d'élégantes raies vernissées, tantôt jaunes, tantôt marron. Je les installai dans un pot de terre tapissé de feuilles de salade et restai de longs moments, accroupie, à les observer. Je les regardais se chevaucher et s'agglutiner, ou bien chercher la liberté en rampant jusqu'en haut du pot. Quand ils y parvenaient, je les détachais et les renvoyais à leur point de départ en imaginant leur dépit. Je n'avais pas de mauvaises intentions, un petit jaune qui avait la coquille trouée m'inspirait même de vrais élans de compassion. Le soir venu, n'étant pas encore rassasiée de mes observations scientifiques, je plaçai un morceau de grillage sur le pot de terre.

Il plut beaucoup cette nuit-là et je me promis une nouvelle récolte en avalant mon porridge. Hélas, je n'avais pas mis le pot à l'abri et mes malheureux escargots étaient morts, noyés. Il n'y avait que deux rescapés qui avaient pu atteindre le grillage et y rester collés. Je reconnus le jaune à la coquille trouée et en tirai cette conclusion satisfaisante qu'un cœur déjà éprouvé par la vie a plus de ressources dans le malheur. Je le baptisai Bob, et sa compagne Jane et, cette fois, je montai en cachette le pot de terre jusqu'à la nursery. Naturellement, quand je laissais Bob et Jane s'ébattre sur le plancher, je prenais soin d'enfermer

Jack. Je poussais même la délicatesse jusqu'à éloigner le pot de terre quand j'apportais au hérisson sa provision d'escargots. C'est qu'il faisait des bruits abominables à l'heure des repas, grognant et soufflant entre deux croc-croc sonores!

La santé de Bob me préoccupa. Avec sa coquille trouée, il devait vivre dans un perpétuel courant d'air. La nursery, où l'on n'entretenait qu'un maigre feu, était fraîche et humide en hiver. Je vivais emmitouflée de châles. Mais je ne pouvais envisager une telle solution pour Bob. J'émis alors une hypothèse très surprenante chez une enfant de sept ans. Je savais que la queue des lézards repousse. Pourquoi un escargot ne pourrait-il faire de même avec sa coquille? Peut-être suffisait-il de fournir à Bob de quoi la reconstituer? J'ajoutai donc à sa nourriture habituelle la coquille d'un œuf. C'était parfaitement raisonné. Bob mangea la coquille et put refermer la sienne, comme nos os se ressoudent.

Je ne saurais dire quelle fut la fin de Bob. Mes petits amis avaient tendance à disparaître «comme ça». J'avais sans doute tort d'en accuser Tabitha.

À l'époque de Bob et Jane, je devins aussi une spécialiste des têtards. La mare du jardin m'en fournissait en quantité que je pêchais avec un bocal, trempant mes manches et maculant de boue le bas de ma robe. Ma science étant expérimentale, je fis beaucoup de dégâts avant d'établir le régime alimentaire qui fait les beaux têtards. Je vous conseillerais les orties, les épinards et le jaune de l'œuf dur. Voir tomber la queue et pousser les pattes d'un têtard est quelque chose de merveilleux. J'avais pu aménager, grâce à Mary, notre cuisinière, un terrarium où une assiette à dessert figurait la mare. J'y fis grandir une jolie rainette vert pomme d'à peine cinq centimètres, d'un caractère si obstiné qu'elle ne voulut jamais chanter pour moi. Chaque jour, je balançais devant elle au bout d'une ficelle de petits morceaux de viande crue pour lui donner l'illusion de la chasse aux insectes. Mais ce leurre ne parvint pas à la distraire et elle se laissa mourir d'ennui devant sa fausse mare. Je la remplaçai bientôt par un crapaud d'un gris pierreux qui avait dû souffrir de quelque accident dans sa jeunesse car il sautait de travers. J'en étais positivement amoureuse. D'ailleurs, il répondait au nom de Darling. Un jour, je poussai mon amour pour lui jusqu'à l'embrasser, mais il ne se transforma pas en prince charmant. Je dois à la vérité de dire qu'il me préférait les limaces.

Darling était d'une constitution robuste et il aurait pu me tenir compagnie pendant vingt ans. Mais nous nous quittâmes brusquement un jour où je l'avais emporté au jardin dans son bocal de voyage. Je tenais à ce qu'il profitât des premiers rayons du soleil printanier. Il en profita si bien qu'il sauta hors du bocal. Il fut, je pense, tout aussi surpris que moi. Je poussai un «Darling!» désespéré, mais l'appel de la Nature fut le plus fort. En trois ou quatre sauts tout de guingois, il disparut de ma vie. J'en eus le cœur brisé. Darling Number Two, qui lui succéda, n'avait pas d'aussi beaux yeux.

C'est dans ma huitième année que je pris l'habitude de noter dans un carnet toutes les observations que je faisais sur mon petit monde.

J'agrémentais mes remarques scientifiques de dessins qui embellissaient peut-être un peu la réalité.

Je m'aperçois, en me relisant, qu'on pourrait penser que je vivais toute seule dans la nursery au milieu de grenouilles et de souris. Et on ne serait pas tellement éloigné de la vérité. Je n'étais que rarement appelée au salon. Maman était de ces personnes, nombreuses à l'époque (je suis née en 1870), pour qui un enfant pouvait à la rigueur être vu, mais jamais entendu. Si elle ne m'avait pas demandé : «Quelle est la principale fin de la vie humaine?», elle n'aurait pas su quel était le son de ma voix. Elle était d'ailleurs tellement grave pour une petite fille que maman en tressaillait chaque fois que je lui répondais. Si j'en croyais ma bonne, cette voix n'était pas exactement la mienne.

TABITHA — C'est Quelqu'un d'autre qui parle par votre bouche, Miss Charity.

Dès qu'il recouvra des forces, je lui ouvris sa cage.

2

Tabitha était écossaise. Elle était née à Killiecrankie et avait grandi dans un pays où les Dames blanches pleurent sur les *moors** tandis que les fantômes de ceux qui les ont assassinées se traînent misérablement sur les chemins de ronde. Mes parents pensaient que la faim avait jeté Tabitha sur les pavés de Londres. Mais c'était une bien plus terrible histoire qui l'avait fait quitter son village tout en lui dérangeant l'esprit, une histoire dont ils ignoraient tout.

Maman, qui était très exigeante avec les domestiques, était satisfaite de ma bonne. Tabitha était propre et ordonnée et, par-dessus tout, elle était habile couturière. Maman l'aurait seulement souhaitée un peu plus laide. Car Tabitha était d'une beauté voyante. Longue et souple, la peau d'une blancheur de lait, des flammèches rouges s'échappant de son bonnet, Tabitha me fascinait comme me fascinaient les chouettes et les chauves-

* Landes.

19

souris. Tabitha était un animal nocturne. Pourtant, elle se couchait de bonne heure, juste après m'avoir mise au lit, à neuf heures en été, à huit heures en hiver. Mais, dès qu'elle avait refermé la porte derrière elle, je la sentais près de moi, à mon chevet, sur mon oreiller, dans mes draps, dans mon cœur, dans mon âme, sous ma peau, dans mes rêves. Et pour une raison très simple. Elle ne me quittait jamais sans m'avoir raconté une histoire – qui était toujours effroyable.

TABITHA — Vous vous rappelez, Miss Charity, celui qu'on appelle le Bonnet Rouge à Killiecrankie?

MOI — Oui. C'est un nain qui se cache dans les châteaux en ruine.

Tabitha venait de me border et elle allait bientôt me laisser frissonner à mon aise entre mes draps gelés en emportant la bougie.

TABITHA — Mais est-ce que vous savez pourquoi on l'appelle le Bonnet... Rouge?

Elle prononça l'adjectif si férocement que j'en eus le souffle coupé. Je fis non de la tête, déjà terrorisée.

TABITHA — Je l'ai compris quand j'avais à peu près votre âge, Miss Charity. J'avais alors un cousin d'une vingtaine d'années qui était très amoureux de Kate Macduff, la fille de l'aubergiste.

Tabitha adorait me raconter des histoires d'amour. Elles se terminaient toujours mal, le fiancé étant poignardé par son rival, ou la jeune fille s'empoisonnant avec une coupe destinée à une autre. Comme Tabitha se lançait ce soir-là dans une description enthousiaste des charmes de Kate Macduff, je sentis que j'avais intérêt à ne pas trop m'attacher à elle. Le cousin de Tabitha, un dénommé George, s'était fiancé avec Kate en cachette, car le père, tout à la fois aubergiste et ivrogne, avait presque vendu sa fille au vieux notaire.

TABITHA — Souvent, George et Kate se donnaient rendez-vous la nuit dans les ruines du château qui a appartenu au duc d'Atholl. Le château a brûlé il y a un peu plus de dix ans. Seule une tour haute et noire y tient encore tête aux nuages.

J'ignore comment Tabitha s'était instruite, peut-être grâce aux *Chroniques de l'Épouvante* à un penny, le journal qu'elle lisait toutes les semaines. Quand elle racontait, on aurait cru qu'elle lisait un livre. Ce soir-là, elle me décrivit la lande et les plaintes du vent, et la lune livide et les douze coups de minuit au clocher de Killiecrankie. La flamme de ma bougie sautillait dans les courants d'air tandis que d'étranges grattements, trottinements, piaulements me parvenaient des quatre coins de la nursery.

TABITHA — Le Bonnet Rouge guette les amoureux. Il en est jaloux. Quand il en voit, il cherche quel mal il pourrait leur faire. Kate et mon cousin s'étaient assis au pied d'un rempart aux pierres branlantes. Le Bonnet Rouge est petit, plus petit qu'un enfant, mais il est aussi large que haut. Et le voilà qui pousse, qui pousse de toute la force de ses larges épaules, qui pousse une pierre en équilibre sur le chemin de ronde. Elle est si grosse que, pour la faire basculer, il glisse sous elle la pointe de son épée et s'en sert de levier. Va-t-elle tomber?

Moi — Oh, mais Tabitha, George a dû entendre le bruit qu'il faisait?

Tabitha — Oui. Mon cousin a eu le temps de s'écarter. Mais la pierre écrasa les jambes de Kate Macduff. George fut incapable de la dégager et partit comme un fou réveiller tout le village. Pendant ce temps, le Bonnet Rouge dégringola du rempart et vint tremper son bonnet dans le sang de sa victime. Car c'est ainsi qu'il lui garde sa belle couleur. Bonne nuit, Miss Charity!

Moi, *indignée* — Mais que sont devenus George et Kate?

Tabitha — Quand George est revenu avec l'aubergiste, le notaire et tout le village, Kate était déjà morte, vidée de son sang. On accusa mon cousin de l'avoir tuée et il fut pendu. Le vieux notaire épousa Emily Macduff, la sœur de Kate, qui était plus jeune, mais pas aussi jolie. Et l'auberge des Macduff s'appelle désormais «Au Bonnet Rouge».

Non seulement les histoires de Tabitha étaient abominables, mais les méchants y triomphaient toujours. C'était l'opinion de Tabitha: ici-bas, seule la méchanceté tire son épingle du jeu. Mais, me disait-elle, vous vous en sortirez parce que vous êtes mauvaise.

D'après ma bonne, si ma voix n'était pas celle d'une enfant, c'était parce que j'étais possédée.

TABITHA — Il y a trois démons en vous, Miss Charity : Azazel, Baphomet et Astaroth.

Au fond, cela m'arrangeait. Quand je revenais du jardin, trempée de boue parce que j'avais pêché des têtards, j'avais une excuse toute trouvée.

MOI — C'est Azazel qui m'a poussée.

Tabitha voyait la présence du démon dans chaque animal que je recueillais. Les salamandres, couleuvres et hannetons lui donnaient raison : j'étais possédée. Julius mit le comble à ses certitudes. C'était un rat noir que j'avais parfaitement apprivoisé. Dès qu'elle l'apercevait, Tabitha rassemblait ses jupes autour d'elle en frissonnant d'effroi. Julius avait une forme fuselée qu'accentuait encore son interminable queue, un poil brillant qu'il n'en finissait jamais de nettoyer, et d'insolites petites pattes rose bonbon. Il s'agrippait souvent à mon châle ou bien se glissait dans mes emmanchures. Quand je dessinais, je le taquinais parfois du bout de mon crayon, qu'il se mettait à mordiller. Il avait un caractère joueur et affectueux. C'était une sorte de chien miniature.

Comme je l'ai déjà indiqué, à partir de ma huitième année, mon amour des animaux se doubla d'un véritable intérêt scientifique. Je collectionnais dans des boîtes à casiers des coquilles vides et des mues de serpents. J'eus la chance un jour de tomber sur un loir, mort de fraîche date, que je dépeçai avec l'aide de Mary. Certaine que ma mère était en visite et mon père à son club, je m'établis dans la cuisine et fis bouillir mon loir pendant une demi-heure. Puis je détachai patiemment la chair autour des os, avant de tenter une reconstitution du squelette. Certains os, fins comme des bâtons d'allumette, m'attendrirent aux larmes. Le loir est un animal charmant. Avec du fil de fer, je voulus articuler le squelette. Le résultat fut hideux et me tira des sanglots. «Cette pauvre petite», me plaignit Mary.

Elle était gentille avec moi. Je lui reprochais seulement, en plus de son gâteau de riz, de toujours m'appeler «cette pauvre petite». Je ne me sentais pas à plaindre. J'avais une vie pleine de rebondissements. Ainsi, un jour de marché où j'accompagnais Mary, j'achetai à un petit garçon un rossignol en cage, très mal en point, avec un œil crevé. Plusieurs oiseaux étaient déjà passés entre mes mains qui étaient tous morts assez vite. Borgniolle voulut vivre. Dès qu'il recouvra des forces, je lui ouvris sa cage. Il sautilla de-ci de-là, voleta quelques jours dans la nursery. Puis, un matin de beau temps, il se percha sur le rebord de la fenêtre et pencha la tête du côté de son mauvais œil.

Il semblait évaluer le vide au-dessous de lui.

Moi — Vas-y. Tu sais voler.

Il s'envola. Borgniolle fut mon premier sauvetage réussi. Il me semblait l'entendre à la nuit tombée qui chantait pour me remercier. Ou c'était dans mes rêves.

Une autre fois, Mary partit avec moi acheter un lapin au marché.

MARY — Votre père les aime beaucoup.

Mais c'était en pâté. Sur un geste de la cuisinière, le marchand attrapa un lapin par la peau du cou. Il était bien dodu, bien joufflu, et avait l'œil brillant. Il aurait fait un bon petit compagnon autant qu'un bon pâté. Je joignis les mains.

MOI — Oh, Mary, ne le tuez pas tout de suite!

Le lapin eut droit à un sursis et, dès qu'il fut en sûreté dans la nursery, je lui cherchai un nom.

TABITHA — Appelez-le Pâté. Ça l'habituera.

Je suivis sa suggestion. Pâté était un lapin très peureux, ce qui se comprenait dans sa situation. Mais j'avais un don pour gagner la confiance des animaux, même des plus craintifs. Pâté vint bientôt prendre dans ma main des rondelles de carotte.

TABITHA — Voilà qu'il mange sa garniture!

Je crois me souvenir que Pâté avait une jolie queue blanche comme une boule de coton, mais j'ai eu tant d'amis aux longues oreilles que je peux confondre avec quelque autre. Ce dont je suis certaine, c'est que Julius le terrifiait. Du plus loin qu'il apercevait mon rat, il dressait les oreilles et tapait le parquet de la patte arrière pour prévenir du danger le reste de sa tribu. Puis, ayant accompli cet acte héroïque, il filait se cacher sous mon lit comme au fond de son terrier. C'est là que Mary vint le chercher un lundi matin pour le mener sur le lieu de son exécution. Je n'étais pas une enfant capricieuse et me contentai de verser des larmes silencieuses.

MARY — Vous voulez que je vous garde la peau?

Je refusai d'un signe de tête, mais Tabitha réclama la patte pour lui porter chance. Ce drame clôtura ma huitième année.

La veille de mon neuvième anniversaire, je détachai une feuille de mon carnet d'observations scientifiques et je m'écrivis une lettre à ouvrir quand je fêterais ma douzième année:

Chère amie,

Quand vous me lirez, vous serez une vraie savante et vous saurez enfin dessiner les hérissons correctement.

Maintenant, vous n'avez plus peur la nuit du Bonnet Rouge ni de vos deux petites sœurs qui sont des anges au Paradis, et pas du tout des squelettes. Tabitha a bien voulu que vous installiez un nichoir à oiseaux dans le jardin, et Mary vous a donné un lapin au lieu de le tuer comme lundi dernier. Vous êtes très heureuse mais, je dois vous le dire pour que vous restiez modeste, vous n'êtes pas devenue jolie.

Votre affectionnée Charity Tiddler.

Mes jours anniversaires comportaient autant de porridge et de gâteau de riz que les autres. La seule différence, c'était qu'on me conviait au salon pour le dîner. Maman expliquait alors à papa la raison de ma présence : « Charity a six ans. » « Charity a sept ans. » « Charity a huit ans. »

Et ce jour-là,

MAMAN — Charity a neuf ans.

PAPA — Eh bien…

On aurait pu croire qu'il allait dire quelque chose d'intéressant, mais il n'en fut rien. La timidité m'interdisant de le regarder dans les yeux, je ne connaissais de papa que son menton entaillé d'une fossette et ses favoris qui lui descendaient jusqu'aux épaules comme des oreilles de cocker. J'avais entendu des amies de ma mère se dire entre elles que Mr Tiddler était un bel homme. Je supposais donc qu'il en était bien ainsi, mais je n'ai jamais pu m'habituer aux oreilles de cocker. De même, je ne pus m'empêcher de penser ce jour-là que papa avait mangé un de mes amis.

Le repas débuta en silence, comme à l'accoutumée. Pourtant, après le potage à la bisque, maman se mit à parler et, chose qui m'effraya, elle parla de moi.

MAMAN — Lady Bertram m'a recommandé une personne qui pourrait devenir la gouvernante de Charity.

Lady Bertram, mariée à Sir Philip Bertram, était la sœur cadette de papa. C'était aussi ma marraine.

PAPA — Ah oui ?

Maman attendit plusieurs minutes que papa voulût bien préciser sa pensée. Mais il n'en fit rien.

Maman — Charity arrive à un âge où la présence d'une gouvernante devient nécessaire. Ne croyez-vous pas, Albert?

Papa poussa un soupir, le bavardage de maman devenant difficilement tolérable. Toutefois, après le salmis de coq de bruyère, il se prononça.

Papa — Voyez donc cette personne que vous recommande ma sœur.

Cette phrase occupa mes pensées jusqu'au coucher.

Moi — Tabitha, croyez-vous qu'une gouvernante puisse être une personne agréable à fréquenter?

Tabitha — J'ai connu une gouvernante quand j'étais à Killiecrankie.

Elle posa le bougeoir et s'assit au bord de mon lit. La gouvernante de Killiecrankie s'appelait Miss Finch. À trente ans, elle avait les cheveux entièrement blancs.

Tabitha — Elle avait été au service de la famille du duc d'Atholl avant que leur château brûle. Elle était la gouvernante de la fille de la duchesse, une enfant de votre âge, mais qui était belle, et qui savait chanter et qui jouait du piano à ravir. Elle s'appelait Ellen.

Une sympathie spontanée me poussait vers cette Ellen si pleine de perfection. Mais, connaissant Tabitha, je me retins de l'aimer.

Tabitha — Miss Finch apprit l'allemand, le français et l'italien à la jeune Ellen. Celle-ci était si douée qu'elle n'eut bientôt plus rien à apprendre et Miss Finch reçut son congé du duc. Ce fut cette nuit-là que le château prit feu et que Miss Finch eut l'horrible chagrin de voir sa jeune élève finir carbonisée sous ses yeux. Elle-même réussit à échapper aux flammes de justesse. Mais, dès le lendemain, ses cheveux, qui étaient noirs, devinrent blancs.

Tabitha s'éloigna avec le bougeoir, ajoutant sur un ton distrait qu'on disait parfois à Killiecrankie que c'était Miss Finch qui avait mis le feu.

À l'heure du thé…

3

Lady Bertram annonça sa visite pour le dimanche suivant à l'heure du thé et, quand il ne resta plus qu'un peu de thé froid au fond des tasses de porcelaine, on me fit descendre de la nursery pour que ma marraine me vît. La réciproque était moins vraie puisque mon regard ne monta pas au-dessus de ses épaules. Ma marraine voulut savoir si je jouais du piano, si je chantais et si je parlais français.

MOI — Non, Lady Bertram.

J'hésitai un moment à faire état de mon talent pour reconstituer des squelettes de loir, mais ma marraine parlait déjà d'autre chose.

LADY BERTRAM — Mlle Blanche Legros fera l'affaire. Bien sûr, elle est française…

Et, en tant que telle, Mlle Legros avait les défauts habituels des Françaises de mollesse et de sentimentalité. En revanche, elle n'était ni vaniteuse ni coquette. Maman promit de me confier aux bons soins de cette personne, car il devenait soudain urgent que je joue du piano, que je chante en italien et que je parle en français. Il me semblait que toutes ces choses allaient se produire par miracle et j'attendis avec une certaine impatience l'arrivée de la magicienne.

Mais les semaines passèrent et il n'en fut plus question. Pour m'occuper l'esprit, j'en étais réduite certains jours à compter jusqu'à 10 000. Ou bien j'écrivais des phrases en langage codé, le A devenant B, le B étant un C... Ainsi, je notais dans mon carnet «il a plu toute la journée» sous la forme: «Jm b qmv upvuf mb kpvsoff.» Et j'avais le sentiment d'avoir fait progresser la science.

Comme j'approchais de mon dixième anniversaire et qu'aucune gouvernante n'était en vue, je m'avisai d'une chose merveilleuse: il y avait des centaines de livres dans la bibliothèque de papa. Naturellement, ni lui ni maman ne m'autoriseraient à les emprunter. Mais il suffisait de ne pas le leur demander. C'est ainsi qu'un matin je me glissai dans la bibliothèque du rez-de-chaussée et emportai au troisième étage le premier volume qui me tomba sous la main. Je posai *Hamlet* sur mon lit. «Voilà», dis-je en regardant ma bonne.

Je savais que j'avais mal fait et qu'en conséquence Tabitha ne me trahirait pas.

Je ne compris pas tout ce que je lus, mais je lus avec

grand intérêt. Ce royaume du Danemark, où un fantôme criant vengeance entraînait la mort de tous les héros, ne devait pas se trouver très loin de Killiecrankie. Je décidai d'apprendre la pièce par cœur et il ne me fallut pas plus de deux mois pour connaître tous les rôles. En arpentant la nursery, je déclamais : «Être ou ne pas être, telle est la question. Mourir, dormir, rien de plus, peut-être rêver! Oui, là est l'embarras. Car quels rêves peut-il nous venir dans le sommeil de la mort?» Tabitha haussait les épaules, ce Shakespeare n'était qu'un radoteur! Mais Julius se passionnait et il eut aussi peur que moi lorsque Hamlet s'écria : «Un rat!» en se jetant sur le rideau, l'épée au poing. Fort heureusement, il ne tua que Polonius.

> Moi, *récitant* —
> «Le roi : Eh bien! Hamlet, où est Polonius?
> Hamlet : À souper.
> Le roi : À souper! Où donc?
> Hamlet : Quelque part où il ne mange pas, mais où il est mangé. Une certaine réunion de vers est attablée autour de lui. Nous engraissons toutes les autres créatures pour nous engraisser; et nous nous engraissons nous-mêmes pour les vers. Le roi gras et le mendiant maigre ne sont que deux plats pour la même table.»

Je sentais chez Hamlet des dispositions scientifiques voisines des miennes.

> Tabitha, *dégoûtée* — Fi, Miss Charity!

J'allai reporter *Hamlet* dans la bibliothèque et en repartis avec *Peines d'amour perdues*. Je l'avais tout juste commencé quand me parvint la nouvelle que je n'attendais plus.

TABITHA — La gouvernante est là !

Elle l'avait entraperçue au salon. Mlle Legros, qui avait dû repartir quelque temps sur le continent, était enfin de retour.

MOI — À quoi ressemble-t-elle ?
TABITHA — On jurerait Miss Finch.

Si tel était bien le cas, Miss Finch devait avoir l'air bien insignifiant. Mlle Blanche Legros était si menue dans sa robe noire d'orpheline qu'on lui aurait donné quinze ans. Mais elle en avait vingt-deux. Avec ses cheveux d'un blond cendré, son nez pointu et ses petites mains maigres, elle me fit penser à Miss Tutu.

MAMAN — Mademoiselle souhaite jeter un coup d'œil à la nursery. Elle veut voir si c'est un bon endroit pour que vous y preniez vos leçons.

J'étais trop timide pour protester et, tout en montant les marches, je songeais à ce qui attendait là-haut ma gouvernante. Tout d'abord, mes vieux amis, Jack le hérisson, Julius, mon rat noir, et Darling, mon deuxième crapaud, puis mes nouveaux pensionnaires, les poussins Puff et Plike, mes souris Quenotte et Binette, et Klapabec, un geai colérique et unijambiste. Mademoiselle tressaillit en apercevant Tabitha qui cousait dans mon antichambre. Ma bonne se leva et fit une révérence.

TABITHA — Soyez la bienvenue, Miss!

Son visage rayonnait de joie mauvaise. Elle espérait que la petite Française aurait une crise de nerfs en voyant Julius. Mlle Legros s'arrêta un instant sur le seuil de la nursery, surprise peut-être par l'odeur qui s'en dégageait. Elle aperçut tout de suite Puff et Plike qui piaillaient d'épouvante derrière leur grillage tandis que mon rat noir, grimpé sur leur cage, en cherchait l'entrée. Je tapai des mains pour le faire se sauver. Mlle Blanche me parut alors aussi pâle que son prénom. Mais elle s'efforça de faire quelques pas, posant le regard sans insister sur un squelette articulé ou sur Jack roulé en boule.

MADEMOISELLE — Je pense que je vous donnerai mes leçons dans la bibliothèque.

Sa voix tremblait et elle était au bord des larmes. Seule la nécessité où elle était de gagner sa vie l'empêcha de partir en courant.

Dès le lendemain, Mademoiselle entreprit de m'enseigner le français. «Bonjour, comment allez-vous? Mon nom est Charity Tiddler, j'ai dix ans*.» Je retins tout ce que Mademoiselle m'apprit, sans difficulté comme sans plaisir. Je ne voyais pas l'intérêt de dire en français ou en chinois que je m'appelais comme je m'appelais et que j'avais l'âge que j'avais. Mes sujets de préoccupation portaient davantage sur le nombre de poils de la che-

---

* En français dans le texte.

35

nille processionnaire et la façon dont s'articule une patte de grenouille. Les leçons de piano m'assoupirent tout à fait. J'ai toujours joué avec autant d'âme qu'une boîte à musique. Les leçons de danse furent catastrophiques. J'étais vive mais sans grâce. Au bout de deux mois, Mlle Legros ne savait plus que faire de moi. J'aurais fait un petit garçon très acceptable, mais j'étais une fillette désespérante.

MADEMOISELLE — Aimeriez-vous apprendre l'aquarelle?

MOI — Oui, mademoiselle.

Je répondais toujours par l'affirmative sur un ton résigné. Je ne savais pas que l'aquarelle servît à peindre. Lorsque Mademoiselle posa devant moi les pinceaux en poils de martre, l'encre de Chine, la palette de porcelaine et ouvrit la boîte de peinture contenant les pastilles de couleurs vives, jaune d'or, rouge écarlate, bleu de Prusse, vert émeraude, l'émerveillement me laissa le souffle en suspens. Je n'avais jamais eu entre les mains que des crayons de qualité médiocre. Mademoiselle commença la leçon en cherchant un beau sujet dans la bibliothèque et elle plaça devant nous un vase où des roses s'épanouissaient. Puis elle trempa son pinceau dans l'eau claire.

MADEMOISELLE — L'aquarelle est affaire de patience et de soin.

Elle soupira comme si elle m'en savait d'avance dépourvue. Je suivis chacun de ses gestes et écoutai chacune de ses explications avec un intérêt passionné, et je vis naître peu à peu les roses en bouquet sur le blanc du papier.

MADEMOISELLE — Je pose les ombres en dernier. Mais voyez, on ne fait pas d'ombre grise en mélangeant du noir et du blanc, ce serait terne et sans vie. Je vais faire un gris plus chaud en mélangeant du vert et du rouge…

J'étais transportée d'enthousiasme, mais incapable de l'exprimer.

MADEMOISELLE — Voudrez-vous essayer à votre tour?

MOI — Est-ce que je pourrais peindre Jack?

MADEMOISELLE — Qui est-ce?

MOI — Un hérisson.

J'entendis pour la première fois le rire de Mlle Legros.

MADEMOISELLE — J'avais peur que ce ne fût le rat! Croyez-vous que Jack gardera sagement la pose?

MOI — Le plus difficile sera de le tenir éveillé. Il est très paresseux.

Mademoiselle parut s'amuser de ma naïveté. Elle me dit en détachant les syllabes que «mon hérisson hi-ber-nait, mais que l'hi-ber-na-tion ne pouvait se produire au mois de mai».

MOI — Oh, si, Mademoiselle! Jack peut décrocher quand il veut.

MADEMOISELLE — «Décrocher»?

MOI — C'est le mot que j'emploie. Jack décroche quand il a fait un bon repas d'escargots et que nous avons bien joué ensemble. Il ferme les yeux et retient sa res-piration. Parfois il a un petit hoquet qui semble lui faire mal. D'ailleurs, si je le dérange, il me mord. Peu à peu, il a moins de hoquets, ses pattes se refroidissent, son nez devient tout sec et il peut se passer plusieurs minutes entre deux respirations. C'est très impressionnant. Les premières fois, j'ai cru qu'il était mort... Et, voyez-vous, Jack décroche au mois de mai comme au mois de février.

MADEMOISELLE — Ah, oui, vraiment? Vous... vous semblez bien connaître votre hérisson.

MOI, *avec un peu de vanité* — Je note tout sur mon carnet d'observations scientifiques.

Puis je rougis de m'être ainsi dévoilée. Mademoiselle posa sa petite patte sur mon bras.

MADEMOISELLE — Oh, Cherry.

C'était sans doute un petit nom d'amitié. Mais on ne m'en avait jamais donné et je ne sus ce qu'il fallait en penser.

MADEMOISELLE — Nous pourrions rendre visite à Jack si... si...

MOI — Julius est enfermé.

C'était la première fois que nous nous comprenions si bien. Nous montâmes les trois étages et, au grand mécontentement de Tabitha, Mademoiselle entra avec moi dans la nursery.

MADEMOISELLE — Eh bien, si vous me présentiez vos amis?

Mademoiselle se montra touchée du malheur de Klapabec auquel manquait la moitié de la patte droite. Il sautillait maladroitement en agitant les ailes pour s'équilibrer. Mais le plus souvent, il tombait et, dans sa colère, il frappait du bec les barreaux de sa cage. Pour divertir Mademoiselle, je lâchai Quenotte et Binette dans la maison de poupée et elles montèrent et descendirent l'escalier en se bousculant comme deux petites personnes très affairées. Quant aux poussins, Puff et Plike, c'étaient désormais deux poulets que menaçait la casserole.

MADEMOISELLE — Ne les plaignez-vous pas?

MOI — Vous savez, «Nous engraissons toutes les autres créatures pour nous engraisser; et nous nous engraissons nous-mêmes pour les vers.»

Mademoiselle me parut très étonnée par cette remarque. Mais elle n'avait pas fréquenté *Hamlet* autant que moi.

Pendant ce temps, Tabitha était entrée dans notre dos et Mademoiselle tressaillit en se retournant. Les cheveux ardents et les yeux flamboyants de ma bonne l'hypnotisaient, et jamais elle ne me fit autant penser à Miss Tutu en face d'un danger. Elle voulut faire l'aimable.

MADEMOISELLE — Toutes ces cages doivent vous donner du travail, ma pauvre Tabitha.

TABITHA — Que je sois damnée si j'y touche!

Puis, les bras croisés et l'air farouche, elle nous regarda installer sur ma petite table le matériel de peinture. J'allai chercher Jack dans son coin derrière le seau à charbon.

MOI — Venez qu'on vous admire! Voyez, Mademoiselle, comme il est drôle quand on le met debout. On dirait un vrai petit bonhomme. Mais il ne pense qu'à dormir. Tenez, il bâille déjà!

MADEMOISELLE — N'est-ce pas triste que Jack vive sans une… Je veux dire qu'il soit si solitaire?

MOI — Les hérissons vivent toujours seuls.

Je posai mon modèle sur les genoux de Mademoiselle qui eut, au début, très peur de se piquer. Mais dès que Jack se rendormit, elle l'appela «ce pauvre chéri*».

Au fond, Lady Bertram avait raison. Comme toutes les Françaises, Mademoiselle était sentimentale.

* En français dans le texte.

4

L'hiver 1881 ouvre l'un des chapitres les plus extraordinaires de ma vie. J'avais onze ans révolus. Mademoiselle s'était bien habituée à Jack, et moi à l'aquarelle. Or, il fallut nous séparer pour la Noël. Mes parents et moi-même étions invités à Bertram Manor chez ma marraine. Quitter Mademoiselle pour dix jours me désolait, mais ce n'était pas le pire. Qu'allait devenir ma ménagerie ? Mary accepta de porter graines et épluchures dans la nursery si Julius n'y était plus. Même en cage, mon rat la terrorisait. Tabitha, qui devait partir en train avant nous afin de préparer nos chambres, accepta d'emporter Julius dans le même fourgon qu'elle, s'il était bien empaqueté.

Je n'attendais pas grand plaisir des jours à venir. Lady Bertram était, comme les autres adultes, une poseuse de questions, et ses enfants, mes cousins Philip, Lydia et Ann, que je ne connaissais pas, étaient sans doute affreusement gâtés. De santé fragile, surtout Philip, ils avaient passé beaucoup de temps dans le sud de la France et sur la Riviera. À entendre leur mère faire leur portrait, yeux bleus, cheveux blonds, teint de porcelaine, j'avais imaginé ces grandes poupées de cire avec lesquelles on n'a pas le droit de jouer. Quant à Noël, il ne m'était pas encore venu à l'idée qu'il pût s'agir d'une fête. Papa et maman arboraient le jour de Noël un air grave et résolu, comme s'ils étaient bien décidés à en venir à bout comme des autres jours de l'année. Voyager par le train n'offrait pas même l'attrait de la nouveauté. J'étais déjà allée à Ramsgate par le train et je n'en avais apprécié ni le bruit ni la saleté.

À la gare d'arrivée, la calèche des Bertram nous attendait pour nous conduire à travers la campagne, blanche de givre, jusqu'à Bertram Manor. Les chevaux aux naseaux fumants secouèrent la tête pour nous saluer, sans doute impatients de galoper. Me tassant contre la vitre, je remontai mon châle jusqu'au nez, enfonçai mes pieds dans la paille, et me laissai bientôt bercer par le martèlement des sabots sur le sol gelé. Une dame qui n'était pas Lady Bertram nous accueillit sur le perron du manoir.

LA DAME — Mes bons amis, soyez les bienvenus ! Quel long voyage… Vous devez être transis ! Permettez-moi de me présenter. Je suis Tante Janet… Tout le monde m'appelle Tante Janet.

Elle nous expliqua que Lady Bertram serait sortie à notre rencontre si elle avait supporté le froid.

TANTE JANET — Je vous ai fait préparer une collation. Lady Bertram serait restée si elle avait supporté la fatigue.

Mais, ne supportant ni le froid ni la fatigue, Lady Bertram était allée se coucher.

Le lendemain matin, le soleil n'était pas encore levé que tout l'étage où je me trouvais résonnait de cris et de cavalcades d'enfants. Je m'assis dans mon lit, tendant l'oreille. «De l'eau! Il n'y a pas d'eau chaude?», criait une bonne. «Ohé, venez! Venez m'aider, pleurnichait un petit. Je ne trouve pas ma deuxième botte!»
On aurait cru la rumeur d'un hôtel ou d'un pensionnat. J'étais décontenancée. La porte de ma chambre s'ouvrit brutalement.

TABITHA — Eh bien, vous n'êtes pas levée, Miss Charity? Vous n'entendez pas la cloche?
MOI — Il y a le feu?
TABITHA — C'est Tante Janet qui appelle au petit déjeuner.

Je passai en hâte mes vêtements poussiéreux de la veille. J'étais toujours en deuil, Grand-maman ayant pris le relais de Grand-papa.

TABITHA — Brossez vos cheveux. Mon Dieu, que vous êtes vilaine ce matin avec vos yeux bouffis!

Ainsi encouragée, je descendis l'escalier.
Il y avait une dizaine d'enfants à Bertram Manor pour les vacances de Noël. Lady Bertram adorait les enfants.

Mais, comme elle ne supportait pas le bruit, c'était Tante Janet qui s'en occupait.

TANTE JANET — Entrez, entrez, Charity. Voici vos cousines et vos cousins.

Tante Janet oubliait de me préciser que nos liens de parenté étaient assez lointains. Il y avait là des Charles hauts comme trois pommes, des Edmund accrochés à leur bonne, des Pamela à quatre pattes, des Emily qui venaient de renverser leur verre, et je me mis à penser – Dieu sait pourquoi – à l'éclosion des têtards au printemps. Tante Janet me prit par la main et me conduisit devant les trois enfants de Lady Bertram que tout ce remue-ménage laissait indifférents.

TANTE JANET — Philip, Lydia, Ann, je vous présente votre cousine, Charity Tiddler.

ANN, *pouffant* — Charity Pfffiddler.

TANTE JANET — Charity a le même âge que vous, Ann. Onze ans.

ANN — Ah ouipppfff?

Ann me parut plus enfantine que moi avec ses joues rebondies qui rougissaient facilement, ses yeux bleus sans expression, et sa masse de cheveux que sa bonne faisait boucler chaque matin. Quant à sa sœur Lydia, qui avait treize ans, Tante Janet la disait très belle et tout le portrait de sa mère. Elle avait un visage allongé et dédaigneux, un gros nœud lui retenant les cheveux et, à mon avis, beaucoup trop de dents. Mon cousin Philip, âgé de quinze ans, avait un air de distinction fatiguée. Tous trois étaient blonds, vêtus de linge blanc et de mousseline claire, et je lus dans leurs yeux que j'étais une noiraude enveloppée dans un double-rideau.

TANTE JANET — Asseyez-vous, Charity… Un peu de lait dans votre thé ?

Je la regardai avec intérêt. À la différence des grandes personnes de ma connaissance, elle n'avait rien d'intimidant. Elle pouvait avoir trente ans tout aussi bien que cinquante. Sa robe grise qui comprimait ses formes disait qu'elle avait de toute façon passé l'âge de se marier.

En ce matin d'hiver au ciel bleu roi, je serais volontiers sortie courir dans la campagne. Mais, une fois dans le petit salon, Ann et Lydia s'assirent à une table ronde près de la cheminée et commencèrent des découpages dans du papier doré. Leur frère, à demi allongé sur le sofa, feuilleta un livre d'images.

TANTE JANET — Que désirez-vous faire, Charity ?

Je baissai la tête, honteuse de sentir sur moi les regards de mes cousins. Ann pouffa, car elle pouffait aussi sans parler. Tante Janet proposa une partie de nain jaune. Ann préférait le loto.

PHILIP — Sûrement pas. C'est pour les bébés. À moins que ma cousine ne veuille y jouer ?

Je devinai la moquerie en embuscade derrière sa politesse.

Moi — J'aime mieux aller dehors.

À ma grande surprise, Lydia rejeta ses petits ciseaux.

Lydia — Ah oui, de l'air!

Ce fut un branle-bas général. De l'air! Où est ma pelisse? Qu'a-t-on fait de mon manchon? Lucy, ma capote et mes bottes! Edmund, qui voulait que Tante Janet l'emmenât dehors, réclama: «'Net, 'Net, à cou!».

Une fois dans le parc, je me découvris une supériorité sur mes cousins. Je ne craignais pas de me salir. Ma robe noire supporterait très bien un ourlet de boue. Derrière les grilles de Bertram Manor s'étendait la campagne que le givre faisait miroiter au soleil. L'air frais si pétillant me tourna la tête et, sans réfléchir, je me mis à dévaler un sentier en pente, puis j'escaladai les trois barreaux d'un échalier et sautai de l'autre côté. Mon cœur bondissait de joie. La petite Londonienne voyait enfin le monde, le vaste monde!

Tante Janet — Cha... Charity! Il... il ne faut pas vous sauver. Vous vous perdriez très vite.

Elle était tout essoufflée, la capote de travers et le chignon défait.

Moi — Pardonnez-moi, Tante Janet. J'avais des fourmis dans les jambes.

J'aurais marché des heures durant. Mais Lydia se plaignit de ses bottines trop serrées et Philip porta la main à son cœur, car il était pris de palpitations. Une fois de retour au salon, tout le monde se déclara enchanté de la promenade, surtout ceux qui s'étaient plaints. Mais Philip, pâle et grimaçant, s'affaissa sur le divan.

TANTE JANET — Philip! Au nom du ciel, ressaisissez-vous! Un verre d'eau, vite! Desserrez votre col, mon enfant. Mais qu'on m'apporte un verre d'eau pour Philip!

Battant l'air des bras et tournant en tous sens, Tante Janet avait l'air d'une petite poule grise qu'on affole.

LADY BERTRAM, *entrant* — Mais Janet, faites quelque chose! Vous voyez que cet enfant est souffrant. Et vous savez bien que j'en tomberais malade si je devais le soigner.

Elle ressortit les larmes aux yeux, Philip ressuscita peu à peu et Tante Janet but le verre d'eau.

Le lunch fut très gai, car nous étions hors d'atteinte des parents dans la salle d'études de mes cousins, transformée en réfectoire. Nous mangeâmes des biscuits à la crème à nous en barbouiller le cœur. Je découvrais un monde où les enfants font du bruit et réclament de la limonade.

L'après-midi, mes cousines retournèrent à leurs décou-pages et mon cousin Philip à son livre d'images. Tante Janet, prise de somnolence, ne parla pas même d'une partie de nain jaune. Des flocons de neige voltigeaient derrière les fenêtres et je rêvais d'aller les cueillir en plein vol. Je sentis quelqu'un près de moi qui regardait aussi par la fenêtre.

LYDIA — Kenneth est en retard!

PHILIP — Il neige. À sa place, je ne viendrais pas.

LYDIA — Mais si, il viendra!

Je compris à sa nervosité qu'il était très important que Kenneth vînt. Philip proposa de lui envoyer une voiture.

TANTE JANET — La calèche est réservée aux adultes, Philip.

Les enfants Bertram se mirent à bouder. La vie sans Kenneth n'offrait plus le moindre intérêt.

ANN — Le voilà, le voilà!

Lydia courut de nouveau à la fenêtre et y tambourina. J'avais eu bien du mal à exister aux yeux de mes cousins. Dès que Kenneth parut au salon, je sentis que je n'existais plus.

KENNETH — On va jouer à snap dragon!

Ni «bonjour» ni «vous plairait-il?». Tout constellé de neige, il s'ébroua sur le tapis, la bise gonflant encore son manteau. Puis il posa les mains bien à plat sur les joues de Lydia pour lui montrer à quel point elles étaient glacées. Lydia le repoussa avec un cri agacé. Mais son regard si dédaigneux s'était troublé.

Le jeu de snap dragon était, d'après Kenneth, le meilleur moyen de se réchauffer les mains. Tante Janet étendit une couche de raisins secs dans un plat et la recouvrit d'eau-de-vie. Kenneth eut le privilège d'y mettre le feu puis chacun essaya de retirer du plat quelques raisins enflammés. Je n'avais pas peur de la courte flamme bleue, mais il fallait jouer des coudes pour s'approcher du plat, et je me contentai de regarder les autres faire des grimaces et des bonds.

Je m'aperçois que je n'ai pas décrit Kenneth, mais c'était un tel feu follet qu'il en devenait indescriptible. Il avait treize ans, comme Lydia.

Pour calmer tout le petit monde, tante Janet ressortit son nain jaune.

Kenneth — Oh, non, Janet, par pitié ! Faisons plutôt une partie de colin-maillard !

Kenneth était le seul enfant à dire « Janet ». Tante Janet semblait toujours sur le point de le reprendre, mais ne s'y décidait jamais. Nous jouâmes à colin-maillard, et la partie fut à l'image de celui qui l'avait proposée. Endiablée. Les plus jeunes se prenaient les pieds dans les tapis et je crois qu'aucun coin de meuble, aucune poignée de porte ne fut oubliée. Mais ni plaie ni bosse n'arrêtaient le jeu. Tante Janet elle-même courait avec des caquètements d'effroi. Kenneth trichait de façon si visible que ce n'était pas la peine de le lui faire remarquer. Il coinça Lydia dans un angle du salon et fit semblant de ne pas la reconnaître. Il palpa son visage, fourragea dans sa chevelure, tâta ses épaules, en proposant des solutions stupides : était-ce Edmund, était-ce Janet ? Lydia finit par le repousser d'un geste brusque. Elle, si pâle, avait le feu aux joues.

Quand Kenneth fut sur le point de repartir, on s'aperçut

que la nuit avait déjà gagné le salon. Tante Janet sonna pour qu'on apportât de la lumière et, soudain, Kenneth se tourna de mon côté et me demanda qui j'étais.

MOI — Je m'appelle Charity Tiddler

KENNETH — Oh, oh! Cha-ri-ty. Ce doit être un nom bien agréable à porter.

Ce fut tout. Mais ce fut assez pour que Lydia s'esclaffât. Ce soir-là, dans ma chambre, je dessinai un renard, un renard croqueur de poules. Et au-dessus du renard, j'écrivis : *Kenneth.*

Puis vint le jour de Noël. Au matin, Tante Janet mena les enfants dans le grand salon de Bertram Manor d'où l'on avait retiré les meubles et les tapis en prévision du bal de la soirée. Les parents nous y attendaient, faisant cercle autour du sapin et bavardant entre eux comme s'ils n'avaient pas sous les yeux la chose la plus incroyable du monde. Tous les enfants poussèrent un «oooh» d'émerveillement.

Le sapin était immense. Dans mon souvenir, il s'enracine dans le parquet et va trouer le plafond. Mille bougies l'illuminent, il ruisselle d'or et de lumière, il est couvert de cadeaux extraordinaires. Car à ses branches sont accrochés des poupées de cire, des livres d'images, des canifs, des toupies et des tambourins, des petits soldats et des épées de bois, des oranges, des bijoux plus brillants que des vrais, des papillotes et des pantins, et des cadeaux sérieux pour les jeunes filles, des essuie-plumes, des porte-aiguilles,

Kenneth

des flacons de sel, des carnets de bal… Au pied du sapin, il y a une arche de Noé avec un toit qui se soulève, et il me semble qu'aucun animal n'a été oublié, même si on distingue mal le veau du chien La maison de poupée me fait rêver avec son horloge, son minuscule seau à charbon, son poulet en carton collé au plat avec le gros couteau en fer-blanc pour le découper qui se plie dès qu'on appuie dessus. Edmund a déjà enfourché le cheval à bascule et plus personne ne le fera descendre. Lydia est en train de faire l'inventaire de sa luxueuse boîte à couture avec le dé d'argent et les ciseaux dorés. Ann goûte la prune et l'angélique dans sa boîte de fruits confits. Et moi, moi, quel bon génie, quel lutin plein d'esprit a pensé à m'offrir la seule chose qui peut me combler ? Une boîte de peinture ! Et tandis que je serre mon présent contre ma poitrine, j'aperçois maman qui me regarde gentiment et papa qui… (je me demande si je ne rêve pas)… papa qui me sourit !

Puis vient le soir, puis vient la nuit tandis que tombe la neige à gros flocons et que le vent fait trembler les vitres. Dans le salon de Bertram Manor, un énorme feu ronfle dans l'énorme cheminée. Et voilà que tous les invités en tenue de fête descendent les escaliers tandis que d'autres arrivent du village en voiture ou à pied, le Révérend Brown, sa femme et ses trois filles, la mercière et le docteur, le boulanger et le notaire. Tante Janet accueille tout le monde à l'entrée parce que Lady Bertram ne supporte pas les courants d'air. Son mari, Sir Philip, est revenu de Londres pour la circonstance et daigne même parler avec papa (parce que papa sait parler!). Il y a des dizaines d'enfants, certains très intimidés, d'autres effroyablement mal élevés. Il y a Kenneth. Dont j'apprends par hasard qu'il est le fils unique de Mrs Ashley.

Puis toc, toc, toc, trois coups sont frappés et flûtes et violons entament l'air de *Sir Roger de Coverley*. Tante Janet et Sir Philip forment le couple de tête, papa et Lady Bertram viennent ensuite, puis quinze autres couples leur emboîtent le pas, faisant avec le plus grand sérieux toutes les figures prévues : visites, moulinets, révérences, tire-bouchons, enfilez-les-aiguilles et chacun-à-sa-place. Mais déjà papa a égaré sa cavalière, les enfants se faufilent entre les danseurs et le couple de tête semble avoir perdu la sienne. Tout le monde rit et on enchaîne avec *La Boulangère* : «Tapez du pied, tapez des mains, sautez!» À la vérité tout le monde fait n'importe quoi. Lady Bertram s'évente. On a chaud. On a soif. Les châtaignes claquent sous la cendre. Je suis heureuse, je n'ai pas assez de mes deux yeux pour tout voir.

KENNETH — Vous ne dansez pas, Miss Charity?

Je ne l'ai pas vu venir. Il est arrivé dans mon dos.

MOI — Je ne sais pas.

KENNETH — Personne ne sait, vous le voyez bien!

Et me voilà qui danse comme Lydia danse, et je m'aperçois que, malgré nos deux années d'écart, nous avons la même taille. Elle me jette des regards de côté parce que je danse avec le renard. Soudain, un cri.

UNE FEMME — Un rat! Un rat!

Elle a vu un rat courir le long d'un rideau. Il est là, là, dans un coin plus sombre du salon. Ces messieurs cherchent des bâtons. Je porte la main à mon cœur. Julius! Quelqu'un a dû ouvrir sa cage. On décrète la chasse au rat. Les hommes adorent ça. Je porte les mains à mes oreilles. Julius! Je crois l'entendre crier. Sir Philip voudrait lâcher sur lui son meilleur chien. Mais déjà la chasse est terminée. Ils l'ont tué à coups de bâton. Pour moi, la fête est terminée.

Je pars en courant dans ma chambre pour pleurer. Et je sanglote toute seule sur mon oreiller.

UNE VOIX — Vous avez eu si peur que ça?

Je me redresse et j'aperçois, dans l'encadrement de la porte, Kenneth qui tient un bougeoir à la main.

KENNETH — Il est mort. Tout le monde s'est remis à danser.

MOI — C'était mon rat! Allez-vous-en.

KENNETH — Votre rat?

Il avance vers moi prudemment. Il doit me prendre pour une folle.

MOI — J'avais un rat dans une cage sous ce meuble.

Kenneth s'accroupit devant le meuble que je lui désigne.

Kenneth — En effet. Un rat noir.

Moi — Il est là ? Julius ? Ce n'était pas lui ?

Kenneth — Non, l'autre s'appelait Auguste.

Il rit et s'en va en me laissant dans le noir.

Quand je reviens dans le salon, personne ne s'est aperçu de ma brève disparition, à l'exception peut-être de Lydia. Vers minuit, on apporte des bols de punch enflammé et des Christmas puddings, ronds comme des boulets de canon, et décorés en leur sommet d'une branche de houx. Tout le monde applaudit. Puis on chante et on s'embrasse sous le gui. Enfin, tout devient noir et quelqu'un me porte jusque dans mon lit.

Le lendemain, nous rentrions à Londres. Maman avait des étourdissements et papa souffrait des dents. Je retrouvai la nursery exactement telle que je l'avais quittée. Mary et Blanche m'écoutèrent leur raconter tout ce que j'avais vu.

Les jours passèrent, qui devinrent des semaines. Les raisins enflammés au jeu de snap dragon, le sapin qui monte au plafond et papa qui sourit se figèrent dans ma mémoire comme sur les photographies. Avais-je vraiment vécu toutes ces choses extraordinaires ou m'étais-je endormie un soir sur un beau livre d'images ?

M'étais-je endormie sur un beau livre d'images ?

5

Au soir de mon douzième anniversaire, j'ouvris solennellement la lettre que je m'étais écrite trois ans plus tôt.

«Chère amie, Quand vous me lirez, vous serez une vraie savante…» Je souris en m'apercevant de ma naïveté. Plus on apprend, plus on sait qu'on ne sait rien.

Au dîner, papa m'avait offert *Le Livre des Nouvelles Merveilles*. L'auteur m'y posait toutes sortes de questions, un peu comme le guide spirituel du jeune enfant, mais les réponses fournies me plongeaient dans le ravissement.

«Comment relèverez-vous des empreintes d'animaux ?

Promenez-vous dans les bois avec un petit sac de plâtre, une casserole, de l'eau, une cuiller…» Je m'y voyais déjà, la cuiller et la casserole accrochées à la ceinture, et le sac de plâtre sur l'épaule.

«Comment saurez-vous l'âge d'un arbre ? Demandez à un ami qui abat un arbre de vous céder une section du tronc…»

Hélas, il n'y avait pas la recette pour se faire un tel ami! Ce jour de mon douzième anniversaire, je commençai à soupçonner que certaines choses ne s'apprennent pas dans les livres. Je repris la lecture de ma lettre : «… *et vous saurez enfin dessiner les hérissons correctement.*» Là, j'eus un sourire de triomphe. Jack — qui allait bientôt disparaître dans des circonstances mystérieuses — avait posé dix fois, vingt fois pour moi en piquant… du nez le plus souvent. J'avais aussi réalisé de charmants dessins de Quenotte, de Julius ou de Klapabec. Mais surtout, mon talent pour l'aquarelle m'avait permis de quitter la maison pour explorer les environs avec ma précieuse boîte de peinture et mon chevalet.

Aux beaux jours, je montais dans la calèche familiale en compagnie de Mademoiselle et de Tabitha. Maman venait toutes les fois qu'elle ne souffrait pas des nerfs, mais pour le plus grand dommage des miens. À l'en croire, je ne choisissais jamais le bon endroit pour peindre, ni le bon moment. Je manquais de recul ou je n'avais pas adopté l'angle le plus judicieux. Ce vieux mur déparait le paysage ou il fallait attendre une éclaircie. Et quand l'éclaircie arrivait, maman avait un malaise à cause de la chaleur. J'avais tout de même réussi à peindre un couchant sur la Tamise, un cygne se reflétant sur l'eau sombre d'un étang et deux pêcheurs de crevettes.

Papa demanda un jour à voir mon carton à dessin. Je le lui portai dans la bibliothèque et il en examina le

contenu. Il ne jeta qu'un regard sur tous mes petits croquis d'animaux dont il fit un seul tas. Puis il disposa l'un
à côté de l'autre mes trois paysages à l'aquarelle. Enfin, il
prit les pêcheurs de crevettes à bout de bras, les rapprocha,
les éloigna de nouveau.

PAPA — Oui, c'est…

J'attendis le commentaire qui devait suivre, et je l'attends encore. Mais quelques jours plus tard, je vis dans
la bibliothèque, joliment encadrés, mes pêcheurs de crevettes. Et je fus flattée. Mademoiselle me dit que, pour
sa part, elle aurait choisi le coucher de soleil, bien plus
romantique. Dès le lendemain de cette déclaration, je lui

tendis, enveloppé aussi joliment que je l'avais pu, mon couchant sur la Tamise.

MADEMOISELLE, *rosissant de plaisir* — Oh, Cherry!

Nous étions devenues amies. Je jouais toujours aussi mal du piano et je chantais faux. Mais je parlais couramment français, ce qui mettait Tabitha en colère parce qu'elle pensait que j'en profitais pour dire du mal d'elle. Un jour où ma bonne était absente, Mademoiselle me dit une chose qui me parut étrange.

MADEMOISELLE — Je ne voudrais pas vous faire de peine, Cherry, car je sais que vous l'aimez. Mais je crains bien que Tabitha ne soit folle.

MOI — Folle?

J'y repensai à l'instant où je lus la phrase suivante dans ma lettre : *Maintenant, vous n'avez plus peur la nuit du Bonnet Rouge ni de vos deux petites sœurs qui sont des anges au Paradis, et pas du tout des squelettes.* J'avais grandi et mes frayeurs avaient disparu. Sauf une nuit où je me sentis brutalement secouée par le bras. N'étant qu'à demi réveillée, j'eus la sensation de basculer dans le vide.

UNE VOIX — Levez-vous! Vite! C'est Miss Finch.

MOI — Hein? Où? Qui?... Oh, c'est vous, Tabitha? Que se passe-t-il? Le feu?

TABITHA — Pas encore. Mais elle va le mettre tôt ou tard. Je l'ai reconnue. Cette fille qui se fait passer pour une Française…

Elle ricana. Je m'étais redressée sur un coude et sa vue soudain m'effraya. Elle était en chemise de nuit, mais sans bonnet, et ses cheveux rouges se tordaient comme des serpents autour de son visage pâle.

Moi — De qui parlez-vous ? De Mademoiselle ?

Tabitha — Chut… plus bas. Elle est là, elle nous espionne, c'est Miss Finch. Oh, elle est forte. Je ne l'ai pas reconnue tout de suite. Avec ses airs de chatte blanche.

Je voulus raisonner Tabitha et lui démontrer qu'il n'était pas possible que Mlle Blanche Legros fût la même personne que Miss Finch, la gouvernante de Killiecrankie. Tabitha m'enfonça ses ongles dans le bras.

Tabitha, *tout près de mon visage* — Je sais que c'est elle.

Et son haleine brûlait tout comme ses yeux jetaient des flammes.

Tabitha — C'est elle. C'est elle. Elle tue les petits enfants. Elle a jeté le sien, son propre enfant, elle l'a jeté dans la rivière. Qu'elle soit maudite !

Et tout à coup, Tabitha se mit à sangloter, la tête entre les mains. «Maudite, maudite», gémissait-elle. Je trouvai la force de quitter mon lit et de courir prendre un verre d'eau. Puis je passai un bras autour du cou de Tabitha et je l'aidai à boire. Elle parut reprendre ses esprits.

Tabitha — Ne dites rien de ce que je vous ai dit. À personne. C'est un secret. Jurez-le.

À présent, elle semblait effrayée et elle me suppliait presque.

Moi — Je vous le jure, Tabitha. Je n'en dirai rien à Mademoiselle.

Tabitha, *la voix sifflante* — Oh, celle-là!

Mais elle n'osa rien ajouter. Je tins parole et gardai pour moi ce qui s'était passé cette nuit-là.

Tabitha a bien voulu que vous installiez un nichoir à oiseaux dans le jardin… Tabitha n'avait rien voulu savoir… *et Mary vous a donné un lapin, au lieu de le tuer comme lundi dernier.* Je relevai les yeux pour les poser sur mon cher Master Peter. Comme la fois précédente avec Pâté, j'avais demandé à la cuisinière la permission de garder quelques jours le lapin acheté au marché. Tabitha m'avait proposé de le baptiser Fricassée, mais j'avais refusé. Peter révéla tout de suite sa nature confiante et malicieuse. Il adorait enfouir sa tête sous mon aisselle en rabattant les oreilles et passer de petits coups de langue sur mes joues. Il resta à bonne distance de Julius, mais ne manifestant aucune crainte, il ne fit l'objet d'aucune attaque. Quand la cuisinière vint réclamer sa victime, je me plaçai résolument devant Peter.

Moi — Vous me tuerez avant, Mary.

J'ai connu beaucoup de lapins dans ma vie. Ce sont des êtres au caractère accommodant, mais tout à fait dépourvus d'ambition. Peter était un lapin d'exception. Tout de suite, il exigea de savoir compter. Quand je lui disais : « Peter, deux plus un font ? », il frappait trois fois le sol de sa patte arrière. Ce pouvait être aussi deux ou quatre, mais il manifestait de toute façon son intérêt pour l'arithmétique. Étant un peu snob, il préférait le français à l'anglais. Si je lui disais : « Come on ! », il ne bougeait pas. Mais si c'était : « Viens ! », il accourait. Il aimait les arts. Quand Mademoiselle jouait du piano, il s'installait à ses pieds. Si c'était moi, il passait dans la pièce à côté. Par-dessus tout, il avait une passion pour la peinture. Il me mangea la moitié de mes pinceaux. Bref, Peter devint le roi de mon cœur. Tabitha, jalouse, ne cessa de l'appeler Fricassée et c'est sans doute à cause de lui que Jack se défenestra.

Vous êtes très heureuse, concluait la lettre à juste titre, *mais je dois vous le dire pour que vous restiez modeste, vous n'êtes pas devenue jolie.* Pour mon douzième anniversaire, Lady Bertram avait eu l'idée inattendue de me faire expédier un de ces miroirs pivotants qu'on nomme psyché.

MAMAN — Vanité des vanités !

Elle avait bien tort de craindre que mon reflet ne m'enseignât l'orgueil. Comme je l'avais prévu, je n'étais pas devenue jolie. J'étais plutôt grande pour mes douze ans, et un peu voûtée depuis quelque temps. Me voyant en pied pour la première fois dans un miroir, je me forçai à rejeter les épaules et à redresser la tête. J'avais un long cou et il me parut que je ne manquais pas de dignité. Mais je n'avais rien d'une enfant, comme me l'avait toujours fait observer Tabitha. Aurais-je l'air un jour d'une jeune fille ? Du plat de la main, je lissai mon corsage. J'avais au moins un sujet de contentement : je ne portais plus le deuil et la couturière de maman m'avait fait une robe gracieuse dans une faille gris clair.

TABITHA — Madame a raison : vous devenez vaniteuse.

Ayant fini de lire ma lettre, il ne me restait plus qu'une chose à faire : en écrire une autre, à ouvrir quand j'aurais quinze ans.

Chère amie, vous voilà jeune fille ! Vous avez appris par cœur Roméo et Juliette et Le Livre des Nouvelles Merveilles vous a fait progresser dans les sciences naturelles. Vous faites de si jolies aquarelles que votre père en a fait encadrer une dizaine. Je dois vous féliciter pour votre haute taille et votre port de reine. Vous avez vaincu votre timidité et vous avez su vous lier d'amitié avec vos cousines Lydia et Ann…

Ma plume hésita au moment d'évoquer mon cousin Philip. Calculant qu'il aurait dix-neuf ans quand j'en aurais quinze, je me sentis gagnée d'avance par cette timidité que je voulais surmonter.

Mais Mademoiselle, Tabitha et Peter restent vos meilleurs amis.

Votre toujours affectionnée Charity Tiddler.

P.-S. N'oubliez pas le nichoir à oiseaux !

Dès le lendemain, j'entamai le programme que je m'étais fixé pour les trois années à venir.

MOI, *récitant* — «Ô Roméo! Pourquoi es-tu Roméo? Renie ton père et abdique ton nom. Ou, si tu ne le veux pas, jure de m'aimer et moi, je ne serai plus une Capulet.»

Juliette Capulet avait quatorze ans et il me semblait que, si on lui avait offert à son anniversaire *Le Livre des Nouvelles Merveilles*, elle eût mieux employé son temps. Elle aurait pu apprendre comme moi-même que les sporophytes sont des plantes asexuées d'un commerce plus reposant que les Montaigu. Mon unique tourment était de me faire offrir un microscope me permettant de pousser mes études sur la puce d'eau. Sans doute informé par Mademoiselle, papa m'en fit cadeau pour mes étrennes. Mon goût pour le dessin prit alors un nouveau tournant et je consacrai des heures à reproduire à l'aquarelle les ailes du sphinx du troène et les huit pattes poilues de l'araignée-crabe mâle que je pouvais détailler au microscope.

Je m'aperçus bientôt que ma vue fatiguait et il me fallut porter des lunettes quand je travaillais. Cela n'embellissait pas mon visage, mais me permit de me tenir plus droite. Peter trouvait que je consacrais trop de temps à mes travaux et il m'en faisait parfois le reproche en venant croquer mes crayons. Si je le punissais d'une tape sur le nez, il restait sur mon bureau en me boudant, le dos tourné.

MADEMOISELLE, *s'attendrissant* — Le pauvre chéri, il veut jouer.

«Jouer» n'était pas le mot qui convenait à Peter.

Il souhaitait s'instruire. Je lui appris donc à traverser un cerceau, à faire le beau, et à passer sur une planche posée comme un pont entre deux meubles.

Une année s'écoula ainsi fort agréablement et, au mois de mai 1883, papa m'apprit une grande nouvelle : nous allions passer l'été dans le Kent où nous louerions une maison, non loin de Bertram Manor. J'allais revoir mes cousins. C'était le moment ou jamais de tenir la promesse que je m'étais faite : me lier d'amitié avec Ann et Lydia.

6

Maman ne s'était jamais beaucoup préoccupée de moi. Mais plus je grandissais, plus elle semblait apprécier mes qualités, la première étant d'être muette. Maman avait beaucoup de choses à me raconter à propos des visées de Miss Dean sur le Révérend Donovan et sur le fait que Mary ne savait pas cuisiner le pudding aux rognons. Par ailleurs, maman souffrait des nerfs et elle avait découvert que je savais faire ce qu'il fallait pour la soulager, parce que l'insensibilité, mon autre qualité, me rendait efficace. Je lui faisais respirer des sels quand elle menaçait de s'évanouir et je lui mettais une poche de glace sur le front quand le sang lui montait à la tête. Puis, comme elle se tordait les chevilles dès qu'elle faisait trois pas, elle avait besoin de s'appuyer à mon bras, même pour aller jusqu'à sa calèche. Elle était d'ailleurs persuadée que j'étais enchantée de quitter la nursery et d'aller en visite avec elle chez ses amies. J'avais fini par prendre l'habitude de réciter mentalement du Shakespeare, ce qui faisait que ces mêmes amies me demandaient régulièrement si j'avais mal aux dents.

Quand papa annonça que nous passerions l'été à la campagne, maman se réjouit par avance de toutes ces promenades en calèche que nous ferions, elle et moi, bien à l'abri sous une ombrelle et le flacon de sels à portée de main. Cherchant comment préserver un peu de solitude, je fis part à papa de ma passion pour la cueillette des champignons. Lui-même ne jurait que par la pêche à la mouche. Nous nous comprîmes parfaitement, même si papa ne me répondit que : « En effet. »

Dingley Bell, où nous allions vivre, était à moins d'une lieue de Bertram Manor. Maman, qui voulait garder la tête haute devant Lady Bertram, décida qu'il nous fallait emmener sa femme de chambre, la cuisinière, le cocher, ma bonne et ma gouvernante. Pour ma part, j'emmenai Peter, Quenotte, Julius, Darling, Klapabec, Cook, un canard échappé de la casserole, et Maestro, un hibou récemment apprivoisé. Ma ménagerie n'était plus un secret pour personne.

Dingley Bell était une jolie bâtisse de deux étages, où courait la vigne vierge. Elle était entourée d'un jardin où régnait un fouillis d'herbes odorantes, le thym, la sauge et la menthe au milieu des digitales et des passeroses. Ned, le jardinier, entretenait soigneusement le potager et le verger. Derrière le muret de pierres grises délimitant notre propriété s'étendait à perte de vue une campagne vallonnée où se succédaient bois, prés, champs de houblon et vignobles. Le bonheur était là, sous mes yeux. Une seule chose me troublait, l'obligation que je m'étais faite de devenir l'amie d'Ann et Lydia.

Dès le lendemain de notre installation, mes cousines arrivèrent à Dingley Bell dans une petite voiture tirée par un poney que conduisait Lydia en personne. Elle me parut très sûre d'elle, mais moins jolie que dans mon souvenir. Quelques petits boutons rouges piquetaient les ailes de son nez et ses dents mal plantées lui poussaient les lèvres en avant. Elle avait quinze ans et Philip, dix-sept.

MAMAN — Est-il en vacances en ce moment?

Ann pouffa en guise de réponse, mais Lydia donna quelques explications d'une voix languissante. Philip, en pension à Eton, était tombé malade et on avait dû le ramener à la maison. Depuis, il poursuivait ses études sous la direction d'un précepteur allemand, Herr Schmal. Elle-même et sa sœur avaient une gouvernante allemande. Lydia parlait en avalant les mots. Son frère l'ennuyait. Sa sœur l'ennuyait. La campagne était ennuyeuse.

ANN — Heureusement, Fräulein nous a laissé notre après-midi.

J'aurais dû m'en réjouir puisque je voulais cultiver leur amitié. Mais je ne trouvais rien à leur dire. Lydia étouffait déjà des bâillements. J'eus une soudaine inspiration.

MOI — Voudriez-vous voir mon hibou et… mon… mon lapin?

Elles retrouvèrent un peu de gaieté au milieu de mon

petit zoo. Elles poussèrent quelques exclamations de dégoût devant Darling et Julius, puis taquinèrent Maestro qui souleva une paupière en les entendant piailler.

Lydia déclara en voyant Klapabec que c'était une honte de garder cet oiseau en vie.

LYDIA — Il souffre. Il vaut bien mieux le tuer.

ANN — Oui. En l'étoupffffant!

Klapabec était un geai des chênes magnifique aux plumes blanches et noires, brunes et bleues, qui n'avait que le malheur d'avoir été estropié.

Il redressa soudain sa huppe de plumes sur sa tête et lança un «krèèèk» très rauque avant de becqueter furieusement ses barreaux.

ANN — Quel caractère! Il est affreux...

MOI — Que diriez-vous, vous-même, si on parlait de vous étouffer?

Ce n'était pas ainsi que je gagnerais sa sympathie. Heureusement, Master Peter détourna son attention. Elle le trouva «mignon» et je voulus le mettre en valeur en lui faisant exécuter tous ses tours. Il refusa de sauter le cerceau, prétendit ne pas savoir compter jusqu'à trois et ne tint debout sur ses pattes arrière que contraint et forcé. Je ne l'avais jamais aussi intensément détesté. Je m'aperçus alors que ma cousine Ann avait profité de ce que Peter me faisait enrager pour sortir Quenotte de sa cage et la tripoter.

MOI — Oh, faites attention, vous la serrez très fort!

À ma grande consternation, Quenotte en fit pipi d'effroi. Ce fut tout un drame, la robe allait être gâchée. Quelle idée stupide de collectionner toutes ces petites horreurs ! On alerta Tabitha qui me gronda, on alla chercher Mademoiselle qui se répandit en excuses. Ann était au bord des larmes, Lydia gardait au coin des lèvres un sourire de suffisance. Je poussai un soupir de soulagement quand la carriole et le poney reprirent le chemin de Bertram Manor.

Le lendemain, je partis herboriser à pied en compagnie de Mademoiselle. Maman ne voulait pas entendre parler de champignons. Les fleurs lui paraissaient plus distinguées. Nous commençâmes par cueillir le millepertuis qui ensanglante les mains quand on le pétrit, la saponaire qui peut les laver, puis le bouillon-blanc qui, contrairement à ce qu'il affirme, est jaune. Mademoiselle, que ni le nom ni les mœurs des plantes ne passionnaient, s'assit à l'ombre avec un roman.

MADEMOISELLE — Ne vous éloignez pas, Cherry !

Je ne le fis pas exprès, mais, allant d'une fleur à une autre, je finis par m'éloigner. Le ciel était d'un bleu profond et la chaleur devenait accablante. Je m'assis un instant sur une souche d'arbre et fermai les yeux, un peu lasse et très heureuse.

De la terre montait un chant clair, cri, cri, cri. Un grillon tout près de moi s'époumonait. Je partis à sa recherche à ras de sol, écartant doucement les herbes. Je n'eus que le temps de me redresser en entendant marcher derrière moi.

UNE VOIX — Vous avez perdu quelque chose, Miss?

Encore à genoux, je tournai la tête et reconnus Kenneth Ashley au premier coup d'œil, bien qu'il eût beaucoup grandi. Il s'accroupit près de moi sans attendre ma réponse.

KENNETH — Vous cherchez un grillon?

J'acquiesçai. À son tour, il écarta les herbes et me montra une petite plaque de terre nue.

KENNETH — Ça, c'est le pas-de-porte de Monsieur Grillon. Et voici son trou. Je parie qu'il est dans sa chambre, au fond du couloir.

Il coupa une herbe et l'introduisit dans le trou.

KENNETH — Je vais le chatouiller. Ça devrait le décider à sortir.

Je m'étais rassise sur la souche, songeant que Mademoiselle allait s'inquiéter de moi. Mais je ne pouvais planter là Mr Ashley qui essayait d'attraper un grillon pour mon plaisir.

KENNETH — Hum… Il doit connaître le truc. Ne regardez pas, Miss. Je vais lui pisser dessus.

Personne ne pouvant prononcer une pareille phrase en société, je crus avoir mal entendu. Mais le geste que fit le jeune Mr Ashley ne me permit aucune autre interprétation. Je regardai un petit nuage pommelé pendant quelques instants.

KENNETH — Tenez, le voilà, ce brave bougre...
Houps!

D'une main, il rafla le grillon.

KENNETH, *riant* — Il n'aime pas les inondations!

J'entendis alors Mademoiselle qui m'appelait. Et
Mr Ashley l'entendit aussi. Il glissa le grillon entre mes
mains.

KENNETH — Voilà, prenez-en soin. Comme du rat,
n'est-ce pas?

Il se sauva sans attendre Mademoiselle, qui le vit pourtant détaler.

MADEMOISELLE — Qui était-ce?
MOI — Un jeune fermier.

J'emprisonnai le grillon dans mon mouchoir et, dès que nous fûmes à Dingley Bell, je lui construisis une toute petite cage avec l'aide de Ned, le jardinier.

MADEMOISELLE — Comment l'appellerez-vous?

MOI — Noé. Noé sauvé du Déluge.

Je fus seule à savoir pourquoi je riais.

Je m'étais promis pour le lendemain une bonne promenade en bordure de rivière, là où papa pêchait à la mouche avec le Révérend Brown. Mais c'était compter sans le thé-du-mardi de Lady Bertram.

MOI — Oh, maman, cela ne peut-il attendre mercredi?

Maman me regarda comme si ce qui n'était jusqu'alors qu'un désagréable soupçon venait de se confirmer.

MAMAN — Cette enfant est stupide.

Le mardi, nous nous rendîmes au thé-du-mardi. Tandis que notre calèche traversait le parc de Bertram Manor et que, Mademoiselle et moi, nous nous extasions sur les prairies vert émeraude, les charmants bosquets d'où s'échappaient des chevreuils et la pièce d'eau où pleurait un saule, maman gardait un visage renfrogné. Bien que très fière de son lien de parenté avec Lady Bertram, elle ne voulait pas s'avouer en situation d'infériorité. Elle luttait pied à pied. Elle avait une cuisinière à Dingley Bell, mais Lady Bertram avait un chef cuisinier et deux marmitons. Elle avait une femme de chambre, mais Lady Bertram en avait trois, augmentées d'une lingère et d'une blanchisseuse. Plus l'après-midi s'écoulait, plus ma pauvre maman verdissait d'envie, et, quand on apporta sur des chariots des pyramides de prunes, de pêches et d'abricots cueillis dans les vergers de Bertram Manor, elle déclara qu'elle ne digérait pas les fruits.

Au thé-du-mardi, Lady Bertram invitait tout ce qui était fréquentable dans les environs, la femme du Révérend Brown et sa fille aînée, deux ou trois vieilles demoiselles bien apparentées, quelques gros propriétaires, parfois le notaire, plus rarement Mrs Ashley.

LADY BERTRAM — Ah, c'est vous, Mrs Ashley ? Vous ferez bien la quatrième au whist ?

Kenneth s'était glissé au salon derrière sa mère. Il salua d'un petit signe mes cousines, m'ignora et alla rejoindre Philip sur le sofa. Mon cousin me parut maigre et pâle, surtout en comparaison de son ami. Je m'aperçois d'ailleurs que je n'ai toujours pas décrit Kenneth. Eh bien, disons… Des yeux noirs, des cheveux châtains, un teint clair, mais hâlé en été.

LADY BERTRAM — Charity, je sais que vous avez pris des leçons de piano avec Mlle Legros. Faites-nous profiter de vos talents.

Je jetai un regard d'angoisse à ma marraine.

MOI — Oh non, vraiment pas, je ne… non…

LADY BERTRAM — Soyez naturelle, Charity. Ne vous faites pas prier.

Il ne me restait plus qu'à m'exécuter et, pire encore, à exécuter un malheureux morceau. Je puis dire sans me vanter que je jouai encore plus mal qu'à l'ordinaire. Il se fit un pénible silence quand j'en eus terminé.

LADY BERTRAM — Il faudra prendre encore quelques leçons…

Mes cousines eurent la gentillesse de ne pas ricaner. Mais Lydia se mit au piano tout de suite après moi et joua avec virtuosité. Bientôt, Kenneth la rejoignit et tous deux firent un quatre-mains. J'applaudis de bon cœur, certaine au moins d'une chose : qu'on ne me demanderait plus rien.

Sur le chemin du retour, maman adressa d'aigres reproches à Mademoiselle. À quoi la payait-on si son élève était tout juste bonne à ridiculiser sa famille en public ? J'en eus de la peine pour Mademoiselle, que j'entendis sangloter dans sa chambre.

TABITHA — Vous verrez, elle se vengera. Un jour, elle mettra le feu.

Je me lassais des histoires de Tabitha. Elles ne se renouvelaient pas. Toujours le même décor, toujours les mêmes personnages. Je relevais parfois quelques contradictions. La fille cadette de l'aubergiste, Emily Macduff, qui s'était tout d'abord mariée avec le vieux notaire, avait finalement été séduite et abandonnée par lui.

TABITHA — Maudit, trois fois maudit ! Mais le Diable le poursuit !

Moi — Certainement.

Je passai de merveilleux moments à Dingley Bell et dans les environs. De mémoire de fermier, on n'avait jamais vu plus bel été. Un soir, je recueillis un hérisson abandonné par sa mère qui remplaça mon cher Jack. C'était d'ailleurs une hérissonne, que je baptisai Mildred et que je nourris au compte-gouttes. Je devenais une bonne infirmière mais, hélas, je ne pus sauver Quenotte dont ma cousine Ann avait brisé la colonne vertébrale. Elle mourut paralysée.

À la mi-septembre, nous fîmes nos adieux aux collines du Kent et aux habitants de Bertram Manor.

Lady Bertram — Nous nous reverrons à Londres cet hiver.

Lydia devait faire son entrée dans le monde et Philip consulter un célèbre médecin de Harley Street. Je surpris d'ailleurs une conversation entre mes deux cousins bien malgré moi. J'étais dans le petit salon et tous deux se croyaient seuls, accoudés au balcon. Je dressai l'oreille en entendant Lydia prononcer mon nom.

Lydia — C'est Charity Tiddler qui aurait bien besoin de consulter un médecin.

Philip — Qu'est-ce qu'elle a ? Est-elle malade ?

Lydia — Elle est folle. Elle récite du Shakespeare au milieu de tout un ramassis de bestioles !

J'ignore d'où elle tenait son information, mais je dus reconnaître que c'était un assez bon résumé de ma vie.

Lorsque quarante hivers
auront assailli ton front ...

7

Je n'ai jamais pu intéresser Peter à la poésie de Shakespeare. Dès que je lui récitais les premiers vers d'un sonnet, il s'éloignait à petits bonds prudents pour se glisser sous une armoire. S'il avait pu se boucher les oreilles, il l'aurait fait. Quant à Cook, le canard qui aurait dû finir en terrine, il avait décidé de me clouer le bec. Quand je me mettais à déclamer, il cancanait de toutes ses forces pour couvrir le son de ma voix. Ce qui donnait : *« Lorsque quarante hivers coin coin auront assailli ton front coin coin et creusé au champ de ta beauté coin coin des tranchées profondes coin coin coin… »* Mademoiselle en pleurait de rire, amenant ainsi un peu de rose à ses joues pâles. Pour une raison qui m'était mystérieuse, Mademoiselle, sans être jamais malade, jaunissait et se desséchait comme une fleur qu'on oublierait d'arroser.

Un de ses tourments était de voir les animaux de ma ménagerie privés de tout espoir d'une vie conjugale. Mildred était si seule, la pauvre chérie, et Peter n'avait pas de fiancée !

MOI — Mildred est très timide et Peter est très personnel. Ils sont heureux comme ils sont. Et moi aussi.

MADEMOISELLE — Oh, Cherry…

Mademoiselle n'était pas heureuse. À ses peines imaginaires s'ajoutait un souci bien réel. Tabitha la détestait. Elle avait un jour glissé des épingles dans son porridge et Mademoiselle avait failli en avaler une. J'avais défendu ma bonne comme j'avais pu, en parlant d'étourderie. Mais depuis, Mademoiselle allait chercher directement sa nourriture à la cuisine sans la faire monter par Tabitha. Et je crois qu'elle avait raison.

Un événement apporta quelque changement dans notre routine. Maman, ayant invité Lady Bertram et Sir Philip, eut la fantaisie de leur montrer trois de mes aquarelles que papa avait fait encadrer. Je pense qu'elle voulait se dédommager de ma prestation au piano. Ma marraine admira grandement les pêcheurs de crevettes et prit soudain conscience de ce que ses filles n'avaient pas un tel talent. Pour Lydia, qui volait de bal en spectacle, la cause était perdue. Mais Ann pouvait encore devenir une aquarelliste accomplie. Un petit marché fut passé entre nos parents : Mademoiselle viendrait donner des cours de dessin à Ann tandis que moi-même je prendrais des leçons d'allemand avec Herr Schmal, le précepteur de mon cousin. Ainsi frôlerions-nous la perfection, ma cousine Ann et moi-même.

La nouvelle me mécontenta. J'avais appris le français pour faire plaisir à Mademoiselle. Je n'avais aucune envie de faire plaisir à Herr Schmal que j'avais aperçu quelque-fois à Bertram Manor et qui était dans mon souvenir un ennuyeux vieillard.

À Londres, les Bertram habitaient en face de Regent's Park, dans une demeure toute blanche qui prenait, avec ses colonnes corinthiennes, des airs de temple grec. Ann nous y attendait dans la salle d'études et elle nous fit un bien meilleur accueil, à Mademoiselle et à moi, que je ne l'avais espéré. Elle s'estimait «lâchée» par Lydia et nous fit une description moqueuse des chevaliers servants de sa sœur.

ANN — Pas un qui arrive à la cheville de Kenneth Ashley!

MADEMOISELLE — Et si nous commencions notre leçon?

Au même moment, mon cousin Philip entra avec son précepteur. Moi qui me réjouissais déjà de pouvoir mon-trer ma science à ma cousine, j'allais devoir prendre une leçon d'allemand. Mon cousin vint à mon secours.

PHILIP — Nous permettez-vous d'écouter aussi, Mademoiselle?

Comme le «nous» semblait englober son précepteur, je me crus sauvée. Tout le monde s'assit et Mademoi-selle, d'une voix un peu tremblante, réclama un joli sujet d'étude. Herr Schmal s'empressa d'aller chercher une cor-beille de fruits.

HERR SCHMAL, *s'inclinant devant moi* — Je suis à votre disposition, Miss Tiddler.

Je dus m'exiler avec lui à l'autre bout de la pièce et apprendre à dire que je m'appelais comme je m'appelais et que j'avais l'âge que j'avais, cette fois en allemand. Voyant que, à force de réprimer mes bâillements, j'avais des larmes plein les yeux, Herr Schmal changea de tactique et entreprit de me raconter en allemand et en anglais une romance de Goethe intitulée *L'Apprenti sorcier*. Je me souviens qu'elle disait ceci : un jeune apprenti sorcier surprend un jour son maître qui donne des ordres à son balai en utilisant une formule magique. Dès que le maître est sorti, l'apprenti dit à son tour les paroles magiques pour commander au balai d'aller à sa place chercher de l'eau à la rivière. Le balai part et revient avec un seau qu'il déverse pour nettoyer la maison. Puis il va en chercher un autre, un autre, un autre encore. Herr Schmal, tout en racontant, mimait à la fois le balai et l'apprenti, ce qui devenait de plus en plus comique au fur et à mesure que l'eau se déversait et que le pauvre apprenti cherchait les paroles pour arrêter le balai.

HERR SCHMAL — La maison va bientôt, *bald : bientôt*, être submergée. Alors, l'apprenti, fou furieux, prend une hache et coupe en deux *der Besen : le balai*. Mais voilà que les deux morceaux, *deux : zwei*, deviennent *deux, zwei*, domestiques qui apportent deux fois plus d'eau !

Et Herr Schmal, roulant ses yeux globuleux, se mit

à débiter des jurons en allemand, sans le moindre souci de sa dignité. Ann pouffa de rire et je finis par rire franchement, même si je m'identifiais au malheureux apprenti sorcier. Heureusement, le maître revient au logis et, tout en se moquant de son élève, arrête le désastre.

HERR SCHMAL, *tirant la morale* — Il faut du temps pour percer sans danger les grands secrets de la Science.

Mademoiselle et moi échangeâmes un regard, toutes deux enchantées par le conte et par le conteur. Ma leçon étant terminée, Herr Schmal, en s'inclinant maladroitement devant Mademoiselle, lui demanda la permission de regarder les aquarellistes. Philip s'était mis de la partie. Ses poires ressemblaient à des pommes, ses raisins à des agates et ses coings à rien du tout. Quant à ma cousine, elle confondait si bien l'aquarelle et la lessive que sa corbeille de fruits semblait voguer au milieu de la feuille de papier.

Sur le chemin du retour, nous étions pleines d'entrain, Mademoiselle et moi.

MADEMOISELLE — Herr Schmal semble très cultivé. Mais comme ses yeux sont tristes, n'est-ce pas?

Dès la deuxième leçon, j'admis que Herr Schmal n'était pas le vieillard que je m'étais imaginé. Il n'avait pas encore quarante ans, mais ses cheveux gris lui donnaient l'air plus âgé. Pourtant, si on le regardait de près, on voyait la jeunesse de ses traits et de son teint. On pouvait le trouver laid car il avait de gros yeux exorbités, des lèvres épaisses et un nez assez fort. Comme il grimaçait pour mieux se faire comprendre de moi, on pouvait aussi le trouver ridicule. Mais on oubliait très vite ces détails tant il était passionnant. Mademoiselle en avait de terribles distractions. Ainsi, le jour où Herr Schmal nous mima le tyran autrichien qui obligea Guillaume Tell à viser avec son arc une pomme placée sur la tête de son propre fils, Mademoiselle, dans l'émotion du moment, but d'un trait l'eau prévue pour rincer les pinceaux. Il faut dire que Herr Schmal se surpassa ce jour-là dans une imitation pathétique de l'enfant.

HERR SCHMAL, *prenant une voix de tête* — Ne vous mettez point à genoux devant ce tyran, grand-père. Qu'on me dise seulement où je dois me placer. Je ne crains rien pour moi. Mon père atteint l'oiseau dans son vol, il ne manquera pas son coup quand il s'agit du cœur de son enfant !

Guillaume Tell, qui avait deux fils, les sauva tous les deux. J'appris bientôt *(bald : bientôt)* par Philip que son précepteur avait eu deux fils et qu'ils étaient morts tous deux dans un naufrage avec leur mère. L'histoire de Herr Schmal était plus effroyable que tous les drames de Shakespeare et Goethe réunis. Il n'était pas pauvre au point de devoir donner des leçons pour gagner sa vie. Il enseignait dans plusieurs familles parce qu'il aimait voir des enfants autour de lui. Il ne riait jamais mais il provoquait souvent *(oft : souvent)* notre gaieté. Parfois *(zuweilen : parfois)*, au milieu de nos rires et de nos exclamations, son regard se vidait de toute expression.

Plus l'hiver avançait, plus je comprenais l'allemand et moins je comprenais Mademoiselle. Son attitude vis-à-vis de Cook avait changé. Dès qu'il se mettait à cancaner parce que je récitais du Shakespeare, elle le prenait sous son bras sans ménagement et lui pinçait le bec entre le pouce et l'index. Puis elle récitait avec moi : « Lorsque quarante hivers auront assailli ton front… »

MADEMOISELLE — D'ailleurs, Herr Schmal n'a que trente-neuf ans.

MOI — ???

MADEMOISELLE — Et j'en ai vingt-cinq. La différence n'est pas si grande.

MOI — ???

Comme Herr Schmal avait déclaré qu'il aimait les natures mortes, Mademoiselle ne peignait plus que des cruches et des oignons. Enfin, je découvris un jour, parmi ses dessins, une feuille de papier où elle avait écrit : Ulrich, Ulrich, Ulrich… Est-il besoin de préciser que Herr Schmal se prénommait Ulrich ? Cependant, l'idée qu'on pût tomber amoureuse de Herr Ulrich Schmal ne m'effleurait pas.

Un jour, maman décida de mettre fin à nos leçons croisées d'allemand et d'aquarelle. Elle prétexta les rigueurs de l'hiver et ma mauvaise santé. En réalité, elle craignait pour moi l'exemple de Lydia.

MAMAN — Courir les bals à seize ans! Ce n'est pas convenable.

Nous cessâmes d'aller chez les Bertram et Mademoiselle qui, depuis quelques semaines, prenait des couleurs les perdit de nouveau. Je fus moi-même assez contrariée mais, comme je le dis à Mademoiselle pour nous consoler, nous reverrions Ann et Philip cet été. Et je me trouvai bien vite d'autres intérêts.

À quelques minutes de marche de notre maison, on venait d'inaugurer le nouveau muséum d'Histoire naturelle, de quoi passer des après-midi entiers, penchée sur des casiers vitrés, à reproduire des insectes ou des papillons sur mon carnet de croquis. L'ambiance y était bien solennelle pour une timide jeune fille de quatorze ans. On y croisait des couples élégants parlant à mi-voix et des gardiens tellement bien élevés qu'ils vous auraient fait passer pour des polissons. Mademoiselle, qui ne partageait pas ma passion pour l'entomologie, s'y ennuyait beaucoup. Mais moi, à force d'admirer la diversité des formes et des couleurs des papillons du monde entier, j'eus envie de posséder ma collection. Fort heureusement, *Le Livre des Nouvelles Merveilles* avait prévu le cas.

«Comment ferez-vous la chasse aux papillons? Choisissez un filet de couleur verte. Puis recherchez les clairières et les sentiers fleuris aux plus belles heures de la journée et

regardez: voici le Paon du jour au rouge vif, le Demi-deuil en blanc et noir, et le Bel argus qui se fond dans l'azur!»
La suite était évidemment un peu plus technique. «Si vous désirez piquer les papillons, il faudra les tuer sans les abîmer. Un bocal ou même un beurrier conviendra parfaitement, pourvu qu'il soit hermétique. Demandez à un adulte un produit asphyxiant.»

Pendant l'opération, Mademoiselle restait derrière la porte.

MADEMOISELLE — Est-ce fini?

MOI, *vérifiant* — Nnnnon… Pas tout à fait.

Mes efforts furent bientôt récompensés par la possession d'une boîte recouverte d'un verre où une dizaine de papillons diversement estropiés étaient étiquetés: «Piéride du chou» ou bien «Zérène du groseillier».

Mes études réclamant parfois une récréation, nous allions aussi, Mademoiselle et moi, dans la section de Tératologie du muséum, celle où l'on peut admirer deux fœtus humains siamois attachés par le buste, flottant dans leur bocal de formol, l'air très à l'aise, ou bien le squelette d'un serpent à deux têtes dont une étiquette nous apprend que, de son vivant, les deux têtes pouvaient se disputer la même proie. Le jour même où je faisais le relevé de cette étiquette instructive dans mon carnet, Mademoiselle me tira par la manche en chuchotant: «Herr Schmal…»

Le précepteur des Bertram était à l'autre bout de la

vaste salle devant une vitrine, apparemment très absorbé dans la contemplation d'un charmant petit cochon cyclope qui appuyait la patte sur la paroi du bocal comme pour réclamer d'en sortir. Herr Schmal parut plus surpris en nous voyant que si nous lui avions présenté un mouton à cinq pattes. Nous nous mîmes à nous saluer si bruyamment que le gardien s'avança vers nous en fronçant les sourcils.

Herr Schmal — Venez, mes chères petites amies, allons faire quelques pas dans les jardins. Si vous n'êtes pas trop pressées ? Miss Tiddler, avez-vous tout oublié de ce que je vous ai appris ?

Herr Schmal paraissait vraiment heureux de nous revoir. Il nous offrit le bras à toutes les deux et nous nous éloignâmes en mêlant des mots de français, d'anglais et d'allemand.

Herr Schmal — Savez-vous ce que dit notre poète Richter ? « L'empire de la mer est aux Anglais, celui de la terre est aux Français et celui de l'air aux Allemands. » Voilà pourquoi nous nous entendons si bien. Nous ne risquons pas de nous marcher sur les pieds !

Il fut décidé que nous nous retrouverions le mardi suivant dans la section de Tératologie, car Herr Schmal n'avait pas eu le temps de voir le serpent à deux têtes.

Le mardi, Mademoiselle emporta en promenade un carton à dessin. Elle dut m'avouer que c'était un cadeau pour Herr Schmal : une nature morte, puisqu'il les aimait tant. Elle la lui offrit en rougissant.

Herr Schmal — Mais, ma chère mademoiselle Legros, comment… comment vous exprimer ma gratitude et… et mon admiration? Ce sont de très, très… de très beaux oignons. Il y a un rendu très juste de leur coloration légèrement rosée et… et une telle transparence dans leur pelure. C'est tout simplement magnifique!

Si des oignons rendirent jamais un homme heureux, ce furent certainement ces oignons-là.

Mademoiselle, l'air désespéré.

8

Il plut toute la première semaine de notre nouveau séjour à Dingley Bell.

Puis il y eut un rayon de soleil qui me fit me précipiter page 72 du *Livre des Nouvelles Merveilles*.

«Comment identifierez-vous les champignons? Prenez un couteau, un panier et partez, joyeux, prospecter les bois et les prés. Des centaines d'espèces différentes vous y attendent, dont trois seulement sont mortelles.»

Heureusement, maman était retenue dans sa chambre par un mauvais rhume et je pus me passer de permission. Je sortis bien sûr avec Mademoiselle et aussi avec Keeper, l'épagneul blanc et noir de papa. À partir de l'été 1884, je ne fis plus une seule promenade dans la campagne sans un chien sur les talons. Cela rassurait maman quand je m'éloignais de la maison. Elle pensait que, si la carriole versait et que Mademoiselle et moi-même nous fracassions la tête contre un chêne, le chien donnerait l'alerte. En réalité, Keeper était remarquablement stupide. Dans ce seul été, il se coinça dans un terrier de blaireau, prit froid en tombant dans une rivière, attrapa des tiques en traversant des prés, et s'éborgna à une branche basse dans un bois. Il m'aimait néanmoins beaucoup et sautait sur les champignons pour m'aider à les capturer.

Après une semaine de fructueuse cueillette, ma chambre prit une odeur de sous-bois pourrissant. J'avais trouvé une bonne trentaine d'espèces différentes dont fort peu étaient répertoriées dans *Le Livre des Nouvelles Merveilles*. Je fis de très jolies compositions à l'aquarelle de girolles et de coulemelles posées sur un tapis de mousse. Mais l'étendue de mon ignorance me désolait et je me promis de passer de longs après-midi à la section de Mycologie du muséum dès mon retour. D'ici là, il me fallait profiter de ces quelques jours de liberté. Tandis que Mademoiselle lisait dans la carriole, j'entrepris ce matin-là de déterrer des champignons pour étudier la façon dont ils prenaient racine.

UNE VOIX AU-DESSUS DE MOI — Vous cherchez quelque chose, Miss?

Kenneth Ashley avait dû avancer à pas feutrés. Je me sentis assez mécontente d'être de nouveau surprise à quatre pattes. Mr Ashley allait penser que j'en faisais une habitude. Je me relevai en brossant ma jupe et vis à son sourire que j'étais échevelée et peu présentable.

MOI — Je m'intéresse à la mycologie.

KENNETH ASHLEY — C'est ce que toute jeune fille devrait faire.

Je décidai d'ignorer cette remarque et pris un air soucieux en lui montrant le champignon que je venais de déraciner.

MOI — Il y en a tout un parterre avec ce genre de petit chapeau rouge et rond. Mais je n'en sais pas le nom.

KENNETH ASHLEY — Il s'appelle Noddy. Noddy Smith.

MOI — Il est d'ailleurs plutôt pourpre que rouge.

NODDY,
Noddy Smith

J'ignore de quelle couleur j'étais moi-même. Mr Ashley, qui avait une canne à la main, en donna un grand coup négligent dans mon parterre de champignons, décapitant sans raison une dizaine de Noddy Smith. J'en ressentis une certaine colère et Keeper, qui s'était contenté jusque-là de flairer le pantalon de Mr Ashley, se mit à aboyer.

KENNETH ASHLEY — Un autre amateur de mycologie, je suppose. Le bonjour, Miss Tiddler !

Il ne me vit pas faire, mais je haussai l'épaule dans son dos. Ce garçon, qui se donnait des allures de dandy, devenait de plus en plus insupportable en vieillissant.

De retour à la maison, je croisai notre jardinier, Ned, et lui montrai ma récolte de champignons. Il examina un de mes Noddy Smith.

NED — Non, Miss, je sais pas qu'est-ce que c'est. Mais çui-là avec un chapeau chinois, c'est une manite véreuse. Si vous en avez assez de la vie, faites-vous une bonne soupe avec.

Je considérai avec respect mon champignon vénéneux et passai la fin de l'après-midi à le peindre, puis à l'examiner au microscope. Enfin, j'allai l'enterrer au fond du jardin pour éviter à Tabitha la tentation d'en faire un bouillon pour Mademoiselle. Du reste, j'avais peut-être tort de m'inquiéter car, depuis quelque temps, Tabitha n'accusait plus ma gouvernante d'être Miss Finch déguisée. Elle prétendait au contraire que c'était elle, Miss Finch, et elle voulait absolument m'apprendre l'italien.

Tabitha — Ji m'appala Charity. Ripitti apri mi, Miss Tiddler.

Les premières fois, pour ne pas la contrarier, je « ripiti » quelques phrases dans son italien de fantaisie. Mais je m'en lassai assez vite.

Moi — Allons, Tabitha, vous ne savez pas un mot d'italien.

Mais elle se mettait presque en colère, disant ne pas connaître cette Tabitha, et sortait en claquant la porte. Quand elle revenait, elle semblait avoir oublié ce qui s'était passé. Mademoiselle appelait cela des « crises ». Durant l'une d'elles, Tabitha glissa un oreiller sous sa robe et se présenta à nous comme Emily Macduff, la fille de l'aubergiste du Bonnet Rouge. Puis elle s'assit, l'œil vague et la main sur le ventre, c'est-à-dire sur l'oreiller. Au bout de quelques minutes, elle quitta la pièce en disant qu'elle allait s'en débarrasser.

Quand elle revint, elle s'était en effet débarrassée de l'oreiller. Mademoiselle parut effrayée par cette dernière crise. Pour ma part, je n'en étais pas plus impressionnée que par les catalepsies de Mildred ou les colères de Klapabec.

MADEMOISELLE — Mais, Cherry, Tabitha n'est pas un animal !

MOI — Quelle différence y voyez-vous ?

En tout cas, je m'opposai fermement à ce que Mademoiselle inquiétât mes parents avec les crises de Tabitha.

Le rhume de maman étant terminé, nous pouvions envisager une visite à Bertram Manor. Malheureusement, la pluie se mit à tomber sans discontinuer, un rideau de pluie qui nous coupait du monde. Mademoiselle se désespérait. De mon côté, ayant dû jeter mes réserves pourrissantes de champignons (avec lesquelles Peter s'était rendu très malade), je reportai ma curiosité scientifique sur les procédés de teinture des tissus. Page 25 et suivantes. « Hachez les feuilles, broyez les racines. Laissez tremper dans de l'eau pendant une nuit, faites bouillir pendant une heure, puis filtrez. » Les coloris que je pouvais obtenir étaient les suivants : brun clair avec des pelures d'oignon, orange avec des carottes, rose avec des betteraves, bleu avec de l'écorce d'érable. Des napperons, taies, torchons et chiffons firent de longs séjours dans des bains nauséabonds qui teignaient plus sûrement les ongles que les tissus. Je mis toutes ces loques à sécher sur des fils tendus en travers de ma chambre, et l'odeur de pourriture s'épanouit de nouveau. Peter, qui se remettait de son indigestion de Noddy Smith, participa à sa façon en renversant mes cuves de teinture carotte et betterave.

Ces petits malheurs ne refroidirent en rien mon enthousiasme car, entre-temps, Ned m'avait fait découvrir dans une remise une vieille presse à imprimer. Je fis ma première gravure sur bois avant de m'apercevoir que l'encre allait me faire défaut. Qu'à cela ne tienne ! Page 60 : « Vous pourrez fabriquer votre propre encre à base de suie et d'huile de colza. » J'obtins ainsi une cochonnerie visqueuse, tantôt trop épaisse, tantôt trop diluée, que j'appliquai sur la plaque avec un petit rouleau. Au total, je mis de l'encre jusque dans mes sourcils, mais fort peu sur la gravure.

Enfin, le soleil revint et maman me fit prévenir que le thé-du-mardi n'attendait plus que nous. Nous ne trouvâmes au petit salon que Lady Bertram et Mrs Ashley.

LADY BERTRAM — Les enfants sont dans la bibliothèque avec Janet. Ils jouent au proverbe, je crois.

J'obtins la permission de les rejoindre. Nous nous guidâmes à travers les couloirs, Mademoiselle et moi, au son des rires qui nous parvenaient. « Chut, chut », nous fit-on à notre entrée dans la bibliothèque.

Il y avait là mes trois cousins, Herr Schmal, quelques enfants dont le petit Edmund qui avait bien grandi, et aussi une demi-douzaine de jeunes gens que je n'avais jamais vus. Tout ce monde était assis sur des chaises et des poufs et regardait dans la même direction. Herr Schmal nous apprit dans un chuchotement qu'il fallait découvrir un titre de roman.

Devant nous, trois jeunes garçons se tenaient accroupis, l'air misérable. Mr Ashley au milieu d'eux s'efforçait de paraître enfantin. Il portait une casquette et s'était barbouillé le visage au bouchon brûlé. Les quatre petits malheureux semblaient manger une soupe puis raclaient leur bol avant de lécher leurs doigts. C'est alors que je remarquai Tante Janet debout à quelque distance, les poings sur les hanches et l'air mauvais (autant qu'elle le pouvait). Pour jouer son personnage, elle avait passé un tablier de cuisine et tenait une louche à la main. Les petits garçons qui avaient fini de manger s'agitaient et se bousculaient. Ils finirent par pousser Kenneth en direction de la cuisinière et le firent tomber. Alors, Mr Ashley se releva, ôta sa casquette et s'avança craintivement vers Tante Janet. C'était parfaitement joué. On avait vraiment le sentiment d'être en présence d'un petit garçon effrayé et Ann ne put se retenir de pouffer nerveusement. Mr Ashley tendit les mains en conque devant la cuisinière qui prit une expression de stupeur et brandit la louche. Des voix éclatèrent dans l'assistance : « Oliver, c'est *Oliver Twist* ! » « Oliver qui en redemande ! » « La scène du gruau ! » « C'est *Twist* de Dickens ! »

On riait d'avoir trouvé, on s'applaudissait et les acteurs saluèrent, contents d'avoir été démasqués. Tandis qu'ils allaient se changer et se débarbouiller, Herr Schmal nous présenta. Il y avait là quatre jeunes gens qui avaient fait la connaissance de Lydia pendant la saison londonienne et deux de leurs sœurs cadettes.

Tante Janet — Eh bien, qui veut sortir à présent et nous proposer un autre titre de roman?

Lydia — Oh, je suis fatiguée de ces devinettes!

Les quatre jeunes gens déclarèrent qu'ils étaient, eux aussi, fatigués de deviner.

Tante Janet — Nous pourrions faire une bonne partie de nain jaune.

Personne ne daigna lui répondre. Tout le monde attendait en regardant la porte par laquelle Mr Ashley avait disparu. Celle-ci s'ouvrit brusquement.

Kenneth Ashley — On va monter une pièce de théâtre!

Il me sembla voir resurgir le jeune garçon qui avait déclaré un jour de neige : «On va jouer à snap dragon!» Tout le monde se rallia à sa proposition. Oui, oui, montons une pièce de théâtre! Il suffisait de trouver laquelle.

Ann — Pitié, pas de Shakespeare!

Lydia — Et pourquoi non? Ses comédies sont parfaites.

Ann — Oui, *La Mégère apprivoisée*. Je vous vois bien dans le rôle pffffrincipal.

Herr Schmal — Et pourquoi pas *Guillaume Tell*? C'est une pièce héroïque et je veux bien jouer le tyran.

Lydia — Merci, Herr Schmal, mais il n'est pas question que je tire à l'arc. Sauf si Ann veut bien faire le fils de Guillaume Tell.

MADEMOISELLE — J'ai dans mes bagages une comédie française où il y a de jolis rôles féminins. Elle s'intitule *Les Faux Serments*.

Herr Schmal invita galamment Mademoiselle à en dire un peu plus.

MADEMOISELLE — Voilà. C'est l'histoire d'Angélique qui a été promise à un certain Léandre, mais les jeunes gens ne se sont jamais vus. Et Léandre a très peur d'être déçu par la jeune fille. D'ailleurs, il a très peur des jeunes filles d'une manière générale.

Herr Schmal toussota et un curieux silence s'établit autour de Mademoiselle.

MADEMOISELLE — Léandre décide donc d'étudier Angélique avant de se déclarer. Il va faire passer son domestique, Scaramouche, pour lui-même et Scaramouche se chargera de faire la cour à Angélique.

«Hmm, hmm!», fit Herr Schmal en se raclant la gorge.

MADEMOISELLE — Quant à Léandre, et c'est le plus amusant de la pièce, il va aussi se déguiser... en une jolie soubrette! Et Orgonte, le père d'Angélique, hi, hi, va lui faire un brin de cour...

Sans se rendre compte du danger, Mademoiselle riait.

MADEMOISELLE — De son côté, Scaramouche courtise Angélique, mais de façon très grossière. Et Zerbinette, la servante d'Angélique, qui est une fille de peu de moralité...

«Hmm, hmm!» l'avertit Herr Schmal, transformant sa toux en son de trompe.

Mademoiselle en sursauta et eut la bonne idée de regarder autour d'elle. Tout le monde la dévisageait, l'air mi-stupéfait, mi-consterné.

TANTE JANET — C'est certainement une pièce charmante, mademoiselle Legros, mais c'est d'un goût un peu trop français pour nous.

Mademoiselle devint pivoine. Il n'était finalement pas si facile de trouver une pièce de théâtre.

MOI — *Roméo et Juliette?*

KENNETH ASHLEY — Parfait. Je suis Roméo.

LYDIA — Je suis Juliette.

ANN — Et... et... moi?

KENNETH ASHLEY — Vous êtes la conjonction de coordination. C'est tout ce qui reste de disponible dans le titre.

ANN — On avait dit pas de Shakespeare.

LYDIA — VOUS aviez dit, chérie.

PHILIP, *à demi allongé sur le sofa* — Vous n'imaginez pas le temps qu'il faut pour apprendre une pièce en cinq actes!

Il m'avait fallu environ deux mois pour *Hamlet*, mais j'avais appris tous les rôles. Ann, qui venait de trouver *Roméo et Juliette* dans la bibliothèque, l'ouvrit au hasard et se mit à déclamer.

Ann — «Oh, plutôt que d'épouser Pâris, dis-moi de m'élancer des créneaux de cette tour, ou d'errer sur le chemin des bandits...»

Sans y prendre garde, je poursuivis à mi-voix.

Moi — «Dis-moi de me glisser où rampent les serpents, enchaîne-moi avec des ours rugissants...»

Mon regard rencontra celui de Mr Ashley.

Kenneth Ashley — Quel rôle souhaitez-vous, Miss Tiddler, l'ours ou le serpent?

Moi — Aucun, Mr Ashley.

Et je fis bien. Car la pièce ne fut jamais montée. Deux des jeunes acteurs furent rappelés à Londres par leurs parents et mon cousin Philip tomba malade. Au thé-du-mardi, Lady Bertram se dit bien soulagée que toute cette agitation théâtrale fût retombée.

Lady Bertram — C'était une idée du jeune Ashley.

Maman — Une idée peu convenable.

Le visage de ma marraine se pinça. La question me parut être de savoir si Mr Ashley était convenable.

Quant à moi, l'été étant fort pluvieux, l'envie me prit de lire *Les Faux Serments*. C'était une pièce de mauvais goût, mais si amusante que je voulus en jouer quelques scènes. Mademoiselle accepta le rôle d'Orgonte, je pris celui d'Angélique et Peter endossa les habits de Léandre déguisé en Lisette. Tabitha lui cousit un joli jupon pour la circonstance et un bonnet avec deux trous pour les oreilles. Je le faisais tenir debout sur les pattes arrière pour sa grande scène avec Orgonte et lui soufflais un peu son rôle. Les lapins n'ont pas une mémoire extraordinaire, mais Peter se rattrapait sur le jeu de scène.

Le jour de la représentation, nous installâmes en demi-cercle Klapabec, Mildred, Cook et Julius dans leur cage, Maestro sur son perchoir, Darling dans son bocal. Tabitha eut droit à la seule chaise, son panier de linge à repriser à ses pieds. Je ne sais qui prit le plus de plaisir au spectacle.

L'été 1884 me parut plus long que le précédent. Sans doute parce qu'il plut beaucoup. Même la culture des moisissures sur les tranches de pain ne m'apporta que peu d'évasion. J'avais parfois comme des étouffements, et la tête me tournait. Il m'arriva même un matin en me levant de retomber brusquement assise, les jambes coupées. Puis le malaise se dissipa et, ne sachant que penser, je préférai n'en pas parler.

Je fus contente de retrouver le muséum d'Histoire naturelle. À la section Mycologie, j'eus la satisfaction d'apprendre que la manite véreuse peut aussi, avec quelque effort supplémentaire d'articulation, s'appeler une «amanite vireuse» et que Noddy Smith porte le nom plus imposant de *Gomphidius Glutinosus*.

Un mardi, nous croisâmes Herr Schmal dans les jardins et dès lors, il montra pour la mycologie une passion presque égale à la nôtre. Il nous poussa à peindre avec une précision scientifique les champignons que nous avions sous les yeux. Mademoiselle ne pouvait s'empêcher d'y ajouter une fleur ou une guirlande. Pour ma part, je m'appliquais à reproduire chaque lamelle au pinceau le plus fin.

MADEMOISELLE — L'élève a dépassé le maître.

Ma gouvernante n'avait plus rien à m'apprendre. Oubliant notre différence d'âge, nous nous appelions maintenant par notre prénom comme deux amies de pensionnat. J'avais fini par deviner les sentiments que Herr Schmal inspirait à Blanche, mais j'étais trop réservée pour aborder de moi-même le sujet. Ce fut Mademoiselle qui s'y risqua.

MADEMOISELLE — Croyez-vous, Cherry, qu'un jour quelqu'un pourra faire oublier à Herr Schmal la perte de sa femme et de ses enfants ?

MOI — J'ai eu beaucoup de chagrin à la disparition de Darling Number One. Vous ne l'avez pas connu, mais c'était un crapaud vraiment remarquable. Je n'ai pas pu l'oublier. Mais je me suis attachée à Darling Number Two d'une façon tout à fait satisfaisante, aussi bien pour lui que pour moi.

MADEMOISELLE, *l'air désespéré* — En effet, c'est encourageant.

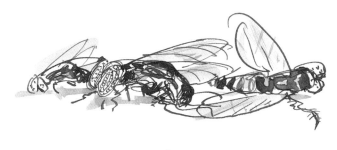

9

Je fus amenée à un âge précoce, puisque je n'avais pas quinze ans, à m'intéresser aux formes diverses de pourriture. Un hasard me fit oublier un morceau de pain destiné à Peter sur le rebord d'une fenêtre. Quelques jours plus tard, je pus régaler mes yeux du spectacle d'une belle moisissure de tiges blanches terminées par de petites boules noires qui sont les spores. Les moisissures ne m'éloignaient pas de mon intérêt premier pour la mycologie, puisqu'elles sont aussi des champignons.

Je fis ensuite diverses expériences telles que de jeter des mouches mortes dans un bocal d'eau fermé. Au bout de quelques jours, les mouches se couvrirent d'une légère pellicule blanche – que je pus étudier au microscope. Je m'amusai aussi à enfermer dans un bocal des fruits abîmés et à les placer dans des endroits différents : dans un placard au chaud dans la cuisine, sur une étagère bien fraîche dans la cave, derrière une fenêtre exposée au soleil, ce qui me permit de déterminer les meilleures conditions pour le développement des moisissures. Mon carnet scientifique prospérait et Herr Schmal m'applaudissait, allant jusqu'à affirmer que les jeunes filles devraient faire des sciences plutôt que de la broderie. J'osai un jour lui faire part de mon projet de réunir dans une même étude tous les champignons susceptibles de pousser dans un jardin londonien.

HERR SCHMAL — Mais c'est une idée brillante! Vous faites des aquarelles si minutieuses, Miss Tiddler, que vous trouverez sûrement un éditeur. Je vois déjà le titre : *Les champignons des villes*! Je connais personnellement l'assistant du directeur de l'Herbarium des Jardins botaniques royaux et je vous présenterai à lui dès que vous aurez fini.

L'enthousiasme de Herr Schmal m'effrayait un peu. Je ne me sentais pas à la hauteur de l'assistant du directeur de l'Herbarium des Jardins botaniques royaux. Néanmoins, je me mis au travail avec ardeur et je peignis mousserons, vesses-de-loup, lichens et rosés des prés. Le printemps passa dans un enchantement; j'avais un but dans l'existence. Le soir, avant de fermer mes yeux bien fatigués, je pensais à ce jour, attendu autant que redouté, où Herr Schmal m'accompagnerait à l'Herbarium et où je dénouerais devant monsieur l'Assistant les nœuds de mon carton à dessin. Il me semblait l'entendre s'écrier : «Mais c'est ravissant! Et d'une telle exactitude!» Et je répondrais modestement : «Oh, mais tout l'honneur en revient à Mlle Legros, c'est elle qui m'a tout appris.» De réplique en réplique, je sombrais dans le sommeil tandis que monsieur l'Assistant prenait un faux air de Kenneth

Ashley, mais avec un lorgnon, indispensable attribut de la compétence scientifique. Quelque chose tout de même assombrissait cet avenir radieux.

MOI — Je ne pense pas que maman permettra qu'on imprime mon nom sur un livre.

MADEMOISELLE — Vous prendrez un pseudonyme, un nom d'homme. Toutes les dames qui écrivent font ainsi. C'est plus convenable.

Cela régla la question.

Mais il était dit que je ne pourrais pas me consacrer paisiblement à la science. Car à la même époque, maman, qui réclamait de plus en plus souvent ma présence, devint jalouse de la préférence que j'accordais à Mademoiselle. Elle commença par dire que je n'avais plus besoin d'une gouvernante.

MOI — Mais j'ai besoin de compagnie !

MAMAN — Une mère n'est-elle pas la meilleure des compagnes pour une fille ?

MOI — Lydia et Ann ont toujours leur Fräulein.

PAPA — En effet.

La discussion fut close. Mais, de ce jour, maman accabla Mademoiselle de remarques piquantes chaque fois que nous allions en promenade toutes les trois. Ma pauvre Blanche étant de nature sensible, je finis par lui demander de ne plus nous accompagner. C'était une première victoire pour maman. Mais, non contente de me priver de Mademoiselle, elle voulut occuper tous mes après-midi. Et elle avait pour cela mille arguments : c'était un essayage chez la couturière, une visite aux demoiselles Gardiner ou encore une causerie de Mrs Summerhill, présidente de la Société pour la diffusion de la Bible chez les Papous. Je prétextais des migraines pour rester dans ma salle d'études au troisième étage. Le Docteur Piper, que maman fit venir, diagnostiqua une « fatigue de croissance ». J'avais réussi à préserver mes mardis au muséum. Mais, comme maman avait une tendance à la syncope dès qu'elle me voyait en manteau dans le vestibule, je me sauvais par l'escalier de service. Mon grand ouvrage sur les champignons londoniens progressait rapidement et c'était toujours un bonheur de recevoir les encouragements de Herr Schmal. À la fin de ce mois de mai, je n'avais pas moins de soixante planches représentant vingt espèces sous des angles divers et en coupe longitudinale.

HERR SCHMAL — Et que diriez-vous, chère petite amie, si je vous présentais mardi prochain à Mr Barney, des Jardins botaniques royaux ?

J'inclinai pensivement la tête.

HERR SCHMAL — Je lui ai déjà parlé de vous dans les meilleurs termes. Mais je… je ne lui ai pas précisé votre âge.

Je savais que ma haute taille et mon air sérieux me donnaient plus que mes quinze ans. De nouveau, j'acquiesçai en silence. Il ne me restait plus qu'à souhaiter que ma maudite timidité me permette tout de même de dire : « Enchantée, oui, non, merci, au revoir. »

J'eus très peur par la suite de ne pouvoir honorer ce rendez-vous, car maman me parla d'aller au thé-du-mardi de Lady Bertram. Depuis plusieurs semaines, elle cherchait comment m'empêcher de retourner au muséum d'Histoire naturelle, qui était devenu sa bête noire. D'après elle, une jeune fille convenable ne devait pas passer tant d'heures dans un musée. C'était un lieu de rencontre des plus douteux. D'ordinaire, je quittais la maison vers deux heures de l'après-midi le mardi. Redoutant que maman ne fît le guet, je descendis par l'escalier de service une heure plus tôt. Mademoiselle m'attendait déjà dans la rue et nous partîmes toutes les deux en courant. Il nous fallut ensuite patienter en marchant de long en large dans les allées. Enfin, Herr Schmal parut, trottinant du mieux qu'il pouvait. Il avait hélé un fiacre et nous nous y engouffrâmes. L'aventure prenait une tournure romanesque. On aurait dit un enlèvement.

J'avais peut-être espéré rencontrer Mr Barney dans une serre au milieu des bananiers en fleurs. Mr Barney nous attendait dans son bureau, un bureau assez sombre et humide, propice à la culture des moisissures. Lui-même, long et sec, semblait avoir été séché sous presse entre deux papiers buvards.

Mr Barney — Charmé de vous rencontrer, Miss Tiddler. Vous a-t-on dit que j'étais un spécialiste des plantes tropicales, exclusivement tropicales ? Vos champignons sont, je crois…

Moi, *dans un souffle* — Londoniens.

Herr Schmal — Miss Tiddler est une délicate aquarelliste, mon cher Barney. Et elle met dans tout ce qu'elle peint une précision véritablement scientifique.

Ces mots amenèrent aux lèvres de Mr Barney un sourire qui n'avait rien d'indulgent.

Mr Barney — Mon Dieu, la science et les femmes ! Asseyez-vous, Miss. Vos trésors sont dans ce carton, j'imagine ?

Il n'y avait pas à fournir un gros effort d'imagination pour supposer que mes dessins se trouvaient dans mon carton à dessin.

Je n'avais plus envie de les montrer, mais ma volonté se raidit contre moi-même. J'étais venue pour faire quelque chose et je le ferais. J'ouvris mon carton et posai quelques-unes de mes aquarelles sur le bureau de Mr Barney. Celui-ci parlait à Herr Schmal de la grève des dockers, mais il s'interrompit tout de même pour ne pas paraître trop impoli.

Mr Barney — Voyons… Qu'y a-t-il écrit ? Le… la…

Il mit son lorgnon et ce fut bien la seule chose de mon rêve qui se réalisa.

Mr Barney — La vesse-de-loup ! Seigneur ! Est-ce un nom scientifique ? Et où avez-vous fait figurer le grossissement schématique des détails ?… Nulle part ? Mais pour un usage « véritablement scientifique », c'est indispensable.

J'entendais près de moi Herr Schmal qui respirait bruyamment. C'était un colérique.

Herr Schmal — Mais enfin, Barney, reconnaissez que c'est un travail très très… très soigné!

Mr Barney — Certainement. Ces dames s'y entendent pour ces petites choses. Mais Miss Tiddler, les fleurs, c'est tellement plus gracieux que les champignons. Pourquoi ne peignez-vous pas de jolis bouquets? Vous feriez plaisir à vos amies, tandis que… hé, hé, pardonnez-moi, mais des vesses-de-loup, on hésitera à les accrocher dans son salon.

Quand nous retrouvâmes Mademoiselle qui nous attendait dans le fiacre, Herr Schmal explosa et jura en allemand de telle façon que Blanche porta les mains à ses oreilles. Mais Herr Schmal était encore plus désolé que furieux.

Herr Schmal — Vous devez m'en vouloir, petite amie, de vous avoir exposée à la stupidité de cet individu borné. Vous auriez eu dix années de plus et vous vous seriez appelée Gustave au lieu de Charity, jamais il ne se serait permis…

Moi — Non, non, Herr Schmal, vous faites erreur et moi-même je m'illusionnais. Ce travail manque de rigueur. Mr Barney a raison. J'aurais dû penser au grossissement schématique des détails…

Je me tus car je sentis que ma voix allait se briser.

Je fus plusieurs jours sans pouvoir peindre. La vue de mon microscope ou de mes cultures de moisissure

me levait le cœur. J'étais en colère contre moi-même.
Qu'étais-je allée m'imaginer ? Qu'on allait exposer mes
planches au muséum, les éditer, les vendre ? Quelle prétention ! Quand je repris mes pinceaux, par pure morti-
fication, je m'obligeai à peindre des bouquets. Peter leva
la punition en mangeant le dernier.

Désormais, le muséum manquait de charme à mes yeux,
mais Herr Schmal gardait le sien aux yeux de Mademoiselle.
Nous retournâmes donc fidèlement devant les casiers de la
section Botanique. Je me découvris bientôt, toujours grâce
à Herr Schmal, une autre passion. Les fossiles ! Trilobites
et ammonites n'eurent plus de secrets pour moi.

Un mardi que je m'attachais à la reproduction d'un
calcaire coquillier sur une feuille de mon carnet scientifique (rebaptisé plus modestement carnet de croquis),

Mademoiselle se sentit prise d'une faiblesse. «Le manque d'air», murmura-t-elle.

HERR SCHMAL — Vous êtes restée trop longtemps penchée sur ces maudits casiers, petite amie! Venez donc faire quelques pas au jardin… Miss Tiddler, nous accompagnerez-vous?

J'avais parfaitement compris le stratagème de Blanche. Je pris un ton peu aimable pour grommeler que j'étais occupée. Retenant mon envie de rire, je les regardai s'éloigner tous deux, Herr Schmal soutenant Mademoiselle qui ne s'était jamais mieux portée. Puis je m'absorbai de nouveau dans mon relevé de fossile et j'eus donc un léger sursaut lorsque je m'entendis interpeller.

UNE VOIX — Miss Charity! Mais quelle heureuse surprise…

C'était Tante Janet qui visitait le département de Géologie au bras d'une vieille amie.

TANTE JANET — Nous découvrons. C'est passionnant! Je suppose que votre maman est dans les parages?

Elle regardait autour d'elle. Mais la salle était déserte.

TANTE JANET — Vous êtes seule?
MOI — Non, je suis avec Mademoiselle.

Tante Janet leva les yeux au plafond pour le cas où ma gouvernante aurait momentanément échappé à l'attraction terrestre.

Moi — C'est-à-dire... Mademoiselle vient de sortir. Elle était un peu migraineuse.

À ce moment-là, Mademoiselle revint dans la salle, les joues roses et l'air aussi peu souffrante que possible. La rencontre fut très embarrassante. Blanche et Herr Schmal s'efforcèrent de garder un ton naturel, mais Tante Janet ne sut plus du tout où poser les yeux.

Nous ne reparlâmes pas de cet incident, Mademoiselle et moi, de même qu'elle ne me dit rien de ce qui s'était passé au jardin entre Herr Schmal et elle. J'en vins à penser qu'il ne s'était rien passé du tout. Herr Schmal était tellement délicat qu'il n'avait sans doute pas cherché à tirer parti de la situation.

J'avais oublié cette malencontreuse rencontre lorsqu'une servante vint frapper à la porte de la salle d'études et pria Mademoiselle de bien vouloir descendre au salon. J'étais au même moment très tourmentée par Peter qui toussait et hoquetait, comme si quelque chose lui obstruait la trachée. Je le pris contre moi et lui tapai dans le dos. Après avoir fait quelques bruits de cliquet très alarmants, il finit par se calmer. Je le posai à terre et j'eus alors envie de courir au salon comme si quelqu'un d'autre réclamait ma protection. Mais ce fut inutile, car Mademoiselle remontait déjà.

Mademoiselle — Oh, Cherry! Madame vient de me remercier.

Moi — De quoi donc?

Mademoiselle, *rougissant* — Elle vient de me renvoyer.

En deux mots, elle me mit au courant de ce qui s'était passé : Tante Janet avait raconté à Lady Bertram de quelle façon Herr Schmal et Mlle Legros me laissaient seule au musée pour aller se promener dans les jardins. Après avoir congédié le précepteur, Lady Bertram avait prévenu maman.

Mademoiselle, *sanglotant* — Madame m'a dit que j'étais une petite coureuse comme toutes les Françaises, qu'elle espérait seulement que je ne vous avais pas pervertie, et que je devais quitter la maison sur-le-champ.

Moi — N'en faites rien, Blanche, je vais aller parler à papa.

Mademoiselle — Monsieur était là. Il n'a pas dit un mot pour ma défense.

Je fis un mouvement vers la porte, mais Blanche me retint.

Mademoiselle — Non, Cherry. Évitons le scandale. Madame m'a promis qu'elle garderait le secret sur toute cette affaire et qu'elle prétendrait que nous nous sommes séparées d'un commun accord, parce que ma tâche auprès de vous était terminée. De la sorte, je pourrai trouver un autre emploi.

Elle s'essuyait déjà les yeux. Car, si elle était sentimentale, ma pauvre Blanche était aussi courageuse. Tout en sortant ses vêtements de l'armoire, elle parla de reprendre pension chez une logeuse de sa connaissance et de passer une annonce dans les journaux. Tabitha l'aidait en silence, pliant les robes et les chemisiers dans sa malle. Je restais les bras ballants au milieu de la chambre, apparemment calme, mais la tête en feu. Je cherchais une solution, un moyen d'empêcher notre séparation, et je n'en voyais pas.

MADEMOISELLE — Je vous écrirai par l'entremise de Mary. Et dès que j'aurai une adresse sûre, vous pourrez aussi me donner de vos nouvelles... et me dire comment va Peter... et... Oh, ce cher Cook, et Mildred!

Ses larmes coulaient de nouveau. Nous pensions toutes deux à Herr Schmal et n'osions seulement pas prononcer son nom. Lui n'était pas sans ressources comme Blanche et il avait son propre appartement. Hélas, nous ignorions son adresse. Soudain, Tabitha s'approcha de Mademoiselle et sortit de dessous ses jupes une bourse qui contenait toutes ses économies.

TABITHA — Tenez, Miss Finch, prenez tout. Vous en aurez besoin. Et gardez courage. Ils ne vous arrêteront pas si vous changez de nom.

MADEMOISELLE — Je vous remercie, Tabitha, mais ce ne sera pas nécessaire. J'ai moi-même un peu d'argent de côté. Et j'aurai bientôt un nouvel emploi. Mais soyez sûre que je n'oublierai pas votre geste.

Pour la première fois depuis qu'elles se connaissaient, les deux jeunes femmes s'embrassèrent. Mais Tabitha gâta un peu son effet en continuant de parler de « crime » et de « police ».

Moi — Et toutes vos aquarelles, Blanche, ne les prenez-vous pas?

Mademoiselle — Plus tard, quand j'aurai un vrai chez-moi... Donnez-moi seulement la cruche avec les oignons, oui, les oignons. Et... et si vous aviez des nouvelles de Herr Schmal, n'est-ce pas? Vous me diriez comment il va...

Elle se sauva par l'escalier de service, me laissant toute raide et froide dans mon chagrin. Le lendemain matin, un commissionnaire vint chercher sa malle et me glissa dans la main un petit papier plié sur lequel Blanche avait noté son adresse provisoire chez une certaine Mrs Gaskel. Je m'assis à mon secrétaire et ouvris un des tiroirs pour y prendre une plume et du papier. Une enveloppe cachetée attira mon attention. Il y était écrit : *À ouvrir quand j'aurai quinze ans.* C'était la lettre que j'avais écrite à mon intention trois années auparavant et que j'avais oubliée dans ce tiroir! Intriguée, ne me souvenant plus de son contenu, je l'ouvris et je lus :

Chère amie, vous voilà jeune fille!

Vous avez appris par cœur Roméo et Juliette *et* Le Livre des Nouvelles Merveilles *vous a fait progresser dans les sciences naturelles. Vous faites de si jolies aquarelles que votre père en a fait encadrer une dizaine. Je dois vous féliciter pour votre haute taille et votre port de reine. Vous avez vaincu votre timidité et vous avez su vous lier d'amitié avec vos cousines Lydia et Ann. Mais Mademoiselle, Tabitha et Peter restent vos meilleurs amis.*

Votre toujours affectionnée Charity Tiddler

P.-S. N'oubliez pas le nichoir à oiseaux !

Au fur et à mesure que je lisais, une faiblesse me gagnait. Il me semblait qu'un sablier se vidait dans mes oreilles avec un bruit de chuintement et que c'était ma vie qui s'écoulait. Je serrai les poings, je serrai les dents, et le malaise se dissipa.

Moi — Tabitha ! Venez vite m'aider ! Je veux mettre un nichoir à oiseaux dans le jardin !

10

À l'été suivant, je dus admettre que Dingley Bell ne serait plus jamais ce qu'il avait été. Herboriser sans Mademoiselle, trouver de nouveaux tours pour Peter sans Mademoiselle, peindre des champignons – avec le grossissement schématique des détails – sans Mademoiselle… Je faisais cette expérience étrange qu'une joie qu'on ne peut partager devient presque un chagrin.

Bertram Manor aussi avait changé. Il y aurait peu d'invités cette année, Philip ne supportant pas l'agitation. Même Mr Ashley ne viendrait pas, pour la bonne raison qu'il avait quitté la région. J'appris toute l'histoire par Mary, qui nous rapportait les commérages du village. Mrs Ashley avait longtemps vécu en veuve vertueuse, toute dévouée à son fils unique. Mais Kenneth grandissant et devenant plus lointain, sa mère se retrouva bien seule. Brave dame un peu sotte, ayant un joli magot laissé par son mari, c'était une proie rêvée pour un homme sans scrupule avec de belles moustaches. C'était le cas de Mr Nicodème

(Noddy pour les amis) Smith. Mr Nicodème Smith avait donc épousé Mrs Ashley à l'hiver dernier, et Kenneth était allé chercher fortune à Londres, ayant compris qu'il ne resterait bientôt plus grand-chose de l'héritage paternel.

Dès le lendemain de notre arrivée à Dingley Bell, ma cousine Ann vint me voir dans sa petite voiture attelée à un poney. Elle s'ennuyait. Lydia accaparait les rares jeunes gens qui passaient à Bertram Manor et Philip, le nez dans les livres, ne quittait guère le sofa. La seule compagnie dont disposait Ann était les trois filles du Révérend Brown.

ANN — L'aînée a mauvaise haleine, il faut se tenir à l'autre bout de la pièce pour lui parler. La cadette bégaie et la troisième pfflouche.

Ann avait quinze ans, comme moi, mais se conduisait toujours comme une enfant qui boude, sautille et pouffe de rire. Elle devenait jolie avec ses grands yeux bleus vides et sa toison d'un or pâle. Les jeunes gens de passage jetaient souvent un regard de son côté, au risque de mécontenter Lydia.

ANN — Les amis de ma sœur sont à mourir. Fred a l'air d'avoir avalé le pommeau de sa canne tellement il a une énorme pomme d'Adam qui monte et qui descend! Et ce pauvre Mathew, vous le verriez… Avec les oreilles qu'il a, on se demande comment il fait pour ne pas s'envoler les jours de grand vent. Je suis tellement contente que vous soyez là, Charity! Nous allons pouvoir nous amuser.

Je me doutais bien que, dès que j'avais le dos tourné, elle faisait rire à mes dépens. Mais qu'importe, elle me divertissait toujours un peu et je n'avais pas à prendre la peine de lui répondre. Elle parlait toute seule, comme Cook. Coin coin coin.

ANN — Avez-vous toujours ce lapin si mignon, comment s'appelait-il ? Ah oui, Robert ! Et cette drôle de souris… Vous vous souvenez, elle avait fait pipi sur ma robe, pff, comme nous avions ri !

Cette fois, Peter me fit honneur. Il se dressa sur les pattes arrière, compta jusqu'à quatre et se cacha sous mon lit à mon commandement. Il devait reparaître quand je disais : «Coucou, Peter !» Au quatorzième coucou, il sortit de sa cachette.

ANN — Ah, quel amour ! Vous devriez le faire voir à Philip, il s'ennuie tant. Le pauvre, il n'a que les livres. Tante Janet se fait du souci pour lui, il a maigri cet hiver. Et regardez comme il remue son petit nez, on dirait qu'il nous écoute ! C'est vous qui faites tous ces dessins de champignons, Charity ? Je vous admire d'avoir cette patience ! Quand je pense aux leçons que nous prenions ensemble avec cette horrible fille, comment s'appelait-elle ? Mais si, voyons, votre gouvernante ! Rose ! Non, Blanche. D'ailleurs, Herr Schmal a été chassé par maman. Quelle histoire ! Mais oui, mon petit Peter, le vilain monsieur a été chassé. Il écoute, vraiment, on dirait qu'il écoute.

Malheureusement, j'étais forcée d'en faire autant. Tabitha eut la bonne idée d'entrouvrir la porte de ma chambre et de pousser Cook par l'entrebâillement. Mon canard avait cette particularité de se mettre à cancaner dès que quelqu'un parlait fort devant lui. Il observa un instant ma cousine Ann en penchant un peu la tête, puis il lança un premier chapelet de coin coin.

ANN — Oh, mon Dieu, qu'est-ce que c'est ? Un canard ! Vous avez aussi un canard, Charity ?

COOK — Coin coin coin coin.

ANN — Il est très bruyant. J'espère qu'il ne mord pas, mais je crois plutôt que ce sont les oies… Et il s'entend bien avec le lapin ?

COOK — Coin coin coin coin.

ANN — Il me fait presque peur. Allez, vilain, psch ! Dehors !

Cook eut le dernier mot.

Ma cousine m'avait inquiétée en me disant que Philip avait maigri, car, la dernière fois que je l'avais vu, je l'avais déjà trouvé bien mince. Quand je vins à Bertram Manor, accompagnant maman au thé-du-mardi, mon cousin lisait, à demi allongé sur un sofa, dans la bibliothèque. Il avait la peau collée aux pommettes et des cernes bistre sous les yeux.

PHILIP — Tiens, ma jeune cousine ! Comme c'est aimable à vous de m'apporter un peu d'air frais. Fermez donc la porte derrière vous.

Il frissonna comme si j'étais à moi seule un courant d'air. Comme d'habitude, je ne savais quoi dire.

PHILIP — Je lisais Ben Johnson. Vous ne devez pas connaître.

MOI — J'ai lu *À chaque homme selon son humeur.*

Philip me montra la couverture de son livre. C'était précisément ce qu'il lisait.

PHILIP — Cela enfonce toutes les comédies de Shakespeare.

MOI — Comment pouvez-vous dire une chose pareille ? La plus mauvaise comédie de Shakespeare vaut dix fois mieux que la meilleure de Ben Johnson !

Philip parut d'abord se demander ce qu'une gamine pouvait connaître de Shakespeare. Puis il fut stupéfait de m'entendre réciter à la demande n'importe lequel de ses cent cinquante sonnets.

PHILIP — J'ai toujours pensé que la mémoire était la

ressource des imbéciles, mais vous êtes bien la preuve que je me trompais.

Cela ressemblait à un compliment.

PHILIP — Je suis fatigué de lire. Auriez-vous l'amabilité de me faire la lecture ? Choisissez vous-même un ouvrage dans la bibliothèque.

Cela ressemblait à un ordre. Je pris sur un rayonnage *Orgueil et Préjugés* de Miss Austen. Je l'ouvris et commençai : « *C'est une vérité universellement reconnue qu'un célibataire pourvu d'une belle fortune doit avoir envie de se marier...* » La lecture me prit si bien que j'en oubliai où j'étais. À la fin du chapitre cependant, je relevai la tête. Mon cousin s'était assoupi. Il dormait, la main sur le cœur, et je voyais sa poitrine qui se soulevait à un rythme trop rapide. Il m'avait déjà semblé en parlant avec lui que ses yeux étaient un peu fiévreux. Je n'osai aller prévenir Lady Bertram qui ne supportait pas d'entendre parler de maladie. Je n'eus pas davantage le courage d'aller chercher Tante Janet, que j'évitais et qui m'évitait. J'abandonnai donc mon cousin à son sort et je le payai par toute une nuit de remords.

Le lendemain, je vis avec soulagement la carriole attelée au poney s'arrêter devant la grille de notre jardin et Philip en descendre avec Ann.

PHILIP — On m'a tant vanté votre lapin que j'ai eu la curiosité de venir le voir... Il paraît que vous avez aussi un canard capable du rare exploit de faire taire ma sœur.

Ann lui donna une tape sèche sur le bras en le traitant de

«méchant garçon». Philip fit la grimace. J'avais déjà remarqué qu'il détestait être bousculé. Peter lui fit bon accueil et Cook cancana de tout son cœur. Mais mon cousin ne s'attarda pas à Dingley Bell, car il redoutait l'humidité du crépuscule. Il insista pour que je revienne à Bertram Manor dès le lendemain. Jusqu'à présent, Philip ne m'avait jamais accordé son attention, et soudain il faisait grand cas de moi. Je ne pus m'empêcher d'y repenser, une fois enfoncée dans la fraîcheur des draps. Philip était un grand garçon d'une vingtaine d'années, blond, distingué et lymphatique. Ayant toujours beaucoup lu, il était instruit, mais sans prétention. Il ne lui manquait selon moi que d'avoir l'allure sportive de Mr Ashley pour être un gentleman parfait.

La carriole vint me chercher le lendemain, au grand mécontentement de maman qui trouvait la famille Bertram envahissante. Ce jour-là, tout en bavardant avec Philip, je fis une allusion à Herr Schmal, qui avait été son précepteur pendant plusieurs années, mais il fit semblant de ne pas entendre.

Pour ma part, j'attendais avec inquiétude des nouvelles de Blanche. Avant mon départ de Londres, elle m'avait informée qu'elle n'avait eu aucune réponse à sa première petite annonce et s'apprêtait à en passer une deuxième. Je lui avais dit de m'écrire à Dingley Bell aux bons soins de Ned, notre jardinier. Voilà pourquoi, un matin, Ned s'approcha de moi en touchant le rebord de son chapeau et en me tendant une lettre. Je courus la lire dans ma chambre.

Ma Cherry, voilà bien des jours que je remets ce courrier au lendemain, tout d'abord parce que je n'avais rien de nouveau à vous raconter, et ensuite parce que les choses se sont précipitées. Me voici donc dans ce qui est ma nouvelle maison, l'Institut pour jeunes filles de Stonehead, près de Leeds. Mais je dois commencer par le commencement ou vous n'allez rien comprendre.

J'avais fait passer une première annonce dans le Guardian sans résultat. Mrs Gaskel, ma logeuse, m'aida à en rédiger une autre comme suit : « Une jeune femme ayant l'expérience de l'enseignement désire trouver une place soit dans une famille soit dans un pensionnat. Elle est qualifiée pour enseigner le français, le dessin et le piano. Bonnes références. » Je laissai une adresse en poste restante comme la fois précédente et j'attendis. La réponse ne vint qu'au bout d'une semaine, une seule et unique réponse de la part d'une Mrs Grumble de passage à Londres. Elle me donna rendez-vous chez sa sœur et, là, elle m'expliqua qu'elle tenait un pensionnat pour demoiselles de huit à seize ans. La distance de Londres à Leeds me parut bien grande et le salaire de vingt livres très modeste. Mais je n'avais pas le choix.

Mrs Grumble est veuve. Elle semble une honnête femme, bien qu'elle sente assez fort. Elle souffre d'un tic qui est embarrassant quand on ne la connaît pas, car elle attrape son index droit de sa main gauche et le serre très fort en grimaçant, à peu près toutes les trente secondes, ce qui fait que son index est horriblement déformé. Mais à présent, j'y suis habituée et je ne sursaute plus, ou plus beaucoup.

Je vous écris de ma chambre, qui n'est pas tout à fait ma chambre personnelle, puisque c'est en fait un dortoir de trente lits. Mais j'ai un lit qui ferme avec des rideaux, ce qui m'isole un peu. Il y a soixante pensionnaires à Stonehead. Vous vous étonnez peut-être de ce qu'il n'y ait que trente lits, mais la raison en est très simple. On met deux pensionnaires par lit.

J'interrompis ma lecture à ce moment-là. La description de Mrs Grumble ne m'avait pas entièrement satisfaite, mais celle de Stonehead commençait à m'inquiéter.

Je vais devoir souffler ma bougie, ma Cherry, et je reprendrai cette lettre demain. Je pense à votre bon visage et à Peter et à tant de choses. Mais je ferais bien mieux de ne pas y penser. Adieu. Bonne nuit.

Il y avait un autre feuillet, dont l'écriture était chaotique :
Je reprends ma lettre dans la salle d'études où nos cinquante-deux pensionnaires apprennent leurs leçons (il y en a huit à l'infirmerie). Je surveille l'étude du soir avec Miss Mason, qui est une personne assez vive. Elle est d'ailleurs en train de tirer les cheveux d'une petite qui s'est endormie sur la table. Il faut dire que nous sommes levées de bonne heure, la cloche sonnant à cinq heures trente en été. Il y a ensuite la toilette. Mrs Grumble m'a expliqué qu'elle ne souhaitait pas encourager la coquetterie chez ces jeunes filles, ce qui fait qu'il n'y a qu'une cuvette d'eau pour dix pensionnaires. Je partage la mienne avec Miss Mason, qui ne s'en sert pas du reste. Vous

êtes peut-être étonnée de ne pas m'entendre parler des autres professeurs, mais la raison est simple. C'est qu'il n'y en a pas. Miss Mason est seulement sous-maîtresse et j'ai, pour m'aider dans les petites classes, deux répétitrices, Miss Smolett et Miss Scarecrow. Miss Smolett sait assez bien lire et écrire, mais Miss Scarecrow est sourde-muette, ce qui n'est pas un atout pour l'enseignement. Il y a également une dame qui vient de Leeds chaque après-midi pour apprendre la couture à ces demoiselles. Je lui ai demandé son nom, mais, comme elle est très enrouée, j'ai seulement compris : «Rhummhumm.» À bien y réfléchir, je me demande si c'est son nom ou ce qu'elle souhaitait mettre dans son thé. Les pensionnaires font elles-mêmes leurs vêtements. Elles portent une robe marron et un tablier noir d'une coupe que je n'avais encore jamais vue. Je pensais, en les regardant tout à l'heure dans la cour, au jour où nous avions habillé Peter. Mon Dieu, comme nous étions heureuses dans ce temps-là ! Et dire qu'il m'arrivait d'être triste… Excusez-moi, je dois intervenir car Miss Mason est en train de taper la tête de Miss Carolyn contre le mur.

… Voilà, je reprends. Miss Carolyn est la plus jeune. Elle n'a que six ans, elle est orpheline. La plupart de ces demoi-selles sont orphelines de mère, de père ou des deux. Elles sont ici pour apprendre un métier et je dois former les plus grandes à celui d'institutrice. Excusez-moi. Miss Mason tape encore la tête de… Voilà, c'est fini. Miss Mason interdit aux pension-naires de tousser, mais certaines ne peuvent vraiment pas s'en empêcher. Miss Carolyn allait exploser tant elle se retenait. Elle vient d'avoir une terrible quinte de toux. Maintenant, elle est à genoux, mais j'ai obtenu de Miss Mason qu'elle ne mette pas sa règle sous ses genoux. Je pense que c'est préférable.

Les journées me semblent plus longues qu'autrefois, Cherry, elles s'étirent à n'en plus finir. Le matin, après la toilette, Mrs Grumble nous lit la Bible et nous fait chanter des cantiques. Elle n'a plus son tic quand elle chante, mais elle se rattrape ensuite. Elle ne s'est pas aperçue que je n'étais pas de sa religion. Elle ne m'a pas posé de questions avant de m'engager, à part si j'avais encore de la famille et si je mangeais beaucoup.

Après la prière, je donne ma première leçon aux grandes, de français ou bien de dessin, tandis que les petites font de l'écriture ou des ourlets. Puis nous avons une distribution de porridge qui n'a pas le même goût que celui que vous mangez. On croirait, si c'était possible, qu'il est moisi. Excusez-moi, mais la petite Carolyn vient de tomber. Mon Dieu, elle s'est évanouie !

Je vous laisse, votre affect

Blanche avait dû donner sa lettre à poster sans prendre le temps de se relire et de terminer. Je restai un long moment, les deux feuillets froissés dans ma main et les yeux au loin. Dans quelle partie du monde connu ma pauvre Blanche était-elle arrivée ? N'était-ce pas plutôt aux portes de l'Enfer ? Je pliai sa lettre et la glissai dans le panier de Peter, sous son petit coussin. Mes parents ne devaient pas savoir que je correspondais avec Mademoiselle.

Si je n'avais pas eu le souci de Blanche et le chagrin de notre séparation, j'aurais pu de nouveau être heureuse à Dingley Bell, car j'avais trouvé un centre d'intérêt qui n'était pas, pour une fois, scientifique. Je prenais grand plaisir à converser avec mon cousin Philip. Quand il en était fatigué, je lui faisais la lecture et il s'endormait. Malgré notre différence d'âge, Philip paraissait satisfait de cet arrangement autant que moi. Comme d'habitude, maman était jalouse et cherchait tous les prétextes pour m'empêcher de me rendre à Bertram Manor.

Le moment le plus mémorable de cet été fut celui du pique-nique que Tante Janet organisa. Pour réussir un pique-nique, il faut prévoir six homards, un roulé de tête de veau, des feuilletés à la confiture, beaucoup de bière, des jeunes gens, une vieille fille pour les surveiller, trois ou quatre enfants faciles, quelques messieurs mûrs, des ruines à visiter (rien à voir avec les messieurs mûrs), des fraises à cueillir, un orage en fin de journée. Tante Janet avait pensé à tout.

Nous quittâmes Dingley Bell en calèche, papa, maman, Peter et moi. De Bertram Manor partirent Lydia, Mathew et Frederick, tous trois à cheval, Philip et Ann dans la carriole tirée par le poney. Une charrette à âne emportait Tante Janet, les provisions et trois enfants dont le charmant Edmund. Lady Bertram aurait aimé se joindre à nous. Hélas, elle ne supportait pas le soleil, et l'ombre non plus. Mais, nous dit-elle, elle nous enviait beaucoup. Du village arrivèrent le Révérend Brown, madame et leurs trois filles, Sally, Nelly et Molly, et Mrs Ashley devenue Mrs Smith avec monsieur son mari. Ma cousine Lydia avait belle allure, montée en amazone sur sa jument noire. Tante Janet ne cessait de s'extasier sur elle, ce qui exaspérait sa sœur. Lydia avait passé l'âge difficile et son teint s'était éclairci. Je ne lui reprochais qu'une façon un peu dédaigneuse de considérer les gens, les paupières tombantes et la bouche gonflée d'une légère moue – peut-être due au fait que ses dents avançaient. Elle paraissait toujours vous faire beaucoup d'honneur en vous adressant la parole.

LYDIA — C'est aimable à vous de venir distraire Philip à Bertram Manor.

Mais à la façon dont sa phrase me cingla, j'eus l'impression qu'elle pensait tout le contraire.

Le pique-nique avait lieu au sommet d'une colline émaillée de pâquerettes. Des nappes avaient été étendues sur l'herbe sous l'ombre de trois grands ormes. Les servantes sortaient des paniers poulets et canards rôtis, plumcakes et compotes de fruits. Papa alla aider le Révérend Brown qui mettait les boissons au frais dans la rivière, mais maman se cramponna à moi.

MAMAN — Charity, tenez-moi mon ombrelle! Avez-vous pensé à mes sels? Mon Dieu, j'ai failli me tordre la cheville avec cette taupinière! Donnez-moi votre bras, Charity. Mais posez donc le panier du lapin! Et tout de même, emmener un lapin en promenade… que va-t-on penser de nous? Cherchez-nous vite une place à l'ombre, il n'y en aura plus. Mais ne partez pas avec mon ombrelle!

Heureusement, Edmund vint à mon secours. Il était ravi

que Peter fût de la partie. Je lui avais passé une laisse autour du cou et Edmund demanda la permission de lui faire faire un petit tour dans l'herbe. Mon pauvre Peter ne parut guère enchanté de cette nouvelle sorte de tapis qu'on déroulait sous ses pieds. Il resta un long moment, les oreilles et le nez frémissants, à dévisager une fleur de pissenlit.

Maman voulut saluer Mrs Brown et je dus laisser Peter à la garde d'Edmund. Les deux autres enfants s'étaient approchés de lui et je craignais fort qu'ils ne se mettent à le taquiner.

Je retrouvai Ann bavardant avec deux des filles du Révérend Brown et leur faisant des brassées de compliments : comme Miss Sally avait une robe d'une couleur seyante (elle était d'un vert maladif) et comme les lunettes embellissaient Miss Nelly (c'était celle qui louchait) ! Quand elle commença à trouver que mon corsage était d'une coupe qui m'avantageait, je me tins sur la défensive. C'était sans doute une habitude dans la famille Bertram de dire l'opposé de ce qu'on pensait. À ce moment, j'entendis des cris à l'autre bout de la prairie. Edmund levait les bras au ciel, ce qui indiquait qu'il avait lâché Peter. Je partis en courant et criant : « Peter ! Peter ! » Je songeais à Darling Number One que j'avais eu le malheur de perdre un jour où j'avais voulu le faire profiter du beau temps. Si Peter s'en retournait vers la vie sauvage, il serait croqué dans la journée. Edmund sanglotait et les deux autres enfants qui lui avaient fait lâcher la laisse me montrèrent la direction dans laquelle le lapin était parti.

Mathew et Frederick se proposèrent de m'aider et nous nous mîmes à dévaler la pente.

MOI — Peter! Ne te cache pas! Coucou, Peter, coucou!

De longues minutes s'écoulèrent. J'avais horriblement chaud et la sueur qui coulait de mon front me piquait les yeux, à moins que je ne me fusse mise à pleurer.

MATHEW — Je l'ai trouvé, Miss Tiddler! Mais il se sauve dès que j'essaie de l'approcher.

Je rejoignis Mathew. Peter était là, les oreilles rabattues, prêt à détaler, mais épouvanté par les hautes herbes autour de lui. Dès qu'il me vit, il se dressa sur les pattes arrière. Il m'avait reconnue! Je me saisis de la laisse, puis de lui, et le serrai contre moi. J'étais si heureuse que les reproches de maman me laissèrent indifférente.

MAMAN — Mais a-t-on idée de se ridiculiser ainsi? Courir après un lapin à votre âge! Et allez-vous ne vous occuper que de lui pendant toute la journée? Ne voyez-vous pas que vous passez pour une simple d'esprit?

Je remis Peter dans son panier en espérant qu'il s'y ferait oublier. Mais Philip s'ennuyait déjà et il voulut que je montre quelques tours à la compagnie. Peter refusa de compter ou de faire le beau. La Nature le rendait idiot.

PHILIP — Puisque Peter est de mauvaise volonté, Miss Charity, faites-nous le plaisir de réciter le Sonnet 122 de Shakespeare.

Il se tourna vers les autres pour leur expliquer que je pouvais dire de mémoire n'importe lequel des cent cinquante sonnets de Shakespeare. J'eus l'impression que Philip me demandait de remplacer Peter dans le rôle de l'animal savant. Heureusement, les jeunes gens se lassèrent au bout du troisième sonnet.

ANN — Quelle jolie voix vous avez quand vous récitez, Charity! On croirait celle d'un pffhomme!

À quelques mètres de là, maman agitait son ombrelle pour attirer mon attention et je la rejoignis avec un certain soulagement. Elle me demanda de rester près d'elle pendant le repas, car elle pourrait avoir besoin de mes services. Je m'assis entre Mrs Ashley-Smith et Mrs Brown.

MAMAN — Et que devient votre fils, Mrs Ash... Smith?

MRS SMITH — Il est clerc chez un avoué, Mr Blackmore, un avoué qui a une fille dont Kenneth me parle beaucoup. Rosamund.

Elle laissa passer un silence pour que chacune de nous pût imaginer tout ce qui lui plaisait. Je songeai seulement: «Rosamund Blackmore. Quel nom théâtral!»

MRS SMITH — Et Kenneth m'a aussi écrit pour me dire qu'il fait du théâtre avec quelques gentlemen de la meilleure société... Ils montent en amateurs une pièce charmante, *Les Faux Serments*.

Je tressaillis: c'était le titre de la comédie où Peter jouait le rôle de Léandre déguisé en Lisette l'été dernier.

Quel rôle pouvait donc y tenir Mr Ashley? Et quelle curieuse coïncidence!

J'entendis alors Miss Sally, la fille aînée du Révérend Brown, qui m'appelait pour que je vienne jouer. Maman eut un soupir de contrariété.

Pour ma part, j'appréciais autant la compagnie de dames qui ne m'adressaient pas la parole que celle de jeunes gens qui m'intimidaient.

MOI — Voulez-vous que je reste avec vous, maman?

PHILIP, *me faisant signe* — Miss Charity, nous n'attendons plus que vous!

Maman me laissa partir, mais je l'entendis qui murmurait: «À peine convenable...» Je rejoignis Ann, Lydia, Philip, Frederick, Mathew, Sally et Nelly Brown, assis en rond sur l'herbe. Ils avaient décidé de jouer au jeu de la vérité. Le plus âgé de l'assemblée, Frederick, allait poser les questions.

FREDERICK — Pour commencer, je vous propose de dire à tour de rôle, et sans prendre le temps de réfléchir, la sorte de personne que vous détestez. Miss Ann?

ANN — Oh! Heu... Pff... Les personnes qui ont mauvaise haleine.

SALLY — Les hypocrites.

NELLY — Les personnes qui n'ont pas de religion, mais c'est mal de les détester, je crois plutôt qu'il faut les plaindre.

PHILIP — Les égoïstes.

MOI — Je… je me déteste parfois.

LYDIA — Les personnes qui veulent se faire passer pour originales.

FREDERICK — Les donneurs de bons conseils.

MATHEW — Mon père.

Maman aurait eu raison de dire : « À peine convenable. » Mais le jeu se poursuivit.

FREDERICK — Quel est votre pire défaut ?

ANN — Moi ? Hi, hi… Tout le monde sait que je suis pffmoqueuse.

SALLY — La paresse.

NELLY — J'oublie parfois de dire le bénédicité et je sais que j'ai eu des distractions dimanche dernier pendant le sermon et…

LYDIA — On ne vous demande pas vos péchés, Nelly, l'après-midi n'y suffirait pas.

PHILIP — La paresse est déjà prise, c'est dommage. Disons alors que je suis mauvais danseur.

Tandis que chacun se cherchait des défauts avouables, j'entendais en moi-même maman et Tabitha qui égrenaient : laide, sotte, sans grâce, ridicule, peu féminine, insensible, peu sociable… Un constat s'imposait.

MOI — Je… je n'ai pas de qualités.

ANN — Pffff ! C'est ça, votre défaut ?

LYDIA — L'orgueil.

FREDERICK — Têtu.

MATHEW — Dépensier. Demandez à mon père.

Tout le monde riait. J'étais écrasée de honte. Il me semblait qu'on riait de moi.

FREDERICK — À présent, pour les dames : ce que vous admirez chez un homme. Pour les messieurs : ce que vous aimez chez une femme.

ANN — Ce que j'admire chez... Oh, vraiment, quelle question stupide ! Eh bien, tenez, sa pomme d'Adam !

SALLY — Qu'il n'ait qu'une parole.

NELLY — Seul Dieu est admirable. Mais je pense qu'on peut admirer chez sa créature les efforts qu'elle fait pour être digne de l'amour que lui porte son Créateur et que...

LYDIA — Merci, Nelly. Pour le sermon, je patienterai jusqu'à dimanche.

PHILIP — Ce que j'aime chez une femme ? Comme la beauté va de soi, c'est qu'elle s'intéresse aux mêmes choses que moi.

Ce que j'admirais chez un homme ? Je ne m'étais jamais posé la question. D'ailleurs, avais-je déjà admiré un homme ?

MOI — Je crois que j'admirais Herr Schmal, mais je ne sais pas pourquoi.

Je m'aperçus au silence qui suivit ma déclaration de l'énorme gaffe que je venais de commettre.

FREDERICK, *relançant le jeu* — Et vous, Miss Lydia ?

LYDIA — J'admire chez un homme la force de caractère.

FREDERICK — J'aime qu'une femme soit mystérieuse.

MATHEW — Qu'elle ait de l'argent.

Tout le monde se récria : «Quelle horreur!» et j'eus l'impression qu'on parlait de moi.

Le jeu prit fin quand papa et le Révérend Brown vinrent proposer une promenade jusqu'aux ruines d'une abbaye.

Il était alors dans mes intentions de rejoindre maman et le groupe des dames.

Mais Philip me demanda, puisque je savais tout, quel était le nom de cette fleur jaune avec des petites taches rouges.

MOI — C'est le lotier corniculé.

Tout le long du chemin, nous herborisâmes, mon cousin et moi, et ce fut ainsi que nous découvrîmes des fraises des bois en lisière d'un bosquet pour la plus grande joie d'Edmund.

Les premières gouttes de pluie tombèrent alors que nous arpentions les ruines et nous nous précipitâmes vers les voitures. Cris, rires, galopades, l'orage menaçait. Nous arrivâmes à une ferme juste avant le gros de l'averse. Les fermiers, que Tante Janet connaissait bien, distribuèrent à la ronde verres de lait, tasses de thé et bols de grog.

Mon cousin Philip se sécha devant la flamme, ses pieds bottés sur les chenets. Il me désigna une place à côté de lui. De plus en plus habituée à lui obéir, je m'assis sur le banc tout près de lui. Au bout de quelques instants, il se pencha vers moi.

PHILIP, *tout bas* — Je regrette Herr Schmal. Il m'apprenait beaucoup de choses.

Cela me fit très plaisir et j'allais le remercier, mais il ne me laissa pas le temps.

PHILIP — J'en veux terriblement à cette fille. Votre gouvernante. Tout est arrivé par sa faute.

Je ne trouvai rien à dire pour la défense de ma pauvre Blanche, tant Philip semblait sûr de lui.

Quand le signal du départ fut donné, le soleil étant reparu, je remarquai que maman me regardait sévèrement. D'une voix brève, elle m'ordonna de rester à ses côtés. Sur son front était inscrit en lettres de feu : « À peine convenable. » Je compris un peu mieux ce qu'elle me reprochait lorsque, le lendemain matin, Tabitha vint déposer mes vêtements du jour au pied de mon lit.

TABITHA — Eh bien, vous en avez fait de belles au pique-nique, Miss Charity ! Tout le monde dit que vous avez outrageusement flirté avec Mr Bertram !

MOI — ???

Autant les fleurs et les champignons trouvaient facilement leur nom et leur définition au clair soleil de ma raison, autant les choses humaines se déposaient au fond de moi, toutes grises et indécises. Avais-je ou non flirté avec mon cousin ?

Je ne revis pas Philip le lendemain, ni les jours suivants, car il avait pris froid sous la pluie et dut garder la chambre jusqu'à la fin des vacances. Je retournai à Londres sans l'avoir revu.

Parfois, je songeais à ce qu'il avait dit au jeu de la vérité :

«Ce que j'aime chez une femme? Comme la beauté va de soi, j'aime qu'elle s'intéresse aux mêmes choses que moi.» Cette phrase m'attristait, sans que je sache pourquoi.

11

À Londres, aucune lettre de Blanche ne m'attendait.

Le muséum m'étant désormais interdit, le troisième étage devint mon seul refuge. Je me remis à apprendre Shakespeare (*Othello*), à étudier les fleurs au microscope, à peindre le jardin vu de ma fenêtre et à enseigner de nouveaux tours à Peter. Je le dessinais tous les jours. Parfois, j'en faisais un vrai petit bonhomme fumant la pipe ou tirant ses enfants en traîneau, car je le dotai d'une famille, une fille, Millie, et deux garçons, Ernest et Pancrace.

La première fois que je parlai des enfants de Peter à Tabitha, elle me parut comprendre la plaisanterie. Mais le lendemain, elle me demanda si Ernest ne lui avait pas mangé un lacet de sa bottine.

Moi — Ernest n'existe pas, Tabitha.

Tabitha — Alors, c'est Pancrace.

Elle paraissait réellement mécontente. Peu à peu, elle me parla des enfants de Peter comme s'il s'agissait d'enfants véritables. Chacun d'eux avait un caractère particulier. Ernest, l'aîné, était un raisonneur qui tenait tête avec insolence. Pancrace cassait tout et Millie pleurnichait pour des riens.

TABITHA — Ils me rendront folle! Un jour, je tuerai l'un ou l'autre, vous verrez ça.

Des objets disparurent, «volés par Pancrace», selon Tabitha. Puis je la vis, son panier de linge à ses pieds, en train de coudre de tout petits habits pour Millie.

TABITHA — C'est un souci, les enfants. Vous verrez cela quand vous en aurez, Miss Charity.

Ce n'étaient plus les enfants de Peter, c'étaient les siens. Ma crainte était que maman s'aperçût de quelque chose. Or, elle exigeait de plus en plus souvent que nous l'accompagnions, Tabitha et moi, dans ses visites chez Miss Dean, chez Mrs Summerhill ou chez les demoiselles Gardiner.

TABITHA — J'aurais voulu emmener les enfants chez Miss Dean, cet après-midi. Mais Ernest a toussé toute la nuit.

MOI — Il vaut mieux les laisser à la maison. Pensez aux risques de contagion.

TABITHA — Mais Miss Dean va être déçue. Elle aurait aimé voir combien Millie avait grandi. C'est sa préférée. Je crois que je vais seulement prendre Millie.

MOI — Mais vous savez comment sont les enfants, Tabitha. Ses frères seront jaloux et vous feront des caprices à votre retour.

TABITHA — Un jour ou l'autre, j'en tuerai un.

Un matin, elle me tendit une lettre à mon nom en me disant qu'elle était de Mademoiselle. J'examinai l'enveloppe. Elle n'avait pas été postée et l'écriture n'était pas celle de Blanche. Je l'ouvris et je lus :

Ma cher Miss, il faut m'envoyé des secret de débu et de fin car la mort est le débu de la fin et nous seron tous un jour dans la grande fabrique en feu que nous apelon l'enfer. Seul Dieu est juge mais Baphomet aura le dernier mot.

Je relevai les yeux vers Tabitha, qui semblait perdue dans ses rêveries.

MOI — Mais… ça ne veut rien dire !

Tabitha jeta un coup d'œil à la lettre.

TABITHA — La pauvre fille. Elle est devenue folle.

Le lendemain, alors que maman, souffrante pendant la nuit, gardait la chambre, j'eus une visite que je n'attendais guère.

ANN — Bonjour, Charity ! Vous ne venez jamais nous voir, méchante fille. Je m'ennuyais de vous. Nous nous ennuyons tous de vous… surtout Pffphilip !

Elle sautillait dans le salon et déplaçait les objets sans raison.

ANN — Et devinez de qui j'ai eu des nouvelles ? Hi, hi, vous ne trouverez pas. Ça commence par un K.

J'avais tout de suite pensé à Kenneth Ashley, mais je ne dis rien.

ANN — Votre langue au chat? Kenneth Ashley, ma chère! Le beau Kenneth! Vous savez que ma sœur en était folle autrefois?

Il me sembla que cet autrefois était assez récent. Mais, là encore, je restai muette. J'aurais pourtant aimé savoir si Mr Ashley avait été «fou» de Lydia.

MOI — Il est clerc chez un avoué, n'est-ce pas?

ANN — Mon Dieu, ma chérie, vous ne connaissez pas Kenneth! Il ment comme il respire. Il est acteur dans une troupe de théâtre et il n'a jamais mis les pieds chez ce Mr Blackmore. Je pense d'ailleurs qu'il l'a inventé pour le seul bénéfice de sa mère.

Soudain, Ann se rapprocha de moi et m'emprisonna le bras de ses deux mains.

ANN — Fräulein m'attend dans la voiture. Je ne peux pas rester. Mais je voulais vous inviter à notre soirée musicale de mardi. Et puipfff, est-ce que vous iriez avec moi voir Kenneth au théâtre?

MOI — Je n'ai pas votre liberté, Ann. Je vois bien que vous pouvez aller et venir à votre guise.

ANN — Oh, non, détrompez-vous. J'ai toujours cette Fräulein à mes basques! Elle nous accompagnerait.

MOI — Aller voir Mr Ashley au théâtre? Non, maman ne trouvera pas cela convenable.

ANN — Mais nous mentirions!

Moi — Je ne mens jamais.

Ann, *la mine dégoûtée* — C'est bien ce que je pensais. N'en parlons plus. À mardi, Miss Charity, si votre maman vous le permet.

Elle me quitta sur cette dernière pique. Je m'aperçus en remontant les trois étages que j'étais mécontente, non pas de la façon dont Ann m'avait traitée, mais de manquer l'occasion de voir jouer Mr Ahsley. Quel rôle tenait-il dans *Les Faux Serments* ? Vraiment, cela me tourmentait. Était-il Léandre déguisé en Lisette ou bien le valet Scaramouche ou le comte Dorimont, autre prétendant d'Angélique ? Je repris la comédie que Blanche m'avait laissée et je la relus en essayant d'imaginer Mr Ashley dans les différents rôles.

Le mardi, papa et maman m'accompagnèrent à la soirée musicale chez les Bertram. Il était prévu en première partie un récital d'un ténor italien accompagné au piano par Miss Lydia Bertram. Un programme nous fut remis à l'entrée du salon tandis que le maître d'hôtel nous annonçait. Banquettes et fauteuils étaient déjà disposés en demi-cercle autour du piano et je cherchai un emplacement d'où je pourrais voir sans être vue. C'était la première fois que je portais la toilette et mes épaules dénudées me gênaient. Je n'avais pas encore tout à fait seize ans, mais j'étais grande et déjà plus femme qu'enfant. Depuis quelque temps, je m'obligeais à me redresser, mais, plongée brusquement au milieu d'une foule d'inconnus, j'eus envie de me tenir comme autrefois, les bras croisés et les épaules basses.

Mes yeux de myope firent le tour de l'assemblée. Je n'y reconnus personne, mais toutes les femmes avec leur dos de marbre et leurs bijoux en devanture me parurent très effrayantes. La mode masculine était, elle, aux oreilles de cocker.

PHILIP — Bonsoir, Miss Charity.

MOI — Quelle chance, vous n'avez pas laissé pousser vos favoris !

Je rougis en m'apercevant de la stupidité de ma phrase.

PHILIP — Toujours originale, ma cousine.

Il avait meilleure mine qu'à l'été. Mais il se plaignit de l'agitation et nous allâmes nous asseoir un peu à l'écart, dans l'attente du concert. Lydia s'assit au piano. Elle était d'une élégance remarquable, mais je lui trouvai la bouche toujours plus pleine de dents. Elle accompagna le ténor italien sur des airs de Rossini et Verdi. Le pauvre homme fit de telles grimaces en joignant les mains sur sa poitrine que je me demandai s'il souffrait de bottines trop étroites ou d'amours contrariées. Tout le monde fut soulagé lorsqu'il cessa.

Il y eut un entracte pendant lequel des serveurs proposèrent des rafraîchissements. Ann m'aperçut et me fit un petit signe complice. N'était-elle plus fâchée ? Un coup d'éventail sur mon bras nu me fit alors tressaillir.

MAMAN — Venez à côté de moi pour la suite du concert.

Je dus me mettre au second rang pour écouter mes cousines qui chantaient en duo. Bien sûr, Ann se trompa et cacha son visage en pouffant. Lydia, qui avait pris un air de reine outragée, parut plus ridicule que sa sœur, et c'était peut-être le but. On les applaudit toutes deux, puis Ann vint s'abattre sur la banquette près de moi en murmurant: «Oh, mon Dieu, plus jamais…» D'autres jeunes gens se produisirent, certains faisant beaucoup de bruit, mais pas toujours de façon agréable. Ann en profita pour me parler à l'oreille.

ANN — Je vais au théâtre samedi prochain avec Philip. Viendrez-vous?

Je m'entendis répondre: «oui».

ANN — Ce sera affreusement vulgaire, je vous préviens. Il y aura un drame pour commencer, *La Vengeance du pffbaron masqué*, et une farce, *La Peur des coups guérit de tout*, et une comédie…

«Chut, chut», fit-on autour de nous.

Le *Guide spirituel du jeune enfant* m'avait très tôt appris que le mensonge mène en Enfer et j'en eus un avant-goût les jours qui précédèrent le spectacle, car la seule pensée que j'allais mentir me causait des brûlures d'estomac. Ce samedi après-midi, maman et moi devions nous rendre à un thé de bienfaisance, c'est-à-dire que nous allions boire des litres d'eau chaude tout en déposant des pence dans une soucoupe pour l'évangélisation de nos frères noirs.

Ma présence était donc indispensable. J'avais prévu de dire à maman dès le samedi matin que j'étais souffrante et, par chance, je le fus réellement. Je m'étais tellement tourmentée pendant la nuit qu'à mon réveil je tenais à peine debout. Mais il me fallait encore m'assurer de la complicité de Tabitha. Je lui parlai seulement d'une promenade en ville avec ma cousine et mon cousin.

TABITHA, *pas dupe* — C'est Baphomet qui vous inspire.

Puis elle alla me chercher mes bottines et mon manteau. Maman quitta la maison la première. Quant à moi, je me sauvai par l'escalier de service, ce qui me rappela mon équipée avec Mademoiselle et Herr Schmal. Philip et Ann m'attendaient un peu plus loin dans leur calèche. Ann me parut hors d'elle, riant, se trémoussant et tournicotant un petit mouchoir. Elle commençait dix phrases sans en finir une seule.

ANN — Oh, je me demande, c'est incroyable d'avoir retrouvé, il ne va pas se douter, et que se passerait-il, c'est tellement amusant, Lydia n'est pas au courant, mais ça ne l'intéresserait pas d'ailleurs…

Mon cousin regardait par la vitre, l'air ennuyé, attendant une demi-seconde de silence pour pouvoir me parler.

PHILIP — Je n'ai jamais entendu parler de ces pièces. Je n'imaginais pas, quand il était notre compagnon de jeux, que Kenneth tomberait si bas.

Le théâtre où Mr Ashley se produisait était en lui-même assez minable, sentant dès l'entrée la sciure de bois et l'huile de quinquet.

Philip eut un mouvement de recul en apercevant le parterre bondé.

Des hommes et des femmes, plus ou moins débraillés, plus ou moins lavés, parlaient fort, cassaient des noix ou pelaient des oranges, des marmots pleuraient et les bonnes les talochaient. Ann, sentant sur elle les regards masculins, cessa de rire, et, dès que les premiers sifflets la saluèrent, elle se rua dans l'escalier qui menait à notre loge. Elle était fort sombre et les coussins des sièges y exhalaient une odeur de moisi.

PHILIP — C'est infernal ! Je suis sûr qu'il y a des puces. C'était votre idée, Ann…

Des violons mal accordés se mirent à grincer dans la fosse d'orchestre.

UNE VOIX, *imitant le rémouleur* — Couteaux, ciseaux !

Quelques coups furent frappés derrière le rideau.

UNE AUTRE VOIX — N'ouvre pas, chérie, c'est le proprio !

Je me demandai, épouvantée, comment les acteurs allaient pouvoir jouer, car le spectacle semblait plutôt avoir lieu dans la salle. Le rideau se leva sur un décor qui figurait, je pense, la salle richement meublée d'un châ-teau car il y avait une carpette, deux chandeliers et deux coffres en bois. Une jeune fille nettement moyenâgeuse avec une couronne de fleurs sur la tête entra alors sur la scène en se frappant la poitrine et s'interpellant elle-même : « Infortunée que je suis ! »

Dès que l'infortunée parut, j'oubliai tout à fait où j'étais. Je ne connaissais du théâtre que ce que j'en avais lu dans les pièces de Shakespeare. Je me sentis transportée sur la scène. Mais dans le même temps, *La Vengeance du baron masqué* réclama de moi toute mon attention, car il y avait une foule de personnages surgissant des coulisses sous n'importe quel prétexte. L'infortunée avait vu mourir sa mère peu de temps après l'arrestation de son père, le comte de Dortmund, accusé de trahison par le Prince noir. Le comte, dont le nez avait été coupé pour je ne sais quelle raison, était désormais enfermé dans un donjon, tandis que le frère du Prince noir, qui était probablement le véritable traître, voulait forcer l'infortunée à l'épouser. Il m'avait pourtant semblé qu'à l'acte II le frère du Prince noir avait déjà femme et enfants, mais il m'arrivait de le confondre avec le frère du comte de Dortmund, celui qui avait eu un fils d'une paysanne et le tenait caché. Les spectateurs huaient les méchants un peu au hasard, et le fils caché reçut des pelures d'orange qu'à mon avis il ne méritait pas. Pendant les deux heures du drame, je cherchai désespérément à savoir qui était le baron masqué, car, si le comte portait bien un masque de cuir à la place du nez, il ne fut jamais question d'un baron. Quand le rideau retomba, j'étais épuisée.

La farce qui s'ensuivit me rappela les jours de mon enfance où Mary m'emmenait au marché et acceptait de s'arrêter un moment devant un Guignol de rue. Les acteurs se rossaient sur scène à tour de rôle puis, de temps à autre, chantaient en duo pour nous faire savoir qu'il y a aussi de bons moments dans la vie. Philip, à l'entracte, me parut bien abattu. Il souffrait de migraine et voulait partir.

Ann — Mais nous n'avons pas vu Kenneth Ashley! Il doit jouer dans la comédie. Je veux absolument le voir jouer.

J'étais déçue de ne pas avoir aperçu Mr Ashley, même si j'avais peur qu'il ne se fît moquer comme presque tous les autres acteurs. Philip se laissa persuader de rester parce que au fond il était curieux, lui aussi, de voir comment Mr Ashley se tirerait d'affaire.

Je reconnus la comédie des *Faux serments* dès les premières répliques entre Angélique et sa servante. Je savais la pièce par cœur. Angélique ressemblait comme une sœur jumelle à l'infortunée, mais elle portait un bizarre échafaudage de bouclettes sur la tête et une robe à panier. Je l'aurais souhaitée un peu moins fanée et roulant moins des yeux. Comment Mr Ashley, s'il jouait Léandre, allait-il pouvoir en tomber amoureux? Il entra à la scène 3.

Ann, *me pinçant le bras* — C'est lui! C'est lui! Oh, regardez, Charity, c'est lui!

À n'en pas douter, c'était Kenneth Ashley. Et il jouait Léandre. Il avança, l'air dégagé, mais étrangement vêtu d'une culotte courte s'arrêtant sous le genou, de bas blancs et de chaussures à boucles. Une chemise à jabot de dentelles et une jaquette lui étranglant la taille complétaient son accoutrement.

UNE VOIX — D'où qu'il sort, çui-là ? C'est-ti encore un fils caché ?

Mr Ashley était le seul acteur à ne pas avoir encore tenu trois ou quatre rôles différents. Ses premières répliques furent couvertes par les remarques que les spectateurs faisaient sur lui et, après avoir pris la décision de se déguiser sans qu'on l'eût beaucoup écouté, il quitta la scène avec son domestique. Les spectateurs ne savaient pas encore que Léandre reviendrait en Lisette et j'avais d'avance honte pour Mr Ashley. Il y avait notamment au parterre un gros homme à la voix avinée qui faisait de terribles plaisanteries sur l'anatomie des comédiens.

À la scène 8, Léandre reparut et, cette fois, Mr Ashley portait la robe et le bonnet d'une servante de comédie. Des boucles encadraient son visage fardé et il était, oh, mon Dieu ! indescriptible.

Des sifflets l'accueillirent et le gros homme lui lança des horreurs que la décence m'interdit d'écrire. Mais Mr Ashley, qui était sans doute habitué, ne se troubla pas le moins du monde. Il marchait à petits pas, prenant des airs de timide coquetterie. Monsieur Orgon, le père d'Angélique, se mit à lui faire la cour et voulut porter la main à son corsage. Il reçut une tape si vigoureuse sur les doigts que son visage se tordit de douloureuse stupéfaction.

Toute la salle éclata de rire et il se produisit alors un étrange retournement.

Dans les scènes qui suivirent, on ne riait plus de Mr Ashley, mais à cause de lui. Mi-fille, mi-garçon, ridicule et charmant, c'était un clown merveilleux. Dès qu'il repartait vers les coulisses, les spectateurs se figeaient dans l'attente de son retour et je pensai à ce jour dans la bibliothèque des Bertram où tout le monde regardait la porte par où il était sorti. Mr Ashley s'était écrié en revenant : « On va monter une pièce de théâtre ! »

À présent, il était l'âme de cette pièce, le héros de ce pauvre théâtre. J'entendais à côté de moi Ann et Philip qui riaient, Ann à grands éclats et Philip par saccades, un peu comme malgré lui.

Lorsque Mr Ashley, arrachant son bonnet de dentelle, se jeta au pied d'Angélique pour lui déclarer son amour, les dames et les demoiselles au parterre et dans les loges agitèrent leur mouchoir. Mr Ashley avait conquis tous les cœurs.

Au baisser du rideau, Philip voulut partir très vite pour ne pas se mêler à la foule.

PHILIP — Dieu de bonté ! Que tout cela était vulgaire !

Il avait encore des larmes de rire au coin des yeux.

ANN — Mais nous ne pouvons pas nous en aller sans saluer Kenneth !

PHILIP — Notre cousine est très pressée de rentrer chez elle, n'est-ce pas, Miss Charity?

J'acquiesçai. Il me semblait que j'étais partie depuis un temps infini et que j'avais vécu plusieurs vies, persécutée par le frère du Prince noir, battue par mon mari puis courtisée par Mr Ashley.

Sur le chemin du retour, Ann boudait, Philip somnolait tandis que j'envisageais les pires choses qui pouvaient m'attendre à la maison. Maman s'était aperçue de ma fuite ou bien personne ne viendrait m'ouvrir quand je frapperais à la porte des fournisseurs. Soudain, je sentis une main douce et fine comme celle d'une femme qui se posait légèrement sur la mienne. Ma cousine étant assise en face de moi, je ne pus m'y tromper. Sans brusquerie, je retirai ma main et la portai à mon cœur. Mon cousin n'insista pas.

La calèche me laissa au coin de la rue. Il faisait très sombre et je courus jusqu'à la maison, je descendis dans la courette et frappai deux coups discrets avec le marteau.

J'attendis dans le noir, l'oreille aux aguets. Un pas traînant me signala l'approche de Mary.

MARY — Ma pauvre petite… Vous avez été bien longue!

MOI — Ils se sont aperçus de quelque chose?

MARY — Madame voulait faire venir le Docteur Piper. Mais Tabitha a dit que vous dormiez comme un ange.

Tout en écoutant Mary, j'avais défait ma capote et mes bottines. Je montai au troisième étage sur la pointe des pieds. Tabitha cousait dans mon antichambre. Elle leva vers moi ses yeux de braise.

TABITHA — Vous l'avez jeté?

MOI — Quoi donc?

TABITHA — Votre enfant.

MOI — Je n'ai pas d'enfant, Tabitha.

Tabitha poussa un lourd soupir et je l'entendis marmonner : « Baphomet. »

Je passai une nuit agitée. Enfermée dans un donjon, je parvenais, vêtue en homme, à m'en échapper, mais le Prince noir qui ressemblait beaucoup à mon cousin me poursuivait dans les rues de Londres et, au moment où il allait m'attraper par la main, le sol s'ouvrait sous mes pas et je plongeais dans les flammes de l'Enfer.

*Je fus tirée de mon sommeil par Peter
qui bondissait sur mes édredons.*

12

Je fus tirée de mon sommeil par Peter qui bondissait sur mes édredons, aussi à l'aise qu'un lièvre dans sa garenne. En soulevant les paupières, j'aperçus une statue à deux pas de mon lit. C'était Tabitha, pétrifiée dans l'attente de mon réveil.

Moi — Il y a le feu ?

Tabitha, *me tendant une enveloppe* — Une lettre d'elle.

Cette fois, il s'agissait réellement d'une lettre de Mademoiselle. Elle était si froissée que je me demandai si Tabitha ne l'avait pas gardée plusieurs jours dans sa poche. J'attendis d'être seule avec Peter pour l'ouvrir.

Ma Cherry,

Tous les soirs, je me dis que je vous écrirai demain matin et tous les matins, je repousse ce moment au soir. Je suis trop occupée et j'ai parfois tellement de difficultés à assembler mes idées. D'ailleurs, mes mains ont de telles engelures, malgré les mitaines, que j'ai du mal à tenir une plume. Ce ne serait rien si je ne souffrais aussi d'un abcès, mais je ne voulais pas vous en parler.

Il y a des gens plus malheureux que moi et ces pauvres enfants, si vous saviez, Miss Charity, je veux dire Cherry. L'hiver a apporté beaucoup de rhumes et de toux très tenaces. Le médecin n'est venu qu'une fois à l'infirmerie en gardant son mouchoir sur la bouche, ce qui fait que je n'ai pas compris tout ce qu'il a dit. Il a parlé d'un changement d'air pour Miss Carolyn, qui a six ans, et dit que la Riviera serait tout à fait indiquée, ce qui a fait rire Miss Mason. Mais elle ne rit plus depuis quelques jours car elle a attrapé un courant d'air qui lui a mis le visage de travers. Elle a un œil presque fermé et la bouche qui ne s'ouvre plus à gauche. Pour mon abcès, Mrs Grumble m'a prêté son canif, mais c'est vrai que je n'en parle pas.

Je dus interrompre ma lecture, saisie par un froid mortel. Je remontai mes édredons et je lus ce qui suivait :

J'essaie d'apprendre à lire et à écrire à la petite classe. Miss Carolyn commençait à savoir tout son alphabet avant de tomber malade. Les autres enfants ne sont pas bien intelligentes. Quand je pense à la façon dont vous appreniez des pièces entières de Shakespeare ! Comme l'encre gèle souvent dans les encriers, nous utilisons des morceaux de craie que j'ai trouvés dans une carrière voisine pour tracer les lettres sur les tables, mais ce n'est pas pratique. La dame qui venait de Leeds apprendre la couture à ces demoiselles ne vient plus. D'après ce que m'a raconté Miss Smolett, elle a confondu la fenêtre de sa maison avec la porte, et elle en est morte car elle habitait au quatrième étage. C'est Miss Scarecrow

qui la remplace désormais, ce qui est bien désagréable, car,
étant muette, elle pique les élèves avec une aiguille pour leur
signaler qu'elles font une erreur. La pauvre Miss Elizabeth,
qui n'est pas douée du tout pour la couture, se fait piquer
cinq ou six fois par jour et, malgré cela, elle ne progresse pas.
Je dois avouer que je ne m'entends pas bien avec Miss Scare-
crow, mais aussi elle est sourde. En revanche, Miss Smolett
est une amie qui me fait profiter de son expérience. Comme
le porridge est moisi, Miss Smolett m'a appris à faire de la
panade avec du pain trempé dans de l'eau coupée de lait
(enfin, je pense que c'est du lait). C'est assez nourrissant.
J'ai voulu en faire prendre à Miss Carolyn, mais elle n'a
pas pu le garder. Parfois, je pense aux bonnes pâtées que
nous faisions pour Peter. Je me demande si j'ai rêvé cela ou
bien si c'est maintenant que je rêve. Je ne sais comment vous
expliquer la chose, Cherry, mais il me semble que je ne suis
pas en train de vivre quelque chose de réel. Et j'ai parfois
la tête occupée de visions. Je m'imagine loin d'ici dans une
petite maison entourée d'un jardinet, avec un bébé qui dort
dans un berceau, et c'est mon enfant, et je couds en berçant
du pied mon bébé et j'attends le retour de mon mari qui est
allé travailler à la City… La petite cloche sonne à la grille
d'entrée et je sais que c'est lui !

Une nouvelle fois, je dus m'arrêter de lire car mes yeux
se brouillaient. Je l'imaginais si bien, Blanche, ma pauvre
Blanche, dans son cottage étriqué, guettant le retour de
Herr Schmal. Et lui, entrant gaiement et s'écriant : « Com-

ment va ma petite amie?» et réveillant maladroitement son petit garçon en le prenant dans ses bras.

Oh, Cherry, je vous laisse. Je ne rêverai pas aujourd'hui. Miss Carolyn est morte cette nuit, toute seule dans son lit.

La lettre de Mademoiselle me poursuivit tout le long du jour. Je ne pouvais rien pour elle. Mes parents ne savaient même pas que nous correspondions. De temps en temps, je pensais à Herr Schmal. Avait-il eu un penchant pour Blanche? Ferait-il quelque chose pour la sauver s'il était prévenu? Mais comment le retrouver?... Par Philip! Oui, Philip était mon dernier espoir. Sans doute savait-il où son ancien précepteur habitait.

Dès le mardi suivant, étant invitée avec maman chez Lady Bertram, je revis mon cousin. Philip était toujours gentil avec moi. Il me demanda de faire son portrait au fusain, puis de lui tourner les pages de sa partition au piano et enfin de lui faire son thé. Maman ne fronçait plus les sourcils en nous regardant. Je l'entendis même nous appeler tous deux «ces chers enfants».

LADY BERTRAM — Je regrette que Philip doive se contenter de ces petits plaisirs domestiques. S'il n'avait pas la santé si fragile, il pourrait se lancer dans le monde comme Lydia.

MAMAN, *avec un pieux soupir* — Dieu l'a voulu ainsi.

Lady Bertram eut l'air de se demander de quoi Dieu se mêlait, mais se contenta de pincer les lèvres. Quant à moi, je n'eus pas la moindre occasion de m'isoler avec Philip pour obtenir de lui l'adresse de Herr Schmal. Mais il en alla autrement la semaine suivante. Quand nous arrivâmes, mon cousin n'était pas au salon. Il lisait dans la bibliothèque, m'apprit Lady Bertram.

MAMAN — Allez donc le rejoindre, Charity.

Le visage couperosé de ma marraine s'enflamma un peu plus. Si je n'avais pas eu quelque chose à demander à Philip, je serais restée au salon. Tandis que je m'éloignais, j'entendis maman dire à sa belle-sœur que « ces chers enfants » avaient tellement de points communs !

Me retrouvant devant la porte de la bibliothèque, qui était entrebâillée, je me sentis soudain incapable de la pousser. Je venais de repenser à ce geste que Philip avait eu dans la calèche au retour du théâtre, un geste que j'avais voulu oublier. La voix de ma cousine Ann me parvint alors. Philip n'était donc pas seul. J'avançai la main pour toquer à la porte lorsque j'entendis Ann prononcer mon nom.

ANN — Savez-vous si Charity vient aujourd'hui ?
PHILIP — Sans doute. Elle doit finir mon portrait.
ANN — Avez-vous remarqué la façon dont elle vous dévisage ?

Je m'apprêtais de nouveau à toquer à la porte, mais je suspendis mon geste.

PHILIP — Que voulez-vous dire ?

Ann — Mais elle se pffmeurt d'amour pour vous.

Philip, *avec un petit rire* — Vous plaisantez?

Ann — Pas le moins du monde. D'ailleurs, sa mère l'encourage à mettre le grappin sur vous.

Philip - Je déteste ce genre d'expression, Ann. Dans la bouche d'une jeune fille, c'est d'une vulgarité!

Ann — Mais c'est elles qui sont vulgaires! Ouvrez les yeux, Philip! Elles vous tournent autour.

Je renonçai à en entendre davantage. Mon dernier espoir de retrouver Herr Schmal s'était enfui.

Lorsque maman m'apprit, quelques semaines plus tard, que nous ne louerions pas Dingley Bell, en travaux cet été, je n'en fus pas peinée. Depuis longtemps, papa souhaitait pêcher à la mouche dans les eaux d'Écosse. Ce fut l'occasion et il réserva à partir de la mi-juin une demeure «à la sortie de Pitlochry», me dit-il. Ce que je répétai à Tabitha. Comme tous les ans, elle devait nous accompagner. Mais deux jours avant notre départ, elle eut le malheur de tomber dans l'escalier. Elle aurait pu se tuer, elle ne fit que se casser la jambe. Le chirurgien qui la soigna interdit de la déplacer et maman, très contrariée, dut se résoudre à emmener à la place de ma bonne la petite Gladys Gordon, une orpheline de quatorze ans qui se mouchait dans sa manche et ricanait quand on la grondait.

Comme chaque été, j'emportai ma ménagerie dans des cages ou des paniers. Hélas, mon pauvre Klapabec était mort de la gangrène qui s'était mise sur son moignon de patte. Peter, qui avait quatre ans, se portait comme un charme. Jamais une maladie. Il lui arrivait cependant d'être secoué par un hoquet terrible et, les premières fois, j'avais eu peur qu'il ne fût en train de s'étouffer. Il suffisait de le prendre dans les bras et de lui taper dans le dos. Quand le hoquet était passé, il enfouissait la tête sous mon aisselle, tout penaud et les oreilles rabattues. Son intelligence ne cessait de se développer. Il avait compris que je le dessinais et il gardait la pose. Contrairement à mes autres petits compagnons, il ne redoutait pas les enfants et supportait vaillamment leurs cris de joie et leurs caresses maladroites. Aussi avait-il partout beaucoup de succès, un succès qui devenait un triomphe chaque fois qu'il acceptait de faire ses tours. Hélas, il n'acceptait pas toujours. C'était là notre seul sujet de discorde, car il lui arrivait de prendre en public son air le plus stupide. En voyage, il restait sur mes genoux, si sage qu'il faisait l'admiration universelle.

Un jour de juin glacial, nous arrivâmes en berline devant la maison que nous avions louée à Pitlochry. En voyant cette demeure grise et menaçante, flanquée de deux tours carrées, je réalisai pleinement que j'étais au pays des *moors* et des *lochs**, au pays de Tabitha, mais sans Tabitha. Un vieil homme nous attendait, un trousseau de clefs à la main.

L'HOMME — *Fàilte! Ciamar a tha sibh?*

PAPA — Ne parlez-vous pas anglais, mon brave?

L'HOMME — Quand i faut, mon prince.

La réponse ne plut pas beaucoup. L'homme nous dit s'appeler Duncan. Il nous fut impossible de savoir quelles étaient exactement ses fonctions. «I s'occupait d'la boutique.» Si nous étions venus chercher le pittoresque en Écosse, la seule vue de Duncan aurait eu de quoi nous combler. Il portait une chemise en loques sur un kilt raide de crasse, et un béret à pompon rouge sur des cheveux qui avaient dû être roux. Il s'appuyait sur une canne qui avait tout du casse-tête, et son visage était si bosselé, creusé de trous et de sillons qu'on y trouvait difficilement l'emplacement de la bouche et des yeux.

La maison, je devrais dire le manoir, me parut n'être qu'un courant d'air. Le vent y était le principal locataire, un locataire facétieux qui secouait les vitres, sifflait dans les cheminées et vous claquait les portes au nez.

Un grand feu brûlait dans le salon et, en attendant le souper, nous nous mîmes tous les trois à rôtir comme des poulets à la broche, papa, maman et moi, offrant à

* Lacs, en Écosse.

164

la flamme tantôt notre ventre, tantôt notre dos. Nous prîmes notre repas en silence comme d'habitude. J'avais les mains et les pieds glacés et, quand je ne mastiquais pas, je claquais des dents. Duncan me conduisit ensuite dans ma chambre au deuxième étage, tout au fond d'un corridor. Elle était immense, noire, humide, avec un énorme lit entouré de rideaux. Gladys, qui devait remplacer Tabitha auprès de moi, m'escortait en reniflant. Les malles étaient déjà là, ainsi que Julius, Mildred, Maestro, Darling 2, Cook et Peter.

MOI, *à Duncan* — Vous ne faites pas de feu dans les chambres ?

DUNCAN — Quand i fait froid, *mo chridhe*.

Cette nuit-là, en me glissant tout habillée entre les draps, je pensai à mes petites sœurs, Prudence et Mercy, couchées dans la terre gelée et j'en frissonnai jusqu'au cœur. Tous les fantômes de mon enfance étaient là, sur cette terre d'Écosse où ils étaient nés, Kate Macduff écrasée sous une pierre, le cousin George pendu par erreur, le Bonnet Rouge caché dans les ruines du château et Miss Finch l'incendiaire. Peter s'était allongé au pied de mon lit. J'allai le chercher et le serrai dans mes bras.

Au matin, le vent avait si bien balayé les cieux qu'il ne restait que quelques nuages joufflus sur un fond d'azur. La journée s'annonçait belle et froide. Maman avait eu une attaque de nerfs pendant la nuit et ne pouvait se lever. Papa comptait retrouver des amis arrivés la veille qui avaient, tout comme lui, l'intention de pêcher la truite dans les torrents. J'eus la permission de m'éloigner de Pitlochry, accompagnée par Gladys et par Keeper, et je pus enfin découvrir le pays de Tabitha : la lande où fleurissent les bruyères pourpres et les genêts d'or, les collines enchevêtrées qui jouent à saute-mouton sur la ligne d'horizon, les forêts de sapins dévalant jusqu'au loch, et les daims peu farouches, les vaches à poils longs, des mèches plein les yeux, et les chiens de troupeau hirsutes… Pour dire la vérité, lors de ma première promenade, je ne vis pas grand-chose de tout cela, car Keeper tomba au fond du seul trou qui se trouvait sur la lande, tandis que Gladys accrochait sa robe à des ronces qu'elle avait le don de faire pousser sous elle.

MOI — Gladys, ne savez-vous pas vous moucher ?
GLADYS — Si, Missniff.
MOI — Vous n'avez pas de mouchoir ?
GLADYS — Non, Missniff.

Je compris enfin pourquoi on avait coupé le nez du comte de Dortmund. C'est qu'il avait un rhume de cerveau.

J'obtins le lendemain de me faire conduire en carriole par Duncan. Je voulais peindre. Hélas, à la dernière minute, maman éprouva le désir de prendre l'air et Duncan dut entasser dans sa carriole trois femmes, un chien et un lapin. Je pense qu'il prit un plaisir malin à rouler sur toutes les pierres et à passer dans toutes les ornières, si bien que maman ne demanda plus à m'accompagner. Et c'est ainsi que, un jour de vrai beau temps au ciel bleu claquant au vent, je pus monter, seule, dans la carriole. Tandis qu'il m'aidait à grimper, je crus voir que Duncan me faisait un clin d'œil. Après quelques tours de roue, il n'hésita pas à préciser sa pensée.

DUNCAN — On n'a pas la vieille sur le dos aujourd'hui, hé, *mo chridhe*?

La décence m'interdisait de répondre, mais ne m'empêcha pas de sourire. Une demi-heure plus tard, j'installai mon chevalet au bord d'un lac et à l'abri du vent. Duncan s'assit sur un rocher et devint lui-même aussi immobile qu'une pierre. C'était un tempérament contemplatif. Nous devînmes de grands amis. Il m'apprit à dire «bonjour», «d'accord» et «merci» en gaélique.

MOI — Et que signifie *« mo chridhe »*?

DUNCAN, *ricanant* — C'est «mon cœur», *mo chridhe*.

Désormais, dès que nous avions quitté Pitlochry, je descendais de la carriole pour venir m'asseoir sur le banc à côté de Duncan. Il me laissait guider la jument. Grâce à lui, j'appris à claquer de la langue et du fouet. Y a-t-il un endroit sur terre où l'on puisse goûter un air plus pur que sur une route cahoteuse des Highlands?

MOI — Oh, Duncan! Qu'était-il écrit sur le poteau que nous avons dépassé?

DUNCAN — Le pauv' Duncan sait pas lire, *mo chridhe*.

Nous fîmes demi-tour jusqu'au croisement et je lus:

KILLIECRANKIE. Je me rendis compte que, jusqu'à ce jour, cet endroit faisait partie pour moi du monde des contes et des légendes.

MOI — Savez-vous si nous en sommes loin?

DUNCAN — Deux milles. On s'a battus à Killiecrankie, y a ben d'cents ans. Les Highlanders i z'ont aplati vos Anglais. Avec vot' respect, *mo chridhe*. Kk, kk, Nessie!

Au claquement de langue, Nessie partit au trot et j'eus à peine le temps de reprendre mes esprits que je me retrouvais dans la rue principale de Killiecrankie. Ce n'était d'ailleurs pas grand-chose, comparé à l'animation de Pitlochry. Quelques maisons assoupies, une taverne, une épicerie... Nous tournâmes dans une rue plus calme encore.

MOI, *tendant le doigt* — Duncan, là, arrêtez!

J'étais hors de moi. Il y avait une auberge sur notre droite. Une auberge aux volets fermés et dont l'enseigne rouillée pendait dangereusement au-dessus des passants, «Au Bonnet Rouge». Duncan, sans me poser de questions, m'aida à sauter à terre. La porte d'entrée de l'auberge était cadenassée. J'y appuyai les mains.

MOI — Est-ce que quelqu'un pourrait me dire qui était le propriétaire de cette auberge?

DUNCAN — Oui.

Sous le buisson des sourcils blancs, les tout petits yeux de Duncan faisaient deux trous noirs.

DUNCAN — C'était Macduff.

Il cracha comme pour se nettoyer la bouche.

MOI — Il avait une fille?

DUNCAN — L'en avait deux. Une qu'était belle, mais pas l'aut'. La belle, c'était Em'ly. Mon gars, il la voulait.

MOI, *tout bas* — Comment s'appelait votre fils?

DUNCAN — George... Em'ly était trop belle pour ceusse d'ici. George l'a pas eue. Personne l'a eue. Elle s'a noyée. À ce qu'on dit.

MOI — Il faut rentrer. Nous sommes allés trop loin, Duncan.

DUNCAN — J'crois ben, oui.

À la sortie de Killiecrankie, j'aperçus une grande demeure bourgeoise au toit crevé et aux murs noircis. Duncan suivit mon regard.

DUNCAN — A brûlé.

MOI — De qui était-ce la maison?

DUNCAN — Un homme qu'était de Perth, un notaire, i venait pour pêcher. Ouais, pêcher... Finch. Angus Finch.

De nouveau, Duncan cracha à terre.

MOI — Il est mort dans l'incendie?

DUNCAN, *ricanant* — Tout comme, *mo chridhe*. I peut plus sortir de chez lui. I f'rait peur aux enfants. Kk, kk, Nessie!

Nous repassâmes devant le poteau indicateur de Killie-crankie et j'eus l'impression de franchir une frontière. Je poussai un soupir de soulagement que Duncan approuva d'un hochement de tête.

Papa fit devant moi le geste auguste du pêcheur à la mouche.

13

Notre demeure de Pitlochry reçut beaucoup de monde en juillet. Bien que muet, papa était sociable. L'été, il invitait les amis qu'il voyait l'hiver à son club. Il était, je crois l'avoir déjà dit, un adepte de la pêche à la mouche. Il avait donc des amis qui pêchaient à la mouche et qui, quand ils ne pêchaient pas à la mouche, parlaient de pêche à la mouche. Toutefois, cet été 1884, papa découvrit la seconde passion de sa vie : la photographie. Mr Summerhill, le mari de la dame qui évangélisait les Papous en nous vendant des mouchoirs brodés, ne voyageait jamais sans son attirail photographique. C'étaient d'énormes appareils enveloppés dans du velours noir, des filtres, des trépieds, des boîtes de plaques de verre et tout un assortiment fascinant de produits chimiques. Papa tomba immédiatement amoureux du matériel. Il en aimait le côté encombrant, les gestes lents et méticuleux qu'il imposait. À chaque prise de vue, il fallait ouvrir l'appareil, mettre à l'intérieur une plaque sensible, fermer, prendre le cliché, rouvrir, retirer la plaque. Papa adorait nous faire tenir longuement la pose et tirer de nous des portraits maussades ou excédés. Il avait cependant un tourment. Quand il partait pêcher à la mouche, il regrettait de ne pas prendre de photographie. Mais quand il photographiait, il se désolait de n'être pas en train de pêcher. Le jour où il put photographier une partie de pêche à la mouche, il fut aussi heureux qu'un homme qui a fait sympathiser sa femme et sa maîtresse.

Pendant les seize premières années de ma vie, je n'avais jamais accordé le plus petit intérêt aux amis de papa. Cet été, en Écosse, je me mis à les observer, à les écouter. Certains d'entre eux, arrivant à me distinguer du mobilier, m'adressèrent parfois la parole. Ce fut ainsi que je fis mon entrée dans le monde et quittai pas à pas la nursery. Assez curieusement, Miss Dean, Mrs Summerhill et les demoiselles Gardiner me parlaient avec une sorte de sourire peiné, comme à une malade. Sans doute mon habitude de réciter mentalement du Shakespeare m'avait-elle fait du tort. Elles me prenaient pour «simplette». J'avais d'ailleurs trouvé une autre occupation très prenante à l'heure du thé. Je mémorisais les conversations, puis, une fois seule, je les consignais sur mes carnets dans un code secret beaucoup plus élaboré que celui de mon enfance, à ce point que je suis incapable de m'en souvenir. Quand je vois sur une de ces feuilles : «mja2all ? vmh a2opm ?jl», je ne peux pas dire s'il est question des rhumatismes de Miss Dean ou de la politique étrangère de Mr Gladstone. Cette activité stupide me procurait un grand soulagement. Je crois que j'avais une terrible envie d'écrire quelque chose, mais je ne voyais absolument pas quoi. Il ne se passait rien dans ma vie et, pire encore, je n'arrivais pas à exprimer ce que je ressentais, comme si mon cœur et mon cerveau avaient décidé de suivre des chemins différents. Les amies de maman avaient peut-être raison. J'étais simplette.

Duncan fit ma joie pendant tout cet été en martyrisant mes parents. Comme il nous l'avait dit, il était payé pour «s'occuper d'la boutique». Moyennant quoi, dès que papa laissait des photographies sur son bureau, Duncan ouvrait la pièce à tous les vents. Si maman, trempée au retour d'une promenade, espérait se sécher devant le grand feu du salon, Duncan l'avait soigneusement éteint sous la cendre. Quand mes parents donnèrent un dîner d'apparat, il servit du haggis à leurs invités, c'est-à-dire de la panse de mouton farcie avec du cœur et du foie mélangés à de l'avoine et à des oignons. Il faut être né en Écosse pour surmonter cette épreuve. Puis Duncan s'obstina à jouer de la cornemuse sous nos fenêtres à l'heure où maman faisait la sieste. Mais à moi, il offrit un agneau à tête noire que je nourris au biberon et que j'appelai Blackface. Et un autre jour, il m'apporta un affreux corbeau avec un bec terrible qui ne rêvait que de nous pincer le bras ou de nous crever les yeux.

DUNCAN — C't une bonne bête. Mais faut l'connaître.

C'était à peu près ce que je pensais de Duncan.

Comme tous les ans, à pareille époque, nous organisâmes un grand pique-nique d'une vingtaine de convives. Duncan nous conseilla les rives de la Tummel. Les dames s'installèrent sur un petit coin d'herbe tandis que les messieurs, pour se mettre en appétit, allèrent taquiner la truite. Papa, en bottes dans le courant de la rivière, fit devant moi le geste auguste du pêcheur à la mouche.

Sa longue canne flexible cingla l'air et alla déposer la mouche à la surface de l'eau, juste à l'endroit choisi par lui. La mouche dériva, portée par le courant, puis papa ramena la ligne vers lui d'un lent mouvement de la main. Un coup pour rien. Au lancer suivant, j'imitai le gracieux mouvement du poignet avec une envie subite de pêcher à la mouche, moi aussi. Qu'est-ce qui m'en empêchait ?

MOI — Duncan, vous reste-t-il une canne ?
MAMAN — Mais que voulez-vous en faire, Charity ?
MOI — Pêcher.

Je lus sur le front de maman comme sculpté dans la pierre : PAS CONVENABLE. Voilà ce qui m'en empêchait. Je m'éloignai au bord de la Tummel, relevant parfois ma jupe pour sauter sur un petit rocher environné d'eau. Puis je m'assis, encerclant mes genoux de mes bras, dans une posture ni convenable ni féminine. Mais aussi pourquoi n'étais-je pas un garçon ?

Au bord de l'eau, parmi les roseaux, voletaient des libellules, gracieuses, distinguées. Ne les appelle-t-on pas des « demoiselles » ? Pourtant, Duncan m'avait raconté quelque chose d'horrible à leur sujet. La libellule est douée d'un appétit si féroce que, si on lui présente sa propre queue à portée de ses mandibules, elle y goûte et, satisfaite de sa première bouchée, elle continue de se dévorer! Ceci demandait à être vérifié. Je m'agenouillai sur les galets, retenant mon souffle, guettant ma proie, le buste en avant. Hop! Raté. Déséquilibrée, je tombai sur les mains.

UNE VOIX — Vous avez perdu quelque chose, Miss Tiddler?

La vie vous réserve bien des surprises, mais celle-ci ne me parut pas envisageable. Je me redressai, tournai la tête.

MOI — Non!

KENNETH ASHLEY — Mais si.

Il s'appuya sur sa canne, un peu déhanché.

KENNETH ASHLEY — Et ça peut s'expliquer. Je suis allé voir ma mère dans le Kent, j'y ai croisé les Bertram qui m'ont appris que les Tiddler étaient en vacances à Pitlochry. Coïncidence, je devais moi-même passer à Edinburgh, Perth et Pitlochry. Votre cuisinière m'a indiqué que vous pique-niquiez ici. Est-ce que cela vous paraît plausible?

J'acquiesçai. Mr Ashley désigna les roseaux du bout de sa canne.

KENNETH ASHLEY — Les libellules?

Je lui fis part de leur penchant supposé pour l'autodévoration. Mr Ashley haussa un sourcil, s'accroupit et, d'un geste d'une incroyable vivacité, comme il avait attrapé le grillon, il attrapa la libellule. Puis, la maintenant par le bout de ses ailes, il lui présenta sa queue. Me croirez-vous ? Duncan avait dit vrai.

Moi — Horrible.

KENNETH ASHLEY — Affreux.

Horriblaffreux, ce fut ce que je lus dans les yeux de maman quand elle me vit revenir au bras de Mr Ashley.

Moi — Maman, vous ne reconnaissez pas le fils de Mrs Smith ?

MAMAN — Oh, vraiment ? Mais oui, bien sûr ! Charmée… Je veux dire… Que nous vaut le plaisir…

KENNETH ASHLEY — Je suis en vacances dans la région. Mr Blackmore m'a accordé quelques jours de congé. L'étude est tranquille en ce moment. Nous avons beaucoup travaillé cet hiver.

Mr Ashley prit l'air accablé qu'il jugeait à propos, tout en me faisant un imperceptible clin d'œil.

Le pique-nique fut délicieux. Mr Ashley y prit part comme si on l'avait invité. Il donna des conseils extravagants à papa pour la pêche à la mouche, contredit catégoriquement Mr Summerhill à propos de photographie et raconta à Mrs Summerhill qu'un sorcier papou avait perdu tous ses pouvoirs de guérisseur après avoir été baptisé, mais que, grâce à l'argent des mouchoirs brodés, il avait pu faire des études de médecine, anecdote que Mr Ashley tenait d'un missionnaire.

MRS SUMMERHILL, *un peu perturbée* — Je suis heureuse de l'apprendre.

De temps en temps, Mr Ashley me regardait de façon appuyée. Il était si menteur et tous ses défauts étaient si évidents que je soutenais son regard sans en éprouver la moindre timidité. Papa, qu'il avait charmé, l'invita pour le lendemain soir. Mais Mr Ashley n'était pas libre.

KENNETH ASHLEY — Un ami de passage que je dois recevoir. Je lui en ai fait le serment! Et je déteste les faux serments.

Le surlendemain, Miss Dean et Mrs Summerhill revinrent tout excitées d'une promenade en ville.

MISS DEAN — Une troupe de théâtre est arrivée de Londres, chère Mrs Tiddler…

MRS SUMMERHILL — Ils donnent plusieurs représentations au Théâtre royal de Pitlochry.

MISS DEAN — Une comédie française, *Les Faux Serments*…

MRS SUMMERHILL — Sans intérêt. Mais ils jouent ce soir…

MISS DEAN ET MRS SUMMERHILL, *en chœur* — *La Mégère apprivoisée*!

Maman parut moins enthousiaste. Bien sûr, Shakespeare… Mais tout de même, était-ce convenable?

MOI — Maman, s'il vous plaît!

J'avais très envie de retourner au théâtre. Et puisque nous n'irions pas voir *Les Faux Serments*, je pensais que Mr Ashley n'avait pas à craindre d'être démasqué. Si j'avais mieux connu la vie d'une troupe d'acteurs, j'aurais su que chacun y a un emploi réservé. Mr Ashley jouait les jeunes premiers. Le rôle de Petruchio lui revenait.

Le Théâtre royal de Pitlochry ne ressemblait pas du tout au minable théâtre où j'avais vu jouer Mr Ashley la première fois. La scène était vaste, l'orchestre jouait juste, un public élégant emplissait le parterre et les loges. Toutes les dames étaient gantées, chapeautées, encombrées d'éventails, de faces-à-main, de jumelles. Les messieurs avaient cette assurance que donnent la vie au grand air et un portefeuille bien garni. Je songeai, en m'asseyant entre maman et Miss Dean, que ce public n'était sûrement pas plus facile à conquérir que les petites bonnes et les marchands de quatre saisons.

Le rideau se leva sur un joli décor de carton peint représentant une rue de Padoue. D'une maison aux tons d'ocre, aux faux balcons de fer forgé, sortit bientôt Catharina, la mégère pas encore apprivoisée. Je reconnus «l'infortunée», la chevelure en désordre et la poitrine tumultueuse. Sa première phrase fut :

CATHARINA — Je vous le demande, monsieur, voulez-vous me prostituer à ces épouseurs ?

Maman avait raison, Shakespeare n'est pas convenable.

Un sourire s'accrocha à mon visage qui ne me quitta pas de toute la scène. Pourtant, l'actrice n'était pas à la hauteur de son personnage et les spectateurs échangeaient encore quelques mots à mi-voix ou se faisaient d'une rangée à l'autre des petits signes de bienvenue. À la scène 2, Petruchio entra. Je sentis que maman s'agitait à la recherche de son face-à-main glissé le long de l'accoudoir. Comme moi, maman était myope. Mais je n'avais pas eu besoin de mes lunettes pour reconnaître Mr Ashley au premier coup d'œil. Il avait une façon de traverser la scène, à la fois nonchalante et chaloupée, qui n'appartenait qu'à lui. En quelques répliques, il fut mis au pied du mur.

> HORTENSIO — Petruchio, je peux te procurer une femme riche, et jeune, et belle. Son seul défaut, et il est assez grand, c'est qu'elle est intolérablement hargneuse, acariâtre et entêtée.

Maman, en reconnaissant Mr Ashley, laissa échapper un petit cri et voulut me parler. Mais autour de nous, quelques «chut, chut» lui imposèrent le silence. La salle se laissait déjà captiver. Les acteurs étaient médiocres, certains savaient à peine leur rôle, mais Petruchio, hâbleur, insolent, brusque et charmeur, collait à la peau de Mr Ashley. Comme la première fois, je me sentis transportée sur la scène. J'étais Catharina.

> PETRUCHIO-ASHLEY — Bonjour, Cateau. Car c'est votre nom, m'a-t-on dit.

CATHARINA — Vous avez entendu, mais un peu de travers. Ceux qui parlent de moi me nomment Catharina.

PETRUCHIO-ASHLEY — Vous vous trompez, car on vous appelle Cateau tout court, la bonne Cateau, et parfois… la hargneuse Cateau, mais enfin Cateau, hein, la plus jolie Cateau de la Chrétienté, Cateau de la Halle aux gâteaux, ma friande Cateau…

Cette façon qu'avait Mr Ashley de tourner autour de sa mégère, de la harceler, de l'effleurer, de s'écarter d'un mouvement de hanche, de revenir à la charge pour la prendre par la taille… avant de s'en faire gifler! Des lèvres des spectatrices s'échappaient des «oh», des «ah», des rires et des soupirs. Et comme maman sursauta lorsque Petruchio lança en guise de conclusion: «Allons, Cateau, au lit!»

La mégère était apprivoisée et la salle aussi. Rideau.

MISS DEAN — Mais n'était-ce pas ce Mr Ashley qui jouait Petruchio?

MAMAN, *un peu sarcastique* — Impossible, il est clerc chez un avoué. Demandez à sa mère.

Je ne revis pas Mr Ashley qui poursuivit sa tournée vers Inverness. L'été s'acheva et les Highlands prirent des teintes de rouille et d'or. Mon agneau était devenu un peu trop grand pour que je le remmène avec moi à Londres, mais Duncan insista pour me laisser le corbeau en cadeau d'adieu. Je l'appelai Petruchio.

14

Tous les ans, c'était la même chose. Les souvenirs lumineux de l'été s'effaçaient dans la grisaille de l'interminable mauvaise saison londonienne. Plus je vieillissais — et j'allais avoir bientôt dix-sept ans — plus l'hiver me serrait le cœur. *Le Livre des Nouvelles Merveilles*, lu et relu jusqu'à tomber en lambeaux, ne m'était plus d'aucun secours. Le muséum n'avait plus de secret à me révéler. Il me restait la peinture, mais le paysage sous mes fenêtres commençait à me lasser. Il me restait ma ménagerie. Petruchio y apporta un peu de nouveauté. Il était gros, gras, noir, luisant, querelleur, bruyant, désobéissant et voleur. Son bec toujours en mouvement était attiré par tous les mollets qui passaient à sa portée et il se prit d'une telle haine pour Peter, fonçant sur lui à la moindre occasion, que je dus les séparer. Peter resta dans ma salle d'études et Petruchio fut exilé dans l'antichambre, où il fut choyé par Tabitha. Je crus d'abord qu'elle s'y attachait parce qu'il venait de son Écosse natale. Mais elle s'était persuadée, je ne sais pourquoi, que Petruchio était un corbeau du Kent et m'avait été offert par Lady Bertram. Quand Tabitha cousait, Petruchio sautait autour de sa chaise, inspectant son panier à intervalles réguliers et l'observant elle-même d'un air de gravité exceptionnelle. Je pense que, si la vie lui avait accordé le bonheur de fonder un foyer, il aurait su repriser les chaussettes de ses enfants.

Tabitha fut flattée de l'intérêt que Petruchio portait à ses activités domestiques jusqu'au jour où elle découvrit sous une armoire quantité de boutons brillants et d'aiguilles, un dé à coudre et une petite paire de ciseaux.

TABITHA — Que voulez-vous y faire, Miss Charity ? Il est méchant, c'est tout.

Et c'était la raison de sa préférence. Comme elle lui parlait beaucoup, Petruchio finit par lui répondre. Étant très fainéant, il n'eut jamais un répertoire très étendu. À force de patience, Tabitha parvint à lui faire dire trois phrases : «Je suis un démon, pouët, pouët!» «Y a le feu, Tante Polly!» et «Faut pas me la faire, Robert!» dont les variations : «Je suis un démon, Tante Polly», ou bien «Y a le feu, pouët, pouët!» n'augmentaient pas la portée.

Ni maman ni papa ne semblaient se rendre compte de l'effroyable monotonie de mon existence. Moi-même, étant peu à l'aise en société, je me résignais à mon sort. Mais je voyais bien qu'une jeune fille de mon âge comme ma cousine Ann menait une tout autre vie. Elle était désormais «lancée» dans le monde, elle allait au bal, elle avait autour d'elle une nuée d'admirateurs auxquels elle accordait parfois la faveur de porter son parapluie. À la même époque, je souffrais de fréquents étourdissements au point que certains matins j'avais peur de sortir de mon lit. Le Docteur Piper déclara que c'étaient là des «ennuis de jeune fille», ce qui fit dire à Tabitha dans son dos qu'un jour ce seraient des «ennuis de vieille fille». Mon sentiment de solitude s'accrut encore lorsque je reçus cette lettre de Mademoiselle :

Ma chère Miss Charity, je n'ai pas le temps de vous écrire tant mes journées sont animées ! Deux nouvelles petites pensionnaires bien gentilles sont arrivées hier et <u>Mrs Grumble</u> m'a *chargée tout spécialement de leur instruction. La plus jeune, qui n'a que quatre ans, <u>lit</u> déjà couramment. Ce qui me fait le plus plaisir, c'est que l'aînée porte votre prénom, Charity. Comme elles ont de longs cheveux bouclés, <u>mon</u> plus grand bonheur est de les coiffer chaque matin. Ce sont deux ravissantes poupées. Je vous en dirai davantage dans un autre <u>courrier</u>. Je pense à vous et à toute votre chère famille, spécialement <u>au</u> moment de la prière du soir. Mrs Grumble, qui est une véritable amie pour moi, m'a appris à rendre grâce pour tout ce qui nous arrive, y compris les épreuves qui nous font grandir. En toutes choses, ne l'oubliez jamais, ma chère Miss Charity, Dieu nous est d'un grand <u>secours</u>.*

Votre affectionnée Blanche Legros

Je lus cette lettre insipide avec un sentiment croissant de stupéfaction. Pourquoi Mademoiselle avait-elle pris la peine de m'écrire pour ne rien me dire? Qu'avais-je à faire de ses deux poupées bouclées et de ses pieuses pensées? Pourquoi m'appelait-elle «Miss Charity»? Il me sembla que le dernier lien qui me rattachait à mon enfance venait de se rompre.

Le lendemain, Gladys m'annonça que Miss Bertram m'attendait au salon. Je me demandai en descendant les marches à la volée ce que ma cousine Ann avait bien pu inventer pour cette fois.

LYDIA — Vous semblez surprise? C'est vrai que nous ne nous sommes pas beaucoup vues ces derniers temps.

Nous ne nous étions jamais beaucoup vues. Je dévisageai donc Miss Lydia Bertram avec une certaine curiosité. Elle était grande, mince, très élégante. Ses blonds cheveux trop fins voletaient autour de son visage trop étiré. La beauté que Tante Janet lui avait promise, étant enfant, n'était pas au rendez-vous. Avait-elle vraiment été « folle » de Mr Ashley comme le prétendait sa sœur ?

Moi — J'espère que vous vous portez bien... que toute votre famille se porte bien...

Mes paroles me semblèrent tomber dans le vide.

Lydia — Mon frère... Vous savez sans doute que Philip a été assez souffrant au début de l'automne ?

Moi — Vous m'en voyez désolée.

Je n'étais pas rancunière, mais sur mes gardes. Je n'avais pas oublié que ma cousine Ann avait prétendu que j'étais amoureuse de Philip.

Lydia — Vous savez que Philip a toujours apprécié votre compagnie ? Une petite visite de votre part lui serait certainement agréable.

Un étrange combat se livrait sur le visage de Lydia. Elle voulait me paraître indifférente, mais quelque chose au fond de ses yeux me suppliait d'accepter. Je promis donc de passer dès que possible et d'amener Peter pour distraire mon cousin.

Lydia — Je vous en prie, n'en faites rien. Il ne lui faut pas de divertissement trop violent.

J'en restai sans voix. Et j'eus un peu de mal à la retrouver quelques jours plus tard quand je vis mon cousin dans la bibliothèque. C'était toujours le même jeune homme raffiné et las, frissonnant au moindre courant d'air. Mais quelque chose d'autre s'était posé sur lui. Il était pâle, d'une pâleur jaunâtre. Ses yeux s'étaient enfoncés dans ses orbites, ses tempes s'étaient creusées. Il m'accueillit aimablement, sans montrer ni plaisir ni surprise. Nous parlâmes un peu de livres. Il s'essoufflait très vite.

PHILIP, *fermant à demi les yeux* — Le mauvais temps m'épuise.

Il était question qu'il partît du côté de Nice chercher un peu de douceur hivernale. Mais je me demandais bien où il trouverait la force d'un tel voyage. Il me tendit son livre pour que je lui en fisse la lecture et il s'endormit.

Je revins le voir régulièrement et maman s'en montra mécontente.

MAMAN — En tête à tête dans la bibliothèque ? Il faudrait au moins que Tante Janet soit présente ! Elle prend un ouvrage de couture et elle s'assoit dans un petit coin…

MOI — Philip est malade, maman. Il peut à peine se lever du sofa.

MAMAN — Vous êtes une enfant ! Vous ne voyez pas à quel point ce que vous dites est inconvenant. Si encore Philip nous faisait part de ses intentions…

Je dévisageai maman, les yeux écarquillés. Ne voyait-elle pas ce que je voyais ? Personne ne le voyait-il ? Quand j'étais avec Philip, Tante Janet passait parfois bavarder ou proposer une tasse de thé. Elle y mettait un enjouement forcé : « Alors, Philip, n'allez-vous pas vous promener aujourd'hui ? » qui me faisait grincer des dents. Lady Bertram restait le plus souvent sur le pas de la porte, le chapeau sur la tête, regardant son fils sans le voir. Un jour, Philip fut pris en sa présence d'une terrible quinte de toux. Lady Bertram appela au secours, les yeux soudain embués, avançant en aveugle dans la pièce et se cognant dans les meubles.

Je savais que le Docteur Piper venait régulièrement ausculter Philip. Mais il ne parlait qu'à Tante Janet, et Tante Janet, sachant que Lady Bertram ne supportait rien, ne lui rapportait pas les propos du médecin. La maladie de Philip progressait sans que sa famille s'en alarmât vraiment. Sir Philip, très pris par les affaires politiques, était à peine au courant. Il n'avait jamais sympathisé avec son fils. Dès son enfance, il l'avait jugé mou et décevant. Lydia, qui était venue me chercher, avait deviné la gravité de la maladie. Elle aimait sincèrement son frère. Mais elle parlait, elle aussi, de son prochain voyage à Nice comme si le remède était à portée de main. Le plus étonnant était que Philip se satisfaisait de son sort. Il vivait entre quatre murs, allant de sa chambre à la bibliothèque, lisant ou feuilletant des livres, m'écoutant distraitement, faisant de petits sommes. Il n'y avait jamais eu en lui beaucoup d'énergie vitale.

Elle se retirait doucement. Pendant quelque temps encore, il joua du piano à ma demande, des airs languissants ou funèbres. Puis il se contenta de plaquer quelques accords sur le clavier, de caresser les touches. Quand une quinte de toux lui déchirait la poitrine et le mettait en sueur, il constatait : « Mauvaise bronchite, tout de même. »

Puis un jour, il cracha du sang et je vis s'allumer la peur dans ses yeux.

Le Docteur Piper exigea de parler à Sir Philip en personne. Il fut plus que jamais question d'emmener Philip dans le sud de la France. Maman comprit, ou admit enfin, de quoi il retournait et m'interdit de tenir compagnie à un malade probablement contagieux. Nous étions alors au mois de janvier et, depuis plusieurs semaines, il régnait sur Londres un temps épouvantable. Il pleuvait sans discontinuer et le jour semblait à peine se lever que la nuit retombait déjà. Le déclin de Philip fut très rapide, comme le glissement des derniers grains de sable dans le sablier.

Réfugiée dans mon troisième étage, je pensais souvent à mon cousin. Je le revoyais à quinze ans, redoutant le froid, l'exercice, l'agitation. Que lui avait-il manqué ? Cette petite flamme qui tout à la fois nous dévore et nous réchauffe, l'envie d'être en vie, la volonté, je ne pouvais mieux dire, la Volonté. Et un jour de février, mon cousin ne voulut plus vivre, lui qui avait si peu essayé. Ce furent mes premières vraies larmes. M'étais-je attachée à Philip ? C'était un beau jeune homme dont toutes les qualités étaient restées inutiles. Intelligent, artiste, cultivé, musicien, comme le figuier stérile, il n'avait rien donné. Pleurant sur lui, je versai peut-être quelques larmes sur moi. Puis je serrai les poings et je me promis de travailler chaque jour le dessin, de reprendre mes planches sur les champignons, de poursuivre mes études sur les fossiles, de finir mon herbier, de tenir mes carnets, d'apprendre une nouvelle pièce de Shakespeare, et, à chaque résolution, mes épaules se soulevaient d'un sanglot. Oh, Mademoiselle, Mademoiselle, pourquoi m'aviez-vous abandonnée ?

Des yeux, je cherchai sa lettre, cette lettre insignifiante à laquelle je n'avais pas répondu parce qu'elle m'avait blessée. Machinalement, je la relus : *Ma chère Miss Charity…*
Un étrange malaise m'envahit. Quelque chose dans cette lettre sonnait faux. On aurait presque pu croire que Mademoiselle était devenue folle. *Deux nouvelles petites pensionnaires bien gentilles sont arrivées hier et* <u>*Mrs Grumble*</u>*…* Pourquoi Blanche s'était-elle mise à souligner certains mots au hasard ? Au hasard ? Une soudaine inspiration me fit mettre bout à bout chaque mot souligné et la lettre de Blanche se mit à crier : «Mrs Grumble lit mon courrier. Au secours !» Le dépit que j'avais ressenti devant cette lettre m'avait empêchée d'en découvrir le sens caché ! Blanche était épiée, ses lettres étaient interceptées, elle ne pouvait plus rien m'écrire. Elle était là-bas à Stonehead comme emmurée vive. Je devais la sauver. Oui, je devais

l'arracher aux griffes de Mrs Grumble. Je le devais, je le ferais. Car je le voulais.

Le jour de l'enterrement, ma pauvre marraine, ensevelie dans un crêpe noir, dut être soutenue par son mari et par Tante Janet. Elle ne mentait pas quand elle disait ne pas pouvoir supporter. Elle s'évanouit dans l'église. Maman désapprouva ce comportement. Elle-même, qui avait souvent des malaises et des vapeurs, supporta très bien l'épreuve.

MAMAN — C'est une question de dignité.

Il me vint à l'esprit qu'elle nous aurait tous enterrés très dignement.

Au cimetière, j'aperçus un jeune homme dans la foule qui semblait extraordinairement affecté, un jeune homme qui ressemblait beaucoup à Mr Ashley dans la scène 4 ou 5 de l'acte II portant l'indication : la scène se passe au cimetière. Dès qu'il eut repéré Lydia, il s'avança vers elle de son pas coutumier, un peu trop dansant pour la circonstance. Salutations, condoléances, sortie de mouchoir… Mr Ashley se mit à parler, les mains dans le dos, se balançant d'un pied sur l'autre, pas tout à fait à son aise. Sans doute mesurait-il la distance qui le séparait maintenant des demoiselles Bertram, lui, le fils désargenté d'une Mrs Smith, le comédien ambulant d'une troupe de second ordre ? Je vis alors que ma cousine Ann se rapprochait de sa sœur et s'adressait familièrement à celui qu'elle continuait d'appeler «Kenneth» comme lorsqu'elle était enfant. La conversation devint tout de suite plus détendue et je décidai de ne pas m'y mêler, n'ayant à ma disposition ni rat ni grillon ni libellule pour amuser Mr Ashley.

La cérémonie s'était achevée, ma pauvre marraine venait d'avoir une crise de nerfs, la compagnie allait se séparer tandis que les premières gouttes de pluie tombaient. J'eus envie de marcher avant de remonter en voiture avec mes parents. J'ouvris mon parapluie et m'éloignai entre deux rangées de tombes. Je remarquai alors un homme qui était resté à l'écart sous un arbre et qui venait d'ouvrir lui aussi son parapluie. Sa silhouette me rappela quelqu'un et je fis quelques pas dans sa direction pour en avoir le cœur net.

MOI — Herr Schmal!

HERR SCHMAL — Ma pauvre petite amie!

Il pleurait. De grosses larmes sans retenue. Il pleurait la mort de celui qui avait été son élève, l'unissant dans une même douleur à ses deux petits garçons. Je lui serrai la main follement en répétant: «Herr Schmal, Herr Schmal!» Je savais que je devais lui parler et faire vite, mais j'avais la tête tout embrouillée. J'entendais au loin ma mère qui m'appelait.

MOI — Herr Schmal, il faut que je vous dise… Non, vous… dites-moi votre adresse. Oui, c'est cela, votre adresse.

Il me la donna, je la répétai après lui.

HERR SCHMAL — Et comment va votre gouvernante? Je pensais la voir avec vous…

MOI — Mais… elle a été renvoyée.

HERR SCHMAL, *horrifié* — Renvoyée?

Maman fonçait sur nous. Je devais m'écarter au plus vite.

MOI — À bientôt, Herr Schmal.

Et je me sauvai. Fort heureusement, maman n'avait pas reconnu le précepteur de Philip. À ses questions, je répondis que cet homme m'avait demandé qui on enterrait là.

MAMAN — Mais, Charity, vous n'auriez pas dû lui parler! Vraiment, parfois, vous m'effrayez.

Si maman avait su ce que je méditais, elle eût été encore plus effrayée. J'avais décidé de donner rendez-vous à Herr Schmal un après-midi dans la salle de tératologie du muséum devant le serpent à deux têtes. J'écrivis un petit mot que je cachetai et descendis au sous-sol en quête d'une messagère. Gladys Gordon partait souvent faire des courses… qu'on ne lui avait pas demandées. Mary la grondait, maman la grondait, Tabitha la grondait. Gladys se tortillait, faisait semblant d'essuyer sur sa manche des larmes qui ne coulaient pas, ricanait par-dessous et recommençait. Elle avait parmi ses relations une grande quantité de petits ramoneurs et de jeunes vendeurs de marrons. Elle tournerait sûrement très mal et cela m'arrangeait bien. J'avais peu d'argent, quelques shillings qui me restaient de mes étrennes, mais c'était suffisant pour corrompre Gladys. Elle fit la course en une heure et revint porteuse d'un mot de Herr Schmal dans lequel, tout en acceptant mon rendez-vous, il me faisait part de sa stupéfaction. Lady Bertram l'avait assuré qu'elle ne ferait aucun tort à Mlle Legros si lui-même se montrait discret. Il plaignait beaucoup cette mère qui venait de perdre un fils, mais blâmait cette femme qui lui avait menti. Gladys, qui avait remis mon mot en main propre à Herr Schmal, paraissait déçue de mon choix. Elle connaissait des vendeurs de marrons autrement plus séduisants! Un dernier shilling la fit taire.

J'avais maintenant une certaine habitude des escapades par l'escalier de service. De ce point de vue, je ne valais pas mieux que Gladys.

Je me retrouvai donc le mardi suivant devant mon vieil ami. Je parle du serpent à deux têtes. Penchée sur le casier vitré, je préparai à l'avance le discours que j'allais tenir à Herr Schmal. Il me faudrait dresser un tableau effroyable de la situation de Blanche, ce qui ne serait pas trop difficile. Mais comment convaincre Herr Schmal d'aller l'arracher à son esclavage? Faudrait-il lui avouer le secret de Blanche? N'avait-il jamais soupçonné qu'elle l'aimait?

HERR SCHMAL — Mon Dieu, je vous ai fait attendre, chère Miss Tiddler? Comme vous êtes radieuse!

J'étais en deuil de mon cousin, j'avais pris un vieux chapeau cabossé et mon parapluie dégoulinait à mon bras. Mais Herr Schmal avait du monde une vision poétique.

Moi — J'ai peu de temps. Il faut que je vous parle de Blanche et de l'endroit où elle se trouve.

Au fur et à mesure que je lui décrivais Stonehead, le regard de Herr Schmal devenait aussi farouche que celui de Guillaume Tell face au tyran. Je n'aurais pas donné cher de la vie de Mrs Grumble s'il s'était trouvé devant elle à ce moment-là, une arbalète à la main.

Herr Schmal — C'est abominable. La pauvre enfant! Cette femme est une misérable!

Mais il ne parvenait pas à aller au-delà de l'indignation. Son extrême délicatesse ne lui permettait pas de se poser en sauveur de Mlle Legros. Que penserait-elle de lui s'il lui offrait de fuir de Stonehead en sa compagnie? Hélas, c'était si peu convenable! Et le temps s'écoulait. Et j'allais devoir repartir.

Moi — Herr Schmal, que Blanche me pardonne pour ce que je vais dire…

Il tressaillit et je vis dans ses yeux briller l'Espérance.

Moi — Mlle Legros vous aime. Peut-être ne vous a-t-elle jamais rien avoué? Mais n'aviez-vous pas deviné…

Herr Schmal — N'en dites pas plus, n'en dites pas plus…

Il me serra la main à m'en broyer les os. À son tour, il passa aux aveux. Il aimait Mlle Legros, il n'était qu'un pauvre homme ridicule, et plus d'âge à être son père que son mari, mais enfin, il l'aimait.

HERR SCHMAL — Et si je peux espérer…

MOI — Mais oui, oui! Allez vite la chercher avant qu'il ne soit trop tard! Chaque minute compte!

Il me prit au mot et me quitta, presque sans me saluer, tant il était bouleversé.

Surtout, ne me plaignez pas, je suis si heureuse !

15

Je me mis à guetter le courrier chaque jour, et une semaine, puis deux, s'écoulèrent. Dans la même période, maman se mit à parler de mon anniversaire d'une curieuse façon : j'allais avoir «dix-sept ans, tout de même». Je compris que ce «tout de même» impliquait une réception où seraient conviés Miss Dean, les Summerhill, les demoiselles Gardiner, le Révérend Donovan, le Docteur Piper, plus quelques pêcheurs à la mouche. Lorsque j'appris que Mr et Mrs Summerhill viendraient avec leur fils Henry, le «tout de même» me parut menaçant. Peut-être étais-je tout de même une jeune fille dans l'esprit de maman ? Et je devais tout de même rencontrer des jeunes gens… J'imaginais déjà ce que serait la réception, le pauvre Mr Henry obligé d'être galant, moi obligée d'être aimable, et tous deux bien soulagés au moment des formules d'usage : «tellement heureux d'avoir fait votre connaissance», «mille fois merci d'être venu». Avais-je donc vécu dix-sept ans au milieu de rats, de lapins et de volatiles pour devoir supporter les singeries humaines le jour de mon anniversaire? Peut-être les jeunes gens d'aujourd'hui trouvent-ils un charme particulier à ces mots: «le jour de mon anniversaire»? Mais, en 1887, il y avait une règle qui prévalait ce jour-là: il ne fallait surtout pas parler de la raison pour laquelle on était invité. Me souhaiter un bon anniversaire eût été une grave faute de goût, et rappeler que je m'étais trouvée, dix-sept ans plus tôt, dans une situation de dénuement tout à fait regrettable. Et devant témoin. D'ailleurs, le jour de mon dix-septième anniversaire, le Docteur Piper, qui m'avait mise au monde, parut presque surpris de me voir invitée.

Je n'avais encore jamais rencontré le fils de Mr et Mrs Summerhill. Son teint cendreux, l'iris gris de ses yeux qui semblait tissé par une araignée et les pellicules qui constellaient son habit vous donnaient véritablement envie de l'épousseter. On avait dû l'informer des deux mille livres de rente de mes parents, car il ne cessa pendant tout l'après-midi de me trouver des qualités. J'avais une voix «prenante», une main «d'artiste» et une sensibilité «inouïe». Il faut dire que maman m'exhiba à plusieurs reprises, me faisant sortir mes aquarelles de mon carton à dessin et réciter des sonnets de Shakespeare à la demande. J'étais morte de honte. Heureusement, Miss Dean réussit à se rendre plus ridicule que moi en déclamant les vers fameux d'Alfred Tennyson.

Miss Dean, *récitant* —

« L'homme au champ et la femme au foyer,

L'épée pour l'homme et l'aiguille pour elle,

À l'homme la tête et le cœur à la femme,

À l'homme de commander, à la femme d'obéir,

Tout le reste est confusion ! »

Tout le monde — Bravo, charmant !

Mrs Summerhill — Et comme c'est senti !

Tout le monde — Oui, c'est le mot. C'est senti.

Mr Henry Summerhill, ne doutant pas un instant de mes perfections, voulut m'entendre jouer du piano et – soyons vraiment fous – m'entendre chanter. Je lui jetai un regard de haine qui le déconcerta, mais ses parents lui vinrent en renfort et me supplièrent de les régaler de quelques mélodies. Ma voix, fort grave quand je récitais, avait tout du croassement quand je chantais. Une idée me traversa l'esprit.

Moi — Oh, attendez ! J'ai dans ma salle d'études quelque chose qui devrait convenir.

Tout le monde crut que j'allais me munir de partitions. J'arrivai tout essoufflée dans l'antichambre où Tabitha était en train de repriser.

Moi — Tabitha, comment faites-vous pour que Petruchio siffle *Rule Britannia ?*

Tabitha, *cassant son fil d'un coup de dent* — Je lui dis : Petruchio, qui règne sur les flots ?

Le corbeau qui était à ses pieds se mit aussitôt à siffler avec un air de conviction patriotique le refrain « *Règne, Britannia, règne sur les mers. les Britanniques, jamais, jamais, jamais ne seront esclaves.* »

C'était de toute beauté. Je poussai Petruchio dans sa cage, ce qui ne lui plut pas beaucoup et me valut un coup de bec dans le poignet. Mon retour au salon, une cage à la main, suspendit net les conversations. J'étais si convaincue de la drôlerie de Petruchio que j'en oubliais toute timidité.

MOI — Vous allez voir, il est extraordinaire. Petruchio, qui règne sur les flots?

Mais le corbeau, vexé d'avoir été mis en cage avec si peu de façons, tourna son bec à droite, à gauche, le leva, le baissa, et parut le volatile le plus stupide de la Création.

MOI — Petruchio, qui règne sur les flots?

Soudain, je compris qu'un corbeau de bon sens ne pouvait pas prétendre qu'il « ne serait jamais, jamais, jamais esclave », alors qu'il était derrière les barreaux. J'ouvris donc sa cage et, dès qu'il fut à terre, sautillant gravement, il laissa éclater tout son génie.

PETRUCHIO — Y a le feu, Tante Polly! Pouët, pouët, faut pas me la faire, Robert. Je suis un démon!

Pour confirmer cette déclaration, il donna un bon coup de bec dans la cheville de Miss Dean. Puis il vola jusqu'à la table, picora un toast, renversa des tasses et siffla *Rule*

Britannia, pouët, pouët! Les fous rires se mêlèrent aux cris d'effroi. Quatre pêcheurs à la mouche, placés sous le commandement de papa, encerclèrent Petruchio dans l'espoir de le remettre en cage. Mais le corbeau se battit avec bravoure, refusant plus que jamais d'être esclave. Je dus aller chercher Tabitha pour en venir à bout. Entre-temps, Miss Dean s'était évanouie et maman avait eu une crise de nerfs.

Ce jour marqua un tournant dans mon existence. Jusqu'à présent, famille et amis avaient vu en moi une jeune fille un peu limitée intellectuellement, ce qui me gardait toutes mes chances de trouver un mari. Ma ménagerie d'animaux savants et ma mémoire qu'on disait extraordinaire me valurent bientôt la pire des réputations, celle d'une jeune fille originale. Or, les jeunes filles originales rejoignent un jour les bataillons des vieilles filles excentriques. Ce soir-là, le soir de mes dix-sept ans, je ne m'en doutais pas. Je me réjouis seulement dans les mois qui suivirent de ne plus entendre parler de Henry Summerhill.

J'avais d'ailleurs bien autre chose en tête. Je ne comprenais pas pourquoi je n'avais aucune nouvelle de Blanche ni de Herr Schmal. Était-il parti, l'avait-il trouvée, était-il arrivé trop tard, et surtout, surtout, pourquoi ne m'écrivait-il pas? J'eus de nouveau recours aux services de Gladys. Elle alla à l'appartement de Herr Schmal et apprit de sa logeuse qu'il était parti plusieurs semaines auparavant en laissant l'argent du loyer, mais sans dire où il se rendait. Devant mon air navré, Gladys me vanta les charmes de Jack Borrow, un de

ses amis, cireur de chaussures, mais tout à fait présentable
«en dehors du boulot». Je remerciai Gladys de ses bonnes
intentions et, n'ayant plus le moindre argent, lui offris un
des mouchoirs brodés qui évangélisent les Papous.

J'avais un autre souci. C'était Tabitha. Dans un premier temps, la compagnie de Petruchio lui avait fait du
bien. Elle avait à prendre soin de quelqu'un qui n'était
pas imaginaire comme Millie ou Pancrace. Petruchio, lui
rendant son amitié, n'obéissait qu'à elle. Hélas, Tabitha
s'obstina à voir en lui un oiseau dépravé. Un voleur.
Je lui avais pourtant expliqué à plusieurs reprises que le
corbeau ne faisait que suivre l'instinct de sa race. Elle ne
m'écoutait pas.

TABITHA — C'est un vicieux. Rendez-vous compte,
il m'a même pris ma médaille!

Petruchio mettait de côté pour ses vieux jours tout ce
qui brillait à portée de son bec. De temps à autre, nous
tombions sur une de ses cachettes. Quand il nous voyait
piller son trésor, il se mettait à croasser lugubrement.

TABITHA — Vous êtes un voyou! Ces boutons, je les
ai cherchés toute la semaine.

PETRUCHIO — Je suis un démon, Tante Polly.

TABITHA — Oui, et vous finirez pendu!

PETRUCHIO — Faut pas me la faire, pouët, pouët!

TABITHA — Voyez comme il est endurci!

Là-dessus, Petruchio sifflait *Rule Britannia*, ce que Tabitha considérait comme une provocation supplémentaire.

Enfin, un soir, elle vint me trouver dans ma salle d'études, l'air mystérieux et la prunelle enflammée.

TABITHA — Il sait.

Moi — Qui sait quoi?

TABITHA, *désignant l'antichambre d'un signe de tête* — Lui. Il sait. Venez l'écouter. Venez, venez…

Elle me parut hors d'elle. Le noir de ses yeux prenait des teintes fauves. Avec un soupir, j'abandonnai ma préparation microscopique et j'accompagnai Tabitha dans l'antichambre.

Petruchio, perché sur une chaise, lissait tranquillement son plumage.

TABITHA — Petruchio, que savez-vous sur Tabitha?

Le corbeau cessa son petit ménage, tourna le bec à droite, à gauche, comme quelqu'un qui inspecte les alentours.

PETRUCHIO — Tabitha, y a le feu. Tabitha est un démon.

TABITHA, *lui montrant le poing* — Il sait, il sait! Il va le dire à tout le monde. On viendra m'arrêter. Monstre, démon!

PETRUCHIO, *battant des ailes et très content de lui* — Tabitha est un démon!

Je crus qu'elle allait se jeter sur lui et lui tordre le cou. Je la retins par le bras et je vis le moment où c'était moi qu'elle allait frapper.

Moi — Tabitha, non, ne faites pas ça…

Se souvint-elle alors de toutes ces années passées ensemble, revit-elle la petite fille aux souris dont elle était la seule compagne? Elle baissa le poing. Par la suite, elle répéta si souvent: «Je vais le tuer» que le corbeau inscrivit la phrase à son répertoire, mais sous la forme: «Je vais le tuer, Tante Pouët-Pouët!» Car lui-même devenait cinglé.

Enfin, un matin, Gladys monta jusqu'à la salle d'études et me tendit une lettre.

Gladys — C'est l'beau monsieur Schmal qui pense à vous, Missniff.

Je tressaillis en reconnaissant en effet l'écriture de Herr Schmal, puis je regardai sévèrement Gladys.

Moi — Vous n'avez plus le mouchoir que je vous ai donné?

Gladys — Non, Missniff, j'l'ai refilé à Jack Borrow. Paraît que les blavins des dabuches*, c'est épatant pour son boulot.

Elle fit mine de cirer une chaussure. Je n'insistai pas. Gladys était comme le mouchoir brodé, irrécupérable. Dès qu'elle eut tourné les talons, je décachetai l'enveloppe, et à peine avais-je lu les premiers mots qu'il me sembla que Herr Schmal était près de moi, tant la lettre lui ressemblait.

* Les mouchoirs des patrons en argot.

Ma chère, chère Miss Tiddler,

Comme vous devez m'en vouloir d'avoir été si longtemps silencieux et comme je m'en veux moi-même! Mais je n'avais aucune bonne nouvelle à vous donner et, chaque fois que je prenais la plume, le découragement fondait sur moi. À quoi bon, me disais-je, ajouter votre peine à la mienne? Si j'ose vous écrire aujourd'hui, c'est que l'Espoir est revenu, c'est que notre Blanche est sauvée!

Dès que j'ai su, grâce à vous, où notre chère petite amie se trouvait, j'ai fait ma valise et pris quelques économies. Je voulais me rendre compte par moi-même de ce qu'était cet établissement pour jeunes filles de Stonehead. Je me fis introduire dans le parloir et demandai à voir la directrice. La pauvre fille qui m'avait ouvert me fit signe qu'elle n'entendait pas. Je pris donc une carte de visite sur laquelle j'écrivis: «Madame, je souhaite inscrire ma pupille dans votre établissement.» Ce fut un véritable sésame! En moins de cinq minutes, cette personne – dont le nom souillerait ma plume – se rua dans le parloir. Quand elle comprit que je venais en fait pour rencontrer Mlle Legros, elle le prit de très haut: «Qui étais-je, son père, son frère, où est-ce que je me croyais, n'avais-je aucun souci de la réputation de cette jeune femme, etc.?» À toutes ces phrases, je répondis simplement: «Je veux transmettre mes amitiés à Mlle Legros et m'assurer de sa bonne santé. Je l'ai promis à la jeune Lady qui a été son élève.» La directrice parla alors de me jeter dehors et d'appeler la police. Ou, pour dire les choses comme elles se sont exactement passées: elle parla de me jeter dehors, je cassai une ou deux chaises, je renversai peut-être aussi une table et une étagère, et il fut ensuite question de la police. Puis cette… dame (j'ai vraiment beaucoup de mal à la considérer comme telle, car c'est la honte de son sexe) s'évanouit, ou fit semblant. J'avoue que je ne pris pas le temps de vérifier. Je courus dans les couloirs de l'établissement, ouvrant toutes les portes, criant comme un fou : « Mademoiselle Legros ! Mademoiselle Legros ! » jusqu'à ce qu'une petite fille à l'air maladif me dise d'aller voir à l'infirmerie. Oh, l'infirmerie ! Je ne pourrais pas vous en donner une idée, chère Miss Tiddler. Il y régnait une telle odeur ! Ce n'était pas une infirmerie, mais un mouroir. Votre pauvre gouvernante était là, mais vous ne l'auriez pas reconnue. Ce n'était que l'ombre d'elle-même, la fièvre la faisait délirer et trembler, son bras droit était enflé, noir… Oh, je ne devrais pas vous en dire tant ! Mais je suis encore sous le coup de l'émotion bien que des jours et des semaines aient passé depuis. D'ailleurs, devant un tel spectacle, je perdis la tête. J'ôtai mon manteau, j'en enveloppai Mlle Legros et je l'emportai. Elle était si légère, la malheureuse ! Je ne savais même pas si elle serait encore en vie quand j'arriverais à mon hôtel. Mais je me disais : « Oh, qu'elle meure au moins dans des draps blancs, dans une chambre claire où crépite un grand feu avec quelqu'un qui pleure auprès d'elle ! » Je fis appeler un médecin, un homme merveilleux, calme, méthodique, pas un fou dans mon genre ! Je veillai jour et nuit au chevet de Blanche, alors que le médecin me disait de prendre du repos, et je tombai malade, comme un insensé que je suis. Il fallut faire venir une garde-malade pour me remplacer auprès de Blanche. J'étais tellement malheureux de ne plus pouvoir veiller sur elle. Et cela vous explique aussi mon long silence, chère Miss Tiddler. J'ai dû lutter à mon tour contre la maladie. À présent, nous nous rétablissons, Blanche et moi, et nous commençons à parler de notre retour à Londres. Comme nous serons heureux, chère, chère petite amie, le jour où nous nous reverrons tous les trois dans la salle de tératologie ! Je vous serre respectueusement contre mon cœur.

À tout jamais votre dévoué Ulrich Schmal

Je haletais presque en terminant la lettre de Herr Schmal. Mais il y avait encore quelques mots d'une autre écriture, toute tremblée et maladroite.

Ma Cherry,

Merci de m'avoir envoyé Ulrich. Il est arrivé juste à temps pour me sauver. Je n'ai perdu que le bras droit qu'il a fallu amputer. Ulrich ne voulait pas que je vous le dise. Mais je préfère que vous vous fassiez à l'idée avant nos retrouvailles. Surtout, ne me plaignez pas. Je suis si heureuse ! Ulrich est mon bras droit et bien plus que cela, car je peux aujourd'hui signer

Votre affectionnée Blanche Schmal

La queue lui sortait du bec.

16

Tandis que j'attendais le retour de Blanche et de son mari, le récit de mon dix-septième anniversaire se répandait à travers Londres, agrémenté d'épisodes fantaisistes où le corbeau se prenait pour l'amiral Nelson, mimait la bataille de Trafalgar monté sur un petit bateau et tirait une salve d'un canon miniature. Cette flatteuse rumeur me valut d'être invitée par Mrs Carter, la maman de mon cher Edmund qui allait fêter ses huit ans. Mrs Carter raffolait de son petit ange blond, qui avait d'ailleurs cinq petites sœurs tout aussi blondes. Voulant faire une surprise à son fils unique et adoré, elle me supplia de bien vouloir venir au goûter d'anniversaire avec Petruchio. Je la prévins que j'ignorais si le corbeau aimait les enfants (j'étais en fait à peu près sûre du contraire). Il était préférable de demander à mon lapin savant de faire quelques tours. Mrs Carter fut un peu déçue, car le corbeau parlant s'était acquis en peu de jours une grande réputation, mais elle se fit une raison.

Peter répéta ses tours dans la salle d'études, compter, se redresser, traverser un cerceau, faire le mort les pattes en l'air, etc. Le jour de l'anniversaire, j'éprouvai une sensation bizarre, une sorte d'appréhension qui me nouait la gorge, Mr Ashley m'apprit par la suite que, chez les gens de théâtre, cela s'appelait le « trac ».

Mrs Carter avait invité une vingtaine d'enfants, des Maggy, des Peggy, des Tom et des Tim, certains encore des bébés et d'autres qui avaient déjà dix ans. Quand j'arrivai chez Mrs Carter, ils étaient tous là, ils s'étaient empiffrés de compotes de pêches et de tartes aux prunes, de chaussons aux pommes et de blanc-manger à l'abricot, ils avaient joué à cache-cache et à colin-maillard, avaient couru, étaient tombés, s'étaient pincés, s'étaient mordus, avaient ri, avaient pleuré, et Mrs Carter commençait à perdre la tête. Elle m'accueillit avec une explosion de joie qui me parut suspecte. Je craignais fort de ne pas être à la hauteur de la situation. Et si Peter refusait de faire ses tours, s'il les ratait tous ?

Mrs Carter — Venez voir. J'ai fait mettre les chaises en demi-cercle dans le grand salon. Aurez-vous assez de place ?

Les sièges étaient installés comme si j'allais donner une vraie représentation. Mes joues s'empourprèrent tandis que j'envisageais diverses possibilités : m'asseoir sur le panier de Peter en pleurant, m'enfuir en laissant mon lapin se débrouiller comme il pourrait, supplier Mrs Carter de remettre l'anniversaire d'Edmund à une date ultérieure. Puis je serrai les poings. J'avais accepté, je n'allais pas décevoir.

Moi — Ce sera très bien, Mrs Carter. Dites aux enfants de s'asseoir.

Ce fut une horrible bousculade. Tous voulaient se mettre devant. Mrs Carter dut hausser le ton et plaça au premier rang son propre fils et ses cinq filles, dont la plus jeune avait un an et demi et paraissait très effrayée par moi. J'entendais les enfants prédire qu'il y aurait un clown, un spectacle de Guignol et un magicien et se demander entre eux ce que faisait là «cette grande fille».

Mrs Carter — Mes chers enfants, pour fêter les huit ans d'Edmund, j'ai un invité surprise que Miss Tiddler a bien voulu nous amener et qui est dans ce panier!

Tous les regards avaient convergé sur moi et mon panier. Je me sentis chanceler. Eh bien, tant pis si je m'évanouissais, Mrs Carter l'aurait voulu! Je me baissai pour ouvrir le couvercle du panier et Peter sortit sa tête, posa ses pattes sur le rebord en osier, les oreilles à l'écoute du danger. Son apparition fut saluée par tant de rires, de cris et d'applaudissements qu'il plongea illico au fond de son panier. Tout le monde crut à une pitrerie et les rires redoublèrent.

Moi — Chut, chut! Ne faites pas tant de bruit. Master Peter est timide.

Je voyais trouble, j'étais au bord du malaise. Les enfants se turent, et doucement j'appelai Peter. Il montra de nouveau sa gentille petite tête, provoquant un gros rire de ravissement chez la toute petite fille de Mrs Carter. Tout le monde lui fit : « Chut, chut ! » Peter accepta de sortir du panier… Je crois me souvenir que je le poussai un peu dehors. Je commençai par les tours les plus simples, se dresser sur les pattes arrière, faire quelques pas de danse avec moi, sauter à travers un cerceau, taper en rythme dans un tambourin. La toute petite fille riait sans s'arrêter et tendait ses menottes vers Peter pour l'attraper.

MOI, *mimant en même temps* — Attention, Peter, voilà le vilain chasseur ! Il va tirer sur vous. Pan ! *(À mi-voix :)* Le mort, Peter, le mort.

Mon lapin, ô merveille, m'obéit sans que je sois obligée de lui dire vingt fois la consigne et se mit sur le dos, tout raide, les pattes en l'air. Même Mrs Carter poussa des hurlements de rire. Puis je le fis compter. À deux plus deux, il tapa deux fois le sol de la patte, et je le grondai. À trois plus deux, il tapa trois fois et je lui tirai l'oreille.

MOI — Vous n'avez pas appris votre leçon, Master Peter. Quel mauvais exemple vous faites pour Master Edmund ! Retournez vous cacher dans votre panier ! *(À mi-voix :)* Panier, Peter, panier.

LES ENFANTS, *scandalisés* — Non, non, pas le panier !

Peter se cacha comme je le lui demandais, mais ressortit bientôt la tête.

LES ENFANTS, *trépignant* — Pe-ter ! Pe-ter !

Peter aimait les enfants. Il n'en avait jamais vu autant, ni de si bruyants. Mais, sa première frayeur passée, il était tout disposé à les amuser.

Moi — Maintenant, Peter, vous allez dire bonjour à la petite fille la plus sage de l'assistance. Allons, Peter, montrez-nous la petite fille la plus sage !

Je le poussai dans la direction de la toute petite Nelly Carter. En trois bonds, Peter se trouva devant sa chaise.

Nelly, *tendant désespérément les bras* — Apin ! Apin !

J'attrapai Peter et le mis à portée de ses petites mains. Elle saisit férocement une oreille et mon pauvre Peter en eut un frisson de tout le corps. J'ouvris doucement le petit poing et épargnai à Peter d'autres brutalités, lui demandant de désigner le petit garçon le plus malin de l'assistance.

Je le poussai vers Edmund. En quelques bonds, il fut devant le petit garçon qui le caressa en lui rabattant consciencieusement les oreilles sur le dos. Bien sûr, tout le monde voulut en faire autant, et j'eus bien du mal à éviter que mon cher Peter ne finît en charpie. Je m'aperçus quand tout fut terminé, et Peter sain et sauf dans son panier, que j'avais passé un moment très agréable.

Les enfants — Au revoir, Miss Tiddler ! Au revoir, Master Peter !

Edmund — Au revoir, Miss Charity ! C'était le plus beau jour de ma vie !

Les lendemains de triomphe sont toujours un peu mornes. Les jours suivants, je traînai mon ennui dans la salle d'études. Bien sûr, j'avais des livres à lire, *La Mégère apprivoisée* que je devais finir d'apprendre, quelques planches de champignons à refaire selon les règles de la Science, mes expériences en cours sur les pourritures sèches du bois… Mais une question commençait à m'agiter ou à m'abattre, c'était selon l'heure du jour. Et cette question, c'était : pourquoi ? Pourquoi faire tout cela ? Pourquoi apprendre, pourquoi étudier, pourquoi s'exercer, pourquoi se perfectionner ? Pourquoi ? Et la réponse m'apparaissait peu à peu à l'horizon : pour RIEN.

Un matin où je m'étais levée à sept heures au lieu de six et demie – signe du fléchissement de ma volonté –, Gladys vint me porter une lettre avec le commentaire : « De vot' chéri. »

Herr Schmal m'apprenait que sa jeune épouse et lui-même étaient enfin de retour à Londres et que rien ne les rendrait plus heureux que de me revoir en compagnie du serpent à deux têtes. Cette perspective me rendit mon entrain. Mais maman m'inventa tant de corvées qu'il me fallut patienter toute une semaine avant de pouvoir m'échapper par l'escalier de service.

Quel bonheur de voler vers le muséum ! Tant de souvenirs m'escortaient le long des allées fleuries. J'allais enfin serrer Blanche dans mes bras…

Et c'est à cette idée que je ralentis mon pas. Je dus même m'arrêter. Blanche ne pourrait pas me serrer dans ses bras. Comment allais-je supporter de voir ma pauvre amie mutilée, avec une manche pendant sur le côté droit ? Je me sermonnai : « Allons, Charity, embrasse-la et parle-lui comme si tu ne voyais aucune différence ! Il suffit de se dominer. »

Herr Schmal et Blanche étaient déjà dans la salle de Tératologie quand j'y entrai. Ce fut Blanche qui courut vers moi et m'embrassa. Son mari, l'ayant rattrapée, la prit tout de suite par la taille et la serra contre lui.

Moi — Mais comme vous êtes jolie, Blanche ! Et moi qui croyais…

Herr Schmal riait de mon étonnement. Lui avait l'air bien fatigué. Mais Blanche était rose et ronde, tout ce qu'il y avait en elle de pointu et de souffreteux avait disparu. Si elle appuyait la tête contre l'épaule de son mari, ce n'était pas par faiblesse, mais par fierté. Ils passèrent ainsi l'après-midi, soudés l'un à l'autre, si bien qu'on ne remarquait pas qu'à eux deux il leur manquait un bras. Parfois Herr Schmal se penchait vers moi et me disait, comme s'il venait de le découvrir à l'instant : « C'est une femme exceptionnelle ! »

Ils avaient mille projets. Ils venaient de trouver une petite maison entourée d'un petit jardin…

Blanche — Le rêve que je faisais, vous vous souvenez, Cherry ? C'était exactement la même maison… avec la même grille et la même cloche à l'entrée. C'est incroyable !

Ils allaient ouvrir une école pour jeunes filles avec un couple ami. De neuf heures du matin à trois heures de l'après-midi, on y enseignerait aux demoiselles de la bonne société le français et l'allemand, le chant et le dessin…

Herr Schmal — Mais pas ces stupides leçons de maintien et cette maudite broderie ! Non, non, nous ferons des sciences, de la géologie, de la botanique et de l'histoire et…

Blanche, *le raisonnant* — Ulrich, Ulrich…

Herr Schmal, *prenant feu* — Mais bien sûr, et des mathématiques aussi ! N'êtes-vous pas de mon avis, Miss Tiddler ? Les jeunes filles doivent en savoir autant que les jeunes gens…

Mon silence le surprit.

Herr Schmal — Voyons, vous-même, Miss Tiddler… Vos champignons, vos moisissures…

Je poussai un soupir.

Moi — À quoi bon, Herr Schmal ?

Herr Schmal — Comment ça, à quoi bon ? À quoi bon s'instruire ?

Moi — Mais pour quoi faire, en définitive ?

Herr Schmal — Mais pour l'Amour de l'Art ! Pour l'Amour de la Science !

Moi — Parlons d'autre chose, Herr Schmal, je ne veux pas vous faire de la peine.

Mais c'était trop tard, le mal était fait. Il était consterné.

Herr Schmal, *grommelant* — Tout cela vient de cet imbécile de Barney avec son «grossissement schématique des détails». Il vous a découragée à l'aube de votre carrière…

Nous éclatâmes de rire, Blanche et moi. Mais Ulrich ne riait pas. Il se consola devant une tasse de thé avec des scones et des muffins, car il était assez gourmand. Le temps passa trop vite et nous avions encore tant de choses à nous dire…

BLANCHE — Il faudra venir nous voir chez nous, Cherry.

Je promis, j'embrassai Blanche et je serrai de toutes mes forces la main de Herr Schmal.

MOI — Je vais me remettre sérieusement au travail. C'est vous qui avez raison.

Le lendemain matin, je me levai à six heures pour rattraper le temps perdu. Je m'étais d'ailleurs lancé un nouveau défi : peindre Petruchio. Cela posait techniquement quelques problèmes. Tout d'abord, il était toujours en mouvement. Ensuite, il était assez uniformément noir et plutôt laid. Bref, ce n'était pas le sujet idéal. Mais l'Art ne doit-il pas idéaliser toute chose, et accessoirement les corbeaux ?

J'installai Petruchio dans ma salle d'études et reléguai Peter dans l'antichambre. Le corbeau exprima aussitôt un bas sentiment revanchard.

PETRUCHIO — Je vais le tuer, ah, ah !

Depuis quelques jours, suivant le déplorable exemple de Gladys, il ricanait. J'essayai de le faire rester près de moi en posant sur mon bureau des grains de blé, dont il raffolait. Je pus ainsi faire de lui des dizaines de croquis. Il lui arrivait d'approcher de mon poignet son gros bec impudent. Je le chassais alors d'un revers de main en lui jetant un «bouh!» feroce. Il faisait mine de s'envoler en claquant des ailes, mais ne quittait pas le bureau, ayant remarqué dans sa sagesse de corbeau que c'était là que j'espérais faire pousser du blé.

PETRUCHIO — Faut pas me la faire, Robert!

Le passage à l'aquarelle fut délicat. Je peignis d'abord quelques arbres sous la neige puis, m'inspirant d'un de mes croquis, je dessinai Petruchio en premier plan. En mêlant du bleu de Prusse et du terre de Sienne brûlée, j'obtins un noir bleuté dont je rompis la monotonie par des reflets sur les ailes d'un gris nuancé de bleu outremer. Avec mon pinceau le plus fin, je soulignai le contour des plumes à l'encre de Chine. Dans le fond de l'œil noir, je pris bien soin de laisser luire un petit point blanc, reflet d'un monde enneigé dans un regard de corbeau. Penchée sur mon papier, j'oubliai la présence de Petruchio qui en profita pour me donner un douloureux coup de bec dans le crâne.

PETRUCHIO — Je suis un démon, ah, ah!

Satisfaite de mon œuvre, mais excédée du modèle, j'allai reporter Petruchio dans l'antichambre. C'était de toute façon l'heure de m'occuper de mon petit zoo. C'était un travail fastidieux dont Tabitha ne voulait pas entendre parler. J'avais fini par m'assurer de l'aide de

Gladys, mais je devais en échange donner mon opinion sur les mérites respectifs de Jack Borrow et Patrick O'Neill. Nous commencions par nettoyer les cages de Julius et de Cook, nous changions les litières de Peter et Mildred, enlevions les vieux journaux sous le perchoir de Maestro, changions l'eau de Darling Number Two. Mary nous montait alors des cuisines toutes sortes d'épluchures et de restes de nourriture que nous répartissions entre les divers appétits. Chaque fois que c'était possible, nous ajoutions quelques friandises vivantes, des vers de terre, des escargots, des mouches, des araignées, une souris pour Maestro qui l'avalait d'un coup, mais restait ensuite un long moment la queue lui sortant du bec.

Toute cette activité ravissait Gladys, qui me disait pourtant, l'air dégoûté : « J'sais pas comment vous supportez. »

MOI — C'est naturel, Gladys. Manger, être mangé.

C'était d'ailleurs l'heure du lunch.

Comme maman se levait fort tard, je mangeais seule dans la salle d'études.

Cet après-midi-là, il était prévu une sortie très exceptionnelle. Une des demoiselles Gardiner, qui aimait beaucoup la peinture, m'emmenait à la Grosvenor Gallery, où étaient exposées plusieurs toiles de Constable. Les demoiselles Gardiner, Amy et Winifred, étaient deux personnes très propres, gourmandes et paresseuses comme deux vieilles chattes. Gentilles, malgré tout, mais sans le sou. Comme elles étaient de bonne famille, on les invitait à des thés et des dîners où elles absorbaient discrètement une effroyable quantité de nourriture. Puis, comme le boa, elles digéraient pendant toute une semaine. Ce jour-là, Miss Amy Gardiner arrivait en fin de période digestive et était d'humeur un peu piquante.

Moi — Maman ne viendra pas, Miss Gardiner. Je crois que nous pouvons y aller.

Amy Gardiner — S'il vous plaît, non. J'attends mon neveu qui est parti nous chercher un fiacre.

Je dressai l'oreille. Il n'avait pas été question d'un neveu jusqu'à présent. Gladys vint bientôt nous prévenir que «l'monsieur il était là avec la voiture». Les présentations eurent lieu sur le trottoir. C'était un neveu par alliance des demoiselles Gardiner, Mr Tom Brooks. Les demoiselles Gardiner appartenaient à une famille aux nombreuses ramifications dont Mr Tom Brooks était un des fruits les plus secs. Talonnettes et haut-de-forme compris, il ne dépassait pas le mètre soixante. Dans le sens de la largeur, il donnait le sentiment d'avoir été coincé dans une porte au moment où il aurait dû se développer. Je compris très vite que maman et Miss Gardiner avaient comploté pour me présenter ce magnifique spécimen de mâle anglais.

Moi — Montez donc, Miss Gardiner.

Amy Gardiner — S'il vous plaît, non, passez devant, Miss Tiddler.

Elle tenait à me rappeler qu'elle était quelqu'un de très insignifiant et je me dis que l'après-midi ne serait peut-être pas aussi agréable que je l'avais espéré. Je fus d'abord soulagée de constater que Mr Brooks m'éviterait de chercher un sujet de conversation, car il parla tout de suite des fiacres, qu'il est très difficile de trouver quand on en a besoin, mais qu'il y a en quantité quand on n'en cherche pas. Suivirent toutes sortes d'anecdotes sur des amis qui avaient eu un fiacre un jour où ils n'en avaient pas besoin et d'autres qui n'en avaient pas eu, un jour de pluie. Des fiacres, Mr Brooks passa au cocher. Tel cocher lui avait dit un jour ceci, à quoi il avait répondu cela, ce qui lui rappelait un ami qui avait dit le contraire à un cocher qui avait affirmé l'opposé. Tout cela nous permit d'arriver au lieu de l'exposition. Mr Brooks me donna le bras pour faire les trois pas qui nous séparaient de l'entrée et je m'aperçus que je le dépassais de la tête et du chapeau. Mr Brooks n'en fut nullement troublé, baissant les yeux pour me parler au lieu de les lever, adressant ainsi la plupart de ses remarques à mes souliers. La porte de la Grosvenor Gallery s'ouvrit difficilement, ce qui amena Mr Brooks à parler des portes qui s'ouvraient difficilement et de la fois où un de ses amis avait eu du mal à refermer une porte qui, elle, se refermait difficile-ment. J'avais de plus en plus envie d'assener un coup de parapluie sur la tête de Mr Brooks, mais je m'abstins car il avait sûrement une anecdote sur un ami qui avait un jour reçu un coup de parapluie.

Dès que je vis le premier paysage accroché au mur de la galerie, un silence religieux se fit en moi. Constable est un de mes peintres préférés. Il est l'amoureux inlassable de la campagne anglaise, des grands ormes solitaires, des prairies en pente douce peuplées de moutons et de vaches, des saules qui se reflètent dans la courbe d'une rivière. Dès que je plonge dans l'une de ses œuvres minutieuses, j'entends l'eau qui s'échappe de l'écluse, je sens l'odeur de vase et de planches pourries qui règne autour du vieux moulin. Et cependant, Mr Brooks parlait d'un de ses amis qui vivait à Stratford et qui serait sûrement devenu l'ami de Mr Constable s'il n'était pas né après sa mort.

MOI — N'auriez-vous pas un ami qui serait muet, Mr Brooks?

TOM BROOKS, *très surpris* — Muet?

Le retour à la maison fut silencieux. Silencieux aussi le repas avec mes parents après que maman m'eut demandé si j'avais vu Miss Gardiner aujourd'hui.

MOI — Oui.

MAMAN — Elle était avec son neveu, Mr Brooks, je crois?

MOI — Je crois.

Une fois dans ma salle d'études, je fermai les yeux pour revoir le moulin de Stratford et la charrette à foin... Que de travail derrière cette apparente simplicité! Quelle géniale obstination il faut pour peindre comme Constable le disait, «au plus près de la fontaine»... J'eus le malheur en rouvrant les yeux d'apercevoir le corbeau que j'avais peint le matin même. Petruchio n'était pas trop mal rendu, mais il avait l'air de s'être posé par erreur sur le tableau de quelqu'un d'autre. Bien qu'il fût en premier plan, il ne donnait aucune impression de profondeur au paysage.

MOI, *soudain horrifiée* — Mais c'est affreux!

Je déchirai ma feuille et allai me mettre au lit avec *La Mégère apprivoisée*. J'en étais à l'acte IV, la scène première.

MOI, *récitant le monologue de Petruchio* — «J'ai un moyen de dompter mon oiseau sauvage, et de lui apprendre à reconnaître la voix de son maître, c'est de le tenir éveillé, comme on tient le milan qui se débat, résiste et ne veut pas obéir…»

En moi-même je tenais un autre monologue: comment dompter ce caractère si faible et qui se décourage? Comment le tenir éveillé, le forcer à obéir à ma Volonté? Dites-moi, Herr Schmal, est-ce que cela en vaut la peine? À quoi bon apprendre, à quoi bon travailler de six heures du matin à neuf heures du soir si, au bout du compte, je ne vaux RIEN?

Le lendemain, debout à six heures, je fis mon deuxième essai de corbeau en hiver, pour la plus grande joie de Petruchio. Au cinquième essai, je sentis que j'étais en train de devenir une spécialiste des corbeaux par temps de neige.

Pourvu qu'il fasse beau !

17

Enfin l'été! Les longues journées, les promenades en liberté et, cette année, la mer! Depuis plusieurs semaines, je couvais du regard ma robe claire à fines rayures, mon chapeau de paille enrubanné et mon ombrelle blanche. Je n'étais pas coquette, mais tout de même: «Pourvu qu'il fasse beau!», pensai-je. La seule fois où j'avais vu la mer, à Ramsgate, c'était une grande étendue d'eau grise sous un grand ciel de pluie.

Papa nous accompagnerait par le train puis nous laisserait aux bons soins d'une logeuse, maman, Peter, moi, Tante Janet et mes deux cousines. Nous devions profiter de Brighton pendant quinze jours avant de retourner dans le Kent, où papa nous attendrait en pêchant à la mouche et Lady Bertram en soignant ses nerfs.

Quelque temps avant notre départ, ma cousine Ann se prit pour moi d'une rage d'amitié à laquelle je ne sus d'abord comment répondre. Elle vint me surprendre dans ma salle d'études et s'agrippa à mon bras des deux mains.

Ann — Heureusement que vous êtes là, Charity! Autrement, je ne sais comment je survivrais à ces deux semaines entre Tante Janet et Lydia!

Moi — ??

Ann — Nous sommes si proches l'une de l'autre, si semblables!

La ressemblance devait sans doute être morale. Ann était petite, dodue, compacte, avec une jolie tête de poupée aux joues pleines et aux yeux bleus frangés de longs cils. J'étais longue et assez osseuse, avec un visage de brune tourmentée. Je compris vite que mon rôle dans cette amitié si soudaine serait surtout d'écouter.

Ann — Je me sens si seule… Lydia ne m'a jamais aimée. Elle préférait Philip. Il n'y en avait que pour Philip. C'est joli, ce contraste entre les arbres noirs et la neige…

Comme je ne pouvais écouter sans rien faire, je peignais.

Ann — En réalité, c'est de la jalousie. Elle ne supporte pas qu'on me regarde. Est-ce ma faute si elle s'est enlaidie en vieillissant, dites-moi, Charity, est-ce ma faute?

Je marmonnai «non», un peu honteuse d'avoir moi-même remarqué au fil des années que Lydia ne devenait pas aussi belle qu'attendu.

Ann, *l'imitant* — Ce sont ses pffdents qui avancent. Et puis, que voulez-vous, elle est maussade. Remarquez, c'est peut-être pour cacher ses dents qu'elle ne rit jamais ? Hi, hi, hi !

Elle-même avait d'adorables petites dents blanches disposées comme un collier de perles et elle riait à tout propos, et même sans propos du tout.

ANN — Maintenant qu'elle est l'héritière de Bertram Manor, elle trouve naturel que tous les hommes soient à ses pieds. Ah çà, la mort de Philip a bien fait ses affaires ! Moi, je ne suis rien. La sœur cadette de Miss Bertram, est-ce que ça compte aux yeux du monde ? Je sais très bien que Frederick Anderson est amoureux de moi. Mais il fait sa cour à Lydia. Avec quatre mille livres de rente, on trouverait belle une bossue ! J'adore votre corbeau. Comment arrivez-vous à rendre toutes ces nuances de noir ? Enfin, de toute façon, je n'aime pas Mr Anderson, avec sa grosse pomme d'Adam qui monte et qui descend. Et Mathew Pattern, vous voyez de qui je parle ? Mais si ! Des oreilles qui chassent les mouches… Il a tellement de dettes de jeu qu'il est obligé d'épouser une fortune. Vous pensez s'il est amoureux fou de Lydia ! Mais elle, elle est tellement jalouse de moi, ma parole, chérie, c'est inconcevable ! Dès qu'un de ses ridicules prétendants m'adresse la parole, elle se plaint à maman que je « flirte » avec eux ! Que veut-elle, que je me couvre la tête de cendres et que j'aille pieds nus ?

MOI, *rectifiant le bec de Petruchio* — Vous avez trop lu *Cendrillon*.

Ma cousine éclata d'un rire enfantin et m'agrippa de

nouveau le bras en m'assurant qu'elle ne saurait ce qu'elle deviendrait sans moi.

Elle revint me voir plusieurs fois et je finis par espérer ses visites. C'était si nouveau pour moi d'avoir une amie de mon âge. Son bavardage m'étourdissait, mais allégeait aussi mon humeur. Quand elle était là, j'arrivais à rire de rien du tout comme elle, je délaissais mes pinceaux, mes carnets de croquis, le théâtre de Shakespeare. Nous jouions à habiller Peter, Ann apportait en cachette des sucreries dont nous nous écœurions à l'heure du thé, et l'après-midi se terminait en confidences, moi me plaignant de maman et Ann de Lydia. Nous nous réjouissions toutes deux de nous retrouver à Brighton.

ANN — Vous verrez, nous les ferons enrager!

Notre arrivée à Brighton fut assez décevante. Tout d'abord, il pleuvait. Puis la maison que nous avions louée se trouvait plus petite que prévu.

ANN, *à mon oreille* — Oh, je vous en supplie, Charity, dites que vous acceptez de partager votre chambre avec moi! Je ne veux ni de Lydia ni de Tante Janet...

Je n'avais pas l'habitude de partager mon intimité avec qui que ce fût, hormis Peter. Mais j'acceptai et, le soir même, cette petite folle d'Ann me lança des coussins à la tête, sauta sur mon lit, me fit réciter le monologue de Hamlet en chemise de nuit et joua elle-même le rôle du fantôme.

Le lendemain, entre deux averses, nous parcourûmes Brighton, nous arrêtant devant le kiosque où jouait une fanfare, puis longeant la plage de galets entre les deux jetées. La seule chose qui m'ennuyait et ravissait Ann, c'était le monde, beaucoup trop de monde. Nous étions escortées par la seule Tante Janet, qui était toute contente de retrouver Brighton, qu'elle avait connu vingt ans plus tôt.

TANTE JANET — À l'époque, il y avait une cloche qui sonnait pour l'heure du bain des ladies, et tous les gentlemen se retiraient de la plage. S'il y en avait un qui s'attardait, il était mis à l'amende d'une bouteille de Porto…

ANN — Est-ce vrai que certains messieurs se baignaient tout pffnus et que les dames les regardaient de loin avec leurs jumelles de théâtre?

TANTE JANET, *riant* — Mon Dieu, qui vous a raconté des horreurs pareilles?

Tante Janet se laissait aller avec Ann et oubliait d'être choquée.

ANN — J'espère que la pluie va cesser et que nous pourrons nous baigner.

MOI — Mais… il vous faudrait un costume de bain!

Ann se mit à rire. Bien sûr, elle en avait un, et à la dernière mode, pantalon et jupe courte à grosses rayures horizontales blanches et bleues. Tante Janet remarqua mon silence désolé.

TANTE JANET — Ne vous en faites pas, Charity. J'en ai un, également à la mode.

Elle oubliait de me préciser qu'elle parlait de la mode de 1860. C'était un horrible costume de bain en flanelle noire, serré au cou par des fronces, avec des manches longues et une robe tombant sur le pantalon à mi-mollet. Comme il fallait y ajouter des chaussures de bain, un petit bonnet de caoutchouc pour protéger les cheveux et un chapeau pour se préserver du soleil, on mettait pour aller dans l'eau plus de vêtements qu'on n'en enlevait. Malgré tout, maman n'était pas sûre que ce fût convenable de se montrer aussi peu vêtue.

ANN — Mais, ma tante, personne ne nous verra ! On s'installe dans une cabine roulante que le cheval tire jusque dans la mer. Quand on sort de la cabine, il n'y a avec nous que les dames des bains.

Maman céda et je connus la joie pure de sauter dans les vagues, ma robe s'évasant en cloche autour de ma taille, et celle de flotter sur le dos, bras et jambes écartés, mon costume de bain gonflé d'eau me transformant en outre disgracieuse. Pendant ce temps, Ann se cramponnait aux robustes dames des bains en poussant des cris d'effroi tandis que Lydia nous attendait, doublement protégée par le chapeau et par l'ombrelle, en faisant les cent pas. Ensuite, nous nous retrouvions pour faire l'indispensable promenade le long de la mer, saluant chaque jour les mêmes gens qui allaient dans un sens quand nous allions dans l'autre. Puis inversement. Nous finissions l'après-midi à la salle d'assemblée où nous pouvions prendre le thé et danser, tandis que maman et Tante Janet cherchaient des vieilles dames pour jouer aux cartes.

Dès le deuxième jour, les prétendants de Lydia surgirent comme par hasard dans les rues de Brighton, d'abord Frederick Anderson, très surpris de nous voir, puis Mathew Pattern, absolument sidéré par cette coïncidence, et encore deux ou trois jeunes messieurs que je ne connaissais pas et que ma cousine Ann me signala à grand renfort de coups de coude. Lydia les traitait de haut. Avec sa blondeur excessive et sa peau décolorée, elle m'évoquait la Reine des Neiges, et ses soupirants avaient presque l'air de grelotter. Parfois, elle leur accordait une faveur sous la forme d'objets à porter, et ils semblaient en être réconfortés pour quelques heures. S'ils avaient le malheur d'adresser la parole à Miss Ann ou de lui sourire, ils étaient relégués pour la journée un peu au-delà du cercle arctique. Ces jeunes gens m'auraient fait de la peine si je n'avais surpris un jour Mr Pattern disant à Mr Anderson : «Si elle m'épouse, je lui ferai passer ses grands airs...»

Et Mr Anderson d'approuver d'un air sombre.

Pendant la première semaine, je menai à Brighton une vie qui ne me paraissait pas être la mienne. Je ne lisais plus, je ne peignais plus. Ann ne me laissait pas une seconde en repos. Nous prenions notre bain de mer, nous revenions nous changer pour la promenade, nous allions voir les bateaux des pêcheurs rentrer au port, puis nous flânions dans les magasins à la recherche d'un nouveau ruban pour le chapeau de ma cousine. Comme tout cela nous avait affaiblies, nous dévorions des pâtisseries dans un salon de thé avant de retourner nous changer pour aller danser. Lydia ne manquait pas une seule danse, mais elle était si entourée qu'elle ne pouvait empêcher sa sœur d'entretenir sa propre cour d'admirateurs. Pour ma part, je me distrayais à regarder toutes ces petites intrigues, les flirts naissants et les brouilles entre bonnes amies. Maman jouait aux cartes. Mais sa partenaire, Tante Janet, qui devait aussi surveiller ses nièces, les faisait perdre régulièrement. D'ailleurs, à la fin de la semaine, maman se mit à parler de bagages et de Dingley Bell. De nouvelles arrivées modifièrent ses projets. Miss Dean, les demoiselles Gardiner et Mrs Carter, avec ses six enfants en costume marin, leur bonne et leur gouvernante, firent leur apparition sur la plage de galets.

EDMUND — Oh, Miss Charity, vous n'avez pas emmené Peter à Brighton ?

MOI — Mais si, Master Edmund. Seulement, il est à la maison. Il déteste la mer, ça lui fait friser les moustaches.

Je m'assis sur les galets au milieu de tous les petits

Carter et je les fis rire en leur racontant des histoires qui avaient Master Peter pour héros.

Ma cousine Ann, après avoir expérimenté les diverses façons de se fouler la cheville sur les galets, vint me tirer par la manche. La petite Nelly Carter hurla de désespoir quand je voulus m'en aller et Edmund m'attrapa par la taille.

EDMUND — Vous êtes ma prisonnière, Miss Charity !

Mais tout cela n'amusait pas ma cousine et Mrs Carter vint me délivrer.

MRS CARTER — Ils sont insupportables ! Sauvez-vous vite, Miss Charity…

Je n'avais pas tellement envie de me sauver, mais ma cousine s'impatientait de plus en plus en donnant de petits coups de son ombrelle dans les galets comme si c'était la tête des enfants Carter.

ANN, *en s'éloignant* — Quelle plaie, ces petits Carter ! Nous tâcherons de les éviter, la fois prochaine.

Le lendemain, maman envoya un télégramme à papa pour lui dire que nous prolongerions notre séjour à Brighton jusqu'à la fin du mois et nous eûmes donc de nombreuses autres occasions de croiser la route des enfants Carter. Hélas, j'appris bientôt que le pauvre Edmund était malade, ayant pris froid sur la plage. Mrs Carter me remit un mot de sa part. Ce vaillant petit homme, au lieu de se plaindre, s'était lui-même dessiné au fond de son lit et, de sa grosse écriture ronde, il m'avait écrit :

Chair Miss Charity le docteur est venu. Je pran més médi-camans, parceque jai ate de vous revouar. Votre dévoué Edmund

Je lui fis porter en retour une lettre illustrée où je lui apprenais que Master Peter était également malade, mais refusait absolument de prendre son sirop.

Mrs Carter m'attendrit aux larmes en me disant que le petit Edmund, tout grelottant de fièvre, dormait avec mon dessin sous son oreiller. Dès qu'il alla un peu mieux, je pris sur moi d'aller lui rendre visite, mécontentant à la fois maman, qui craignait la contagion, et ma cousine Ann, qui ne pouvait se passer de moi. Pour distraire Edmund, j'emportai mon carnet et des crayons, et, pendant tout l'après-midi, je lui griffonnai sur quelques feuilles toutes les farces et les bêtises de Master Peter qui me passaient par la tête. Pour la circonstance, je l'avais vêtu d'un costume marin. Edmund riait aux éclats quand il ne toussait pas. À sa demande fervente, je lui laissai tous mes gribouillages et Mrs Carter m'apprit le lendemain qu'il les avait précieusement mis dans une boîte en fer, à l'abri de la convoitise de ses petites sœurs.

Quand je revins de chez les Carter, Ann m'agrippa par le bras et m'entraîna dans notre chambre. Je me demandai quel tour lui avait encore joué Lydia, mais il s'agissait d'une bien plus grande nouvelle que cela.

Ann — Vous ne devinerez jamais qui est en ville !

À son rire d'excitation, je devinai qu'il s'agissait de Kenneth Ashley, mais je fis signe que je n'en savais rien.

Ann — Kenneth ! Kenneth Ashley… Oh, il faut que je vous raconte. Ma sœur en a toujours la tête tournée.

Nous nous assîmes sur mon lit et, tout en caressant Peter, j'écoutai Ann me raconter comment Mr Ashley était revenu plusieurs fois chez les Bertram à Londres, après l'enterrement de Philip. Lady Bertram le saluait à peine et Sir Philip l'ignorait. Tout le monde savait désormais que le jeune Ashley ne pouvait être considéré comme un gentleman. Maman avait dit partout qu'elle l'avait vu jouer dans *La Mégère apprivoisée*.

Ann — Mais Lydia, la fière Lydia, figurez-vous qu'elle a reçu Kenneth et qu'ils ont fait du quatre mains sur le piano du salon !

Comme je n'exprimais aucune émotion particulière, Ann me secoua par le bras en répétant : «Du quatre-mains!»

Je me demandais bien pourquoi ma cousine se mettait dans un tel état.

ANN — Kenneth n'aime pas Lydia, il fait semblant, il veut épouser son argent. Mais il perd son temps. Lydia en est folle, oui, mais elle est trop orgueilleuse. Jamais elle n'épousera un acteur.

Toutes ces histoires m'embarrassaient et je n'avais aucune idée de la façon dont je pouvais relancer la conversation. Ann semblait pourtant espérer que je la questionnerais.

MOI — Et... est-ce que Mr Ashley est venu à Brighton avec sa troupe?

ANN — Ce n'est pas la peine de lui donner du «Mister». C'est Kenneth. Kenneth Ashley. Oh, si c'était moi qui avais les quatre mille livres, je l'achèterais puisqu'il est à vendre.

Je tressaillis. Avais-je bien entendu? Ann avait parlé entre ses dents. Elle se mit à rire comme s'il s'agissait d'une plaisanterie.

ANN — Pour répondre à votre question, oui, ma chère, il est à Brighton avec sa troupe. Ils vont jouer cette stupide comédie française. Et ce pauvre Kenneth n'a sûrement pas envie que Miss Bertram vienne l'applaudir déguisé en pffille!

Son projet était donc d'entraîner tout le monde le samedi soir au Théâtre des Variétés. Elle se réjouissait d'avance de la honte qu'éprouverait Lydia en voyant celui qu'elle aimait se ridiculiser en travesti. J'essayai de la faire renoncer à ce projet qui ne me paraissait ni convenable ni charitable. Mais Ann pouvait être aussi entêtée qu'inconstante.

J'eus la chance, le lendemain après-midi, de croiser Mr Ashley au milieu d'une nombreuse compagnie. Mr Anderson, Mr Pattern, Miss Dean, Mrs Carter et ses filles, Lydia, Ann, Tante Janet, etc., tout le monde semblait s'être donné rendez-vous sur la promenade. Mr Ashley était la seule note claire parmi ces messieurs, tous en redingote et haut-de-forme noirs. Il était aussi le seul à être imberbe au milieu d'une forêt de barbes, de moustaches et de favoris. Lydia faisait la coquette entre Frederick et Mathew, Ann venait aussi de retrouver une de ses conquêtes tandis que Mr Ashley jonglait avec sa canne tout en taquinant les enfants Carter. J'eus soudain envie de l'avertir du mauvais tour que voulait lui jouer Ann. Mais comment attirer son attention ? Ce fut moins difficile que je le craignais. Quand maman et Miss Dean qui me masquaient s'écartèrent, Mr Ashley m'aperçut et en lâcha sa canne. Il la rattrapa adroitement du bout de sa bottine et haussa un sourcil dans ma direction. Ses habitudes de comédien lui donnaient des jeux de physionomie très parlants. Ce sourcil levé me disait : «Tiens, c'est vous, Miss Tiddler ? Alors, pas de libellule à torturer aujourd'hui ? Comme vous devez vous ennuyer!» Sans répondre à ce regard, je m'éloignai ostensiblement du groupe pour aller regarder une vitrine. Un bruit de pas m'avertit que quelqu'un me rejoignait.

KENNETH ASHLEY — Ce n'est pas très gentil de m'éviter, Miss Tiddler.

MOI, *rougissant sottement* — Je ne vous évite pas. Je voulais au contraire vous parler en privé.

KENNETH ASHLEY — Dieu du ciel, elle m'aime! Et moi qui ne savais comment lui avouer mes sentiments…

MOI, *ne rougissant plus du tout* — Ne soyez pas stupide. Écoutez-moi. Ann complote d'entraîner tout le monde au théâtre samedi soir. Elle veut que Lydia vous voie en… en…

KENNETH ASHLEY — Fille.

MOI — C'est cela.

KENNETH ASHLEY — Mais c'est une excellente idée. C'est un de mes meilleurs rôles. Le bonjour, Miss Tiddler.

Je me sentis intensément ridicule. Cela m'apprendrait à vouloir jouer les bonnes âmes. Je laissai donc ma cousine préparer son guet-apens du samedi soir, vanter la comédie qu'on allait donner au Théâtre des Variétés et convaincre toute la compagnie d'y assister. Même si elle méprisait le métier d'acteur, Lydia était sans doute curieuse de voir Mr Ashley sur scène. Mais, comme elle n'avait aucun souvenir du jour où Mademoiselle avait raconté le sujet des *Faux serments*, elle ne pouvait deviner quel serait le rôle de Mr Ashley.

Le Théâtre des Variétés de Brighton n'était ni aussi minable que celui de Londres, ni aussi luxueux que celui de Pitlochry. Nous occupions deux loges face à la scène. Ann voulut se mettre à côté de moi pour me transmettre toutes ses émotions en me pinçant le bras.

Je reconnus Angélique dès le lever du rideau. C'était toujours l'infortunée, celle que les affiches collées aux devantures des magasins célébraient sous la dénomination de «Miss Rosamund Blackmore, l'Étoile montante de Londres».

À la scène 3, quand le valet Scaramouche s'écria : «Oh, mais je vois mon maître!» Ann m'agrippa le bras. Mr Ashley allait faire son entrée. Il entrait…

ANN, *abasourdie* — Mais… ce n'est pas lui!

En effet, Mr Ashley s'était fait remplacer par le baron masqué.

Le lendemain, alors que j'étais la seule levée dans la maison, Gladys gratta à la porte de ma chambre. Elle s'approcha de moi sur la pointe des pieds et me remit un petit mot.

GLADYS — Encore un amoureux, Miss. Et sacrément beau gars!

Très étonnée, je me faufilai dans le cabinet de toilette pour y ouvrir le billet et je lus :

Kenneth Ashley remercie Miss Tiddler pour le petit avertissement qu'elle a bien voulu lui donner.

Kenneth Ashley espère de toute son âme qu'il restera à l'avenir le protégé de Miss Tiddler, à l'égal des rats et autres grillons.

K.A.

*Je pris donc l'omnibus pour
la première fois de ma vie.*

18

Mr Ashley quitta Brighton avec sa troupe sans que je l'eusse revu. Son billet alla rejoindre dans le panier de Peter les lettres de Blanche et Ulrich Schmal. Quand je revins à Londres à la fin du mois de septembre, ma première pensée fut d'ailleurs pour mes deux amis. Blanche m'avait appris leur installation dans leur cottage baptisé «Rêve de Roses», ainsi que l'ouverture de leur école pour jeunes filles de bonne famille. De mon côté, je ne lui avais donné que de vagues nouvelles. Ayant fréquenté Ann tout l'été, ma tête n'était plus qu'un courant d'air.

Ma première journée dans la salle d'études fut affreuse. Je n'avais plus la moindre envie de travailler. J'ouvrais un livre, je le refermais. Je mordillais un crayon à la recherche de l'inspiration puis je le rejetais en bâillant. Dieu merci, dès le lendemain, je reçus une invitation de Herr Schmal. Bien que j'eusse bientôt dix-huit ans, j'avais toujours peur d'avouer mes fréquentations à maman. Je me sauvai sans rien dire par l'escalier de service. Mais, une fois dans la rue, je n'osai ni héler un cab ni m'adresser au gros cocher à la station de fiacre. Je pris donc l'omnibus pour la première fois de ma vie. Comme il était bondé et malodorant, je retroussai mes jupes et grimpai sur l'impériale par l'échelle de fer. Je m'aperçus trop tard que j'étais la seule jeune fille au milieu de messieurs goguenards, le plus gênant étant que je devais m'asseoir dos à dos avec l'un d'eux. Je me mis tout au bord de la banquette, me retenant à la rambarde à chaque secousse. Pour comble de malheur, il se mit à pleuvoir et j'eus les plus grandes difficultés à tenir mon parapluie ouvert tout en évitant de passer par-dessus bord.

Le quartier des Schmal dans la banlieue sud de Londres ne me parut pas complètement sorti de terre. J'eus beau distribuer mes derniers pence à de petits polissons qui m'escortaient faute d'avoir autre chose à faire, je ne pus savoir où habitaient mes amis. Soudain, je me souvins du nom de leur cottage : «Rêve de Roses». Un petit gars m'y conduisit et je pus constater qu'il y avait en effet tout lieu de rêver de roses, car il n'y en avait pas. Quant au jardin, Blanche avait dû le rêver, lui aussi, car je ne vis que deux touffes d'herbe poussant entre des cailloux. Mais il y avait bien une cloche qui signala mon arrivée.

HERR SCHMAL — Miss Tiddler, comme vous êtes raviss…

Il ne put aller au-delà, tant je ressemblais à une serpillière.

Blanche — Où avez-vous la tête, Ulrich ? Débarrassez Cherry, remettez une bûche sur le feu, sonnez pour le thé !

Elle-même se leva lentement de son rocking-chair et vint m'embrasser. Elle avait plus que jamais bonne mine, je lui trouvai même les joues trop pleines et une allure bien languissante. L'idée désagréable me traversa que le mariage ne lui réussissait peut-être pas. Ulrich quitta le salon à la recherche de l'unique petite bonne, qui disparaissait régulièrement dans les profondeurs de la cuisine. Nous nous assîmes, Blanche et moi, de chaque côté du feu.

Blanche — Quel plaisir de vous revoir… Il s'est passé tant de choses en si peu de temps. Tant de choses ! Hum… Je suis un peu fatiguée, ces jours-ci.

Elle me jeta un regard en coin. Je la trouvais décidément bizarre.

Blanche — Mais quand on se marie, il faut bien s'attendre, n'est-ce pas… Enfin, hum…

Herr Schmal entra alors, portant lui-même le plateau pour le thé. Il riait tout en s'activant, il avait rajeuni de dix ans.

Ulrich — Blanche vous a dit ? Elle est enceinte !
Blanche et moi — Oh !

C'était donc ce que ma chère Mademoiselle n'arrivait pas à m'avouer. Son mari, lui, triomphait sans façons.

ULRICH — Blanche veut un petit garçon, et moi une petite fille. N'importe! Nous ferons le complément dans un an.

BLANCHE, *le raisonnant* — Ulrich, Ulrich…

ULRICH — Et, bien sûr, Miss Charity, vous serez la marraine!

Nous bavardâmes autour de la tasse de thé. L'école accueillait déjà deux petites demoiselles, la fille d'un employé aux chemins de fer et celle d'un encaisseur de la Compagnie des eaux. Pas tout à fait la fleur de l'aristocratie, mais elles étaient charmantes.

ULRICH — Et vous, Miss Tiddler, qu'avez-vous appris de nouveau, cet été?

Il y eut pendant quelques secondes un tintement de petites cuillères. Blanche toussa, Ulrich ranima le feu. Puis je me mis à raconter de façon divertissante mon séjour à Brighton, le prénom de ma cousine Ann revenant toutes les trois phrases. Blanche riait en m'écoutant, Herr Schmal regardait le feu.

ULRICH — Je vois, chère Miss Tiddler, que votre cousine a une mauvaise influence sur vous.

BLANCHE ET MOI — Oh!

ULRICH — Et que vous devenez paresseuse.

J'aimais trop Herr Schmal pour me fâcher tout à fait. Mais j'étais vexée. Toutefois, le lendemain, je dus admettre qu'il avait vu juste. Je ne savais plus me lever de bon matin, je prenais beaucoup trop de temps pour ma toilette, je commençais dix livres sans en finir un seul et j'avais la migraine dès que j'essayais de réfléchir.

Le jour de mon dix-huitième anniversaire, je me souvins des lettres que je m'écrivais autrefois et je décidai de m'en adresser une pour quand j'aurais vingt ans.

Chère amie, vous avez vingt ans, le plus bel âge de la vie, dit-on ! Vous faites des efforts pour porter la toilette et, comme vous prenez de l'exercice, à défaut d'être belle, vous êtes fraîche et rose. Vous êtes à l'aise en société, mais vous n'oubliez pas que c'est dans la solitude que mûrit le talent. Vous venez de vous inscrire aux cours de la Royal Academy car, c'est décidé, vous serez peintre.

Je relus avec étonnement ce que je venais d'écrire. Ma plume, échappant à mon contrôle, avait tracé toute seule cette dernière phrase. Peintre ? C'était donc ce qui me tourmentait ? Devenir portraitiste comme Angelica Kauffman ou bien peintre animalière comme Rosa Bonheur… Si des femmes avaient pu y arriver, pourquoi ne réussirais-je pas ? Si j'étudiais les formes de la Nature depuis si longtemps, celles des fleurs ou des champignons, ce n'était pas pour rivaliser avec Mr Barney, des Jardins botaniques royaux. C'était pour peindre avec plus d'exactitude ou, comme le disait Constable, «au plus près de la fontaine». Je pus achever ma lettre, le sourire aux lèvres.

Votre cœur reste à conquérir. Mais peut-être connaissez-vous déjà celui que vous aimez.

Je rayai ces derniers mots et les remplaçai par : *celui qui vous aimera.* Puis je signai et glissai ma lettre dans une enveloppe sur laquelle j'écrivis : *À ouvrir quand j'aurai vingt ans.* Je me donnais un délai de deux ans, deux années pour peindre et dessiner sans relâche, deux années pour étudier dans la solitude les œuvres de la Nature tout autant que celles des grands peintres. Désormais, je saurais pourquoi je me levais à six heures du matin. Curieusement, il ne me vint pas à l'idée que maman, si je lui parlais de m'inscrire à la Royal Academy, aurait une attaque de nerfs, ni que papa me réciterait :

«L'homme au champ et la femme au foyer
L'épée pour l'homme et l'aiguille pour elle.»

Et très certainement pour l'homme le pinceau et pour moi le balai, qui est somme toute un pinceau amélioré.

Le lendemain de mes dix-huit ans, j'étais marraine. Herr Schmal passa chez nous en informer Mary, qui m'envoya Gladys.

GLADYS — Mauvaise nouvelle, vot' chéri a eu un lardon. I s'appelle Noël, j'suis pas ben sûre que c'est un nom…

MOI — Une fois pour toutes, Gladys, je vous dispense de vos commentaires.

Tabitha, qui cousait dans l'antichambre, avait entendu la nouvelle.

TABITHA — Alors, elle dit qu'elle a eu un enfant? Mais elle l'a volé, c'est le mien.

MOI — Vous n'avez pas d'enfant, Tabitha.

TABITHA — Il est né, je l'ai vu. Il est né dans les ruines du château.

MOI, *patiemment* — Le château d'Atholl se porte bien. Je l'ai visité quand j'étais en Écosse.

TABITHA — Il était tout petit. J'avais trop serré ma robe. Alors il est né trop tôt. Avec des sabots et des cornes. Je l'ai jeté à la rivière. C'était l'enfant du démon.

PETRUCHIO, *toujours plein d'à-propos* — Je suis un démon, ah, ah, ah!

La pauvre tête de Tabitha s'en allait en lambeaux. Parfois, elle ne me reconnaissait pas. Je savais qu'elle était folle et que j'aurais dû prévenir mes parents. Mais, si quelqu'un d'autre que moi se mettait à écouter Tabitha, elle finirait pendue.

Il était une chose que je ne pouvais indéfiniment cacher à mes parents, c'était la naissance du petit Noël. Je dus d'abord leur avouer que j'étais restée en correspondance avec Mademoiselle.

MAMAN — Cette débauchée!

Puis que Mademoiselle avait épousé Herr Schmal.

MAMAN — Son séducteur?!

Puis qu'ils avaient eu un enfant.

MAMAN — Le malheureux.

Et que j'en étais la marraine.

MAMAN — La marraine de l'Enfant du Péché!!!
MOI — Mais maman… puisqu'ils sont mariés.
PAPA — En effet.

Il fallut encore deux bons mois de pourparlers avant que maman acceptât de recevoir…

MAMAN — Comment dites-vous qu'ils s'appellent?
MOI — Les Schmal, maman.

MAMAN — Pas anglais, je ne m'y ferai pas. Et il n'est pas question de les faire entrer dans le grand salon.
MOI — Nous prendrons le thé dans la cuisine.

MAMAN — Dans la cuisine? Comment pouvez-vous dire une sottise pareille? Croyez-vous que je prendrai le thé avec la cuisinière?

MOI — Mais je pensais que vous ne voudriez pas les voir, maman.

Maman était dévorée de curiosité. Elle reçut les comment-dites-vous-qu'ils-s'appellent dans le grand salon, abaissa son regard sur l'Enfant du Péché et décréta, sur le ton d'une personne qui prête serment, qu'il avait un nez en pied de marmite. Ce qui était tout à fait faux. Noël avait le petit nez pointu de sa maman. Herr Schmal me confia en aparté que l'enfant était exceptionnel. Quand ils furent repartis, maman parut un instant plongée dans ses réflexions.

MAMAN — Mais enfin, quand je l'avais engagée, elle avait bien deux bras?

Puisque j'étais devenue officiellement la marraine de Noël, je pus me rendre à «Rêve de Roses» sans passer par l'escalier de service. À ma première visite, n'ayant aucun argent personnel pour faire un cadeau à mon filleul, je lui apportai une petite aquarelle.

HERR SCHMAL — Quel talent vous avez! Vos dessins pourraient faire plaisir à beaucoup de gens. On m'a parlé l'autre jour d'une maison, la maison Vanderproote, qui fait des cartes d'anniversaire ou des cartes de Noël, vous savez, avec des biches et de la neige, et dans une guirlande, il est écrit: «*A happy Christmas to you!*»...

BLANCHE, *riant* — Mais Ulrich, Cherry ne va pas peindre des cartes de vœux!

MOI — Vous pensez que je pourrais vendre mes dessins?

Je rougis, craignant de passer pour une personne inté-
ressée.

HERR SCHMAL — Et pourquoi pas? Un peu d'indépendance ne fait pas de tort aux jeunes filles.

MOI — Si j'avais un peu d'argent à moi, je pourrais
acheter des cadeaux et…

ULRICH — Je vais me renseigner.

Deux jours plus tard, Ulrich me fit savoir que je pouvais envoyer quelques dessins d'animaux humanisés à un
certain Mr Oskar Dampf, qui en recherchait. Lui-même
avait montré mon aquarelle à Mr Dampf, qui avait proposé
de me payer une livre par dessin. Une livre par dessin?
Six livres si j'en faisais six. Une fortune pour moi. Je me
mis à dessiner fiévreusement mes animaux favoris, mettant
un tablier à Mildred, une veste à Peter, un bonnet garni
de dentelles à Cook. Je fis des scènes de jardin au printemps et de clairière enneigée au clair de lune, je peignis
Peter fumant la pipe et Mildred passant le balai. Je me
souvenais des détails et des attitudes qui avaient amusé le
petit Edmund quand je lui avais griffonné les aventures
de Master Peter. Quand je fus enfin contente de six de
mes aquarelles, je les fis porter par Gladys à Mr Dampf
à son bureau de Fleet Street. Elle revint avec une lettre.

GLADYS — Je serais que de vous, je garderais le plus
jeune, çui qui fait l'acteur. Parce que le Dampf, il est plus
large que haut. Sans vous faire d'la peine, c'est comme
qui dirait un p'tit tonneau.

Moi — Merci, Gladys.

La lettre de Mr Dampf disait ceci :

Cher Mr Tiddler,
j'ai bien recu vos dessins qui convienent tout à fait pour des
cartes d'aniverssaire. Je vous demanderai de passer demain à nos
buraux pour le réglement de cette livraison.

Votre dévoué Oskar Dampf

Mis à part les fautes d'orthographe et l'erreur sur mon
sexe, cette lettre me parut très satisfaisante et je rêvai
jusqu'au soir à ces plaisirs que maman m'avait toujours
refusés quand j'étais enfant, et que j'allais enfin connaître
grâce à ces six livres si facilement gagnées. J'irais voir les
figures de cire de Madame Tussaud et, pour un shilling
de plus, je me donnerais le grand frisson dans la Chambre
des horreurs, et puis j'arrêterais un petit vendeur dans
la rue pour lui acheter une tranche de noix de coco à
un penny, et j'emporterais pour la maison des muffins
bien spongieux que je ferais ruisseler de beurre. Mais
ce n'était qu'un début. Je vendrais d'autres dessins et je
m'achèterais moi-même mes rubans, mes dentelles et mes
chapeaux, comme faisait ma cousine Ann qui avait son
argent personnel.

Le lendemain, j'aurais bien aimé que Herr Schmal fût
là pour m'accompagner. Ne pouvant parler à mes parents
de mon projet, je dus me rendre en cachette dans les

bureaux de la maison Vanderproote. J'avais imaginé une imposante bâtisse avec un portier en livrée à l'entrée. Je fus donc étonnée de me retrouver dans une courette très calme au fond de laquelle un écriteau sur une porte vitrée indiquait : « DΛMPF. Frappez fort et entrez. »

Ce que je fis. Il n'y avait personne dans la pièce que je pris pour un débarras. Beaucoup de caisses, certaines éventrées, des piles de livres à même le sol et une table où du courrier se mêlait aux restes d'un repas. J'eus un petit coup au cœur en reconnaissant mon Peter fumant la pipe posé sur un bock de bière.

UNE VOIX, *provenant du couloir* — Ah oui, qu'est-ce que c'est ?

MOI — Je souhaiterais voir Mr Dampf !

OSKAR DAMPF, *surgissant* — Ah oui, c'est moi. C'est à quel sujet ?

Gladys avait raison. C'était à ce point un petit tonneau qu'on s'attendait à le voir rouler plutôt que marcher.

MOI, *montrant Peter* — C'est pour les dessins...

OSKAR DAMPF — Ah oui, Mr Tiddler n'a pas pu venir ?

MOI — Je suis Mr... enfin, il y a eu un petit malentendu. Je suis l'auteur des dessins.

OSKAR DAMPF, *étonné* — Ah oui ? *(puis rêveur:)* Ah ouiiii...

Il regarda autour de lui, cherchant peut-être un siège à m'offrir. Mais, tous étant diversement occupés, il y renonça.

OSKAR DAMPF — Schmal a dû vous dire. Une livre, hein?

J'acquiesçai en rougissant. Cet homme me regardait avec une insistance désagréable et sa façon de parler était plutôt brutale.

OSKAR DAMPF — Et vous en aurez d'autres? Il nous faudrait des cochons qui jouent du violon ou un chat qui joue de la mandoline, accroché à une échelle de corde.

Je songeai un instant que Mr Dampf venait de s'échapper d'un asile de fous.

MOI — Je n'ai jamais dessiné de chat… ni de mandoline. Mais je peux essayer.

OSKAR DAMPF — Vous tracassez pas trop pour la ressemblance. Ce qu'il nous faut, c'est du rigolo.

MOI — Et les dessins que je vous ai faits? Vous m'avez écrit qu'ils vous convenaient…

OSKAR DAMPF — Ah oui? Oui, oui. Mais je paye à la douzaine. Une livre, hein? Faites-moi des cochons, des petits cochons qui dansent en jouant du violon. Ou du pipeau. Comme ceci.

Il me fit une imitation de cochon se tenant sur un pied et soufflant dans un pipeau. Je préférai écourter ma visite et lui promis six dessins de cochon en reculant vers la porte.

Je passai une semaine épouvantable à rechercher des modèles de cochons dans des livres d'images et même au musée. Autant le dire tout de suite, la peinture souffre d'un véritable déficit en cochons et je comprenais que

Mr Dampf voulût y remédier. Il me fallut vraiment la perspective de gagner douze livres pour oser peindre des cochons qui dansent en jouant du pipeau.

Je n'avais pas grande envie de retourner seule dans les bureaux de la maison Vanderproote. Mais Herr Schmal était très occupé entre son nouveau-né et sa nouvelle école.

Et je repartis donc par l'escalier de service, la mort dans l'âme et les cochons dans mon carton à dessin. Mr Dampf, qui devait vivre dans le couloir, surgit à mon appel comme la fois précédente. Je fus très contente de me débarrasser du poids que j'avais sur la conscience en posant mes cochons sur la table.

Oskar Dampf, *l'air de chercher la réponse à un rébus* —
Ce sont… des… des cochons?

Moi — Mais oui. Vous m'avez dit de…

Oskar Dampf, *l'air navré* — Ils jouent du pipeau?…
Ça ne se vend plus. Plus du tout. On nous demande des
grenouilles en tutu. Comme ceci.

Mr Dampf arrondit les bras au-dessus de la tête et mit
gracieusement les pieds en canard.

Moi, *la voix tremblante* — Vous vous moquez de moi,
monsieur.

Oskar Dampf — Ah oui? Non, non. Ce sont les
acheteurs de cartes d'anniversaire, ils sont très capricieux.
On croit les avoir séduits avec des alligators qui font
du patin à glace – et vous savez comme c'est difficile à
dessiner – mais déjà ils vous réclament des pingouins qui
soufflent dans une cornemuse.

J'étais au bord du malaise tandis que Mr Dampf me
faisait successivement l'alligator et le pingouin. Mais l'indignation me tint lieu de courage.

Moi — Payez-moi, monsieur, ou rendez-moi mes
dessins.

Oskar Dampf — Je vais faire quelque chose pour
vous, Miss Machin, parce que vous avez un réel talent
pour les pipeaux.

Il ouvrit un portefeuille graisseux dont il sortit un billet
d'une livre qu'il me tendit. J'attendis les onze autres. Mais
Mr Dampf referma son portefeuille.

Moi — Une livre?

Oskar Dampf — C'était convenu avec Schmal. Une livre.

Moi — Mais c'était une livre par dessin!

Oskar Dampf — Ah oui? Non, non. C'était une livre à la douzaine. Je paye par douze. Schmal a mal compris… Et surtout, si vous avez des grenouilles en tutu, pensez à moi!

Mr Dampf me guérit momentanément du désir de monnayer mon talent et je m'efforçai d'oublier que j'avais pu un jour peindre un cochon qui jouait du pipeau en se tenant sur un pied.

19

Mes parents me tenaient tellement à court d'argent que je devais parfois emprunter un shilling à la cuisinière pour acheter les services de Gladys. Fréquentant mes amis le plus souvent en cachette pour ne pas éveiller la jalousie de maman, menant mes projets commerciaux dans le plus grand secret, me faisant seconder par une Gladys Gordon qui parlait argot, je traînais plus de culpabilité après moi qu'un homme qui aurait assassiné toute sa famille, et le chien par-dessus le marché. Pendant ce temps, maman travaillait à mon bonheur en faisant rabattre vers moi tous les célibataires disponibles entre Regent's Park et West Brompton. Mais, pour qu'un gentleman pût prétendre à ma main, maman posait comme condition première et essentielle qu'il n'eût aucune profession ou, s'il tenait absolument à être avocat ou médecin, qu'il n'eût aucune clientèle. Papa n'avait jamais travaillé. Les jeunes gens d'aujourd'hui auront peut-être du mal à le croire, mais c'était là un signe de distinction sociale. La seconde condition posée par maman était complémentaire de la première : le gentleman devait hériter dans les meilleurs délais et être généreusement entretenu par ses parents en attendant.

Après Mr Summerhill et Mr Brooks, on me fit faire la connaissance, lors d'un thé de bienfaisance donné en l'honneur de nos amis les Papous, de Mr Johnny Johnson, un filleul de Miss Dean, qui portait des lunettes rondes sur des yeux clignotants. Ce jeune homme passait auprès de sa marraine pour un prodige d'intelligence et je m'attendais à livrer un véritable assaut d'esprit. Mr Johnson me demanda comment j'allais, comment allaient mes parents, comment allaient mes grands-parents (« Ils sont morts, Mr Johnson » « Tous les quatre, Miss Tiddler ? » « Tous les quatre ») et, après un temps de réflexion, comment allaient mes frères et sœurs (« Mes sœurs sont mortes en bas âge, Mr Johnson », « Toutes vos sœurs, Miss Tiddler ? » « Toutes, Mr Johnson »). Ayant ainsi dégagé le terrain, Mr Johnson rajusta ses manchettes et me demanda à brûle-pourpoint si l'hiver était ma saison préférée.

Moi — Je préférerais hiberner comme mon hérisson.

Mr Johnson marmonna « hérisson », puis secoua la tête de l'air d'un joueur de cartes qui n'a pas en main l'atout demandé.

Johnny Johnson, *rajustant sa manchette gauche* — Aimez-vous danser, Miss Tiddler ?

Moi — J'aimerais si je savais.

Mr Johnson regarda sa manchette gauche et je m'aperçus alors qu'elle était couverte d'inscriptions minuscules.

JOHNNY JOHNSON — Chanter, Miss Tiddler?

MOI — Pardon?

JOHNNY JOHNSON — Aimez-vous chanter?

MOI — Même réponse que pour la danse.

JOHNNY JOHNSON — Piano? Broderie? Peinture? Ah, la peinture! Préférez-vous le portrait ou le paysage?

MOI — Excusez ma curiosité… Mais qu'est-ce qu'il y a sur vos manchettes?

Mr Johnson parut très satisfait de mon intérêt pour ses manchettes et il les exhiba.

JOHNNY JOHNSON — C'est un petit système que j'ai mis au point pour faciliter les contacts humains. Manchette droite : questions d'intérêt général. Manchette gauche : questions personnelles (sans pousser jusqu'à l'indiscrétion, naturellement). Cela permet de ne jamais laisser de temps mort dans la conversation. Autrefois, quand je ne préparais pas mes manchettes avant une rencontre, je ne savais absolument pas comment nourrir une conversation, surtout avec une jeune fille. La jeune fille est très difficile pour la conversation, car il y a tout ce qu'elle ne sait pas, et tout ce qu'elle ne doit pas savoir, et tout ce qu'elle sait mais qu'elle n'est pas censée savoir.

MOI — Mon Dieu!

JOHNNY JOHNSON — Comme vous dites… Avant mes manchettes, ma conversation avec une jeune fille n'était qu'une suite de cafouillages et de silences. Et je ne connais rien de pire qu'un blanc dans la conversation. C'est toujours à ce moment-là que votre estomac se met à parler pour son propre compte et vous êtes obligé de tousser... Mais je ne suis pas sûr que ce genre de remarque soit bien convenable et, si cela ne vous ennuie pas, je vais reprendre à droite.

Moi — Intérêt général?

Johnny Johnson, *flatté* — Tout à fait. Que pensez-vous du droit de vote pour les femmes?

Je pris l'air le plus contrarié pour dire qu'une jeune fille n'avait pas à penser à ces sortes de sujet et Mr Johnson, rougissant et déconfit, raya mentalement cette question de ses manchettes.

Ces rencontres faisaient l'essentiel de mes distractions mondaines pendant le long hiver londonien. Rien ne venait donc me détourner de ma vocation de peintre. Plus je peignais, plus je constatais que mon talent, réel pour la reproduction minutieuse d'un champignon, ne parvenait pas à donner à mes portraits l'éclat du vivant. Même mon pauvre Peter avait l'air d'un lapin empaillé quand je le dessinais. Tabitha était devenue un de mes modèles préférés, car elle posait sans difficulté. Elle qui était autrefois vive et nerveuse aimait désormais rester immobile, retirée au fond d'elle-même. Si j'avais su rendre ce que je lisais au fond de ses yeux, j'aurais peint quelque chose d'affreux.

C'est au cours de cet hiver 1888 que la nuit envahit tout à fait l'esprit chancelant de Tabitha et c'est précisément une nuit que le dernier acte du drame se joua. Selon mon habitude, avant d'aller me coucher, je fis ce soir-là la tournée de ma petite ménagerie. Cook, Mildred, Maestro, Darling Number Two, Julius étaient dans la salle d'études tandis que Petruchio restait avec Tabitha. À travers la porte, je leur souhaitai bonne nuit à tous deux.

PETRUCHIO — Faut pas me la faire, Robert.

Puis je pris avec moi Peter, qui avait le privilège de dormir dans ma chambre. J'étais à la fois fatiguée et énervée. Il me semblait que le sommeil serait long à venir et, tout en me retournant dans mon lit, je m'efforçai de penser à des choses plaisantes, la plage de Brighton, les bains de mer, les amis rencontrés sur la jetée… et je plongeai enfin dans la nuit. La plage était toujours là et les mouettes criaient au-dessus de ma tête. Se détachant sur un grand ciel bleu, je vis s'avancer vers moi Mr Ashley, nonchalant et gracieux, et j'allais le saluer quand la pensée me vint que Mr Ashley ne pouvait se trouver dans ma chambre à coucher et que les cris des mouettes étaient vraiment désagréables. Ils semblaient me dire : réveille-toi, nous sommes en danger ! Le rêve pourtant voulait me retenir dans ses rets. Edmund et ses petites sœurs jouaient sur la plage en criant tout autour de moi. Mais leurs cris étaient étranges. Coin, coin, hou, hou, hiik, hiik… J'ouvris les yeux. Devant moi se dressait une forme blanche aux cheveux rouges.

MOI — Tabitha ? Mais quelle heure est-il ?

Je m'assis dans mon lit. Les cris étranges venaient de la salle d'études.

TABITHA, *dans un chuchotement* — Elle a mis le feu. Elle avait dit qu'elle le ferait. Vous étiez prévenue.

Je rejetai mes draps et me levai du côté opposé à Tabitha, car je la croyais capable de me barrer le passage. Je courus jusqu'à la porte qui donnait sur ma salle d'études. Le feu, qui avait pris aux doubles-rideaux, s'était déjà propagé, emplissant la pièce de flammèches et de fumée. Dans quelques instants, je ne pourrais plus m'échapper. Cook criait d'effroi, encerclé par les flammes. Je n'entendais plus que les derniers appels de Maestro. Mildred, Julius et Darling Number Two étaient sans doute morts, car leurs cages brûlaient. Il me fallait sauver ce qui pouvait encore l'être et donner l'alarme à mes parents. Je rebroussai chemin vers mon lit. Peter s'était redressé, aux aguets, mais immobile, attendant ma décision. Je m'en saisis et j'attrapai brutalement Tabitha par la manche. Elle était plus robuste que moi. Je devais m'imposer à elle ou mourir. Elle me parut aussi molle qu'un tas de chiffons et je la fis avancer devant moi sans ménagement. Mais quand elle vit le feu, quand elle vit le pauvre Cook transformé en torchère, elle comprit ce qu'elle avait fait. Elle cria : « Cook ! » et voulut se jeter dans les flammes. Suffoquant et larmoyant, je pus la rattraper, mais le feu avait pris à ses cheveux. Vite, j'entourai sa tête de mon châle et la poussai de nouveau devant moi. Dans l'antichambre, Petruchio agitait les ailes en sifflant *Rule Britannia* et en manifestant le plus grand désarroi. Je le sortis de sa cage, ce dont il me remercia d'un coup de bec dans l'épaule. Je m'aperçus alors que, pour porter secours à Tabitha, j'avais lâché Peter dans la salle d'études. Je l'appelai, prête à repartir dans la fournaise, quand je le vis à mes pieds. Je quittai donc le troisième étage, serrant Petruchio sous mon bras, poussant Tabitha de l'autre, et Peter m'accompagnant à petits bonds. Dans l'escalier, je criai au feu, bientôt relayée par Petruchio : « Y a le feu, pouët, pouët ! »

Je vis surgir l'un après l'autre papa, Mary, Gladys, maman. Tabitha s'effondra dans l'escalier et se laissa rouler sur tout un étage. On la ramassa au bas des marches, gisant sans connaissance, le visage en sang, le corps disloqué.

Le feu progressa lentement et les voisins vinrent à notre aide avant l'arrivée de la pompe à incendie, faisant la chaîne avec des seaux d'eau. Tout ce qui pouvait être sauvé le fut. Mais le troisième étage, le lieu témoin de mon enfance, fut entièrement détruit. Détruites mes aquarelles, carbonisées mes collections de fleurs ou de papillons, réduits en cendres mes squelettes articulés, mes carnets de notes (que je tenais depuis l'âge de huit ans), mes Shakespeare chéris, *Le Livre des Nouvelles Merveilles*, les lettres de Blanche cachées dans le panier de Peter et le petit mot de Mr Ashley. Plus rien ne me restait de mes dix-huit années passées sur terre. Mais le pire était la mort atroce de Cook, Mildred, Julius, Darling Number Two et Maestro. J'avais encore leurs cris de terreur et d'agonie dans l'oreille. Les premières nuits qui suivirent le drame, je croyais parfois les entendre dans mon sommeil et je me relevais pour aller les sauver. Ni Peter ni Petruchio n'avaient souffert. Je n'avais moi-même que quelques brûlures superficielles aux mains. Tabitha, elle, était méconnaissable, les cheveux et le front brûlés, le nez cassé, tout le visage tuméfié. Elle souffrait de nombreuses fractures, jambes, bras et côtes, et les médecins ne surent d'abord nous dire si elle pourrait remarcher. Puis l'un d'eux vint nous avertir que notre malheureuse domestique semblait avoir perdu l'esprit, prétendait s'appeler Miss Finch et réclamait le corps de son enfant, Pancrace Rabbit, mort dans l'incendie. La folie de Tabitha fut donc mise sur le compte de sa terreur et de sa chute dans l'escalier. Quant à l'incendie lui-même, je fis en sorte qu'on l'attribuât à une escarbille s'échappant de la cheminée et mettant le feu aux doubles-rideaux. Aucun soupçon ne se porta sur Tabitha, dont je témoignai qu'elle s'était brûlée en essayant de sauver ma ménagerie. Si mon chagrin était immense, je ne parvenais pas à en faire porter la responsabilité à Tabitha. Je savais depuis longtemps, peut-être depuis toujours, qu'elle était folle. Je m'y étais habituée sans en voir le danger. À sa manière, elle m'aimait. À ma manière, je le lui rendais.

Notre maison nécessitant de grands travaux et moi quelques ménagements, ma marraine proposa de m'héberger. Je m'installai donc avec Gladys dans la belle demeure des Bertram, en face de Regent's Park. On mit à ma disposition une grande chambre et un cabinet de toilette. Je ne pus laisser à Peter et Petruchio la même liberté de mouvement que dans mon troisième étage et ils se retrouvèrent le plus souvent en cage. Était-ce d'être séparé de Tabitha ou bien parce qu'il avait eu une grande frayeur ?

Toujours est-il que le corbeau était devenu muet. Papa, lui-même très secoué, eut la bonne idée de me faire porter un chevalet, des couleurs, des pinceaux et du papier. Je me remis au travail et ma marraine m'ouvrit la bibliothèque où mon cousin Philip s'était réfugié dans les derniers temps de sa maladie. Je trouvai une sorte de réconfort morose dans cet endroit, au milieu de ces livres que Philip avait cornés et parfois annotés en marge.

Ma cousine Ann m'accueillit le premier jour avec de bruyantes démonstrations de désolation. Elle tint surtout à savoir si je m'étais retrouvée en chemise de nuit sur le trottoir. Par la suite, et comme tous ceux qui craignent la contagion du malheur, elle resta à bonne distance de moi, me lançant des baisers dans l'air avant d'affronter, en manchon et bottines fourrées, l'éternel mauvais temps londonien.

Ma cousine Lydia, à mon arrivée sous son toit, me débita quelques phrases creuses sur la part qu'elle prenait à nos ennuis familiaux. Mais à ma grande surprise, les jours suivants, elle vint souvent me saluer dans la bibliothèque, caressa Peter et me complimenta sur la première aquarelle que je pus terminer, après la perte de toutes les autres. Un jour que je l'écoutais jouer du piano dans le salon, je remarquai quand elle eut fini son morceau que j'avais déjà entendu cet air à Bertram Manor.

LYDIA — On peut le jouer à quatre mains. Je le jouais parfois avec Philip ou avec…

Elle referma brusquement le clavier et vint s'asseoir près de moi sur le canapé.

LYDIA — Il y a longtemps que je voulais vous dire, Charity… Ne croyez pas que j'aie oublié. Vous avez été très bonne avec Philip. Et patiente. Il était si égoïste.

MOI — Comme le sont les malades. Et je n'ai été ni bonne ni patiente. J'aimais les mêmes choses que lui.

Mais Lydia s'entêta à me trouver bon cœur.

LYDIA — Et cela fait du bien quand on vit entourée de gens égoïstes ou méchants. Je ne dis pas que ma sœur soit… Vous l'aimez beaucoup, je crois ?

MOI, *préférant rire* — Comme je suis bonne et patiente, j'aime tout le monde.

LYDIA — Mais si vous saviez comme Ann parle de vous ! Comme d'une vieille fille avant l'âge, d'une toquée qui sent le rat !

Ce que me disait Lydia me surprit moins que la façon dont elle le disait, avec une sorte de rage sourde.

LYDIA — Elle s'est jetée à votre tête à Brighton, mais c'était uniquement pour se mettre entre nous. Tout ce qu'elle peut m'enlever, elle me le prend. Ou elle essaie de me le prendre.

Je compris alors que j'étais embarquée dans le rôle si peu enviable au théâtre de la «confidente de la reine». Je dus entendre tout ce que je n'avais pas envie de savoir, qu'Ann était jalouse de sa sœur depuis la petite enfance, qu'elle n'avait jamais supporté qu'on la complimentât pour sa beauté, ses dons musicaux ou sa hardiesse à cheval.

LYDIA — Et, bien sûr, c'est pire depuis que la mort de Philip a fait de moi l'héritière des Bertram. Elle se moque des gentlemen qui me courtisent, mais en même temps elle cherche à les séduire ou à me ridiculiser devant eux. Je sais mal me défendre de toutes ses manœuvres...

Ne souhaitant pas en entendre davantage, je fis un mouvement pour me lever. Mais Lydia abattit la main sur mon bras, s'agrippant à moi comme le faisait parfois Ann.

LYDIA — Et c'est la même chose avec Mr Ashley. Elle veut lui tourner la tête, mais elle ne l'aime pas.

Dans mon rôle de confidente, j'aurais dû demander à Lydia : «Mais vous, ô ma reine, que vous dit votre cœur?»

MOI — Pardonnez-moi, Lydia, mais je... je suis invitée ici, et je ne peux vraiment pas...

LYDIA, *sèchement* — Je comprends. C'est moi qui vous dois des excuses.

Je retrouvai Peter et Petruchio avec soulagement en remontant dans ma chambre. Je n'ai jamais supporté la façon dont les êtres humains se tourmentent. Je m'approchai de la cage de Petruchio.

MOI — Répète : «Je suis un démon, je suis un démon.» Allons, fais un effort!

Mais Petruchio leva son bec en l'air, le tourna à droite, à gauche, mimant à merveille le corbeau amnésique.

L'amnésie, je la cherchais pour moi-même, dans les romans. Il y en avait des quantités dans la bibliothèque des Bertram. Les romans français se signalaient par leur couverture jaune et leurs sempiternelles histoires d'amour. Je lisais, je n'étais plus là, je n'étais plus moi. Je crois bien que j'aimais tous les romans que je lisais, du moins s'ils finissaient bien. On devrait d'ailleurs voter une loi contre les romans qui finissent mal. Je lisais et je me mettais à aimer violemment des gens que je n'avais jamais vus, à les aimer comme je n'avais encore jamais aimé personne, et à vouloir leur bonheur de toutes mes forces.

Un après-midi que je lisais ainsi dans la bibliothèque, quelqu'un frappa légèrement à la porte puis entra.

KENNETH ASHLEY — Restez assise, surtout, restez assise, Miss Tiddler!

En deux enjambées, il fut devant moi, plia les genoux pour mettre son visage à hauteur du mien, plongea la main dans sa poche, en ressortit une petite chose grise tout affolée qu'il lâcha dans le creux de mes jupes.

KENNETH ASHLEY — Elle s'appelle Désirée.

Il se redressa tandis qu'une voix dans le couloir l'appelait par son prénom. Il mit un doigt sur sa bouche puis pivota sur ses talons.

KENNETH ASHLEY, *à tue-tête* — J'arrive, Miss Ann! Je vous cherchais!

Je dus emprisonner la petite souris dans les plis de ma jupe pour l'empêcher de se sauver. C'était bien dans les façons de Kenneth Ashley : vous faire un cadeau tout en vous jouant un tour. Comme lorsque j'avais cinq ans, j'enfermai la souris dans le creux de mes mains, courus jusqu'à ma chambre et la déposai au fond d'un carton à chapeau. Gladys réussit à me trouver une vieille cage dans laquelle Ann avait élevé des canaris. Je pus alors regarder ma nouvelle petite amie.

Moi — Tt, tt, Désirée… Mon Dieu, que vous ressemblez à Madame Petitpas ! Ne seriez-vous pas sa fille ?

Alors, je fis ce que je n'avais pas encore fait depuis l'incendie. Je me mis à pleurer. Je pleurai, dans une étrange confusion, mes petites sœurs et mes petites souris, Klapabec et Philip, mes crapauds et mes aquarelles, Julius et Maestro, Mildred et Cook, Tabitha et Blanche Schmal qui ne serait plus jamais Mademoiselle.

J'eus beaucoup de chance avec Désirée. Elle s'apprivoisa très vite et prit l'habitude de dormir blottie contre le flanc de Peter.

20

Les mois passèrent. Dans le temps où je fus chez les Bertram, ma cousine Lydia refusa trois demandes en mariage, celle de Frederick Anderson, celle de Mathew Pattern et celle d'un troisième gentleman dont le nom m'échappe, mais qui alla ensuite déposer son cœur au pied de ma cousine Ann, sans plus de succès. Sur le front des demandes en mariage, ma vie s'écoulait paisiblement, ce qui commença à inquiéter maman, bien que je n'eusse que dix-neuf ans. Elle ne voulait pas s'avouer que la chasse au mari se pratiquait dans les bals et les garden-parties plus efficacement que pendant les thés de bienfaisance et autres causeries pieuses.

Je me souviens plus particulièrement de l'une de ces causeries organisée par Mrs Summerhill. Maman hésita à m'y emmener quand elle en apprit l'intitulé : «Adam avait-il un nombril ?», car une jeune fille n'était pas censée se poser ce genre de question sur l'anatomie masculine.

Le Révérend Tomkins, orateur du jour, ne cacha à personne, dès les premiers mots de sa causerie, que le nombril est «le souvenir du lien qui unit la mère à l'enfant *in utero*». Certaines mères de famille nombreuse prirent un air distrait, comme si l'allusion ne les concernait en aucun cas, tandis que les jeunes filles montrèrent à l'inverse une vive attention.

RÉVÉREND TOMKINS — Dès lors, la question se pose : Adam eut-il un nombril ? Car, nous dit la Bible : «Le Seigneur Dieu forma l'homme avec la poussière du sol.» Adam est né adulte et non pas nourrisson. Il n'avait en conséquence aucun usage du nombril. La conclusion logique serait donc que notre père à tous, Adam, n'avait pas de nombril.

Vive sensation dans l'assistance.

RÉVÉREND TOMKINS — Nous reviendrons sur cette question dans un instant. Mais prenons d'abord le temps d'examiner avec un esprit scientifique le récit biblique de la Création du monde.

Cette phrase me fit plaisir, car *Le Livre des Nouvelles Merveilles* m'avait dotée d'une tournure d'esprit scientifique.

RÉVÉREND TOMKINS — Une lecture attentive de la Genèse nous permet d'établir l'âge de la Terre. Il est dit : «Adam vécut cent trente ans, puis il engendra Seth et vécut huit cents ans après la naissance de Seth. Seth vécut cinq cents ans...»

En additionnant les patriarches, les pharaons et les rois

d'Angleterre, le Révérend Tomkins fixa l'âge de la Terre à six mille ans et des poussières. J'arrondis les yeux de stupéfaction, moi qui avais trouvé des fossiles bien plus anciens dans les carrières du Kent.

RÉVÉREND TOMKINS — Je vois, oui, je vois certains regards incrédules. Comment, me disent ces regards, comment pouvez-vous soutenir que la Terre n'a que six mille ans alors que les fossiles témoignent de l'écoulement d'un nombre d'années bien plus considérable ?

Je me dépêchai de baisser les yeux.

RÉVÉREND TOMKINS — Eh bien, je maintiens que je peux prouver à ces esprits forts que l'âge de la Terre est bien de six mille ans.

Le raisonnement scientifique du Révérend Tomkins était le suivant : la poule vient de l'œuf qui vient de la poule. Dieu, qui a créé ce cercle, ne peut se renier lui-même. Cependant, au moment de la création de chaque espèce, il a introduit dans le cercle un individu à l'état adulte. Mais, pour ne pas rompre le cercle, il lui a donné tous les signes d'une préexistence.

RÉVÉREND TOMKINS — Ainsi, Dieu a créé les fossiles en même temps que la Terre, il y a six mille ans, mais en leur donnant l'apparence d'objets bien plus âgés. Et tous les animaux que Dieu fit au cinquième et sixième jour de la Création furent créés à l'état adulte, mais portant les marques d'une vie passée. Et cela, je puis aussi le démontrer scientifiquement.

Le Révérend Tomkins avait une preuve, la preuve par l'hippopotame. Si Dieu avait créé un hippopotame adulte avec des dents neuves, jamais celui-ci n'aurait pu s'en servir. Si ses canines n'avaient pas été usées par des années de mastication, jamais notre malheureux hippopotame, état neuf, n'aurait pu refermer ses mâchoires.

RÉVÉREND TOMKINS — Dieu aurait-Il créé un hippopotame adulte avec des dents neuves pour qu'il mourût de faim ?

Le Révérend ricana de mépris à l'idée qu'on pourrait soutenir une pareille absurdité. La conclusion de tout cela était que, de même que l'hippopotame, Adam portait au moment de sa création les marques d'une existence qu'il n'avait pas vécue.

RÉVÉREND TOMKINS, *triomphant* — Oui, notre père Adam avait bien un nombril !

Je ressortis de la causerie comme si j'avais pris un coup de maillet sur la tête. Mais maman se dit enchantée d'avoir désormais la preuve scientifique que tout ce qui était écrit dans la Bible était vrai et elle ajouta que je ferais bien de cesser de m'encombrer de cailloux qui mentaient effrontément sur leur âge.

J'eus la chance, à quelque temps de là, de revoir les Schmal dans leur petite maison «Rêve de Roses» et je pus parler à Ulrich de la causerie du Révérend Tomkins qui me donnait des cauchemars.

Tout en m'écoutant, Herr Schmal poussa des exclamations, se tapa la cuisse du plat de la main ou se rejeta rageusement en arrière au risque de basculer dans le feu avec son fauteuil. Mais il ne m'interrompit jamais avant que j'eusse fini.

HERR SCHMAL — Et voilà comment on abrutit les esprits féminins! Ma chère Miss Tiddler, vous savez bien que la Bible raconte une belle histoire, mais ce n'est qu'une histoire!

BLANCHE, *méfiante* — Ulrich, Ulrich…

Herr Schmal se leva et alla chercher dans sa bibliothèque un petit livre qu'il me tendit.

MOI, *lisant* — *L'origine des espèces* de Charles Robert Darwin.

BLANCHE — Darwin? C'est ce vilain bonhomme qui dit que mon grand-père était un singe?

HERR SCHMAL — Ne l'écoutez pas, Miss Tiddler.

Blanche est une femme exceptionnelle et je bénis tous les jours le Dieu qui me l'a donnée. Mais elle dit parfois des bêtises aussi grosses qu'elle.

BLANCHE ET MOI — Oh!

Herr Schmal me prêta les ouvrages de Mr Darwin que je lus clandestinement. Je n'étais pas du tout choquée à l'idée que mes ancêtres se soient balancés aux branches des arbres, il y a quelques millions d'années. Bien au contraire, plus je lisais Mr Darwin, plus je prenais place dans ma famille qui n'est pas la seule espèce humaine. N'avais-je pas toujours su que Peter et moi étions cousins?

J'étais désormais retournée dans mon troisième étage qui, comme la Création du Révérend Tomkins, montrait à l'état neuf des signes d'une préexistence. J'avais même l'impression qu'il était hanté. Quand je traversais l'antichambre, je croyais voir Tabitha penchée au-dessus de son ouvrage, le panier de linge à ses pieds. Vision fugitive qui me faisait sursauter, et que je mettais sur le compte de l'incendie, du choc et du chagrin ressentis. Mais certains matins, quand je voulais sortir de mon lit à six heures et demie, je retombais brusquement assise, mes jambes se dérobant sous moi, et j'avais peur de finir paralysée. À sept heures, Gladys me montait mon déjeuner de fade porridge et de thé insipide, les forces me revenaient et je commençais ma journée. Journée studieuse, journée silencieuse, avec pour muette compagnie Master Peter, Mademoiselle Désirée et Petruchio, qui n'avait jamais recouvré la voix. Toute la matinée, je dessinais et peignais.

L'après-midi, chaque fois que maman me laissait la voiture, j'en profitais pour me faire conduire au musée et rendre visite aux Schmal ou aux petits Carter. Mais maman était restée jalouse de tous ceux que j'aimais et, si elle me voyait habillée et prête à sortir, elle éprouvait le besoin urgent de se faire conduire en voiture chez Miss Dean ou chez les demoiselles Gardiner. Elle me proposait de l'accompagner et, me voyant de toute façon privée de sortie, il m'arrivait d'accepter, déjà certaine de revenir à demi morte d'ennui. Le dîner se prenait en famille à six heures et toujours dans le silence. Je me couchais de bonne heure et me récitais du Shakespeare jusqu'à n'en plus pouvoir. Et tandis que le sommeil me gagnait, je me disais que cette vie immobile, un jour, prendrait fin, que quelque chose se produirait, quelque chose qui viendrait de moi, et que tous mes efforts, qui paraissaient absurdes, auraient enfin un sens.

Mes malaises se multipliant, je finis par consulter le Docteur Piper. Il m'ausculta, me questionna, puis hocha la tête :

DOCTEUR PIPER — Vous n'êtes pas malade, Miss Tiddler. Ce sont vos nerfs qui vous jouent des tours. Vous auriez besoin d'un changement d'air, d'un changement de vie…

Il cligna des yeux d'un air malin et répéta : « Du changement, ma petite. »

Du changement, je n'en avais qu'une fois par an, lorsque nous partions pour Dingley Bell. J'étais véritablement tombée amoureuse du Kent, de ses bois, de ses prairies, de ses rivières. Je partais sur les routes de campagne, cet imbécile de Keeper sur les talons, emportant en bandoulière dans ma musette de toile grise un canif et des sacs pour prélever des échantillons de roche ou de végétation, mes crayons et mes carnets pour prendre des notes ou faire des croquis. Je devais avoir une étrange allure avec mon vieux chapeau de paille, mes bottines poussiéreuses et ma canne de marcheuse. Papa, qui comprenait mon amour de la Nature, finit par m'offrir une carriole attelée à une ânesse grise. Elle avait de longs yeux mystérieux cerclés de noir comme une princesse orientale, et je la baptisai Néfertiti. Néfertiti et moi, nous aventurions parfois assez loin de la maison. Je me sentais alors aussi indépendante que ma cousine Ann. Je passais d'ailleurs de temps en temps à Bertram Manor pour y faire admirer mon joli attelage.

Mes cousines recevaient beaucoup. Lydia était de plus en plus sèche et, bien qu'elle n'eût aucune maladie, ressemblait de plus en plus à Philip. Ann engraissait. Elle était gourmande. Ce n'étaient encore que d'agréables rondeurs qui convenaient à ses yeux écarquillés de poupée blonde. Ni l'une ni l'autre n'avaient de fiancé, et Lady Bertram les encourageait à «vivre leur vie». Mr Ashley rejoignait la compagnie toutes les fois qu'il le pouvait. Je n'avais pas besoin d'être avertie pour savoir qu'il était là. Lydia en avait les pommettes enflammées, comme si quelque fièvre la travaillait. Quant à Ann, elle sautillait plus que jamais. Dès que Mr Ashley arrivait, la guerre se rallumait entre mes cousines. Bien qu'il fût comédien, je voyais clair dans son jeu. Il voulait forcer Lydia à se déclarer et pour cela, comme dans les mauvaises comédies françaises, il la rendait jalouse en flirtant avec Ann.

Un après-midi que je m'apprêtais à repartir de Bertram Manor, assise dans ma petite carriole, j'entendis quelqu'un courir derrière moi sur le gravier de l'allée. Je n'eus pas besoin de me retourner pour savoir que c'était Mr Ashley. Il se hissa à côté de moi, rieur et haletant.

KENNETH ASHLEY — Ouf! Voulez-vous me reconduire chez ma mère au village, Miss Tiddler?

MOI — C'est sur ma route… Mais non! Laissez-moi les rênes! Néfertiti n'obéit qu'à moi. Kk, kk, Néfertiti!

KENNETH ASHLEY, *très agité* — Il y a vraiment quelque chose de féerique à vous voir surgir ainsi en compagnie de Néfertiti dans cette ennuyeuse campagne! À quoi cela tient-il? Au charme souverain qui se dégage de vos souliers crottés? Vous êtes la seule personne de ma connaissance à porter avec autant d'assurance des vêtements aussi laids.

MOI — Si vous continuez à vous agiter de cette façon, nous allons verser dans le talus.

KENNETH ASHLEY — Quel bonheur! Verser dans un talus avec vous…

MOI — Prenez garde que j'ai un fouet.

Il éclata de rire, comme le fou qu'il était.

KENNETH ASHLEY — Vous êtes pour moi un tel mystère ! Je vous assure que j'en perds le sommeil. Qui êtes-vous, Miss Tiddler, qui êtes-vous vraiment ?

MOI — Et vous-même, Mr Ashley ?

KENNETH ASHLEY — Moi ? Mais je suis clair comme l'eau de roche ! Mon histoire est d'une banalité à faire pleurer. Je veux bien vous la raconter, mais je crains de ne pas vous captiver.

MOI — Je n'ai nul besoin de l'être. Racontez donc, Mr Ashley.

Il me semblait que c'était le meilleur moyen de le faire tenir tranquille.

KENNETH ASHLEY — À vos ordres, Miss Tiddler ! Il était une fois… un petit garçon du nom de Kenneth Ashley. Son père était un robuste Saxon, grand travailleur et grand buveur. Ayant fait fortune dans la marmelade d'oranges, il prit la décision de ne plus travailler et de se consacrer entièrement à la boisson. Le résultat de ce changement de régime ne se fit pas attendre. Mr Ashley mourut, et si nous ne craignions de porter atteinte à sa mémoire, nous dirions que c'était tant mieux. Quand Mr Ashley était en vie, sa famille n'était guère fréquentable. Mais Mrs Ashley faisant une veuve irréprochable, Tante Janet eut pitié du pauvre petit orphelin… qui se révéla plein d'entrain quand on l'invita à un goûter. Les enfants Bertram étaient des bonnets de nuit et l'honorable Lady Bertram s'aperçut que l'orphelin leur faisait du bien. On l'invita de plus en plus souvent. Il était un peu moins qu'un ami, mais un peu plus qu'un chien. Puis sa mère se remaria, le jeune Kenneth comprit qu'il serait malheureux en restant chez lui. Il suivit une troupe d'acteurs ambulants et devint comédien. Et voilà, mon conte est fini. S'il vous a plu, reprenez au début.

Bien loin de se tenir tranquille en me parlant, Mr Ashley, profitant des cahots de la route, se penchait familièrement vers moi, pesant parfois sur mon bras.

KENNETH ASHLEY — J'aimerais vous poser une question, Miss Tiddler. Qu'est devenue votre étrange compagne aux cheveux rouges?

MOI — Tabitha? Mais vous avez sans doute appris… L'incendie… Elle a été grièvement blessée, elle est devenue folle.

KENNETH ASHLEY — Elle l'était déjà.

Je tressaillis, mais ne répondis rien.

KENNETH ASHLEY — Elle aurait fait une merveilleuse Lady Macbeth*… Oh, j'y pense! Puisque ma vie vous fascine, je dois vous apprendre que je vais passer une audition devant le directeur du théâtre de St James.

Cette nouvelle me fit plaisir. Mr Ashley avait trop de talent pour rester dans une misérable troupe. Sa réussite me paraissait certaine.

* Héroïne de Shakespeare qui pousse son mari au crime avant de sombrer dans la folie.

MOI — Qu'allez-vous jouer?

KENNETH ASHLEY — Hamlet.

MOI — Oh non, ne faites pas ça!

KENNETH ASHLEY — Pourquoi? Vous ne m'en croyez pas capable?

MOI — Cela ne vous ira pas.

Il haussa les épaules, fixa un point à l'horizon et se lança dans la tirade : «Être ou ne pas être, là est la question.» Je le laissai dire quelques instants.

KENNETH ASHLEY, *récitant* — «... Si la crainte de quelque chose après la mort, de cette région inexplorée d'où nul voyageur ne revient, ne troublait la volonté et...» et là, j'ai un trou. Alors, qu'en pensez-vous?

MOI — Vous n'êtes pas Hamlet, Mr Ashley, vous êtes Petruchio. Même votre voix n'est pas bien placée pour jouer le prince du Danemark. Elle est trop haute.

KENNETH ASHLEY — Je vous déteste, Miss Tiddler. Et de plus, vous avez tort.

MOI — J'ai raison. Et vous regretterez de ne pas m'avoir écoutée.

Je ne sais d'où me venait cette façon de parler. Je me sentais à égalité avec Mr Ashley.

MOI — Et puis vous vous traînez, vous n'en finissez pas de méditer. Le directeur s'endormira. Faites courir du feu sous les mots : «Mourir... dormir, dormir! Peut-être rêver? Oui, là est l'embarras. Car quels rêves peut-il nous venir dans ce sommeil de la mort...»

Sans me prévenir, Mr Ashley sauta à bas de la carriole.

KENNETH ASHLEY, *brandissant sa canne* — Vous n'aurez pas le dernier mot. Je serai Hamlet. Le bonjour, Miss Tiddler.

Je me demandai en le regardant s'éloigner vers le village s'il était réellement fâché.

Quelques jours avant de quitter Dingley Bell pour Londres, je reçus une lettre de Mr Ashley ainsi libellée :

Kenneth Ashley a joué Hamlet devant le directeur du théâtre de St James et s'est ridiculisé.

Kenneth Ashley devrait toujours suivre les conseils de Miss Tiddler et espère qu'il est plus que jamais son protégé.

K. A.

J'aurais préféré avoir eu tort. Je m'approchai de la cage où mon corbeau semblait sommeiller et, tout en pensant à Mr Ashley, je laissai échapper : « Pauvre Petruchio ! »

PETRUCHIO — Faut pas me la faire, Robert.

MOI — Mais… mais tu parles. Petruchio, tu reparles ! Dis : « Je suis un démon ! »

Mais Petruchio choisit d'interpréter *Rule Britannia* et, à partir de ce jour-là, il redevint très bavard, ne cessant d'étendre son répertoire. Quant au billet de Mr Ashley, je jugeai peu prudent de le cacher dans le nouveau panier de Peter. Un incendie est si vite arrivé. Je décidai de le garder toujours sur moi.

La réponse de mes parents ne fut pas encourageante.

21

J'approchais de ma vingtième année et je n'avais pas oublié la promesse que je m'étais faite, même si la lettre avait brûlé, de m'inscrire à la Royal Academy. La réponse de mes parents, quand je leur en parlai, ne fut pas encourageante.

MAMAN — De mon vivant, jamais!

PAPA — En effet.

De nouveau, l'hiver londonien posa sa lourde pierre sur mon cœur. J'aurais supporté la monotonie de mon existence s'il ne s'y était ajouté quelque chose d'effrayant. La vision que j'avais de Tabitha assise en train de coudre, le panier de linge à ses pieds, n'avait pas disparu avec le temps. Je ne pouvais faire autrement que de passer par l'antichambre pour rejoindre ma salle d'études et j'avais tellement peur que cette apparition fût là (elle n'y était pas toujours) que j'envisageai la possibilité de traverser la pièce les yeux fermés. Mais la crainte de toucher le «spectre» de Tabitha en avançant à l'aveuglette me dissuada. Je n'osai en parler au Docteur Piper. Je savais que Tabitha avait été enfermée dans un asile de fous et j'avais peur qu'on ne me prît pour folle à mon tour. À qui pouvais-je me confier, sinon à Herr Schmal? Je profitai d'une visite à «Rêve de Roses» pendant laquelle Blanche, qui était de nouveau enceinte, faisait la sieste. Je me souviens que nous parlions ce jour-là, Ulrich et moi, de la sélection naturelle chère à Mr Darwin. Soudain, je n'y tins plus.

Moi — Herr Schmal, je dois vous parler.

Je lui fis part de ces apparitions et de la peur que j'en avais. Il m'écouta, immobile, la tête baissée, fixant du regard ses mains croisées.

Herr Schmal — Ma chère Miss Tiddler, vous souffrez de ne pas savoir ce qu'est devenue votre Tabitha. Elle n'est pas morte, mais elle a disparu de votre vue. Je crois que vous devez la revoir en vie. Ce sera la seule façon de chasser ce que vous appelez son spectre et que les médecins appellent, eux, une «hallucination».

Il me promit de chercher en quel endroit était internée Tabitha, c'était probablement à Bedlam, et de prendre de ses nouvelles. Cette promesse me procura un grand apaisement, même si l'«hallucination» ne disparut pas complètement par la suite. À ce moment-là, Blanche revint vers nous, tenant le petit Noël par la main. Il s'éveillait de sa sieste et il semblait d'humeur grognonne. Ses parents m'assurèrent que «c'étaient les dents». Comme il en était question chaque fois que je le voyais, je finissais par me dire que mon intéressant filleul se préparait une denture hors normes. Dès qu'il me vit, il courut vers moi en s'écriant: «Reine!», car, à deux ans, c'était son interprétation de mes fonctions de marraine. Et je dois dire qu'elle me flattait. Noël ressemblait beaucoup à sa maman par le physique, blond, menu et pointu. Son caractère alliait l'émotivité de Blanche à la curiosité intellectuelle d'Ulrich, la mélancolie de l'une à l'enthousiasme de l'autre, ce qui faisait au total un enfant assez difficile à gouverner. Il avait marché tard et parlé très tôt. Il avait tout un petit jargon à lui, et Ulrich le tenait pour un génie en herbe. Noël s'installa sur mes genoux sans faire d'embarras en déclarant: «Pas belle, manman.»

Depuis que Blanche arborait un ventre rond, Noël ne manquait jamais une occasion de lui manifester sa désapprobation. Il se blottit contre moi, mais l'instant d'après il me donna des coups de talon en balançant les jambes, puis me meurtrit la poitrine en rejetant la tête en arrière. Il était aussi différent que possible de l'aimable Edmund Carter et je ne savais vraiment pas comment l'apprivoiser. La petite bonne vint bientôt le chercher pour lui faire manger sa panade à la nursery. Mais il s'échappa de ses mains et revint en courant au salon tandis que nous prenions le thé.

NOËL, *pointant un toast du doigt* — Veux ça.

Son père éclata de rire, le traita de «brigand», l'installa sur un pouf et le laissa se salir tout à son aise avec un toast bien beurré.

BLANCHE, *désolée* — Ulrich, Ulrich…

Je n'avais jamais vu nulle part un enfant élevé de cette façon. Quand je pensais à ma propre enfance, j'enviais Noël, mais j'avais peur qu'il ne tournât mal si ses instincts n'étaient jamais réfrénés. Après s'être taché, Noël voulut boire dans une tasse et la fit tomber sur le plancher. Je vis le moment où tous ses caprices lui vaudraient une correction, car Ulrich lui donnait tout de même la fessée quand il ne pouvait vraiment plus faire autrement. Il me vint alors à l'idée de le distraire comme j'avais amusé le petit Edmund pendant sa maladie. J'avais toujours avec moi un carnet et des crayons. J'attirai Noël près de moi en lui disant que j'allais faire sortir un lapin de mon crayon magique.

Moi — Voilà les oreilles, les moustaches, les pattes… Coucou, voilà Master Peter !

Noël s'était tenu tranquille pendant toute la durée de l'opération, la bouche ouverte, les yeux écarquillés.

Moi — Master Peter est un petit brigand. Il vient de renverser sa tasse à thé !

Noël se mit à rire et donna une fessée à mon lapin de papier.

Noël — Core, core lapin, Reine !

Blanche — Il va vous ennuyer, Cherry. Quand il demande «encore», il ne sait plus s'arrêter.

Mais l'enthousiasme de Noël me faisait plaisir et je lui

dessinai encore des lapins, et puis un hérisson, une souris, une grenouille (sans tutu) et un cochon (sans pipeau). Noël riait aux larmes.

HERR SCHMAL — Quel talent vous avez, Miss Tiddler! Avez-vous pensé à envoyer des dessins à la maison Vanderproote?

Je ne voulus pas faire de peine à Ulrich et je lui répondis que j'avais finalement renoncé à ce projet.

HERR SCHMAL — C'est dommage! Mais j'y pense… Nous avons parmi nos élèves une fillette, vous voyez de qui je veux parler, Blanche? La petite Annie King. Son père est éditeur de livres pour les enfants. La maison King and Company, dans Bedford Street. Vous devriez leur envoyer quelque chose.

Je fis une moue dubitative.

HERR SCHMAL, *s'enflammant* — Mais si, voyons! Le talent ne doit pas rester ignoré. Écrivez donc les aventures de votre Master Peter, ses farces et ses bêtises, et vous aurez tout un public de petits polissons ravis de croire qu'il y a pire qu'eux!

Noël interrompit notre discussion en renversant non plus une tasse à thé, mais la théière elle-même. Cette fois-ci, ce fut la fessée et le pauvre petit bonhomme, cramoisi à force de hurler, fut emporté à la nursery par sa bonne. Avant de quitter «Rêve de Roses», j'obtins la permission d'aller embrasser le jeune délinquant et le trouvai occupé à bavarder tout seul dans son lit avec les petits dessins que je lui avais faits et que sa bonne lui avait laissés. Il me fit un grand sourire qui métamorphosa sa figure souvent renfrognée.

NOËL — Pan, pan, lapin.

Il me tendit le dessin et je donnai la fessée à Peter pour la plus grande satisfaction morale de mon filleul.

Si Noël avait été un enfant doux et accommodant, j'aurais pensé à lui moins souvent. Mais je me faisais du souci pour lui. Comme il avait montré tant de plaisir à voir Master Peter faire des bêtises, je me dis qu'il serait ravi de posséder un livre où des enfants feraient, eux aussi, des sottises. Je n'avais jamais possédé de tels livres écrits spécialement pour les enfants, mais je savais qu'il en existait de fort nombreux et fort jolis. Je me rendis donc dans la librairie voisine où j'avais l'habitude de dépenser tout l'argent de mes étrennes et de mes anniversaires et où papa venait de me racheter les œuvres complètes de Shakespeare. Le libraire, Mr Galloway, vint tout de suite vers moi et je lui fis part de ma recherche. Se frottant les mains d'avance, il m'assura qu'il avait en effet des livres charmants pour les bambins, notamment ceux de la maison King and Co. C'est ainsi que je pus faire la connaissance d'Alice la désobéissante qui joua avec les allumettes et fut réduite en un petit tas de cendres, de Gaspard le capricieux qui refusa de manger sa soupe trois jours de suite et mourut squelettique le quatrième, d'Irma la colérique qui battait sa bonne et finit sa vie sur un tas d'ordures, de Bobby l'agité qui se balança sur sa chaise et se fendit le crâne sur le parquet. C'était très gaiement mis en couleurs et en vers :

«Conrad ne regarde jamais où il met les pieds.
Et voyez, le pauvre ! Il est maintenant noyé.»

Imaginant la tête que ferait Herr Schmal en lisant ces atrocités, je les reposai prudemment sur leur étagère. Mais je ne voulus pas repartir sans rien acheter et je restai encore un moment à errer dans la boutique. J'allais malgré tout m'éloigner quand j'aperçus quelques cartes d'anniversaire dans un casier. C'étaient des productions de la maison Vanderproote. Comme Jenny la petite curieuse, je me mis à fureter dans le casier et je reçus bientôt ma punition. Master Peter fumant la pipe était là, et aussi un de mes plus vilains cochons en train de jouer du violon.

Mr Galloway — C'est gentil, hein? Ça plaît beaucoup, surtout les petits lapins. J'en ai d'autres, regardez! Celui-ci qui tire sa luge et ces trois-là qui jouent aux cartes…

Ce que je ressentais était un mélange de rage, de fierté, d'humiliation, d'espoir et de désolation. Mes petits lapins plaisaient beaucoup! Et Mr Dampf s'enrichissait à mes dépens! Refoulant mes larmes, je vidai mon porte-monnaie et achetai au libraire ravi toutes les cartes où figuraient mes dessins. Bien sûr, rien n'indiquait que j'en fusse l'auteur. Mais Peter était très reconnaissable.

Une fois dans ma salle d'études, je pris le temps d'examiner chaque carte. J'avais acheté un Peter tirant sa luge en trois exemplaires et un Peter partant au marché, son panier sous le bras, en cinq exemplaires. Et je ne pouvais m'empêcher de penser que des gens, des gens qui ne me connaissaient pas, avaient acheté ces cartes et que des gens, des gens que je ne connaissais pas, les avaient reçus pour leur anniversaire. N'était-ce pas extraordinaire? Pourquoi ne pourrais-je pas faire aussi un petit livre avec Master Peter pour héros comme me l'avait suggéré Herr Schmal? Certes, jusqu'à présent, Ulrich n'avait pas été très heureux en me faisant connaître Mr Barney et Mr Dampf. Mais peut-être en irait-il autrement avec Mr King de la maison King and Co.?

Quand je revis Mrs Carter, je lui demandai si, par hasard, Edmund aurait gardé les dessins que je lui avais faits à Brighton.

Mrs Carter — Mais bien sûr! Ils sont dans sa boîte à trésors! Il les regarde souvent. J'ai été surprise quand il me les a montrés. Cela fait presque une petite histoire. Pourquoi n'en feriez-vous pas un livre pour les enfants?

Je regardai Mrs Carter avec reconnaissance. Ainsi donc les dés étaient jetés.

Moi — C'est ce que je vais faire, Mrs Carter. Est-ce qu'Edmund accepterait de me prêter les dessins? J'aimerais pouvoir m'en inspirer…

Edmund fut très fier d'accéder à ma demande et me fit promettre de lui réserver un exemplaire du livre quand il serait publié! J'examinai attentivement mes gribouillages et les trouvai bien amusants. Master Peter était très différent de Conrad, Gaspard et autres Bobby. Il faisait des bêtises, mais n'était guère puni.

Quand je revis Herr Schmal, je lui tendis un petit paquet enveloppé dans lequel il trouva un cahier avec des pages blanches. Il m'interrogea de ses gros yeux exorbités.

Moi — J'ai voulu acheter un livre pour Noël. Je n'ai rien vu qui me satisfasse. Je vais suivre votre conseil, Herr Schmal. Je vais raconter les aventures de Master Peter sur ce cahier.

Herr Schmal — Bravo!

Je me mis au travail avec un entrain comme je n'en avais encore jamais éprouvé. Quand ma confiance en moi faiblissait, je jetais un coup d'œil sur l'une ou l'autre des cartes imprimées par la maison Vanderproote et je me redisais la phrase du libraire : « Ça plaît beaucoup, surtout les petits lapins. » J'écrivis mon histoire en songeant à Noël plus qu'à Edmund. Tout ce que j'avais observé de la Nature me fut utile. Les fleurs du jardin en premier plan, les paysages en toile de fond reproduisaient les parterres de Dingley Bell et la campagne du Kent. Je collai mes douze aquarelles sur mon cahier et rédigeai mon texte en face de chacune d'elles. L'histoire, rythmée mais non rimée, était toute simple. Passant outre l'interdiction de sa maman, Mrs Josepha Rabbit, Master Peter entraînait son petit frère Pancrace et sa petite sœur Millie dans le potager voisin. Il y montrait le mauvais exemple, se gavant de carottes, perdant son col marin dans la luzerne, se douchant sous l'arrosoir, et se déguisant avec les oripeaux de l'épouvantail jusqu'à ce que surgît le fermier Macdougall. Peter échappait de justesse à la fourche et au chien, et, manquant de terminer en pâté, il finissait en héros aux yeux de Pancrace et Millie.

Blanche admira beaucoup mes illustrations. Herr Schmal, débordant d'enthousiasme, m'aida à rédiger une lettre pour Mr King de la maison King and Co. Il remit lui-même le manuscrit à Mrs King un jour où celle-ci vint chercher sa fille à l'institut. Nous étions alors au début du mois de mai. J'eus une réponse de la maison King à la fin de ce même mois. J'ouvris la lettre, les mains plus tremblantes que je ne l'aurais voulu, et je lus :

Chère Miss Tiddler,

Nous vous remercions de la confiance dont vous nous avez honorés en nous remettant votre manuscrit « Master Peter ». Nous en avons apprécié la finesse des dessins et le charme des coloris. Les paysages du Kent, la ferme, le potager sont particulièrement pittoresques et témoignent d'un rare sens de l'observation. Nous avons plus de réserve quant à votre texte, un peu abrupt dans sa formulation, et nous n'avons guère saisi la morale de votre histoire. Songez que vous vous adressez à de jeunes enfants pour lesquels l'humour ne peut tenir lieu de sens moral. Vous comprendrez que nous ne puissions publier une histoire qui ne nous paraît pas convenir à notre public, mais nous ne doutons pas que vous trouverez votre voie et lirons avec attention tout autre manuscrit que vous voudrez bien nous soumettre.

La lettre était signée d'Alfred King lui-même. Je ne pense pas être vaniteuse, mais je ne pus m'empêcher d'être déçue, si déçue que je fus quelques jours sans tenir un crayon.

Puis, ma déception s'estompant, je pus relire la lettre de Mr King. C'était un refus, mais ce n'était pas une porte fermée. Au fond, Mr King me reprochait seulement de ne pas avoir infligé à Master Peter les mêmes désagréments qu'à Alice la désobéissante et Gaspard le capricieux, et peut-être avait-il raison. Mais Herr Schmal, qui avait récupéré mon manuscrit, prit la chose avec beaucoup moins de philosophie que moi.

HERR SCHMAL — Ce King est un pompeux imbécile ! *Master Peter* est un pied de nez à l'étouffante autorité. Les enfants doivent faire des bêtises…

BLANCHE — Ulrich, Ulrich…

HERR SCHMAL — Les enfants désobéissent à leurs parents, sauf ceux que l'on terrorise, ils désobéissent et ils n'en meurent pas !

MOI — J'aurais peut-être dû punir Master Peter à la fin ?

À ce moment-là, Blanche poussa un cri. Noël, qui avait échappé à notre surveillance, était assis dans l'ombre et, armé du crayon qu'il m'avait volé, ornait de gribouillis un des livres préférés de son père, *Les Souffrances du jeune Werther*. Je me résignai d'avance à voir mon filleul puni et envoyé au lit, mais Herr Schmal se tourna vers moi en me désignant tranquillement le coupable.

HERR SCHMAL — Si je devais punir ce petit malheureux à chacune de ses bêtises, il n'aurait plus de peau sur les fesses !

Nous éclatâmes de rire tous les trois. Blanche confisqua l'arme du crime et donna une tape sur la main de Noël en le traitant de brigand. Ledit brigand vint se blottir contre moi, défiant son père de ses grands yeux écarquillés.

HERR SCHMAL — J'ai une idée, Miss Tiddler ! Nous n'avons pas besoin de ces maudits éditeurs pour faire paraître votre livre. Il suffit de trouver un bon imprimeur.

MOI — Il me faudrait aussi trouver de quoi payer le bon imprimeur, Herr Schmal. Je suis plus pauvre qu'un ramoneur !

Blanche — Mais nous avons quelques économies, Cherry…

Je secouai la tête, effarée devant tant de générosité.

Herr Schmal — Mais si, Blanche a raison. Nous allons vous avancer cet argent et vous nous rembourserez quand vous aurez vendu tous vos livres. Vous verrez, ce sera un succès, tous les petits brigands en voudront un !

Mes chers amis se firent si insistants que je me pris à rêver avec eux de ce que devrait être ce futur livre. Je le voulais cartonné, imprimé sur du papier fort pour résister à tous les Noël de la Création, mais de petit format pour être manipulé par de petites mains. Herr Schmal était ravi de me voir des opinions si arrêtées. Il me promit de trouver bientôt un imprimeur par l'intermédiaire de « cet imbécile de Barney », qui en faisait travailler un pour ses propres publications.

Notre grand projet fut mis en route au mois de juin, mais il demanda tant de soins et d'ajustements que mon livre ne fut prêt qu'à mon retour de Dingley Bell à la fin de septembre. Il en avait été tiré deux cent cinquante exemplaires sous une couverture d'un beige élégant, ornée d'un dessin au trait de Master Peter. Les illustrations intérieures avaient dû être refaites en noir et blanc pour des raisons de coût.

Quand je vis *Master Peter* pour la première fois dans le salon des Schmal, j'éprouvai une curieuse émotion. Je l'avais tant attendu… et ce n'était que cela. Quelques piles de livres comme il en est tant. Puis j'en pris un exemplaire en main.

Et des larmes me vinrent aux yeux.

BLANCHE — Vous êtes contente, Cherry? Il est si joli! Deux de nos élèves en ont déjà réservé un exemplaire.

MOI — Vendez-le à un shilling et deux pence. J'y ai bien réfléchi. C'est le prix le plus serré que nous puissions faire. Plus cher, nous découragerons nos petits clients. Moins cher, nous ne rentrerons pas dans notre mise de fonds. Si nous vendons tout le stock à un shilling et deux pence, nous ferons même un petit bénéfice.

HERR SCHMAL — J'adore votre sens pratique, Miss Tiddler!

Mes parents furent très surpris quand je leur présentai Master Peter. Comme le sens pratique leur faisait à eux totalement défaut, ils ne me demandèrent pas comment j'avais pu faire imprimer ce livre, mais maman, très inquiète, voulut savoir si j'avais l'intention de devenir «femme de lettres».

MOI — Mais, maman, ce n'est qu'un passe-temps! Vous voyez bien que c'est une petite histoire pour les enfants…

PAPA, *feuilletant le livre* — Oui, c'est… *(avec effort:)* C'est amusant.

Ce qui m'amusait moins, c'était de devoir de l'argent aux Schmal. Bien sûr, ils ne me le réclameraient jamais. Mais ils avaient désormais une famille à nourrir, car au jeune Noël venait de s'ajouter une charmante Rose… Blanche avait vendu deux livres à ses élèves, mais ni elle ni Ulrich n'auraient le temps de faire davantage. Comme j'avais promis un livre à Edmund dès qu'il serait publié, je me rendis chez les Carter avec quelques exemplaires. Ce fut un triomphe. Les cinq petites sœurs en voulurent un, et Mrs Carter tint à me les payer tous. Puis elle me promit d'en parler à une amie qui avait quatre enfants en âge d'être séduits par Master Peter. Là-dessus, Mrs Summerhill apprit l'existence de mon petit livre par une phrase qui échappa à maman. Elle voulut le voir, s'extasia et m'en vendit plusieurs volumes lors d'un thé de bienfaisance, me prélevant les deux pence au passage pour les Papous. Puis Miss Dean s'en mêla, et les demoiselles Gardiner et le Révérend Donovan et le Docteur Piper. Tout le monde voulait en acheter un ou me trouver un client. Papa en montra un exemplaire à son club, et les pêcheurs à la mouche devinrent en bloc des adeptes de Master Peter. Lady Bertram m'en prit une dizaine pour les suspendre à l'arbre de Noël, et cette idée fit bientôt fureur. On voulait des *Master Peter* comme cadeau de Noël et je ne pus m'empêcher de penser que le prénom de mon filleul portait chance à mon entreprise.

Les deux cent cinquante exemplaires furent vendus, et Herr Schmal, triomphant, parla même d'une réimpression.

22

Je n'avais pas vu mes cousines à Dingley Bell de tout l'été. Lydia, qui avait vingt-deux ans, était allée se convaincre du bonheur d'être anglaise en visitant le continent. Elle avait vu Paris, Rome, Florence, Venise et Genève, trouvé les Parisiennes vulgaires, les Italiens sales et les Suisses assommants. Finalement, elle avait fait la connaissance de Sir Edward Howitt sur la promenade des Anglais à Nice et on parlait de leurs fiançailles prochaines. De son côté, Ann avait fait scandale en s'affichant avec Kenneth Ashley dans les rues de Brighton et en montant sur scène à ses côtés. J'eus connaissance de tous ces potins par Mrs Carter, qui les tenait de Tante Janet, et, peu après, Ann vint me les confirmer en personne. Tout d'abord, elle me complimenta sur mon petit livre que je venais de faire réimprimer, puis elle voulut savoir si j'avais gagné beaucoup d'argent, si je pensais devenir célèbre et si mes parents prenaient bien la chose. Elle avait une façon de vous accabler de questions tout en déplaçant les objets autour de vous qui finissait par vous faire répondre n'importe quoi.

MOI — Je vais devenir milliardaire, je rachèterai la maison King and Co. et j'obligerai tous les écrivains pour enfants à écrire des histoires qui finissent bien. Et vous-même, vous voilà comédienne ?

ANN — Hi, hi, hi, c'est le bruit qui court ! J'adore me costumer, me maquiller. Et l'agitation dans les coulisses avant que le rideau se lève, et les applaudissements, c'est si excitant ! La vie dans une troupe est tellement amusante ! Et Kenneth était si beau cet été en roi d'Aragon ! C'est une pièce stupide, d'ailleurs. Je faisais le rôle de la sourde-muette. Et à ce propos, Lydia ne veut plus me parler. Et maman ne veut plus me voir !

La farce lui paraissait excellente.

MOI — Et vous allez bientôt vous marier ?

ANN — Mais c'est que Kenneth est gueux comme un rat ! Il faut que Père desserre un peu les cordons de sa bourse. À moins de dix mille livres de dot, nous ne pourrons pas nous marier. Et j'exigerai une rente annuelle de deux mille livres et il me faut une voiture, ce qui veut dire une écurie, un cocher, etc.

Pour couvrir la voix de ma cousine, je me récitai mentalement : « Petruchio, je peux te procurer une femme riche, et jeune, et belle. Son seul défaut, et il est assez grand, c'est qu'elle est intolérablement hargneuse, acariâtre et entêtée... »

ANN — Vous avez mal aux dents ?
MOI — En effet.

Et, tout en songeant à ce que recouvraient les «en effet» de papa, je pris congé de ma cousine. J'étais soulagée qu'elle n'eût pas perçu ma désapprobation. Une fois revenue dans mon troisième étage, je voulus m'éviter de remâcher des pensées désagréables. Si Mr Ashley désirait se vendre à une mégère, grand bien lui fasse! La tentation me vint de déchirer le petit mot qu'il m'avait écrit et que je gardais sur moi. Mais je l'écartai et m'efforçai de penser à quelque chose de plaisant. À *Master Peter*, par exemple. Le second tirage s'écoulait plus doucement, car nous avions épuisé le cercle de nos relations. Mais j'avais eu tant de compliments et surtout les enfants semblaient si satisfaits de leur acquisition que j'avais pris confiance en moi. Il me vint l'idée audacieuse d'aller voir Alfred King en personne et de lui montrer mon petit livre. Il avait bien meilleure allure que le cahier qu'il avait eu entre les mains. J'étais prête à en modifier la fin si cela devait permettre son impression par une maison d'édition. J'avais envie de voir *Master Peter* en vente dans la librairie voisine, mais je ne parlai pas de ce projet à Herr Schmal. Je savais qu'il trouvait mon livre parfait et qu'il aurait été furieux qu'on en déplaçât une virgule.

Un lundi matin, je partis à pied sous la pluie et je hélai un cab pour la première fois de ma vie.

Avoir de l'argent, de l'argent bien à soi parce qu'on l'a gagné, vous donne de l'aplomb. J'en oubliai momentanément ma timidité.

Moi — Bedfort Street, je vous prie! La maison King and Co.

L'éditeur occupait trois étages d'un immeuble noir et vénérable. Rien à voir avec le bureau sur cour de Mr Dampf. Il y avait là des employés très affairés dont l'un me demanda fort poliment ce que je souhaitais.

Moi — Je voudrais voir Mr King. Peut-être se souviendra-t-il de moi? Miss Tiddler…

L'employé — Vous avez rendez-vous?

Je rougis en répondant par la négative. L'employé me pria d'attendre un instant et s'éclipsa. Je regardai autour de moi. La pièce dans laquelle je me trouvais n'était ni tout à fait un salon ni tout à fait un bureau. Des piles de livres s'effondraient sur deux tables. Furtivement, je sortis le mien et le comparai aux autres. Il était plus modeste, mais ne paraissait pas démériter. Une porte se referma derrière moi. Je tressaillis avec la peur très stupide d'avoir affaire à un Dampf n° 2.

Une voix — Miss Tiddler?

Je me retournai. Un homme d'une trentaine d'années se tenait en face de moi, très pâle, très mince.

Le jeune homme — Hmm… Que puis-je pour vous?

Ses yeux virevoltaient autour de moi, insaisissables.

Moi — J'aurais voulu montrer un petit livre de ma composition à Mr King.

Il s'inclina et me désigna un siège.

MOI, *très étonnée* — Vous êtes Mr King?

LE JEUNE HOMME — Marshall King.

Il avait rougi. Je compris qu'il était timide et sa gêne se communiqua à moi. Il n'est pire chose pour un timide que de rencontrer son semblable. C'est comme un miroir qui vous ferait la grimace.

MARSHALL KING — Hmm…

MOI — Hmm…

MARSHALL KING — Donc, un livre…

MOI — Oui. Un petit livre.

MARSHALL KING — Hmm… Vous l'avez apporté?

MOI — Hmm… Oui.

Je fis un énorme effort pour le tendre à Mr King, qui fit l'énorme effort de le prendre et de le feuilleter. Il le regarda tout d'abord assez vite, de biais, comme si le contenu risquait de lui exploser à la figure. Puis, sans doute rassuré, il le reprit du début et l'examina en fronçant les sourcils, ce qui me permit de l'observer à la dérobée. Il avait des traits fins, presque féminins, que venait corriger une moustache très noire. Ses mains blanches et maigres me rappelaient quelque chose. Quelqu'un.

MARSHALL KING — Ce sont… de jolies illustrations… Le petit lapin… Et les paysages aussi… Oui. Avec de la couleur, ce serait… Et donc, c'est vous qui…

MOI — Oui, c'est moi.

MARSHALL KING — Et l'histoire? L'histoire est aussi…

Nous arrivions au point litigieux.

Moi — L'histoire est de moi. Mais je peux la modifier !

Marshall King — La modifier ?

Moi — C'est-à-dire, si vous trouvez… *(dans un murmure:)* On peut punir le… le lapin.

Mr King n'eut pas l'air de comprendre. Il marmonna «punir le lapin» et feuilleta une nouvelle fois mon livre. Cela me parut prendre un temps infini.

Je songeai que Mr King, étant timide, ne savait comment se débarrasser de moi. Je voulus abréger notre supplice commun.

Moi — Cela ne correspond pas à votre public, je pense ?

Il releva vivement les yeux et nos regards se heurtèrent.

Marshall King — Oh, mais si ! Si, si…

Il baissa les yeux, tourna encore quelques feuilles, répéta «si, si».

Le soupçon me vint que Mr Marshall King n'était pas le directeur de la maison et qu'il n'avait pas le pouvoir de décision. Je lui avouai alors que Mr Alfred King avait émis une critique au sujet de l'histoire, ce qui n'avait pas permis sa publication. Puis je réitérai ma proposition de modifier la fin. Master Peter pourrait, par exemple, avoir une sérieuse indigestion de carottes.

Marshall King — De carottes ?

Moi — C'est un lapin… Il aurait une indigestion de carottes.

Marshall King, *perplexe* — Une indigestion de carottes…

Moi, *pathétique* — Oui, il en aurait trop mangé. Il serait très malade.

Marshall King — Oui, bien sûr. Mais je ne sais pas trop… C'est très digeste, les carottes.

Moi — Mais c'est un lapin.

Marshall King — Justement… Les lapins et les carottes… en principe…

Nous nous enlisions lentement. Dans un ultime sursaut, je tendis à Mr King Jr. le petit dessin que j'avais fait pour amuser Edmund d'un lapin à demi caché sous le drap et refusant la potion que lui tend sa maman.

Mr King sourit. Je profitai de cette légère détente pour tout lui laisser en main et me lever.

Moi — Voilà. Si jamais…

Marshall King — Bien sûr…

Nous étions face à face, nous évitant du regard le mieux que nous pouvions. Mais il fallait tout de même se saluer. Mr King esquissa un geste de la main. Moi aussi. Mais ce fut un échec.

Moi — Eh bien, j'espère… En tout cas, je vous remercie.

Marshall King — C'était un *(énorme effort pour articuler:)* plaisir… de faire votre connais… hmm, hmm…

Cette fois-ci, il me tendit la main et je m'en saisis avec toute la gratitude d'une personne qui a coulé à pic, qui est remontée à la surface, mais se sent de nouveau attirée par les grands fonds. Le contact de cette main osseuse et furtive me fit tressaillir. Philip. Philip Bertram. Marshall King avait les mains de Philip Bertram. Je me sauvai dans la rue, tellement anéantie que je fis tout le chemin du retour sous la pluie sans oser arrêter un cab.

Le lendemain, bien que très enrhumée, je me rendis chez les Schmal. Tout d'abord, j'admirai bébé Rose dans son berceau, tout en sourires et fossettes. Puis j'admirai Noël, qui récita son alphabet et compta jusqu'à 20 devant sa mère effarée.

Blanche — Croyez-vous que ce soit normal, Cherry ?

En un sens, c'était normal puisque nous avions devant

nous l'éminent professeur Noël Schmal. Mais, à l'époque, cela ne se voyait pas. Et comme Noël n'avait malgré tout que deux ans, sa maman l'emmena au lit. Ulrich en profita pour me parler d'un sujet qui me tenait à cœur. Au début de l'été, j'avais appris grâce à Herr Schmal que Tabitha était bien en vie, et internée à Bedlam.

HERR SCHMAL — Je l'ai vue avant-hier. Elle a perdu toute mémoire de ce qu'elle était. Elle ne vous reconnaîtrait pas.

Il me dissuada de me rendre à Bedlam, ce qui me parut étrange, car il m'avait dit que revoir Tabitha en vie m'apaiserait et dissiperait les hallucinations.

HERR SCHMAL — Non, non, cela ne ferait que vous attrister. Ce n'est pas la Tabitha que vous avez connue.

J'eus la certitude qu'il me cachait certaines choses, mais je n'osai pas insister. Mes petites économies fondant à vue d'œil, je revins par l'omnibus. Il faisait un froid glacial et j'arrivai à la maison à la fois transie et brûlante. Je me couchai sans dîner et fis dans la nuit un rêve affreux où Tabitha m'appelait à l'aide. Ce n'était pas la Tabitha de mon enfance, mais une malheureuse aux cheveux blanchis et défigurée par de terribles brûlures. Elle portait une blouse grise en lambeaux qui laissait voir des traces de coups sur son corps décharné. Et elle criait : «Miss Charity ! Miss Charity !» Je m'éveillai brutalement, rejetai mes couvertures et courus à la salle d'études, certaine que le feu venait d'y prendre. Mais tout était tranquille.

Seule, ma tête était en feu. J'allai jusqu'à l'antichambre, toujours courant, pieds nus et en chemise, j'ouvris la porte et ma terreur fut si grande que même mon cri ne put sortir de ma gorge. Elle était là, assise près de son panier à linge, toute pareille à la malheureuse de mon rêve. Je tombai évanouie. Au bruit que je fis en tombant, Gladys s'éveilla et vint me porter secours. Le Docteur Piper constata le lendemain que j'avais une forte fièvre due à un refroidissement. Je ne sus jamais si la fièvre avait provoqué l'hallucination, mais je fus deux semaines sans pouvoir quitter le lit. Pendant quelques jours, la fièvre fut même si forte et le délire me prit si bien qu'on craignit pour ma vie. Pendant ma convalescence, maman me fit monter un bouquet de fleurs et papa m'offrit une jolie bonbonnière, ce qui correspond en intensité, dans les familles plus démonstratives, à la scène où les parents s'effondrent en sanglots au pied du lit de leur enfant en remerciant le Seigneur de l'avoir épargné.

J'étais encore très faible le jour où Gladys vint me dire que «çui qui faisait l'acteur» m'attendait au salon. Je jetai un regard inquiet à ma psyché. N'avais-je pas l'air trop maladive? Je me donnai quelques petites tapes sur les pommettes pour y faire venir le sang et me mordillai les lèvres pour leur redonner quelque couleur. Puis je songeai à m'étonner de la visite de Mr Ashley. Que venait-il faire ici? J'eus la réponse dès ses premiers mots.

KENNETH ASHLEY — J'ai appris que vous aviez été très malade… J'espère que vous allez mieux?

Je le rassurai et le remerciai.

Moi — J'ai appris de mon côté que vous alliez vous marier…

Kenneth Ashley, *jouant les étonnés* — Avec qui ?

Moi — Mais avec… avec Ann.

Il rit.

Moi — Ann semblait aussi trouver la plaisanterie excellente.

Kenneth Ashley — Mais pas vous ?… Allons, Miss Tiddler, dites-moi ce que vous en pensez. Vous savez à quel point vos conseils me sont utiles, même quand je ne les suis pas.

Moi — Eh bien, Mr Ashley, la nouvelle m'a dé… *(j'allais dire « déplu », mais je me ravisai :)* déconcertée. Je vous croyais épris de Miss Lydia Bertram.

Kenneth Ashley — Miss Bertram ne s'abaissera jamais à épouser un saltimbanque. Elle en mourrait plutôt. J'ai mis quelques années à le comprendre.

Moi — Est-ce une raison pour épouser sa sœur ?

Kenneth Ashley — Vous oubliez une chose. Dix mille livres de dot. Et deux mille de rente.

Moi — Vous vous mariez donc par intérêt ?

Kenneth Ashley, *riant* — Vous me faites de la peine. Pensiez-vous que j'allais épouser Ann par amour ?

Je me sentis si faible à ce moment-là que je m'assis, les jambes coupées.

Kenneth Ashley — Vous êtes souffrante ?

Moi — En effet.

Il s'assit à son tour et marmonna qu'il était désolé.

Moi — Vous le serez bien plus si vous vous mariez. Vous ferez même deux malheureux.

Kenneth Ashley — Mais je le suis déjà. Quelle espérance puis-je avoir ? Ma mère achève de se ruiner et sera bientôt à ma charge. Je n'ai pas d'autre ami que le Baron masqué. J'ai cru que j'étais doué pour le théâtre et le directeur du St James m'a démontré le contraire.

Moi — Vous n'êtes pas fait pour la tragédie, je vous l'ai déjà dit.

Kenneth Ashley — Oui, je suis tout juste bon à jouer les amoureux sans cervelle, les valets qui trompent leur maître, les menteurs qui se repentent ! Ce ne sont pas même des rôles de composition. C'est ce que je suis.

Moi — Il est plus facile de se dire sans valeur que de se battre pour prouver qu'on en a.

Kenneth Ashley — Jolie maxime. Et à part cela ?

Moi — Demandez une nouvelle audition à monsieur le directeur et jouez Petruchio.

Kenneth Ashley — Il ne me recevra pas.

Moi — Insistez.

Kenneth Ashley — Pour être humilié une seconde fois ?

Moi — Pour le convaincre que vous êtes un bon acteur.

Kenneth Ashley — Je ne le convaincrai pas.

Moi — Essayez.

Mr Ashley se leva, très agité, et se tourna vers un public invisible.

KENNETH ASHLEY — «Demandez», «insistez», «essayez»! Vous aussi, vous me prenez pour un valet! Depuis que je suis enfant, je distrais les puissants et j'essuie leur mépris! Je suis fatigué de les faire rire. Je veux les faire pleurer!

Les larmes coulaient sur mon visage sans que je puisse les arrêter. La tête me tournait. J'étais si lasse.

Mr Ashley s'en aperçut et se mit presque à genoux devant moi.

KENNETH ASHLEY — Miss Charity, que vous arrive-t-il? Vous avez mal? Voulez-vous que j'appelle votre bonne? Dites-moi… dites-moi ce que vous avez.

MOI — J'ai une forte migraine. Je crois que la fièvre est revenue, Mr Ashley.

Il se redressa brusquement en marmonnant: «Mais bien sûr, c'est la fièvre…» Il sortit prévenir Gladys puis revint prendre congé à sa façon.

KENNETH ASHLEY — Le bonjour, Miss Tiddler.

Gladys m'aida à remonter les trois étages et je dus m'étendre sur mon lit, épuisée. J'avais fait ce que j'avais pu pour sauver ce garçon de lui-même, car il avait de grandes qualités, même si je ne voyais pas clairement lesquelles. Hélas, il lui manquait la plus importante. La Volonté.

La maladie s'était retirée, me laissant triste et sans forces. Je ne savais plus que faire de moi. Vendre mes derniers exemplaires de *Master Peter* ne m'amusait plus. Apprendre des tours à mon lapin et des phrases à mon corbeau ne me distrayait pas longtemps. Ma petite souris Désirée tirait parfois de moi un sourire tant elle savait prendre des poses attendrissantes quand elle venait de faire une grosse sottise. Je la dessinais de temps en temps toute ronde dans une robe fleurie, un tablier serré à la taille.

J'envoyais des lettres à Edmund où je lui racontais comment Mademoiselle Désirée, élégante souris française, s'était établie dans ma maison de poupée, dormant dans le petit lit, mangeant le poulet en carton et se plaignant de ce que la cheminée ne chauffait guère. Mes lettres illustrées étaient conservées dans la boîte en fer et relues régulièrement par toute la famille Carter.

La veille de mes vingt et un ans, maman me gronda parce que je ne sortais pas, je ne m'habillais pas, je ne me décolletais pas.

MOI — Mais maman, je viens d'être malade...

MAMAN — Vous finirez comme Tante Janet à vous occuper des enfants des autres au lieu d'avoir les vôtres.

Cette phrase résonnait encore en moi le lendemain matin. On m'avait annoncé récemment les fiançailles de Frederick Anderson et aussi le mariage de la fille aînée du Révérend Brown. Ma cousine Lydia préparait le sien qui serait grandiose. Les rares amis de mon enfance mèneraient bientôt une vie d'adulte tandis que je serais toujours au troisième étage de ma maison de West Brompton.

Gladys, que maman avait voulu renvoyer dix fois et que je protégeais – bien qu'elle ne le méritât pas –, m'apporta une lettre ce matin-là.

GLADYS — Encore un nouveau sur la liste, Miss!

Elle affectait toujours de croire que j'avais une vie sentimentale tumultueuse alors qu'elle voyait bien dans quel désert je vivais. La lettre était de Mr Marshall King, qui ne montrait plus la moindre timidité par écrit.

Chère Miss Tiddler,

Je dois tout d'abord vous présenter mes excuses pour avoir tant tardé à vous écrire au sujet de votre charmant petit livre.

314

Père et moi-même avons eu beaucoup de choses à régler, ces dernières semaines, mais j'ai bien conscience que c'est là une excuse peu galante.

Nous avons enfin pris le temps de réexaminer Master Peter. *Nous l'avons fait lire à toute la famille* King *dont le plus jeune représentant, mon neveu Douglas qui a trois ans, n'a accepté de rendre votre lapin qu'après avoir bien pleuré. Je crois qu'il a su convaincre mon père bien plus efficacement que moi de l'intérêt de publier votre ouvrage !*

Vous aviez proposé de modifier légèrement la fin pour, selon votre expression, «punir le lapin». Père est également partisan d'une punition du lapin pour que les jeunes lecteurs, entraînés par son mauvais exemple, ne soient pas tentés d'aller se gaver de carottes au potager et se doucher sous l'arrosoir…

Je souris en devinant que le jeune King se moquait un peu de Père. Il terminait sa lettre en me proposant un rendez-vous à la maison King and Co. pour la signature du contrat. Un général défilant sous un arc de triomphe doit éprouver une émotion voisine de celle que ressent un jeune auteur en savourant ces quatre mots-là. La signature du contrat. Je n'hésitai pas à m'offrir un cab pour aller signer mon contrat. Je n'avais prévenu personne, ni mes parents, ni les Schmal, et ce fut donc un général bien solitaire qui pénétra dans les bureaux de la maison King and Co. Je revis l'employé qui m'avait reçue la première fois et je fus un peu déçue qu'il n'eût pas l'air de me reconnaître. Même mon nom ne lui dit rien. Mais il revint bientôt m'avertir que Mr King m'attendait. J'eus le temps de me demander en longeant les couloirs si je préférais que le King en question fût Marshall ou Alfred. Bien sûr, la timidité du jeune King me mettait au supplice, mais il me semblait apprécier mon livre plus que ne le faisait son père. Je penchais donc pour Marshall. La porte s'ouvrit. C'était Alfred. Il était debout derrière son bureau, les mains dans le dos, l'air infiniment respectable, avec des oreilles de cocker. J'étouffai un soupir de détresse et m'assis sur la chaise qu'il me désignait tandis que lui-même prenait place de l'autre côté du bureau.

ALFRED KING — Je suis très heureux de vous accueillir dans ma maison, Miss Tiddler, bien que je n'encouragerais jamais mes propres filles à se faire auteur. Être publié, c'est (comme le mot l'indique) s'exposer au public, à la publicité. Je suppose que vous en avez mesuré le désagrément.

Je ne pus m'empêcher de penser à ce qu'aurait dit Herr Schmal après l'avoir écouté : «Pompeux imbécile», et je me sentis soudain paisible.

MOI — Puisque ce sont mes livres qui se trouveront exposés en vitrine et non pas moi, j'espère, Mr King, pouvoir continuer à mener une vie modeste et cachée.

Mr King, ne pouvant imaginer que je me moquais de lui, approuva ma réponse d'un grave hochement de tête.

ALFRED KING — Nous avons, en tant qu'éditeur pour la jeunesse, une mission sacrée, Miss Tiddler. Car, si nos livres doivent séduire nos petits lecteurs, c'est pour mieux éveiller leur âme au Beau, au Bon, au Bien. Ce que j'appelle la règle des trois B. Chaque livre que publie la maison King and Co. doit suivre la règle des trois B. C'est ce qui vous explique mes réticences concernant votre… votre… lapin.

Mr King prononça le mot à regret, me laissant entendre que ses propres filles ne dessineraient sûrement pas de lapin avec son consentement.

ALFRED KING — Votre livre satisfait-il à la règle des trois B? C'est la question que je me suis posée. Il satisfera au Beau dès que vos jolies illustrations auront pris des couleurs. Du point de vue du Bon, je n'ai rien à lui reprocher: c'est une bonne histoire.

Je sentis que le couperet allait tomber et je rentrai la tête dans les épaules.

ALFRED KING — Mais le Bien? Avez-vous songé au Bien, Miss Tiddler? Avez-vous pensé que votre… lapin se gavait de carottes dans le potager voisin, ce qui, en plus du péché de gourmandise, constitue une atteinte à la propriété privée?

Je voulus dire quelque chose pour la défense de Peter, mais Mr King ne m'en laissa pas la possibilité.

ALFRED KING — Oui, je sais, Marshall m'a dit que vous proposiez de punir le lapin.

J'eus presque envie de me révolter. Mais le contrat était là, sur le bureau, n'attendant que d'être signé. Et pour la somme de vingt livres, j'abandonnai Peter à l'indigestion et mon copyright à la maison King and Co. L'employé me raccompagna jusqu'à l'entrée, où je croisai Marshall King.

MARSHALL KING — Tout... hmm... tout s'est bien passé, Miss T... hmm?

MOI — Très bien. Mr King est... hmm... très éloquent. Le Beau, le Bon...

MARSHALL KING, *l'air abattu* — Les trois B.

Nous échangeâmes un demi-sourire de complicité.

J'eus l'occasion de revoir Mr King Jr. pour la mise au point de l'ouvrage. Il me fit mettre en couleurs les illustrations, réécrire une ou deux phrases et modifier la fin. Surmontant sa timidité, il se permit même de me poser quelques questions personnelles (manchette gauche). Je lui appris au détour d'une conversation que j'avais reçu la somme de vingt livres pour le copyright de *Master Peter*, et il eut cette grimace de douloureuse surprise des gens qui se font marcher sur les pieds.

MOI, *prise d'un soupçon* — C'est peu?

MARSHALL KING — Hmm... pas beaucoup.

Je me sentis d'autant plus vexée que j'avais été très fière d'avoir gagné ce qui me semblait une fortune.

Quand mon livre sortit des imprimeries de la maison King and Co., je dus le montrer à mes parents.

MAMAN — Encore? Mais tous les gens que nous connaissons en ont déjà acheté un.

Maman ne voyait pas la différence entre être publié « à compte d'auteur » et être publié « à compte d'éditeur ».

MOI — Ce n'est plus nous qui vendrons *Master Peter*, c'est le libraire.

MAMAN — Mr Galloway? C'est très aimable de sa part, mais…

MOI — Pas seulement Mr Galloway, maman. Tous les libraires.

Au regard horrifié de maman, je sus qu'elle avait compris.

MAMAN — Mais alors, n'importe qui pourra acheter ce livre! Avec le nom de Tiddler imprimé dessus!

Cette fois, c'en était fait de moi: j'étais une femme de lettres.

MAMAN — Jamais, entendez bien cela, Charity, jamais vous ne trouverez de mari!

Je dus ensuite présenter aux Schmal la nouvelle version de *Master Peter*. Blanche me félicita tandis qu'Ulrich feuilletait le livre sans dire un mot. Mais je voyais bien à ses froncements de sourcil qu'il remarquait chaque changement.

HERR SCHMAL — Vous avez baissé pavillon, Miss Tiddler. Vous avez subi la loi du plus fort. Pourquoi cette idiote indigestion de carottes?

Noël me tira d'affaire. Voyant Master Peter enfoui sous ses draps sur la dernière image, il voulut l'encourager à se montrer: «Coucou, lapin, coucou!»

Nous éclatâmes de rire tous les trois. Profitant de son triomphe, Noël m'infligea son nouveau répertoire. Désormais, il apprenait par cœur toutes les *nursery rhymes* que lui disait sa bonne : « *Rub-a-dub-dub. Three men in a tub.* » Ou bien : « *Peter Piper picked a peck of pickled peper.* »

Sa mère, épouvantée, le prit de force sous son unique bras et l'emmena se coucher tandis qu'il criait à tue-tête : « *Betty Botter bought some butter!* »

ULRICH, *très satisfait* — Il est exceptionnel.

Peu après la parution de mon livre, et un bonheur ne venant jamais seul, je reçus une invitation à dîner. Entendons-nous : j'étais invitée, moi, en tant que Miss Charity Tiddler, moi et moi seule. Mr Alfred King voulait me présenter à l'ensemble de sa famille, à sa femme Emma, à ses quatre filles, à son gendre, aux deux fils que je ne connaissais pas, à ses petits-enfants et à sa vieille mère.

La réception aurait lieu au domicile des King, non loin de Bedford Street, et Marshall – qui avait cerné mon caractère – m'assura que ce serait tout à fait simple et familial.

Je hais le mensonge. Le mensonge n'est ni Beau, ni Bon, ni Bien. Mais je mentis à mes parents en leur disant que j'allais dîner chez les Schmal. Maman chercha tous les prétextes possibles pour m'empêcher de sortir : la voiture verserait, le cocher ne trouverait pas la route, d'ailleurs, il buvait, j'aurais un malaise chez les Schmal, je serais malade le lendemain. Si j'avais parlé d'un dîner chez des inconnus, ses appréhensions (et sa jalousie) n'auraient plus connu de bornes. Je mentis donc à mes parents et, pour goûter une joie bien innocente, je souffris les tourments d'une criminelle à la nuit tombéc. Quelques shillings achetèrent le silence de notre cocher qui me conduisit au domicile des King et me promit de m'attendre devant la porte.

La rue était noire et froide, la lumière filtrait à peine entre les rideaux de la maison. Pourtant, dès que j'en franchis le seuil, je reçus en plein visage comme une bouffée de gaieté. On entendait des rires de jeunes filles, des galopades, un air de piano, des tintements de vaisselle. Le domestique, qui me demanda si je n'avais pas eu froid en venant, paraissait me connaître depuis le berceau. Quand les portes du salon s'ouvrirent à deux battants devant moi, les King firent « aaah » tout simplement. Ils m'attendaient. Douglas, le plus jeune, entama devant moi une danse de Sioux en brandissant mon petit livre, tandis qu'Annie, l'élève des Schmal, se pendait à mon cou. Emma King, la maman de la multitude, écarta les bras comme si elle eût trouvé naturel que je m'y jetasse. Je me sentis bien gauche devant un tel accueil, mais je souris, je répondis aux « comment allez-vous ? », « avez-vous froid, chaud, soif ? ». Marshall était à peine moins guindé que dans les bureaux de la King and Co. Il ressemblait étonnamment à sa sœur Elizabeth, la moustache en plus. Madame Mère était dans son fauteuil, un fauteuil avec deux poignées qui en permettaient le transport. Madame Mère voyageait de pièce en pièce dans son fauteuil, transportée par les jumeaux Norman et Norbert.

Elle était aveugle, ce qui ne l'empêcha nullement de me trouver bonne mine.

Les présentations furent vite faites : Marshall (vingt-neuf ans) était le fils aîné, puis venaient Elizabeth (vingt-sept ans), mariée à Mr Martin Ford, mère des jumelles Alison et Nancy (cinq ans) et de Douglas (trois ans), visiblement en attente d'une quatrième unité, Susan (vingt-trois ans) fiancée à un mystérieux Oliver dont la seule évocation faisait mourir de rire les jumeaux, Dora (dix-neuf ans), Norman et Norbert (seize ans), puis Annie (onze ans), la plus jolie des filles King.

MRS KING — J'ai senti que je ne pourrais faire mieux et je me suis arrêtée là.

Toute la fratrie poussa des «hou, hou!» de mécontentement tandis que Miss Annie les narguait en faisant la révérence.

MOI — Mr King a été retardé ?

MRS KING — Il sera là pour le dîner. Il finit de passer quelques livres au crible des trois B.

NORMAN — Bêtise…

NORBERT — Bobard…

NORMAN ET NORBERT — Et Balourdise.

MRS KING — Les enfants, s'il vous plaît !

Je remarquai bien vite que Mrs King tantôt provoquait les jeunes gens, tantôt les rappelait à l'ordre. Je craignis, en voyant entrer Mr Alfred King, que sa présence ne mît fin à cette gaieté chahuteuse. Mais bien au contraire, les fous rires, les blagues et les grimaces redoublèrent, le plus souvent dans son dos. Je faillis plusieurs fois m'étouffer de rire en mangeant. Seul Marshall restait sérieux. Je m'aperçus qu'il avait beaucoup parlé de moi en famille, car les jeunes King me posèrent des questions sur mon corbeau, ma souris, me demandèrent l'âge de Peter et à quoi ressemblait Dingley Bell.

Cette première visite fut suivie de beaucoup d'autres. Je me mis à chanter en chœur avec tous les King, prenant la voix de basse, je me fis dévaliser au poker, j'amenai Peter, Petruchio et Désirée, m'improvisant montreuse d'animaux, j'appris à monter à vélo dans Hyde Park, Norman et Norbert courant à mes côtés, je découvris la bière et le café, et je dansai la matelote au salon avec les jumelles et les jumeaux. Marshall, les mains dans le dos comme Père, me regardait faire, un sourire au coin des yeux. Je ne me le disais pas, il ne m'en parlait pas. Mais il était tombé amoureux. Et moi, j'adorais la famille King. Elle était la vie même, avec ses cris, ses surprises, ses déconvenues, ses pieds de nez, ses embrassades. Une image me vient dès que je pense à la famille King. C'est cette cage d'escalier où ne cessaient de monter, de descendre avec des rires, des appels et des chamailleries des jeunes gens légers comme des oiseaux.

Je finis par avouer à maman cette nouvelle fréquentation. Elle se lança dans ce que Mr Ashley aurait appelé «la grande scène du II», mais papa l'interrompit en lui faisant remarquer qu'une jeune femme pouvait avoir ses propres amis.

MAMAN — Quelle jeune femme?

Papa me soutint et je pus voir les King, les Schmal, les Carter. Mais chaque fois que je voulais réserver la voiture, maman en avait le besoin le plus absolu. Mes maigres gains d'auteur passèrent donc en courses de fiacre et en tickets d'omnibus. Quand je voulais faire quelque économie, j'allais à pied, mais c'était immanquablement les jours de neige ou d'orage, et je m'enrhumais. Maman avait beau jeu de dire que j'étais fragile et que je devais rester à la maison. J'enrageais.

Quand Marshall King m'apprit que mon «petit livre se vendait bien», rougissant comme s'il proférait une grossiè- reté, je l'aurais volontiers embrassé (sur les deux joues, sa moustache devait piquer). Il me suggéra alors de faire un autre livre. Sur le moment, je me montrai très enthou- siaste. Mais une fois devant mon cahier, je m'aperçus que je ne voyais pas quoi raconter à part les aventures de Master Peter, ce qui était déjà fait. J'avais si peu vécu, je connaissais si peu de chose! Au bout de quelques jours de gribouillages infructueux, je repensai aux lettres que j'avais adressées récemment aux jeunes Carter. Elles étaient pleines de charmants croquis de souris. Une fois de plus, je demandai à Edmund de me prêter mes lettres.

EDMUND, *plein d'espoir* — Pour un nouveau livre?

Je me mis à imaginer les aventures d'une souris fran- çaise, Mademoiselle Désirée, rendant visite à Miss Tutu, sa cousine anglaise. Miss Tutu habitait chez une petite fille, Miss Annie, à West Brompton, dans une confortable maison de poupée. Quand minuit sonnait à la pendule de la nursery, Miss Tutu et Mademoiselle Désirée enjambaient le cadre d'un tableau qui représentait la plage de Brighton.

Et je pus raconter mes souvenirs de Brighton, mais vus à hauteur de souris. J'avais tant de plaisir à retrouver la plage, les baigneuses, les valseurs que je travaillai pendant quinze jours de huit heures du matin à deux heures de l'après-midi. Quand les petites souris, après avoir provoqué maintes catastrophes chez les humains, repassèrent dans l'autre sens le cadre du tableau, je me demandai avec inquiétude si ma nouvelle histoire, *Mademoiselle Désirée*, satisfaisait au Beau, au Bon, au Bien. Je la remis en mains propres à Marshall King, en espérant que son père ne s'en mêlerait pas. Et en effet, quelques jours plus tard, je reçus un courrier de Marshall qui mêlait adroitement les critiques aux compliments. Mes petites souris le faisaient fondre et j'avais admirablement rendu l'atmosphère de Brighton. Mais mon texte « manquait de ces petits détails qui amusent les enfants» et mes personnages humains étaient «assez vilains». Il me proposait donc de retravailler le texte avec lui et me conseillait de trouver dans mon entourage des enfants et des jeunes gens acceptant de poser pour moi, car j'avais «beaucoup de progrès à faire dans la représentation humaine». Mr King Jr. n'était pas un flatteur, mais n'étant pas vaniteuse, cela ne me blessait en aucune façon. Je savais qu'il avait raison. Ma seule inquiétude concernait la baisse de mon petit pécule. Bientôt, je n'aurais plus que quelques pence et alors, adieu la liberté! Mais je ne pouvais réclamer un nouveau contrat tant que *Mademoiselle Désirée* ne donnait pas entière satisfaction.

Lorsque Marshall King me convia à une soirée musicale où les places se vendaient à trois shillings, j'eus une grimace involontaire.

MARSHALL KING — L'argent sera reversé à une œuvre de bienfaisance, l'Association pour le prêt mensuel de linge aux *(presque inaudible :)* femmes qui viennent d'accoucher.

MOI — C'est une œuvre très estimable, Mr King. Mon problème, c'est qu'il doit me rester actuellement en bourse deux shillings et trois pence.

Mr King ne parut pas me comprendre. Pour lui, j'étais une jeune fille riche de la bonne société. Je dus lui expliquer que ma seule chance de pouvoir mener une vie indépendante était de la gagner, mes parents me tenant en tutelle comme une enfant. Marshall, de plus en plus gêné, balbutia que la maison King and Co. pourrait me consentir une avance de trésorerie, d'autant que le premier tirage de *Master Peter* s'était écoulé, soit quatre mille exemplaires.

MOI, *stupéfaite* — Quatre mille exemplaires!

MARSHALL KING — Et nous espérons en vendre autant pour les fêtes de Noël.

MOI — Et j'ai gagné vingt livres…

MARSHALL KING — Hmm, hmm…

Au fond, la maison King ne se montrait pas plus généreuse avec moi que la maison Vanderproote. Mr King Jr. dut voir sur mon visage le reflet de ce qui agitait mon cœur.

MARSHALL KING — Je vais demander à Père de… oui… je vous promets… hmm, enfin, je vais essayer, Miss Tiddler.

J'attendis une semaine en remâchant cette nouvelle tout à la fois bonne et mauvaise. Quatre mille *Master Peter* vendus… pour vingt livres gagnées. Finalement, Mr King Jr. me fit savoir que Père me consentait une rallonge de dix livres supplémentaires.

MOI, *morose* — Le monde des affaires n'est pas celui du cœur…

Marshall King parut se décomposer. Il avait affronté Père pour moi et devait s'estimer mal récompensé.

24

Depuis plusieurs mois, maman et ses amies n'avaient plus qu'un seul sujet de conversation, le mariage de ma cousine Lydia Bertram avec Sir Edward Howitt. On me fit d'abord la description du château des Howitt dans le Devonshire : un château de conte avec des douves et des créneaux, très inconfortable mais immense, avec des galeries à n'en plus finir, emplies d'armures et de tableaux de maîtres, des écuries abritant plus de cent chevaux et des serres couvrant deux hectares. J'eus droit au décompte de la domesticité : un chef cuisinier (français), quatre aides-cuisiniers, un maître d'hôtel, cinq femmes de chambre, huit filles de service, deux lingères, trois blanchisseuses, deux valets de chambre, quatre valets de pied, un petit chasseur (nègre), etc. Je finis par demander à Mrs Carter, qui avait eu le privilège de l'apercevoir, à quoi ressemblait Sir Howitt.

Mrs Carter, *riant* — Mon Dieu, il est riche !

Ce qui ne me permit pas vraiment de me le représenter. Peu importait d'ailleurs. Ma cousine faisait un beau mariage, alliant sa fortune à une fortune encore plus grande, ce qui, selon maman, devait être le but de toute fille bien élevée.

Comme cette pluie de faveurs qui tombait sur la famille Bertram suscitait quelque jalousie, les amies de maman étaient bien contentes de pouvoir parler de la conduite scandaleuse de la cadette, Miss Ann. On se demanda même si elle serait invitée à la noce qui aurait lieu au mois de juin à Bertram Manor. Tout d'abord, le bruit courut que Sir Philip refusait de voir sa fille tant qu'elle n'aurait pas rompu avec le saltimbanque. Puis Lady Bertram, qui ne supportait pas les fâcheries (ni les saltimbanques), tomba sérieusement malade. Tante Janet s'entremit pour tenter de réconcilier le père et la fille. Pendant quelques semaines, les conversations se concentrèrent sur ce point précis : Miss Ann allait-elle implorer son pardon ? Il y eut les partisans du «oui», qui prétendirent que cet Ashley dont ma cousine s'était entichée la trompait avec une actrice, Miss Rosamund Blackmore, et qu'ils s'étaient séparés. Mais il y eut les partisans du «non», qui chuchotèrent que Miss Ann avait «ce démon dans la peau» et le suivrait en Enfer. Au mois de mai, les «oui» furent bien près de l'emporter, car on vit Miss Ann à Bertram Manor sans Mr Ashley. Mais les «non» triomphèrent quelques jours plus tard, lorsqu'on apprit que Miss Ann était invitée à la noce… avec Mr Ashley.

MISS DEAN — Vous verrez que cette malheureuse finira par l'épouser. Mais elle n'aura pas un sou de son père.

MRS SUMMERHILL — Et son mari la battra. Il paraît qu'il boit.

Lady Bertram m'offrit d'être l'une des demoiselles d'honneur. Il y en aurait huit en tout. Nous devions toutes être vêtues de mousseline blanche, agrémentée de nœuds roses, et porter un même gros bouquet blanc et rond aux allures de chou-fleur. Être demoiselle d'honneur me donnait quelque chance supplémentaire, outre de me ridiculiser, de me faire remarquer d'un gentleman célibataire. Pour ces deux raisons, je déclinai cet honneur en prétextant ma santé fragile et mes récents malaises. Maman en profita pour prophétiser une fois de plus que je finirais vieille fille.

Le mariage de ma cousine eut lieu un mercredi dont chacun sait que c'est un jour favorable à la mise en ménage*. Lady Bertram avait invité deux cent cinquante parents et amis et Sir Howitt n'avait pu faire moins que d'en inviter le double. La petite église du Révérend Brown contiendrait à grand-peine cette foule et les villageois devraient se contenter de regarder passer le cortège. Mais il y avait déjà là de quoi les divertir.

La mariée arriva de Bertram Manor dans une calèche tirée par quatre chevaux gris pommelé, fleuris et enrubannés. Le futur, qui attendait sur le tapis rouge devant l'église, aida sa fiancée à descendre. Miss Bertram, toute frissonnante de dentelles, était voilée d'un tulle blanc qui la dérobait aux regards des mortels. Cinq petits garçons, en

* On disait à propos du jour de mariage : « *Wednesday, the best day of all* » à l'inverse de « *Saturday, for no luck at all* » (mercredi, le meilleur jour, samedi, aucune chance).

veste de velours noir avec un large col blanc et rond, se placèrent derrière la mariée pour soutenir sa traîne, mon cher Edmund, beau comme un page, fermant la marche.

AMY GARDINER, *d'un ton d'extase* — Huit cents livres, rien que la robe, Miss Tiddler, vous vous imaginez?

J'imaginai que cela faisait beaucoup de petites souris à dessiner.

AMY GARDINER, *toujours en extase* — Quel bel homme, n'est-ce pas?

Je crus qu'elle allait m'en fixer le montant, mais elle se contenta d'un soupir. Sir Howitt me parut un fruit déjà un peu mûr pour la cueillette, l'élégant gilet ne dissimulant pas tout à fait le ventre naissant, mais la couperose, la calvitie et les bajoues donnant à l'ensemble une certaine harmonie. Les huit demoiselles d'honneur emboîtèrent le pas à la mariée, comme autant de vaillants petits soldats prêts à prendre la relève si celle-ci s'effondrait avant d'arriver à l'autel. Mais c'était Lady Bertram qui m'inquiétait. Soutenue par Tante Janet et un frère du marié, elle avait l'air d'une Iphigénie marchant au supplice et les paris allaient bon train dans la foule pour savoir si elle s'évanouirait avant, pendant ou après la cérémonie. Celle-ci fut très courte, le Révérend Brown ayant visiblement hâte d'aller pêcher à la mouche. Un lunch fut ensuite servi aux intimes, soit quatre-vingts personnes, dans le grand salon de Bertram Manor et j'eus l'honneur d'en faire partie, mais le malheur d'être placée à côté du frère cadet du marié, Mr Eustache Howitt, célibataire de trente-cinq printemps, rose et grassouillet comme un petit cochon. Mr Howitt eut vite fait de supposer que j'étais une célibataire redoutant de le rester. Aussi décida-t-il d'agrémenter sa conversation de plaisanteries à double sens et de citations bien choisies.

EUSTACHE HOWITT — Je pense que je vais bientôt faire une fin comme mon frère, car, comme le disait Socrate, «dans tous les cas, mariez-vous. Si vous tombez sur une bonne épouse, elle vous rendra heureux, et si vous tombez sur une mauvaise, elle vous rendra philosophe», ah, ah, ah, n'est-ce pas, Miss... heu...

MOI — Tiddler.

Je tâchai de me concentrer sur l'excellent repas préparé par le chef cuisinier français de Sir Howitt. Le potage à la tortue, le turbot sauce crevette et les ailes de perdreaux aux truffes me consolèrent de mon bruyant voisin.

EUSTACHE HOWITT — Et comme le disait Thomas Peacock: «Le mariage peut être un lac orageux, mais le célibat est presque toujours un abreuvoir bourbeux», ah, ah, ah, n'est-ce pas, Miss... heu...

MOI — Tiddler.

Les desserts furent paradisiaques, crèmes fouettées, crèmes glacées, babas, saint-honoré. Mon voisin, ivre, en était réduit aux proverbes.

EUSTACHE HOWITT — «Il n'y a si méchant pot qui ne trouve son couvercle», hein, Miss...

Moi — Mrs Tiddler, je suis mariée, Mr Howitt.

Il faillit s'étrangler avec son vin de Madère.

Moi — Mon mari est capitaine de frégate.

L'après-midi, les grilles de Bertram Manor furent largement ouvertes et des flots d'invités se déversèrent dans le parc. Ce fut à ce moment-là que ma cousine Ann fit son apparition. Elle n'était venue ni à la messe ni au lunch, sans doute parce que sa présence n'y avait pas été souhaitée. Elle me parut charmante dans sa robe bleue accordée à ses yeux, une aigrette tremblotant au sommet de sa petite capote. Elle avançait dans l'allée, seule et le pas conquérant, comme la reine d'Aragon dans la scène 3. Mais le vide se faisait autour d'elle. Les mères et les filles à marier s'en écartaient prudemment. Les jeunes gens et les vieux beaux l'examinaient de loin, le monocle vissé à l'œil. Je m'étonnai de ne pas voir Mr Ashley à ses côtés, mais le roi d'Aragon était d'abord allé saluer sa mère.

Je m'en retournai vers Lydia, n'ayant pas encore pris le temps de la féliciter. Tandis que je lui vantais son bonheur à venir, un sourire lui dessina un pli d'amertume. Son mari, me dit-elle, ne pouvait vivre que dans son domaine du Devonshire, et elle ne pourrait se passer de Londres. Le Devonshire lui semblait lugubre, elle ne supportait pas le Devonshire, elle ne pouvait même pas voir le Devonshire en peinture. Je songeai qu'en remplaçant «le Devonshire» par «Sir Howitt», j'avais un aperçu de ses sentiments. Sir Howitt, avec lequel j'échangeai quelques mots, me parut un brave garçon très content de lui, parlant du Devonshire avec l'éloquence d'un fermier. Il aimait les chiens, les chevaux, les vaches, la chasse et la pêche. Tandis qu'il m'expliquait le fonctionnement d'un réservoir pour retenir les truites qu'il avait mis au point avec son intendant, les épaules de sa femme avaient des tressaillements d'impatience. Elle n'attendrait pas la fin de la lune de miel pour lui couper la parole.

Ayant rempli mon devoir de cousine et d'invitée, je partis explorer le parc. On y avait dressé deux énormes tentes, l'une où l'on pouvait manger, l'autre où l'on pouvait danser. Je jetai un coup d'œil à l'entrée de la première. Deux longues tables y croulaient sous le poids des viandes froides, des pâtés, des gelées, des pâtisseries et je fis malgré moi une grimace écœurée. Mais j'aperçus, collées au buffet, les deux demoiselles Gardiner, qui n'avaient pas été invitées au lunch et entendaient bien réparer cette injustice. Amy avait un petit panier qu'elle et sa sœur dissimulaient du mieux qu'elles pouvaient dans les plis de leur robe. Pour ne pas les surprendre en flagrant délit, je me dirigeai vivement vers l'autre tente. Un orchestre y jouait des quadrilles, ce qui permettait aux dames d'un certain âge de montrer qu'elles pouvaient encore danser. Bientôt viendraient les valses et les cavaliers se feraient plus exigeants. Des banquettes de velours rouge offraient un refuge aux mères surveillant leur progéniture. Mrs Summerhill m'aperçut et me fit signe de la rejoindre.

Mrs Summerhill — Eh bien, vous ne dansez pas ?

Moi, *m'asseyant près d'elle* — Comme vous le voyez.

Mrs Summerhill — Les beaux danseurs ne manquent pas… Savez-vous que mon fils va se marier ?

Je souris en me souvenant du poussiéreux Henry et demandai le nom de l'heureuse élue. Mrs Summerhill me répondit, mais je n'entendis pas, car mon attention fut attirée par Mrs Carter, qui venait vers nous en riant aux éclats.

Mrs Summerhill — Que vous arrive-t-il, ma chère ?

Mrs Carter — Oh, je ne devrais pas rire, c'était affreux ! Mais la pauvre Amy faisait une tête si drôle ! Figurez-vous que les demoiselles Gardiner étaient en train de dévaliser le buffet. Tout ce qu'elles ne pouvaient manger, elles l'enfournaient dans un panier. Et le maître d'hôtel s'en est aperçu. Il s'est approché d'Amy et lui a demandé très poliment : «Un peu de sauce avec votre viande, madame ?» Et il lui a versé toute une saucière dans son panier. Oh, mon Dieu, je ne devrais pas rire !

Elle en pleurait. Mrs Summerhill se joignit à elle en répétant : «Cette pauvre Amy !» Il me semblait bien que c'était là le problème : être pauvre chez les riches. Miss Dean vint s'asseoir près de nous, puis la fille du Révérend Brown, celle qui louchait. Il fut question du mariage de sa sœur, puis d'autres mariages, d'autres fiançailles… et je m'aperçus que j'étais sur la banquette des mères de famille et des laissées-pour-compte.

Moi, *me levant* — Il fait vraiment trop chaud, je vais marcher un peu.

Dans la première allée que j'empruntai, j'aperçus mes

parents et je fis demi-tour. Mais, dans l'allée opposée, je vis Mr Ashley et je dus rebrousser chemin. Finalement, me sentant aussi seule que traquée, je retournai sous la tente et cherchai un coin de banquette oublié. Une idée m'était venue. Puisqu'il me fallait des modèles pour mon prochain livre, n'en avais-je pas sous les yeux ? Dans mon réticule, j'avais un crayon de papier et une dizaine de cartes de visite, juste de quoi croquer quelques couples de danseurs, car l'heure de la valse avait sonné.

J'aperçus Mr Eustache Howitt tournant comme une gracieuse toupie avec une cavalière plus haute que lui, et mon crayon s'empressa de le fixer pour l'éternité. Puis, relevant les yeux, je vis un autre couple, celui que formait Mr Ashley avec ma cousine Ann, et mon crayon esquissa une silhouette aux larges épaules, à la taille bien prise dans la redingote, les cheveux mi-longs dansant en boucles légères. Je passai ensuite à sa cavalière dont j'exagérai les rondeurs par goût du contraste. Je revins au valseur, détaillant la cravate, le gilet, le gardénia à la boutonnière, les rayures grises du pantalon. Je fis plusieurs essais à la recherche du geste, du mouvement…

J'oubliai si bien où j'étais que je ne me rendis pas compte qu'on m'observait. Aux yeux des autres, je jouais à la perfection le rôle de l'originale, pire encore, de la femme artiste. Moi, j'étais simplement contente de ne pas perdre mon temps. Quand toutes mes cartes de visite furent épuisées, je les rangeai dans mon réticule, regrettant de n'avoir que des silhouettes et aucun portrait. Mr Ashley valsait toujours, la voie était libre, et je sortis de la tente. La chaleur, la musique et mon application au dessin m'avaient tourné la tête. Bien que je ne fusse pas chaussée pour la marche, je partis d'un bon pas vers les premiers bosquets. J'éprouvais un douloureux besoin de solitude. Être seule dans la nature n'est pas la même chose qu'être seule dans une fête.

UNE VOIX — Miss Tiddler!

Mr Ashley m'avait vu quitter la tente et il avait couru pour me rattraper.

KENNETH ASHLEY, *un peu essoufflé* — Pour vous non plus, je ne suis pas fréquentable?

Le ton n'était guère aimable.

MOI — Bonjour, Mr Ashley. Comment vous portez-vous?

KENNETH ASHLEY — Vous n'avez pas entendu ma question?

MOI — J'ai entendu votre question. Comment vous portez-vous?

KENNETH ASHLEY — À merveille. Je nage dans le bonheur. N'est-ce pas le cas quand on aime?… Bon, encore une question à laquelle vous ne répondrez pas.

Nous nous mîmes à marcher côte à côte, nous éloignant de la foule.

KENNETH ASHLEY — Que faisiez-vous dans votre petit coin? Il m'a semblé que vous dessiniez…

Ainsi, il m'avait vue. Je l'avais pourtant cru très occupé à tourbillonner en mesure. Je lui dis que je m'étais exercée à dessiner des danseurs et je lui fis part des critiques de mon éditeur, Mr Marshall King, sur ma façon de représenter les personnages humains.

KENNETH ASHLEY — Ce n'est pas votre faute. Vous connaissez mieux les souris que les hommes.

MOI — Les souris acceptent plus facilement de poser.

KENNETH ASHLEY — Je suis à votre disposition, Miss Tiddler, si vous avez besoin d'un modèle.

Je sentis que la rougeur envahissait mes joues et j'offris mon visage à la brise qui se levait.

KENNETH ASHLEY — Ce qui me ramène à ma question : suis-je fréquentable ?

Il attendit un instant avant de marmonner : «Silence impénétrable.»

Je devais revenir sur mes pas, mes parents allaient s'inquiéter de moi.

KENNETH ASHLEY — Vous souvenez-vous de notre dernière conversation, Miss Tiddler ? Vous m'avez donné un conseil, vous m'avez dit de solliciter de nouveau le directeur du théâtre de St James. Vous souvenez-vous de cela ? Faites-moi un petit signe, Miss, vous m'encourageriez…

J'esquissai un sourire. Je n'avais jamais écouté quelqu'un ainsi. J'en avais des bourdonnements dans les oreilles.

KENNETH ASHLEY — J'ai fait ce que vous m'avez conseillé. Et j'ai obtenu une seconde audition. Je pense jouer *Richard III*.

Moi — Oh, non!

Mr Ashley se drapa dans une cape imaginaire et déclama sur un ton de férocité ridicule : «Il faut que je me marie à la fille de mon frère. J'assassine ses frères et puis je l'épouse! Je suis si avant dans le sang que le crime entraîne le crime : la pitié pleurnicheuse n'entre pas dans ces yeux.» Puis il éclata de rire.

Kenneth Ashley — Je vais jouer Petruchio.

Nous étions de nouveau au milieu des invités, il était temps de nous séparer.

Moi — Je vous souhaite bonne chance, Mr Ashley.

Kenneth Ashley, *tout bas* — Donnez-moi quelque chose, quelque chose qui vous appartienne. Qui me portera chance, le jour de l'audition.

Mon cœur cognait jusque dans ma gorge. Que pouvais-je lui donner? Une fleur arrachée à mon chapeau? Mon mouchoir? J'ouvris mon réticule, j'aperçus mes cartes de visite. Sans plus réfléchir, je pris l'une de celles où il valsait. Je la lui glissai dans la main et m'éloignai sans attendre sa réaction, mais en pensant : «Dieu vous garde, Mr Ashley!»

25

L'été passa comme un trait d'or. Promenades à pied par les bois et par les prés, promenades dans la charrette tirée par Néfertiti. Mon carnet de croquis m'accompagnait et les enfants du village accouraient vers moi dès qu'ils me voyaient. Ils caressaient Keeper et me réclamaient un dessin. Ils avaient acheté *Master Peter* et ils en étaient fiers. Ils disaient attendre *Mademoiselle Désirée* avec impatience. Maman m'accompagnait rarement dans mes vagabondages qu'elle trouvait éreintants. C'est ainsi qu'il me vint l'idée un après-midi de rejoindre papa qui pêchait à la mouche avec le Révérend Brown. Ma visite les surprit plus qu'elle ne sembla leur faire plaisir. Je les regardai faire un moment puis je les croquai dans mon carnet. Ensuite, je demandai quelques explications techniques à papa. Quand il était question de pêche à la mouche, il devenait bavard presque malgré lui. Soudain, je m'enhardis jusqu'à lui demander de me prêter sa canne «pour saisir le mouvement», prétendis-je. Je fis d'abord quelques faux lancers, puis j'entendis papa marmonner : « Oui, c'est comme ça. » Et je me revis à Pitlochry sur les bords de la Tummel, sautant de roche en roche, et frustrée que la pêche à la mouche me fût interdite par maman.

Moi — J'aimerais pêcher vraiment.

Le ton de ma voix me parut bizarrement enfantin et je crus d'ailleurs que papa allait me gronder. Mais bien au contraire, il me conduisit à un endroit qu'il jugeait poissonneux à cette heure de la journée et d'où je pouvais lancer en restant sur la rive. Il me mit la canne en main, accompagna mes gestes en me donnant l'exemple, et je l'entendis qui marmonnait encore : « Tout à fait comme ça. » Je fus chanceuse dès mon deuxième essai. Là où ma mouche se posa, je vis sous l'eau un éclair d'argent, et je sentis mon fil se tendre. Oh, juste une petite secousse, mais papa me fit sursauter en criant.

Papa — Oui, oui ! Vous l'avez ! Ferrez-le, nom de Dieu ! C'est un gros ! Tenez bon ! Je vais vous aider… Non, faites-le toute seule. Oh, mon Dieu, elle va tout gâcher… Mais quelle empotée ! Non ! Oui ! Allez-y ! Elle est superbe, une truite superbe ! Ne vous affolez pas !

C'était lui qui s'affolait. Ma prise était magnifique. Je la sortis seule de l'eau et je la brandis vers le ciel, toute frétillante et poisseuse. Le Révérend Brown, qui avait suivi la lutte, poussa un « Yipee ! » fort peu convenable.

Papa alla chercher une autre canne dans la voiture et me céda celle qu'il préférait. Quand le soleil se mit à décliner et que le vent devint plus frais, il se souvint que j'étais fragile et il me pria de retourner à la maison.

PAPA — C'était une bonne partie,

MOI — En effet.

Nous restâmes silencieux un instant à regarder les derniers miroitements de la rivière.

PAPA — J'ai souvent pensé au garçon... que je n'ai pas eu.

Mon cœur se glaça. Pourquoi gâchait-il ce moment-là?

PAPA — Mais aujourd'hui, je ne le regrette plus.

Si j'avais reçu une autre éducation, je me serais jetée dans ses bras en m'écriant: «Papa!» Je ne dis rien, je ne fis rien, je remontai dans ma charrette à âne. «Kk, kk, Néfertiti!»

J'étais profondément heureuse.

Ces parties de pêche se renouvelèrent. Personne n'en sut rien, hormis le Révérend Brown, qui n'ébruita jamais la chose. Papa me prêta des bottes, je retroussai parfois ma robe pour entrer dans le courant, j'appris à lancer avec vent de face et vent latéral. Je m'achetai mes propres cannes de neuf et onze pieds, ma propre collection de mouches de toutes les couleurs: marron, vert olive, gris foncé, jaune, beige, blanc, faites de plumes de poule, perdrix, faisan, bécasse, etc. Je devins une pêcheuse à la mouche de premier ordre et j'eus le privilège de me faire traiter d'empotée un certain nombre de fois.

Je revins de Dingley Bell en bonne santé et de belle humeur. Mais, dès le mois d'octobre, rhumes, toux et étourdissements eurent raison de moi. J'avais toutes les peines du monde à travailler. Il me manquait trois planches et mon petit livre n'avançait plus, car mes personnages humains ne me satisfaisaient toujours pas. Leurs postures étaient moins raides et invraisemblables. Mais les visages étaient «vilains», comme aurait dit Marshall King, et je ne pouvais tout de même pas peindre tous mes personnages de dos! Chaque fois que j'en avais l'occasion, je faisais poser mes amis et, ce jour-là, c'était au tour d'Ulrich.

Moi, *à Herr Schmal* — Je vais faire de vous un affreux bonhomme qui veut écraser Mademoiselle Désirée.

Herr Schmal — C'est exactement ce que je ferais si je voyais une souris dans ce salon.

Blanche et moi — Oh!

Ulrich, *grimaçant* — Donnez-moi l'air bien féroce surtout!

Noël, qui assistait à la séance de pose, se mit à réciter.

Noël — «Il y avait un fou, et sa femme était folle, et ils vivaient dans la rue des fous.»

Moi — C'est curieux, cette comptine…

Je pensais justement à Tabitha.

Noël — «Hickety, pickety, ma poule noire, elle pond des œufs à ces messieurs…»

La conversation était presque impossible quand mon

filleul – qui n'avait pas tout à fait trois ans – était au salon. Mais il me sembla que Herr Schmal n'était pas mécontent de la diversion.

BLANCHE — Et ce mariage à Bertram Manor, Cherry ? Vous ne nous avez même pas décrit la robe de la mariée...

NOËL, *en français* — « Kyrie, je voudrais / Christie, être mariée / Eleison, que nos noces sonnent. »

ULRICH, *gémissant* — Mais faites taire cet enfant !

Je revins à la maison en riant intérieurement et en rythmant mes pas avec la drôle de petite comptine française : Kyrie, je voudrais, Christie, être mariée... qui se transforma progressivement en : Kyrie, je voudrais, Christie, échapper, Eleison, à l'automne. Puis en : Kyrie, je voudrais, Christie, m'échapper, Eleison, de West Brompton ! Le refrain continua de me hanter tandis que je dînais –seule– dans mon troisième étage, puis que je me couchais. Kyrie, je voudrais, Christie, retrouver, Eleison, ma bonne.

MOI, *me redressant dans mon lit* — Tabitha !

Une fois de plus, sa pensée m'avait saisie en pleine nuit.

Le Docteur Piper passa me voir le lendemain pour une toux qui ne voulait pas céder. Il commença par déplorer l'humidité de ma salle d'études.

DOCTEUR PIPER — Vous avez gardé cette habitude d'une nursery à peine chauffée. Je crois que votre bonne... Comment s'appelait-elle ? Une grande et belle fille rousse...

Moi — Tabitha.

Docteur Piper —· Oui, Tabitha. Elle avait toujours trop chaud…

Soudain, il parut frappé par une coïncidence.

Docteur Piper — Oh, mais c'est bien elle qui est devenue folle à la suite de l'incendie ?

Je lui confirmai qu'elle était enfermée à Bedlam.

Moi — Et j'aimerais tant la revoir !

Docteur Piper — Vraiment ?

Il remit ses gants, son chapeau, me regarda intensément et répéta : «Vraiment ?» avant de s'en aller. Quelques jours plus tard, repassant à la maison, il m'indiqua qu'il me serait possible de revoir ma bonne à Bedlam si je le désirais. Il me suffirait de demander le Docteur Barnaby Monro.

Docteur Piper — Mais un conseil d'ami, Miss Tiddler. Faites-vous accompagner.

J'étais toute disposée à suivre le conseil. Mais à qui demander ?

Le lendemain, Gladys m'apporta une carte de visite sur un plateau. C'était celle de Mr Ashley. Il avait dessiné au verso une sorte de bohémienne aux yeux charbonneux et aux sombres cheveux qui ne me flattait pas trop.

Je fus contente de savoir que maman était sortie. Mr Ashley était jugé de moins en moins fréquentable. Non content de compromettre ma cousine Ann, il était de nouveau reçu par Lydia, devenue Lady Howitt. J'avais entendu Mrs Carter dire que, à défaut de se marier, Mr Ashley «faisait la noce». Cette expression ne m'évoquait rien d'autre que ces héros de roman au col ouvert qui chantent dans les tavernes et réclament plus de punch en tapant sur la table. Je descendis au salon où Mr Ashley paraissait somnoler dans un fauteuil. Dès qu'il m'entendit, il bondit sur ses pieds et me salua cérémonieusement. Mais il me parut fatigué comme quelqu'un qui mène une vie décousue.

KENNETH ASHLEY — Miss Tiddler, devinez ce qui m'arrive!

MOI — Vous vous mariez.

KENNETH ASHLEY — Tous les jours. C'est le destin des acteurs qui ne sont pas faits pour la tragédie.

MOI, *souriant* — Donc, vous avez joué Petruchio devant le directeur du théâtre de St James.

KENNETH ASHLEY, *souriant aussi* — Oui.

MOI — Et vous voilà engagé?

KENNETH ASHLEY — À l'essai. J'aurai un rôle dans une pièce qui a un drôle de titre: *L'éventail de Lady Windermere*. Vous ne devez pas avoir entendu parler de son auteur, car il est n'est pas fréquentable. C'est Oscar… Oscar… Oscar… Mon Dieu, quelle fatigue infernale! Son nom m'échappe.

MOI — Je connais un Oskar. Oskar Dampf. Mais ce n'est probablement pas lui…

KENNETH ASHLEY — Wilde. Oscar Wilde! *(fronçant les sourcils:)* Qui est cet Oskar Dampf?

Je rougis sans répondre. Mr Ashley se laissa tomber dans le fauteuil avec un gros soupir. C'est à ce moment-là que l'idée me traversa l'esprit. Je m'assis à mon tour.

MOI — Mr Ashley, j'aurais besoin qu'un gentleman me rendît service.

KENNETH ASHLEY, *renfrogné* — Et vous voulez que je vous trouve le gentleman ?

MOI — Pourriez-vous m'accompagner à Bedlam ?

KENNETH ASHLEY — Chez les fous ?

MOI — Voir Tabitha.

KENNETH ASHLEY — La folle ?

MOI — Il y avait un fou, et sa femme était folle…

KENNETH ASHLEY — Et ils vivaient dans la rue des fous.

MOI — Maintenant ?

KENNETH ASHLEY, *se levant* — Maintenant.

Rien ne semblait pouvoir l'étonner.

Quand Mr Ashley eut arrêté un cab dans la rue, je me souvins d'une chose terrible : je n'avais plus le moindre argent. Oui, je l'avoue, des dix livres que Mr King Jr. avait péniblement arrachées à son père, il ne me restait pas même un penny. J'avais tout d'abord agrémenté ma toilette pour le mariage de Lydia de ces petits riens qui font la ruine des filles honnêtes, un éventail, un réticule, des fleurs pour mon chapeau, puis ma passion pour la pêche à la mouche m'avait précipitée dans un gouffre de dépenses. Mes courses en fiacre et mes achats chez

Mr Galloway, notre libraire, avaient eu raison de mes derniers shillings. Combien je regrettais ma conduite tandis que Mr Ashley allongeait tranquillement ses jambes dans le cab et s'apprêtait à somnoler !

Moi — Hmm... Mr Ashley, je crois bien, je crains que... Vous serait-il possible de... de... de... de...

Mr Ashley souleva languissamment les paupières et imita mon bégaiement : « de... de... de... de quoi ? »

Moi, *très digne* — Mais bien sûr, je vous rembourserai.

Mr Ashley dit : « Je vois » et referma les yeux. Je dus le secouer par le bras quand le cab s'arrêta devant l'entrée de l'hôpital royal de Bethléem. « Mhhdormir », gémit-il en se retournant comme s'il était dans son lit.

Le cocher, *sur un ton aimable* — Pincez-le, Miss. Ou si vous avez une épingle à chapeau...

Ces menaces ramenèrent Mr Ashley à la conscience, mais c'est d'un pas hésitant qu'il m'escorta jusqu'à la grille de l'asile.

Moi — Savez-vous que les nuits sont faites pour dormir ?

Kenneth Ashley — Moi, je le sais. Mais le roi d'Aragon n'est pas au courant.

Moi, *à tout hasard* — Vous faites la noce.

Mr Ashley n'eut pas le temps de protester, car un des gardiens de Bedlam s'approcha de nous et nous demanda ce que nous voulions.

Moi — Voir le Docteur Barnaby Monro.

Le gardien — Ça, c'est pas de chance. Le v'là juste qui vient de partir.

Il gardait curieusement la main en crochet devant lui, comme s'il souffrait d'un rhumatisme aigu. Mr Ashley y déposa discrètement quelque chose.

Kenneth Ashley — Nous souhaitons visiter l'établissement.

Le gardien approuva hautement notre intérêt et nous proposa de commencer la visite par « ceux-là qui sont pas dangereux ». Nous traversâmes le jardin où erraient quelques pauvres âmes solitaires et, pour ajouter au pittoresque, le gardien nous désigna Henri VIII qui parlait à un arbre et l'infante de Castille prostrée sur un banc.

Kenneth Ashley — Il me semblait bien la reconnaître. *(Confidentiellement au gardien:)* Moi, je suis le roi d'Aragon.

Je vis le moment où nous ne serions pas autorisés à ressortir de Bedlam.

Nous nous arrêtâmes un moment pour admirer le portique et le dôme de l'hôpital, et le gardien, après avoir vanté les seaux d'eau glaciale pour calmer les fous furieux et regretté qu'on n'utilisât plus le fouet, nous proposa de visiter l'aile des femmes.

Le gardien — Elles sont plus calmes et puis, c'est plus convenable pour vot' dame.

Il fit un clin d'œil à Mr Ashley, qui m'offrit son bras en prenant un air conjugal.

Dans le hall et les galeries, nous croisâmes quelques pensionnaires, bien calmes en effet, qui nous regardèrent passer sans paraître nous voir.

LE GARDIEN — Le Docteur Monro, il leur donne un bon médicament à ces dames. C'est le chloral que ça s'appelle. Des fois, elles sont pas trop d'accord pour en prendre. Mais on leur ouvre la bouche de force avec une clef spéciale…

Je n'allais sans doute pas pouvoir supporter longtemps cette visite et je décidai d'abréger.

MOI — Dites-moi, auriez-vous quelqu'un ici du nom de Tabitha ?

LE GARDIEN — Tabitha comment ?

MOI — Je ne sais pas trop. Je ne l'ai jamais appelée que Tabitha…

Le gardien secouait la tête.

MOI — Oh ! Peut-être la connaissez-vous sous un autre nom ? Elle prétend s'appeler Finch, Miss Finch.

LE GARDIEN — Oh, c'est celle-là ! Sûr que je la connais. Elle voulait toujours mettre le feu.

MOI — Elle est morte !

LE GARDIEN — Morte ? Pourquoi que vous voulez qu'elle soye morte ?

MOI — Où est-elle ? Peut-on la voir ?

LE GARDIEN — Ça va pas être bien possible, non, pas bien possible…

La main du gardien s'était de nouveau recroquevillée et Mr Ashley y versa un shilling supplémentaire. La visite reprit à travers un dédale de couloirs. Tabitha n'avait pas le droit de circuler dans Bedlam. Comme d'autres filles jugées dangereuses, elle était enfermée dans une cellule.

LE GARDIEN, *l'air important* — C'est des hitérisques, comme dit le docteur. C'est un mot savant. Ça veut dire qu'il faut les attacher quand elles se mettent à ruer dans les brancards. Vous croiriez pas la force que ça peut avoir.

Cet aimable bavardage nous conduisit jusqu'à un couloir où s'alignait une double rangée de portes fermées, ayant toutes un judas. Le gardien s'arrêta devant une des cellules et ouvrit le judas. Je m'approchai dans un mouvement presque impatient, avec l'envie de crier : « Tabitha ! » Je vis tout d'un seul coup d'œil, les murs blanchis à la chaux, la fenêtre étroite et munie d'une grille, la chaise de paille et Tabitha assise comme autrefois quand elle cousait, le panier de linge à ses pieds. Mais elle ne cousait pas, les mains posées toutes molles sur ses cuisses, marmottant des mots indistincts. Ce n'était pas le pire. Je m'étais préparée à cette apathie, ayant vu les autres pensionnaires. Ses cheveux étaient devenus gris, gris comme son teint, sa robe, ses yeux où la flamme n'était plus que cendres. Mais ce n'était pas le pire. Il y avait peu de traces de brûlures sur son visage, mais trois cicatrices étranges, hideuses, une sur le front, les deux autres le long des tempes.

Je me reculai en gémissant. Mr Ashley regarda à son tour.

KENNETH ASHLEY — Que lui a-t-on fait?

LE GARDIEN — Ah, ça, c'est un traitement du Docteur Monro. Un petit coup de bistouri à droite, un à gauche et un au milieu. Et ça, ça les calme bien.

À ce moment-là, je me sentis tout à fait calmée, moi aussi, et je m'évanouis. Je ne sais plus ce qui se passa ensuite ni comment je gagnai la sortie. Je ne repris vraiment connaissance que dans le cab tandis que Mr Ashley me parlait et me tapait dans les mains. Je n'entendais pas clairement ce qu'il disait. Il se désolait de m'avoir emmenée à Bedlam et il me parlait de Shakespeare, je ne sais plus pourquoi. Ah si, Macbeth! Il cita Macbeth: «La vie est une histoire contée par un idiot, pleine de bruit et de fureur, et qui ne signifie rien.»

Il était ému, bien plus ému que moi qui ne sentais plus rien. Plus rien. C'était dans mon cerveau que le bistouri venait de s'enfoncer, sectionnant les fibres qui me reliaient à mon passé. À ma demande, le cab s'arrêta au bas de ma rue.

MOI — Je vous remercie, Mr Ashley, de tout ce que vous avez fait pour moi aujourd'hui. Bien sûr, je vous rembourserai.

Je m'entendais parler, mais ce n'était pas le son de ma voix. C'était une voix qui ne disait rien. Rien de sensé, rien de sensible.

Kenneth Ashley — Vous allez bien, Miss Tiddler ? Vous êtes si pâle… J'ai peur que vous ne vous évanouissiez. Je vais vous accompagner.

Moi — Non, merci. Je préfère aller seule. Je vais très bien. Ce n'était qu'un étourdissement. Mais c'est passé. Tout passe, Mr Ashley.

Je frappai comme autrefois à la porte des fournisseurs et Mary vint m'ouvrir. Je grimpai mes trois étages par l'escalier de service, je traversai l'antichambre, jetant à peine un regard à la chaise de Tabitha. Non, son spectre n'était pas là. Je frissonnai en traversant ma salle d'études. Le Docteur Piper avait raison, elle n'était pas assez chauffée. J'allai droit vers la cage de Peter. Je m'agenouillai. Je n'avais personne à qui parler, à qui dire… mais dire quoi ?

Moi — Peter, j'ai vu… J'ai vu Tabitha aujourd'hui. Tu te rappelles de Tabitha, Peter ? Elle t'appelait Fricassée, mais au fond elle t'aimait…

Et soudain, je me vis telle que j'étais, agenouillée et m'adressant à un lapin. N'étais-je pas une folle parlant d'une autre folle ? Des sanglots me secouèrent les épaules. Je me cachai le visage entre les mains et pleurai sur mon enfance. Mon enfance défigurée.

26

Je tombai dans une noire spirale que le Docteur Piper décora du nom de «neurasthénie», et j'entendis maman lui chuchoter à l'oreille de façon très audible: «Elle est folle, c'est cela?» Le docteur me conseilla d'aller prendre les eaux à Bagnères-de-Bigorre dans les Pyrénées françaises.

Pour me séparer de maman, il m'eût envoyée me soigner en Australie. Mais la seule idée de partir pour l'étranger me plongeait dans l'angoisse. Je voulais vivre, et pour toujours, «au plus près de la fontaine». Ma fontaine était à Dingley Bell et je comptais les jours qui m'en séparaient.

Je venais d'avoir vingt-deux ans et le printemps renaissait à Londres. Je sentis monter en moi un désir nouveau. Je pourrais mentir et dire: je voulais finir mon livre, je voulais devenir peintre, je voulais revoir tous mes amis. Rien de tout cela n'eût été suffisant pour me faire sortir de ce trou dans lequel je me terrais depuis plusieurs semaines. La seule pensée qui me remit en route, qui me fit reprendre mes crayons, mes pinceaux, fut celle-ci: je veux gagner de l'argent.

Tout d'abord, je devais rembourser Mr Ashley. J'avais honte d'avoir emprunté de l'argent à un jeune homme qui était pauvre. Puis j'avais bien observé que l'argent pouvait tout, à Bedlam comme ailleurs. La misérable cellule de Tabitha ne m'avait pas quittée. Je revoyais les murs nus, la chaise dure, la paillasse. Et je la revoyais, elle, si maigre dans une robe grise que d'autres avaient déjà portée, avec sa masse de cheveux gris que personne ne songeait à démêler. Cela me révoltait. Tabitha avait été belle, soigneuse, coquette. Et je rêvais pour elle d'une chambre confortable, de vêtements seyants, d'une bonne nourriture. Même si Tabitha n'avait pas plus de conscience qu'un animal, comme me l'avait expliqué le Docteur Piper, espérant ainsi me consoler, elle gardait à mes yeux la dignité d'une créature de Dieu, une créature que les hommes traitaient indignement.

Un matin, je nouai ma capote sous mon menton, pris mon carton à dessin et partis à pied sous le frais soleil printanier. Je venais de finir *Mademoiselle Désirée* et j'allais vendre mon manuscrit. Je n'étais plus habituée à l'agitation des rues ni à la marche rapide. La tête me tournait et mon cœur battait trop fort. Mais je serrais les dents et j'avançais en me répétant: Kyrie, je voudrais, Christie, gagner, Eleison, une bonne somme!

Dans les bureaux de la King and Co., tout le monde vint me saluer et prendre de mes nouvelles. On me pria d'attendre dans le salon où des livres s'entassaient toujours par piles. Mais les piles les plus nombreuses étaient celles que formait *Master Peter*, prêt à être expédié dans les librairies. Et cette seule vue fortifia mon courage.

Ce fut King Père qui me reçut et je m'en réjouis. Je ne voulais en face de moi ni timidité ni gentillesse.

ALFRED KING — Entrez, entrez, Miss Tiddler, prenez place. Comme vous semblez fatiguée... J'ai su que vous aviez été bien, bien malade.

MOI — Je vais très bien, je vous remercie. J'ai fini *Mademoiselle Désirée*. Il ne me manquait plus que ces trois planches.

Tout en parlant, j'avais ouvert mon carton à dessin. Mr King jeta un coup d'œil sur mes dessins, marmonna : «Très gentilles, ces petites souris», puis m'apprit la naissance de son petit-fils, Zachary. Je lui en fis compliment et lui demandai quand il pensait pouvoir me proposer un nouveau contrat.

ALFRED KING — Mon Dieu, quelle vivacité, Miss Tiddler! Je suis ravi de vous trouver si... si pétulante. Il vous faudra néanmoins patienter un peu. Comme vous le savez, tous les livres que nous publions doivent satisfaire à la règle des trois B. Et j'ignore si c'est le cas du vôtre. Le titre en est un peu surprenant.

Il prononça maladroitement : «Mademouazil Disiri» et s'informa : «C'est du français?»

MOI — Mademoiselle Désirée est une souris française. Votre fils ne vous a pas fait lire l'histoire?

Alfred King — Un peu… un peu.

Je savais par son fils qu'il avait déjà épluché mon récit. Alors, je priai mentalement le guide spirituel de mon enfance de bien vouloir se boucher les oreilles et je mentis à mon tour.

Moi — Si mon histoire ne vous convenait pas, ne vous faites aucun souci pour moi. J'ai eu des offres de la maison Wardle.

Alfred King — Mais, Miss Tiddler, nous sommes votre éditeur!

Il en avait les yeux qui lui sortaient de la tête.

Moi — Je ne demande pas mieux que de continuer à être publiée par vous. Je voulais juste vous mettre à votre aise.

Alfred King — Mais bien sûr, nous serons ravis de publier votre charmant petit livre. La maison Wardle! Leurs livres sont de qualité très discutable. Très. Ils n'ont jamais plus de deux B sur trois.

Moi — Je crois que je n'attache pas beaucoup d'importance à la règle des trois B. Je suis plus sensible à la règle du LSP.

Alfred King — LSP?

Moi — Livre, shilling, penny.

Je craignis que Mr King ne fît un malaise.

Il passa un doigt dans son col pour tenter de le desserrer. Je sentis moi-même que je n'allais pas résister longtemps, que la honte et la timidité allaient bientôt me submerger. Kyrie, je voudrais, Christie, gagner, Eleison, une bonne somme !

MOI, *d'une petite voix* — … et je ne céderai pas le copyright de *Mademoiselle Désirée* à moins de…

Des chiffres défilèrent très vite dans ma tête comme sur une caisse enregistreuse : 200, 180, 150, 120…

MOI, *avalant ma salive* — À moins de cent livres.
ALFRED KING — Miss Tiddler !

Il s'ensuivit un silence très pénible pour nous deux. Mr King fit semblant d'examiner consciencieusement mes trois planches. Sur l'une d'elles, valsait Mr Ashley.

ALFRED KING — Je vais parler de tout cela avec Marshall. Mais je suis très… très surpris.

Il n'osa pas dire : déçu, peiné, choqué, consterné. Mais le ton de sa voix l'exprimait. Je me relevai en m'aidant des accoudoirs. Quel rude combat !

En revenant à la maison, je me dis qu'il ne me restait plus qu'à dessiner des cochons en tutu pour Oskar Dampf si je voulais rembourser Mr Ashley. Mais le contrat me parvint par la poste dans la semaine. Non seulement Alfred King en passait par mes conditions, mais il me priait de venir dîner très prochainement en famille. Et c'est ainsi que je repris ma place dans la chorale des King qui s'était enrichie d'un jeune ténor en la personne de Mr Zachary Ford (neuf mois). On m'apprit les dernières nouvelles : Miss Susan allait épouser Oliver Grant au mois de juin, le meilleur mois pour se marier, comme chacun sait, et Miss Dora venait à son tour de se fiancer. Quant à Marshall, à trente ans passés, il semblait marié à la maison King and Co. Quand je le revis en tête à tête pour les derniers détails de la parution, il me complimenta sur les progrès que j'avais faits dans la représentation des personnages humains :

MOI — J'y travaille, mais je ne trouve pas souvent de personnes qui acceptent de poser.

MARSHALL KING — Je… hmm… je suis à votre disposition, Miss Tiddler, si vous avez besoin de modèles.

J'eus l'impression de revivre une scène que j'avais déjà vécue. Puis je me souvins que Mr Ashley m'avait fait la même offre. Je souris sans accepter ni refuser.

MARSHALL KING — Père a beaucoup d'admiration pour vous et je suis très heureux qu'il ait décidé de vous proposer un contrat plus avantageux. Il m'a dit l'autre jour que vous préfériez la règle du LSP à celle des trois B, et que vous me l'expliqueriez vous-même…

Je restai un instant interdite, le sourire stupidement accroché à mes lèvres.

MOI — Hmm… Oui. LSP. C'est hmm… Liberté, Sagesse et Patience. La liberté d'expression pondérée par la sagesse de l'expérience et s'appuyant sur le patient travail.

MARSHALL KING — Ah oui, très bien, la liberté pondérée par… hmm. Il faudra que vous me l'écriviez.

J'ai moi-même beaucoup d'admiration pour vous, Miss Tiddler, et j'aimerais pouvoir vous dire…

On frappa à la porte du bureau que Mr King Jr. laissait entrouverte par sens des convenances lorsque nous travaillions ensemble. C'était un employé qui venait avertir Marshall que l'imprimeur était là «pour le règlement de sa facture».

MARSHALL KING, *me saluant* — J'espère que nous pourrons reprendre bientôt cette conversation, Miss Tiddler, et je dirai à Père à quel point j'approuve moi aussi la règle du LSP.

Avant de partir pour Dingley Bell, je voulus employer au mieux cet argent si rudement gagné, mais je n'osai pas retourner à Bedlam pour soudoyer le gardien. Je ne vis pas d'autre solution que d'employer de nouveau les services de Mr Ashley. J'ignorais où il vivait, mais je savais qu'il rendait souvent visite à ma cousine Lydia, qui avait emménagé dans la demeure londonienne des Howitt, à Kensington Square. Elle recevait beaucoup et il ne me fut pas difficile de me faire inviter à une soirée. J'y aperçus ma cousine Ann en compagnie d'un vieux singe coiffé d'un haut-de-forme, un monsieur dont je tairai le nom par décence, qui s'était enrichi à la Bourse, qui avait entretenu bien des maîtresses coûteuses et souhaitait désormais faire des économies en se mariant. Ma cousine le promenait en laisse dans les salons londoniens, lui promettant de l'épouser.

Mr Ashley était là, avec cet air fatigué qui ne semblait plus le quitter. Lydia lui demanda de faire un quatre-mains au piano avec elle, puis Ann exigea qu'il lui donnât la réplique dans une scène de comédie amoureuse. Le vieux singe applaudit à tout rompre ce jeune couple qui flirtait sous ses yeux et faisait rire de lui toute l'assemblée. Je ne comprenais pas à quel jeu jouaient tous ces gens, je me sentais très malheureuse et je finis par m'isoler.

KENNETH ASHLEY, *s'approchant de moi* — Vous êtes si discrète, Miss Tiddler, qu'on finit par ne plus remarquer que vous.

MOI — Vous faites erreur, c'est vous la vedette de cette soirée.

KENNETH ASHLEY — J'espère ne pas vous intimider.

Ce bavardage inconsistant ne me plaisait guère. Nous étions dans une embrasure de fenêtre, protégés des regards par des doubles-rideaux. J'en profitai pour ouvrir mon réticule et en sortir une enveloppe.

MOI — Je n'ai pas oublié mes dettes, Mr Ashley. J'espère que la somme est conforme à ce que je vous dois.

KENNETH ASHLEY, *l'air maussade* — Vous ne pourrez jamais me rendre ce que je vous ai donné.

MOI, *lui tendant l'enveloppe* — J'espère que si. Veuillez vérifier.

KENNETH ASHLEY — Vous m'offensez, Miss Tiddler.

Je rougis sottement, rangeai mon enveloppe et en sortis une autre. J'expliquai à Mr Ashley que j'avais mis de côté cinquante livres pour améliorer le sort de ma pauvre Tabitha, mais que je ne savais comment m'y prendre. J'aurais voulu lui procurer des vêtements neufs et chauds, une meilleure nourriture, un autre lit… Mr Ashley m'écoutait en levant les yeux au ciel, en fronçant les sourcils, en battant la mesure sur sa jambe. Pour finir, il me tendit la main.

KENNETH ASHLEY, *le ton brutal* — Donnez-moi cet argent. Je me charge de tout.

La phrase de Mrs Carter me revint alors en mémoire. Et si Mr Ashley utilisait cet argent pour «faire la noce»? Mais j'eus honte de cette pensée et je lui remis mes cinquante livres.

KENNETH ASHLEY, *les empochant* — Ce sera tout pour votre service, Miss Tiddler?

MOI — Je vous suis très reconnaissante, Mr Ashley.

KENNETH ASHLEY — Cela m'est bien égal, ma chère. Le bonsoir.

C'était décidément un gentleman plus bardé de piquants qu'un hérisson. J'avais quelques doutes sur le fait qu'il remplirait bien sa mission. Mais, une semaine plus tard, Gladys m'apporta une lettre qui disait ceci:

Kenneth Ashley est devenu l'ami intime de Mr Job Temple, gardien à Bedlam.

Kenneth Ashley a dépensé cinq livres et deux shillings pour renouveler la garde-robe de Miss Tabitha, dix livres, trois shillings et deux pence pour meubler sa cellule d'un rocking-chair, d'une tablette et d'un lit. L'argent restant sera dépensé au fur et à mesure des besoins de Miss Tabitha en nourriture et soins.

À sa troisième visite, Kenneth Ashley a été amicalement baptisé «Gromfy» par Miss Tabitha, preuve que la folie ne lui a pas ôté toute finesse psychologique.

Je suis donc, Miss Tiddler, votre dévoué Gromfy.

Je me sentis tiraillée entre le rire et les larmes. Je repliai soigneusement le petit mot de Mr Ashley et le joignis au précédent. J'adore collectionner.

Peu après la parution de *Mademoiselle Désirée*, je fus invitée à une fête donnée par Mr et Mrs King. Marshall m'avait auparavant précisé que Père était enchanté des premières ventes de mon nouveau livre. Comme me le disait Mr Galloway lui-même, «ça partait comme des petits pains!», et *Master Peter* en était à sa troisième réédition. Marshall me montra un article dans le *Daily News* qui louangeait mes deux livres, mais où j'eus le chagrin d'apprendre que Miss Tiddler était «une adorable vieille demoiselle qui écrivait ses histoires pour ses nombreux filleuls».

Moi — L'information n'est pas tout à fait exacte, mais c'est peut-être de la prémonition…

Marshall King — Oh, Miss Tiddler, comment pouvez-vous penser… D'ailleurs, à ce propos… mais non, je vous en reparlerai.

Je m'aperçus le soir où je me rendis chez les King que

la fête était donnée en mon honneur. Quand j'entrai dans le salon, la chorale entonna une chanson de l'invention des jumeaux où Miss Tiddler rimait avec Master Peter. La maison King avec l'adjonction d'un fiancé et de Bébé Zack était plus gaie que jamais. Quant à Père, il avait oublié notre échange un peu tendu et plaisanta même sur la forte impression que la règle du LSP avait faite sur son fils aîné. De temps en temps, Mr King jetait un coup d'œil à Mrs King et celle-ci lui faisait un discret signe de tête. Quelque chose m'avertit que j'étais en train de passer l'examen final. Au dessert (qui était une pièce montée avec deux souris en sucre à son sommet), le petit Douglas me demanda de lui faire son portrait. Bientôt, tout le monde m'en réclama autant.

Mrs King — Allons, allons, les enfants, laissez Miss Tiddler respirer !

Moi — Non, non, c'est très bien, je dois m'entraîner. N'est-ce pas, Mr King, mes visages sont très vilains ?

Marshall protesta que j'avais beaucoup progressé, mais ce ne fut pas l'avis général. Douglas ne se reconnut pas, Dora se trouva un nez affreux, Alison pleura de se voir si laide et les jumeaux se roulèrent de rire sur le tapis. À la fin de la soirée, je laissai mes croquis à qui les voulut. Marshall King, après avoir interrogé Père du regard, offrit de m'accompagner jusqu'à la station de fiacre. Je savais qu'il allait me parler. Il s'y décida au bout de quelques pas.

Marshall King — Je voudrais… hmm… solliciter l'honneur d'obtenir la faveur de… d'un entretien particulier au moment de la semaine que vous… hmm… jugerez opportun…

Je me sentais prête à entendre ce qu'il allait me dire.

Moi — Nous pouvons marcher et parler, Mr King. Le temps est si doux.

Et Marshall King me fit sa proposition de mariage.

Marshall King — Vous vous doutez sûrement du but de cet entretien. Je vous connais depuis plusieurs mois, Miss Tiddler, je vous ai vue évoluer au sein de ma famille où vous avez su vous faire aimer de tous. Père, je vous l'ai déjà dit, a pour vous beaucoup d'admiration, bien qu'il ne pense pas souhaitable qu'une femme gagne sa vie. Mais je ne partage pas ce point de vue et ma femme sera tout à fait libre de peindre et de… hmm… Cela ne me pose aucun problème. J'apprécie votre talent, votre caractère si égal et affable, j'ai beaucoup pensé à vous, ces derniers temps. J'ai parlé avec mes parents, je sais qu'ils vous accueilleront comme leur propre fille et… hmm… j'ai donc l'honneur de demander votre main.

Comme j'étais restée très calme, Mr King était parvenu au bout de sa déclaration sans trop patauger.

Moi — Je vous suis très reconnaissante de votre offre, Mr King. Comme vous l'avez peut-être remarqué, je suis dépourvue de vanité car je me vois telle que je suis, c'est-à-dire assez peu attrayante et déjà âgée…

MARSHALL KING — Miss Tiddler! Comment pouvez-vous dire une chose pareille? Vous ne le pensez pas ou alors… vous attendez que je vous fasse plus de compliments que je n'ai su vous en dire. Et… et d'abord, vous êtes jeune!

MOI — Je suis dans ma vingt-troisième année. Mais je me sens plus âgée. Et pourtant, je n'ai presque rien vécu. Les années immobiles comptent peut-être double!

Je me mis à rire, puis je pris le bras de Marshall King et je marchai à son côté, heureuse tout de même d'avoir été jugée digne d'une demande en mariage.

Cette jolie soirée printanière me faisait le cœur et le pas légers.

MOI — Je ne suis pas sûre d'avoir la vocation du mariage. Le journaliste du *Daily News* a sans doute raison. Je suis une rêveuse, je vis très solitaire, très retirée en moi-même. J'aime peindre, m'occuper de mes animaux, marcher dans la campagne…

MARSHALL KING — Nous avons des goûts très proches, Miss Tiddler. Je suis d'un naturel calme et… hmm… un peu sauvage.

Je m'aperçus que j'étais plus touchée que je ne l'aurais cru possible.

MOI — J'ai beaucoup d'estime pour vous, Mr King. Vos conseils m'ont été très précieux et je pense qu'ils le seront toujours. Sans vous, je ne serais pas venue à bout de *Mademoiselle Désirée*.

MARSHALL KING — J'ai rempli mon rôle d'éditeur, Miss Tiddler, mais j'aspire à autre chose.

Je sentis comme une fêlure dans sa voix et je m'en voulus de ne pas savoir mieux accueillir son offre. Du reste, que pouvais-je espérer de plus que cette union avec mon éditeur ? N'était-ce pas le gage d'une fructueuse collaboration ? Voulais-je vraiment finir demoiselle au troisième étage de West Brompton ? Il me vint soudain l'envie de dire oui, de dire : « Oui, Mr King, sauvez-moi de moi ! »

Puis je tressaillis. En face de moi, se tenaient mes deux petites sœurs, Prudence et Mercy, telles que je les imaginais quand j'étais enfant, deux petits squelettes qui joignaient leurs petites mains. Que faisaient-elles là ?

MOI — Mr King, pour ce que vous êtes, pour ce que vous avez fait pour moi, pour ce que vous venez de dire, du fond du cœur, merci.

Je fis quelques pas de plus et les petits fantômes s'estompèrent.

MOI — Je suis quelqu'un qui chemine lentement. Je préfère ne pas vous répondre ce soir et je vous demande de m'accorder un été de réflexion.

MARSHALL KING — J'attendrai, Miss Tiddler, j'attendrai et j'espérerai.

MOI — Merci.

Mercy et Prudence !

Pour dire la vérité, je ne réfléchis pas du tout à la demande en mariage de Mr King durant l'été à Dingley Bell. J'étais tourmentée par une tout autre question : quelle histoire allais-je pouvoir raconter ? Les enfants qui me voyaient arriver dans ma carriole se précipitaient toujours vers moi pour me parler de *Master Peter* et de *Mademoiselle Désirée*. Ils étaient fiers de me dire qu'ils avaient acheté mes deux livres et ils ajoutaient : « Nous allons faire la collection ! » Mon Dieu, la collection ! Quand, de retour de promenade, je me retrouvais devant ma feuille de papier, je me demandais : la collection de quoi ? Il me semblait avoir épuisé tous mes souvenirs, j'en avais si peu…

J'accompagnais souvent papa et le Révérend Brown, mais parfois, lassée de la pêche à la mouche, je dessinais ou je peignais. J'essayais de rendre le poudroiement d'or sur la rivière à midi tapant ou bien la blanche éclosion des nénuphars sur l'eau verte. J'espérais qu'en regardant mes aquarelles on croirait entendre le gros plouf d'un brochet et le murmure régulier de la roue du moulin. De temps en temps, papa ou bien le Révérend Brown venaient à côté de moi et, tout en s'épongeant le front, m'encourageaient d'un : « C'est vraiment ça ! » Et, petit à petit, je sentis naître une histoire au fil de l'eau avec tous les habitants de la rivière, les canards sauvages, les hérons, les rats d'eau et enfin mon héros, un élégant crapaud en costume à carreaux.

J'ai toujours aimé les crapauds et il se trouva que durant

cet été à Dingley Bell les enfants du village m'en offrirent un que je baptisai Zack.

Je fis de lui un crapaud pêcheur à la mouche, dont la ligne tranchait l'air en faisant entendre ce bruit-là : zzzzack!

Ses aventures et mésaventures, ses fâcheries avec Moustache le rat d'eau, ses amours avec Bruine la grenouille verte, occupèrent toutes mes journées, au grand désespoir de maman. Je la navrais d'autant plus que j'avais reconstitué ma ménagerie comme au bon vieux temps. Ned, notre jardinier, m'avait offert un hérisson, un petit mâle, qui devint mon cher Tim Ticket. Puis Mary sauva de la casserole un canard que j'appelai Cookie en souvenir du défunt Cook, et qui se mit à me suivre partout dans la maison comme un petit chien. J'avais aussi une jolie couleuvre, une salamandre et un écureuil. Je revivais. J'aurais été vraiment heureuse, n'était maman qui me harcelait comme les moustiques à la tombée du jour.

MAMAN — Vous comptez finir vos jours entre un canard et un crapaud ? Qui avez-vous vu de tout ce mois ?

MOI — Papa, vous, le Révérend Brown.

MAMAN — Sans intérêt !

MOI — Ce n'est pas gentil pour le Révérend.

MAMAN — Vous allez avoir vingt-quatre ans…

MOI — Vingt-trois.

MAMAN — C'est la même chose. Passé vingt ans, la femme commence à se faner. Et vous gâtez votre teint en vivant au grand air comme une paysanne… *(larmoyante :)* N'aurai-je donc pas de petits-enfants à chérir ?

MOI — Cookie est très affectueux, reconnaissez-lui au moins cette qualité !

MAMAN — Vous vous moquez, dirait-on. Mais vous verrez dans quelques années, quand toutes vos amies de jeunesse auront un poupon dans les bras et que vous en serez encore à nettoyer la cage de votre lapin ! Aucun homme, vous m'entendez, aucun homme ne peut songer à épouser une jeune fille qui vit dans un zoo, passe ses journées à peindre le même bout de rivière et ses nuits à réciter du Shakespeare. Ne niez pas, je vous ai entendue la nuit dernière !

MOI — Peter ne trouvait pas le sommeil. Je lui ai lu *Le Songe d'une nuit d'été*. Il a bien aimé.

MAMAN — Toutes les vieilles filles sont insomniaques.

Maman avait toujours le dernier mot. Il est plus facile d'être cruel que d'être drôle.

27

Je revins de Dingley Bell avec une histoire complète. Comme je n'avais aucun personnage humain, elle me semblait parfaite. Le titre en était : *Zack et Compagnie*. J'étais impatiente de la montrer à Marshall King. Je l'avais tenu au courant de l'avancée de mes travaux, car je lui avais écrit deux lettres auxquelles il avait répondu. Ni lui ni moi n'avions évoqué la question du mariage.

À mon retour à Londres, à la fin de septembre, notre premier entretien fut professionnel. Marshall lut scrupuleusement mon récit, ajouta une virgule, souleva un point d'orthographe, me complimenta sur les reflets dans l'eau. Je fus déçue de ne pas le sentir plus enthousiaste et je finis par lui demander si quelque chose n'allait pas.

MARSHALL KING — Eh bien, je me demande… oui, je me demande si les parents trouveront bien agréable cette histoire de… hmm… d'amour entre un crapaud et une grenouille.

MOI — Mais, Mr King, il ne s'agit pas d'un vrai

crapaud ni d'une vraie grenouille. Zack, ce pourrait être vous, et Bruine, ce peut être moi. C'est une fable.

Marshall King — Bien sûr, bien sûr. Mais c'est tout de même une histoire d'amour.

Moi — Comme la plupart des contes de fées.

Marshall King — Vous ne pouvez écrire à la fois un conte et une fable, Miss Tiddler. Votre histoire raconte une histoire d'amour qui n'a rien de féerique, elle pourrait arriver à n'importe qui…

Moi, *agacée* — À n'importe quel crapaud ayant un cœur. *(Rassemblant mes dessins :)* La vérité, Mr King, c'est que vous avez peur de la réaction de votre père.

Mr King me prit des mains mon paquet de dessins.

Marshall King — Je vais les remettre de ce pas à Père. Je n'ai absolument pas «peur» de lui. Je voulais vous éviter un refus de sa part en apportant quelques modifications à votre histoire. Mais il semblerait que vous ne supportiez plus mes remarques.

Il me quitta, vexé, mais promit de m'écrire. Le lendemain, je reçus une lettre de lui m'informant de façon très flegmatique que «Père adorait *Zack et Compagnie*». Je savais que Père gagnait beaucoup d'argent avec moi et je me dis, avec un certain cynisme, que la règle du LSP avait terrassé celle des trois B.

À quelque temps de là, j'eus un second entretien avec Marshall King qui me demanda timidement si j'avais réfléchi. J'avais réfléchi. Je voyais clairement les avantages d'un mariage avec Marshall King. J'échapperais à la tutelle de mes parents et je passerais aux yeux de tous pour une personne normale, ce qui représentait un certain confort moral. Puis je serais admise dans une famille qui m'avait déjà adoptée et où il faisait bon vivre.

Moi — J'ai réfléchi, Mr King, et je voudrais être sûre que vous ne vous trompez pas de personne. Je n'ai pas un «caractère égal et affable», comme vous me l'avez dit. C'est vous qui êtes ainsi. Je suis moqueuse, un peu calculatrice, guère affectueuse…

Marshall King — Miss Tiddler!

Moi — Attendez… Je n'ai pas fini. Je suis souvent malade et, d'après le Docteur Piper, je suis sujette à la neurasthénie. Je ne me porte vraiment bien qu'à la campagne, où je me transforme, aux dires de maman, en «paysanne». Enfin, j'aime les enfants, Mr King, mais il y a des jours où je me demande si je ne préfère pas les lapins.

Contre toute attente, Mr King se mit à sourire.

Marshall King — Votre franchise est admirable. Mais, voyez-vous, j'avais déjà perdu mes illusions… Je vous sais obstinée et batailleuse. Et quant à la règle du LSP… vous vous êtes bien moquée de moi, n'est-ce pas?

Je ris à mon tour. Décidément, Marshall King me devenait sympathique.

Marshall King — J'ai l'honneur, Miss Tiddler, de vous demander votre main pour la seconde fois.

Moi — J'accepte, Mr King. À une condition.

MARSHALL KING — ?

MOI — Rasez-vous la moustache.

MARSHALL KING, *rougissant* — Ah? Vous... hmm... vous n'aimez pas?

Je fis non de la tête.

MARSHALL KING — Vous êtes une terrible petite personne. Et cette condition remplie...

MOI — Rien ne s'opposera à ce que je devienne votre femme.

Mr King se dit fou de joie, d'une façon très calme toutefois, et souhaita porter tout de suite l'heureuse nouvelle à Père.

Puis il voulut savoir quand il pourrait parler à mes parents.

MOI — Laissez-moi les préparer...

MARSHALL KING, *inquiet* — Vous pensez qu'il pourrait y avoir des objections?

MOI — Vous comprendrez quand vous aurez vu maman.

Depuis de nombreuses années, et peut-être depuis que j'étais née, maman s'attendait à me voir finir vieille fille. La nouvelle de mon mariage allait être pour elle un véritable bouleversement. Je décidai de procéder par étapes, à l'heure du dîner.

MOI — Vous serez sans doute heureux d'apprendre que j'ai reçu une demande en mariage aujourd'hui.

MAMAN, *totalement incrédule* — Allons donc!

Sous l'effet de la surprise, papa avait reposé ses couverts.

Moi — Peut-être souhaitez-vous connaître le nom de l'imprudent qui aspire à ma main ?

Papa — En effet.

Moi — Il s'agit de Mr Marshall King.

Maman — Ce monsieur qui vend des livres ?

Moi — Marshall est son fils. Mais il est également éditeur.

Maman — Il en faut.

Moi — Des éditeurs ?

Maman — Je suppose. Pour fabriquer les livres et tout ce qui s'ensuit. Enfin… il surmontera sa déception.

Moi — C'est le cas de tous les maris.

Mes parents s'entre-regardèrent, se demandant s'ils avaient bien compris.

Moi, *à papa* — Je l'ai autorisé à venir vous faire sa demande.

Maman — Charity, vous n'allez pas me dire… Vous n'avez pas imaginé un instant qu'un boutiquier allait s'allier à notre famille ?

Moi — Ce n'est pas un boutiquier, maman, c'est quelqu'un qui publie des livres.

Maman — Et qui les vend ! C'est quelqu'un qui gagne sa vie en vendant des livres ! Albert, dites quelque chose !

Papa — Je crois que vous faites la confusion entre libraire et éditeur.

Maman — L'un ou l'autre, c'est quelqu'un qui gagne sa vie.

Elle en eut un frisson.

MAMAN — Je sens que je vais me trouver mal. Sonnez Gladys.

Maman fit trois crises de nerfs dans la semaine et je priai Mr King de bien vouloir ne pas brusquer les choses. Maman finirait par entendre raison, d'autant que papa n'était pas absolument hostile à l'idée que son gendre gagne sa vie. Ce fut précisément dans cette semaine critique que ma cousine Ann passa à la maison pour nous annoncer son propre mariage prévu pour le mois de mars.

ANN — Je voulais attendre le mois de juin qui est le meilleur mois. Mais Stephen est tellement impatient!

Ann allait épouser son singe coiffé d'un haut-de-forme. Je ne pus cacher mon étonnement.

MOI — Vous ne deviez pas épouser Mr Ashley?
Ma cousine eut un rire qui sonnait faux.

ANN — Kenneth? Mon Dieu, vous aviez vraiment cru que je souhaitais l'épouser? Un garçon qui traîne avec toutes les grues des théâtres! Même ma sœur n'en veut plus.

D'après Mrs Carter, c'était surtout Sir Howitt qui ne voulait plus que Mr Ashley tournât autour de sa femme. Mrs Carter, bien que mère de famille exemplaire, adorait les potins scandaleux. Ce fut donc par elle que j'appris la fin de la liaison de Mr Ashley avec Miss Rosamund Blackmore. «L'Étoile montante de Londres» était tom-

bée de l'affiche dans le caniveau et désormais elle raco-
lait les gentlemen sur les boulevards. Toujours d'après
Mrs Carter, Mr Ashley avait à présent pour maîtresse
Mlle Viviane d'Estivelle, une Parisienne qui était sa partenaire à la scène.

Il paraîtra curieux qu'on tînt de pareils propos à une
jeune fille. Mais personne ne semblait considérer que
j'en étais une.

D'ailleurs, Mrs Carter et Blanche Schmal me demandaient parfois des conseils pour l'éducation de leurs enfants
comme si j'avais plus d'expérience qu'elles. Ma pauvre
Blanche surtout était si effarée devant ses propres enfants
qu'elle ne savait plus que faire. Ce soir-là, elle m'entraîna
dans la nursery où mon filleul, qui allait sur ses cinq ans,
était en train d'apprendre la table des additions à Bébé Rose.

NOËL — Un plus un égalent deux. Deux plus un
égalent?

ROSE — Crois.

NOËL — Trois, faut dire tttrois.

ROSE — Tttrois.

Rose avait deux ans et avait fait de Noël son Dieu
sur Terre.

BLANCHE — Vous croyez que c'est normal, Cherry?

Au retour de la nursery, nous trouvâmes Herr Schmal
au salon, lui aussi en train de faire des additions. Il tenait
les comptes de l'Institut Schmal pour jeunes filles.

MOI — Les affaires vont bien?

Herr Schmal — Vingt-deux élèves, chère Miss Tiddler! Des jeunes filles exceptionnelles!

Je lui répliquai sur un ton anodin que, étant pour ma part une jeune fille ordinaire, j'avais décidé de me marier. Mes amis se montrèrent moins étonnés que mes parents, mais se réjouirent davantage.

Herr Schmal — Votre éditeur! Quelle bonne idée! Au moins, vous pourrez partager les bénéfices de la vente de vos livres.

Blanche — Ulrich!... Décrivez-nous Mr King, Cherry. Est-il grand? Quel âge a-t-il?

Je fournis toutes les indications souhaitées. Marshall avait trente ans, il était de taille moyenne, mince, agréable. C'était un excellent frère, un fils respectueux, un garçon travailleur, modeste, un peu effacé. Il savait que mon caractère était difficile et espérait sans doute que le mariage l'améliorerait. Blanche ne cessait de m'interrompre pour me complimenter tandis que Herr Schmal m'écoutait et, plus encore, me regardait attentivement.

Herr Schmal, *après un silence* — Êtes-vous sûre de ce que vous faites, Miss Tiddler?

Moi, *troublée* — Comment cela?

Herr Schmal — Êtes-vous sûre de ne pas vous marier pour échapper à votre mère?

Blanche et moi — Oh!

Ulrich se dépêcha de me demander pardon et me souhaita tout le bonheur possible. Blanche voulut effacer toute gêne entre nous et parler d'autre chose. Mais elle ne fut pas très heureuse en choisissant le sujet de conversation.

BLANCHE — Dites, Cherry, vous souvenez-vous de ce jeune homme que nous croisions parfois chez les Bertram et qui aimait jouer la comédie ? Mr Ashley ?

MOI, *de plus en plus troublée* — Pourquoi cela ?

BLANCHE — Il est à l'affiche du théâtre de St James.

HERR SCHMAL — Il va jouer dans une pièce de cet écrivain qui fait scandale, Mr Wilde.

Je répondis que j'étais au courant. Puis, en quelques mots, j'expliquai le grand service que m'avait rendu Mr Ashley en secourant Tabitha.

HERR SCHMAL — Vous avez remis cinquante livres à Mr Ashley sans même lui demander un reçu ?

J'acquiesçai, en me disant que Herr Schmal devait me trouver bien sotte de me délester si légèrement d'une telle somme. Herr Schmal toussota et sembla chercher quelque chose au plafond.

HERR SCHMAL — Quel genre de garçon est-ce, ce Mr Ashley ?

MOI — Un comédien, dans sa vie comme sur scène.

HERR SCHMAL — Sympathique ?

MOI — Assez.

HERR SCHMAL — Plutôt agréable physiquement ?

BLANCHE — Il est très beau. N'est-ce pas, Cherry ? Les sœurs Bertram en raffolaient !

Je fis signe que je ne me souvenais pas de ce détail.

HERR SCHMAL — Vous êtes peintre, Miss Tiddler. Comment le décririez-vous?

MOI — Eh bien, il est grand, athlétique, agité…

HERR SCHMAL — Agité?

MOI — Agité.

Je fermai les yeux pour mieux me le représenter.

MOI — Il a un front haut, dégagé, des cheveux châtain clair qui bouclent légèrement de part et d'autre de son visage, un nez droit, des lèvres pleines, bien dessinées, qui paraissent d'autant plus rouges qu'il a le teint assez pâle. Des pommettes hautes, osseuses et des joues maigres, ce qui donne du relief et du caractère à sa figure.

HERR SCHMAL — Et ses yeux? Tout l'homme tient dans ses yeux.

Je rouvris les miens.

MOI — L'iris très noir et le blanc de l'œil très lumineux. Un regard de brigand.

HERR SCHMAL — De brigand?

MOI — De brigand.

HERR SCHMAL — J'aimerais assez le voir jouer. Tel que vous me le décrivez, il doit exceller dans cette pièce de Mr Wilde. Nous pourrions assister à la première au St James, tous les trois?

Blanche se réjouit tant à l'idée d'aller à ce spectacle que je ne voulus pas la décevoir.

Le théâtre de St James était plein à craquer au soir de la première. J'aperçus Mrs Carter dans la foule et même Mr Johnny Johnson, sûrement avec ses manchettes, car il était en compagnie d'une demoiselle. Il n'était question dans les conversations que de ce Mr Wilde si scandaleusement amusant. Je n'avais rien lu de lui. Pour maman, il sentait le soufre. J'étais donc très impatiente de voir se lever le rideau.

Nous étions assez bien placés à l'orchestre, mais un peu loin de la scène, si bien que les jumelles me furent utiles pour détailler le jeu des acteurs. *L'Éventail de Lady Windermere* raconte, comme vous le savez peut-être, l'histoire d'une jeune femme récemment mariée, très pure et même puritaine, qui croit s'apercevoir que son mari, Lord Windermere, la trompe en entretenant une femme de mauvaise vie. Au troisième acte, Lady Windermere est tentée de s'enfuir avec Lord Darlington, son amoureux, mi-cynique, mi-romanesque. Mr Ashley ne jouait ni Lord Windermere ni Lord Darlington, qui sont les deux principaux rôles masculins. Il était le jeune et très mondain Cecil Graham. On souriait dès son entrée sur scène et le sourire s'attardait à regret quand il la quittait. Dandy léger, taquin et affectant la méchanceté, Cecil Graham pirouettait sur ses talons comme sur les mots, disant : «Quand les gens sont de mon avis, j'ai toujours le sentiment que je dois me tromper» ou bien : «Un sentimental est un homme qui donne à tout une valeur absurde et qui n'a aucune idée du prix de quoi que ce soit. » Mr Ashley avait une telle façon de prononcer ces bons mots que la salle tout entière en ricanait. Je pris les jumelles pour vérifier la description que j'avais faite de lui. Il me semblait que quelque chose avait changé et, en effet, je me rendis compte que Mr Ashley portait pour ce rôle une moustache et un bouc lui encerclant la bouche. Je fus surprise de lui trouver une distinction accrue et je me fis la réflexion stupide que ce genre de moustache ne devait pas piquer quand on embrassait. Mlle Viviane d'Estivelle, la «Parisienne», avait toute la rousseur d'une Irlandaise bon teint s'efforçant de parler avec un petit accent français. Elle n'était nullement la partenaire de Mr Ashley, comme l'avait prétendu Mrs Carter, et il ne lui jeta pas un regard de tout le spectacle qui dura trois heures. Pendant les deux entractes, nous discutâmes de la pièce et des personnages. Blanche trouvait horrible qu'une femme pût s'enfuir avec son amant en abandonnant son enfant et je sentis à son ton de voix qu'elle se faisait beaucoup de souci pour les siens confiés aux soins de la petite bonne.

BLANCHE — Et si le feu prend à la maison?

ULRICH — Oh, dans ce cas, je fais confiance à Noël pour prendre toutes les décisions qui s'imposeront.

La pièce de Mr Wilde fit un véritable triomphe, on se leva pour applaudir et on poussa des «bravo!», des «vivat!». J'eus le grand honneur de voir Mr Wilde en personne passer de la coulisse à la scène pour saluer le public au milieu de ses interprètes. Il avait d'étranges gants mauves et un œillet vert à la boutonnière, il tenait une cigarette du bout de ses doigts gantés et paraissait le summum de l'élégance masculine et de la coquetterie féminine. Je ne sus vraiment que penser de lui. Mais lui le savait, car il nous le dit en accentuant fortement certains mots.

OSCAR WILDE — Mesdames et messieurs, j'ai pris à cette soirée un plaisir immense. Les acteurs nous ont offert une interprétation charmante d'une pièce délicieuse…

Là-dessus, il fit semblant d'applaudir les comédiens, ce qui déchaîna les applaudissements de la salle.

OSCAR WILDE, *au public* — Votre appréciation est tout à fait intelligente et vous pensez presque autant de bien de la pièce que moi-même.

Les gens rirent de cette satisfaction de soi si ridiculement outrée, et Mr Wilde, après avoir baisé la main de Mlle d'Estivelle et donné une tape sur l'épaule de Mr Ashley, s'éloigna en se dandinant, son esprit remorquant après lui son grand corps disgracieux.

HERR SCHMAL — Cet Oscar Wilde est le personnage le plus intéressant de la soirée… Que diriez-vous, ma chère Miss Tiddler, d'aller saluer votre ami d'enfance dans sa loge ?

MOI — Mr Ashley ? Oh, vous n'y pensez pas !

Il y pensait, il y pensait même si bien qu'il nous poussa vers les coulisses au milieu d'une terrible cohue. Une fois de l'autre côté du décor, comme nous errions dans un couloir, Herr Schmal interpella le jeune homme qui jouait le valet de Lady Windermere.

HERR SCHMAL — S'il vous plaît, la loge de Mr Ashley?

LE JEUNE HOMME — Qui ça?

HERR SCHMAL — L'acteur qui joue Cecil Graham.

Le jeune homme nous désigna une porte close à laquelle Herr Schmal, sans écouter nos protestations, se mit à tambouriner. Nous entendîmes un lointain « 'trez!» et nous entrâmes à regret, Blanche et moi. Comme il était prévisible, Mr Ashley était en chemise et ôtait à grande eau son maquillage de scène.

KENNETH ASHLEY — Mais que diable venez-vous… Oh, Miss Tiddler!

Il se frotta le visage avec une serviette comme s'il étrillait son cheval.

HERR SCHMAL — Nous sommes venus vous féliciter, cher monsieur. Vous êtes un interprète rêvé pour Mr Wilde. Et je fais le pari que, dans la prochaine pièce, vous aurez le rôle principal.

Cette entrée en matière était évidemment très habile et Mr Ashley recouvra d'un coup sa bonne humeur. Nous ne restâmes cependant que quelques instants, car il devait finir sa toilette et se sentait un peu gêné devant des dames.

Sur le seuil de sa loge, comme j'ébauchais le geste de lui tendre la main, Mr Ashley la prit, la retourna et embrassa mon poignet, ce qui était sans doute une excentricité à mettre au compte de Cecil Graham. Les Schmal étaient déjà dans le couloir et ne virent heureusement rien.

Je dormis très mal cette nuit-là. Quand je fermais les yeux, je voyais une montagne voisinant un précipice. Il me semblait que je devais ou escalader l'une ou tomber dans l'autre, et une phrase, entendue dans la pièce de Mr Wilde, se mettait à danser dans ma tête migraineuse : «Je peux résister à tout sauf à la tentation.» Où était la tentation, était-ce la montagne, était-ce le précipice ? La phrase peu à peu se déformait et devenait : je peux tout tenter sauf la résistance…

Dès qu'il y eut un peu de lumière dans ma chambre, je pris un papier, un crayon et, de mémoire, j'esquissai un portrait de Mr Ashley dans son personnage de Cecil Graham.

Quand j'eus fini, une constatation s'imposa à mon esprit embrumé. Certaines sortes de moustache ne piquent pas.

28

J'eus l'impression en cet hiver 1893 que l'activité humaine se résumait à une seule chose : se marier. Susan, la sœur de Marshall, préparait son mariage, Mr Johnny Johnson allait se marier, Mr Brooks venait de se marier. Ma cousine Ann passa me voir pour me prier d'être de ses demoiselles d'honneur.

Moi — Je vous remercie, Ann, mais je préfère laisser ce plaisir à de plus jeunes.

Ann — Vous avez tort, Cherry, cela vous aurait porté chance ! Au moins, vous mettrez une pffpart du gâteau sous votre oreiller*…

Je ne voulus pas la détromper en lui disant que je connaissais déjà le visage de celui qui serait mon mari.

Ann — Et vous verrez ma robe, ma chère ! Celle de Lydia vous paraîtra celle d'une pauvresse en comparaison…

---

* Traditionnellement, les jeunes filles mettaient un morceau du gâteau de noce sous leur oreiller pour rêver de leur futur mari.

Car là était tout l'enjeu pour Ann : avoir des bijoux plus coûteux que ceux de sa sœur, un voile plus long, plus de demoiselles d'honneur et plus d'invités. Et, pour que la fête fût complète, son mari était aussi plus laid et plus âgé. La réception qui suivit la cérémonie me parut sinistre. Les amis du marié fumaient de gros cigares, parlaient affaires en agitant des mains couvertes de grosses bagues, et finirent la soirée en titubant. Je refusai toutes les invitations à danser (qui ne furent pas bien nombreuses, malgré tout) et me sentis plus que jamais sujette à la neurasthénie du Docteur Piper. Pourtant, sur le chemin du retour, entre papa et maman, je me mis à sourire mystérieusement. Une idée, une idée d'histoire ! Le mariage de Miss Tutu. Je la commençai dans la nuit en imaginant une noce se déroulant en parallèle chez les humains et chez les souris. J'ébauchai les scènes à l'église avec un vieux marié et une jolie jeune fille. Puis je fis les mêmes scènes dans un trou de souris, en mariant la petite Miss Tutu à un vilain rat moustachu.

Ma chère Mademoiselle Désirée, devenue couturière française à la dernière mode, volait un morceau de tulle à la mariée pour faire la toilette de Miss Tutu et découpait un peu de velours dans le gilet du marié pour habiller le rat. Comme d'habitude, mes scènes animalières étaient plus réussies que mes personnages humains. Mais je fus très contente de mes décors, de mes vêtements et du luxe impudent que j'étalai sur mes aquarelles. Le marié ressemblait assez à l'horreur que venait d'épouser Ann. Mais je pris soin de dessiner la jeune fille de dos ou de profil, le voile la dissimulant en partie.

Dès que j'en fus satisfaite, je portai mes premières esquisses à Marshall King. Ma situation vis-à-vis de lui devenait un peu étrange, car, dans sa famille, j'étais considérée comme sa fiancée. Norman et Norbert m'avaient même baptisée Tante Cherry. Mais Marshall n'avait toujours pas été reçu chez moi. Pendant ce temps, notre collaboration littéraire se poursuivait, plus fructueuse que jamais. Pour *Zack et Compagnie*, qui était sorti en librairie, j'avais négocié un excellent contrat, sur les conseils de Herr Schmal. En plus des cent livres du copyright, j'avais demandé un petit pourcentage sur le prix de chaque exemplaire vendu. Mr Alfred King avait plaisanté sur mon sens des affaires, mais avait facilement cédé. Comme je me mariais avec Marshall, d'une manière ou d'une autre, l'argent ne quitterait pas la maison King.

MARSHALL KING — Vous nous apportez une nouvelle histoire, Miss Tiddler? Père va se réjouir. Il me demandait hier si vous aviez de nouveaux… hmm… projets.

Ce mot de «projets» nous embarrassa tous deux. Nous savions bien qu'il y avait un projet en suspens entre nous et notre malaise s'accentua lorsque Marshall lut le titre que je prévoyais pour mon nouveau livre. *Le Mariage de Miss Tutu.* Il parcourut le texte et regarda lentement chaque esquisse sans faire le moindre commentaire. Puis il rassembla le tout posément.

MARSHALL KING — Père sera content.

MOI — Et vous-même?

MARSHALL KING — Je ne voudrais pas faire de remarques qui seraient mal comprises…

MOI — J'espère ne pas être stupide.

Mr King me jeta un regard par-dessous. Je me demandais parfois s'il n'avait pas un peu peur de moi.

MARSHALL KING — Eh bien, hmm… il me semble, je dis bien «il me semble» que votre histoire tourne un peu en… hmm… dérision l'institution du mariage.

MOI, *prenant la mouche* — Parce que des souris se marient?

MARSHALL KING — Ouiii… Non. C'est le mariage humain que vous ridiculisez: ce vieux marié avec cette jeune fille qui lui est sacrifiée…

MOI — Mais c'est ainsi tous les jours, Mr King! Tant que les jeunes filles n'auront rien d'autre à vendre qu'elles-mêmes…

MARSHALL KING — Miss Tiddler! Je… Ma sœur Susan, qui va se marier, le fait par amour, j'espère que vous n'en doutez pas.

Moi — Je pensais à mes cousines, Mr King. Toutes deux ont fait ce que le monde appelle un «beau mariage», c'est-à-dire qu'elles se sont vendues au plus offrant et qu'elles ont renoncé au garçon qu'elles aimaient.

Je pris l'aquarelle qui représentait les mariés à l'église et je la déchirai.

Mr King tendit la main vers moi comme pour arrêter mon geste, mais c'était trop tard.

Moi — Pardonnez-moi, Mr King. Je… je… suis un peu fatiguée.

Marshall King — C'est certain, Miss Tiddler. Vous travaillez beaucoup…

Moi — … à saper les fondements de la sainte institution du mariage.

Je voulus reprendre mes dessins, mais, cette fois, Marshall posa la main sur mon bras.

Marshall King — Je regrette que vous ayez mal interprété mon objection. Miss Tiddler, hmm… nous avons parfois quelque difficulté à… Mais je pense que c'est ma faute. C'est ma faute, je suis maladroit.

Moi, *riant* — C'est moi qui suis soupe au lait, Mr King! Je vous avais prévenu que mon caractère n'était pas facile. Mais je suis capable de concessions. Si je vous fais un jeune et séduisant marié, est-ce que cela ira?

Marshall King — Si, dans le même temps, vous ne me faites pas de la mariée une affreuse sorcière…

Nous nous séparâmes avec le sourire, heureux sans doute d'avoir su nous éviter une querelle.

Mais je m'aperçus, une fois retournée à mon troisième étage, que mon histoire ne m'amusait plus. Mon jeune et séduisant marié avait l'air aussi concerné par ce qui lui arrivait qu'un mannequin dans une vitrine. Je finis par peindre le couple de dos, puis par déchirer le tout. Enfin, je décidai de tomber malade, c'est-à-dire de me prétendre plus malade que je ne l'étais vraiment, ce qui m'évita de me rendre à une invitation des King. Je les aimais beaucoup, mais je n'avais pas envie d'entendre les jumeaux me demander une fois de plus : « À quand la noce, Tante Cherry ? »

Je n'avais pas de réponse à cette question. Juin était le meilleur mois, mais Susan King se mariait déjà en juin. Ces tergiversations me mettaient de mauvaise humeur et, pour mettre un comble à mon exaspération, Gladys vint m'annoncer que Mr Ashley était au salon.

GLADYS — Dites, Miss, vous pourriez-ti lui demander une photographie ?

MOI — Une photographie ?

GLADYS — C'est rapport à Jack Borrow, Miss. Il me croit pas que je connais un acteur du St James.

Tout en descendant l'escalier, je réfléchis à l'attitude que je devais adopter vis-à-vis de Mr Ashley. La dernière fois que je l'avais vu, il avait eu un comportement tout à fait… tout à fait… Je cherchai en vain le qualificatif et ne

le trouvai qu'au moment d'entrer au salon. «Inadéquat»,
marmonnai-je.

Il me tournait le dos et sifflotait, les mains dans le dos,
en regardant une de mes aquarelles au mur. Pour éviter
toute récidive du comportement inadéquat, je mis, moi
aussi, les mains dans le dos.

MOI — Mr Ashley?

J'eus un mouvement de recul quand il se retourna.
J'avais oublié qu'il portait désormais une moustache et un
bouc qui semblaient mettre sa bouche entre parenthèses.

KENNETH ASHLEY — Êtes-vous contente de moi, Miss
Tiddler?

Je fronçai les sourcils. Attendait-il, en plus, des compliments?

KENNETH ASHLEY, *nerveusement* — Eh bien? Je joue
la comédie au théâtre de St James. C'était ce que vous
aviez prévu pour moi, non?

MOI — En effet.

KENNETH ASHLEY — C'est tout?

Il s'approcha. Je me reculai.

KENNETH ASHLEY — Pourquoi cachez-vous vos
mains? Vous êtes armée?

MOI — J'ai des taches de peinture... À propos de
peinture, avez-vous une photographie?

Mr Ashley me regarda en jouant l'ahurissement, les
sourcils levés et les yeux écarquillés.

Moi — C'est pour Gladys, ma petite bonne. Je suppose qu'elle est amoureuse de vous. Et à ce propos, vous ne vous êtes pas marié avec Miss Ann Bertram ?

Kenneth Ashley — Vous êtes observatrice. Et vous en savez la raison ?

Moi — L'argent ?

Kenneth Ashley — Exact. Je suis trop cher. Et, à ce propos, j'ai de l'argent à vous rendre.

Il sortit une enveloppe de sa poche et me la tendit à bout de bras.

Moi — Qu'est-ce que c'est ?

Kenneth Ashley — Moi qui vous croyais observatrice… C'est une enveloppe.

Redoutant qu'il ne s'emparât de ma main, je lui arrachai l'enveloppe d'un mouvement rapide qui le fit sursauter. Elle contenait plus de vingt livres.

Moi — Vous deviez utiliser cette somme pour Tabitha. Pour la nourriture et les soins. Vous me l'aviez promis.

Kenneth Ashley — Oui, Miss Tiddler. Mais je me suis aperçu que mon ami intime le gardien de Bedlam gardait l'argent pour lui au lieu de le dépenser pour Tabitha. Et à ce propos, vous vouliez une photographie ?

Moi — Oui. Non. Pas moi.

Kenneth Ashley — La bonne ?

Moi — La bonne.

Kenneth Ashley, *fouillant son portefeuille* — Je suis flatté. Tenez, en voici une. J'espère que Miss Gladys ne sera pas fâchée qu'elle date d'avant mon rôle en Cecil Graham. Je n'y porte pas de moustache…

J'eus soudain envie de dire à Mr Ashley que je n'aimais pas les moustaches, mais que la sienne lui allait bien et qu'il ne devrait pas se raser, même lorsqu'il ne serait plus Cecil Graham. Mais je me rendis compte à temps que c'étaient là des propos… comment dire ? Inadéquats. La suite de la conversation se perdit pour moi dans une sorte de brouillard. Mr Ashley me parla de ma ménagerie. Je sais qu'il me demanda des nouvelles de mon lapin puisque je pensai que les lapins portent des moustaches. Et à ce propos, je me dis que les moustaches de Master Peter piquaient quand il venait se frotter contre ma joue, mais que celles de Mr Ashley ne piquaient pas quand il embrassait mon poignet. Il était maintenant près de moi et je commençais à me sentir en danger. De ma main gauche, j'encerclai mon poignet droit qui me semblait le plus nettement menacé.

KENNETH ASHLEY — Mais je crains de vous ennuyer, Miss Tiddler. *(Un peu vexé :)* Vous avez mieux à faire que d'écouter mon insignifiant bavardage.

Il allait certainement me dire au revoir. Il n'était pas question que je lui tende la main, que je sente le contact de sa bouche sur ma peau, ni surtout celui de ses moustaches.

MOI — Eh bien, au revoir, Mr Moust… Ashley.
KENNETH ASHLEY, *avec son air d'ahuri* — Moustashley ?

Moi — Excusez-moi, je suis un peu fatiguée. Au revoir, Mr Ashley.

Kenneth Ashley — Dans la mesure où nous nous connaissons depuis une douzaine d'années, pourriez-vous envisager, dans un mouvement de fol abandon, la possibilité de m'appeler par mon prénom?

Moi — Je ne connais pas ce genre de mouvement, Mr Ashley.

Kenneth Ashley — C'est ce qu'il m'avait semblé. Le bonjour, Miss Tiddler.

Quand je remontai à mon étage, Gladys me demanda si j'avais obtenu une photographie de Mr Ashley. Je répondis par la négative parce qu'il n'était évidemment pas pensable que Gladys allât exhiber cette photographie devant tous les cireurs de chaussures et marchands de marrons de Londres. Mais, comme il ne fallait pas qu'elle s'aperçût que je lui avais menti, je décidai – par prudence – de toujours garder la photographie sur moi et de dormir en la plaçant sous mon oreiller.

Je me remis sérieusement au travail le lendemain de la visite de Mr Ashley et je finis assez vite mon histoire. *Le Mariage de Miss Tutu* était moins moqueur que ce que j'avais tout d'abord voulu faire, mais les illustrations en restaient plaisantes. Après mûre réflexion, j'avais peint le marié de face en m'aidant de la photographie de Mr Ashley. Marshall King parut satisfait du résultat.

Marshall King — Et vous voyez, vous pouvez très

bien faire des personnages humains qui ont l'air vivant. Comme celui-ci.

Il me désigna le marié.

Moi — C'est que j'avais un modèle.

Marshall King, *surpris* — Quelqu'un qui a posé pour vous?

Moi — Non, non! J'ai pris une photo de... d'un ami d'enfance.

Marshall King — Un ami d'enfance...

Il posa mes illustrations sur le bureau, toussota.

Marshall King — Vous... vous n'avez rien remarqué, Miss Tiddler?

Moi — Remarqué? À quel sujet?

Marshall King — Hmm... à mon sujet.

Nos regards se croisèrent.

Moi — Oh, la moustache!

Marshall King s'était rasé.

Moi — Vous ressemblez tellement à votre sœur Elizabeth sans la moustache! Vraiment son sosie! En... en plus viril, naturellement.

Marshall King — J'ai eu tort, n'est-ce pas?

Moi — Non, non. Vous êtes très bien. Du reste, vous pouvez toujours la faire repousser... si vous changez d'avis.

Je n'ajoutai pas que cela m'était parfaitement indifférent, car Mr King pouvait mal l'interpréter.

MARSHALL KING — On a toujours le droit de changer d'avis. Parfois même, c'est un devoir… hmm.

Je m'aperçus à ce moment-là à quel point la présence de Marshall King m'oppressait. Était-ce parce que la porte de son bureau était fermée?

MARSHALL KING — Miss Tiddler, nous avons eu peu d'occasions de parler en tête à tête de ce… hmm… mariage.

Je jetai un regard vers la porte. Il me vint l'envie folle de l'ouvrir, de m'enfuir de cette maison, de courir n'importe où dans Londres, n'importe où, mais loin.

MOI — Est-ce qu'il faut en parler maintenant?

MARSHALL KING — Je pense que nous avons trop tardé à le faire. Miss Tiddler, le jour où je vous ai fait ma seconde demande en mariage, vous m'avez suggéré que je me trompais peut-être de personne…

MOI — Et vous vous êtes trompé?

MARSHALL KING — Vous… hmm… c'est peut-être vous qui vous êtes trompée, si je peux me permettre de vous faire cette remarque.

Je voulus protester, mais rien ne sortit de ma bouche qu'un plaintif: «Oh, Mr King…»

MARSHALL KING — Vous me feriez plaisir en m'appelant «Marshall»… hmm, Miss Charity. Je souhaite que nous restions dans les meilleurs termes possible. J'ai pour vous beaucoup d'estime, d'admiration, de… d'affection.

J'entendis de nouveau dans sa voix la légère fêlure. Marshall King avait compris que je ne l'aimais pas, que je ne l'aimerais jamais.

Il me rendait ma liberté.

Moi — Marshall!

Nous avions tous les deux des larmes dans les yeux.

Moi — J'aime tant votre famille. Ils vont être si déçus! Pardonnez-moi, Marshall, je ne suis pas faite pour le mariage. Je l'ai toujours pressenti.

Marshall — Vous alliez un grand talent à une grande volonté, Charity. J'ai bien conscience de mon étroitesse d'esprit et de la faiblesse de mon caractère quand je suis en face de vous.

Marshall parlait, la tête baissée, et tout en triturant mes dessins. J'éprouvais de la peine et de la gratitude. J'étais terriblement soulagée.

Marshall — L'homme que vous aimerez sera l'homme qui vous aimera telle que vous êtes, Charity, telle que vous méritez d'être aimée.

29

Après le soulagement, vint l'abattement. J'avais honte de retourner chez les King, honte d'aller chez les Schmal, à qui j'avais eu l'imprudence de parler de ce mariage. J'aurais voulu fuir Londres en ce mois de juin, mais, cette année, les propriétaires de Dingley Bell ne loue-raient leur cottage qu'en juillet. La chaleur était devenue soudain infernale dans la capitale et les eaux cloaqueuses de la Tamise répandaient des odeurs pestilentielles. J'allais tomber malade lorsque ma cousine, Lady Lydia Howitt, eut la généreuse idée de m'inviter à Tawton Castle dans le Devonshire.

Elle m'accorda même la permission de venir avec Master Peter, Petruchio, Mademoiselle Désirée, Zack mon crapaud, Tim Ticket mon hérisson, et, bien sûr, ce pauvre Cookie qui m'attendait toujours derrière la porte quand je sortais. Comme je l'expliquai à Sir Howitt et à ma cousine le soir de mon arrivée, les animaux ont véritablement leur caractère. Ainsi, Tim Ticket était le hérisson le plus peureux que j'eusse jamais recueilli, toujours enfoui dans les feuilles, toujours roulé en boule, et Cookie était un canard à la fois triste et sentimental, me regardant avec des yeux langoureux chaque fois qu'il pressentait que j'allais le quitter. Mes considérations sur la psychologie animale fascinèrent tellement ma cousine qu'elle en garda les yeux fixement écarquillés, comme si le spectre du père de Hamlet était dans mon dos. La campagne du Devonshire avait sur elle un effet soporifique, à moins que ce ne fût la compagnie de son mari. Sir Howitt était bien ce que j'avais pensé, un brave garçon sans instruction. Mais intarissable sur la chasse au renard, les vertus de la pomme à cidre et les belles vaches à robe rouge du Devon. Mon canard, qui me suivait comme un chien et restait à mes pieds pendant les repas, le faisait rire aux larmes. Son interjection favorite était : «Excellent! Excellent!»

SIR HOWITT — Êtes-vous matinale, Miss Tiddler? Lady Howitt ne sort pas de sa chambre avant midi.

LADY HOWITT, *la voix traînante* — Il n'y a rien à faire avant midi… Après non plus, d'ailleurs.

Je déclarai que je me levais habituellement à six heures

et Sir Howitt s'exclama : «Excellent!» Il voulait me faire faire le tour de son domaine à cheval.

Moi — Je n'ai pas l'intrépidité de ma cousine.

Lady Howitt — Je ne monte plus. Le médecin l'a interdit.

Il n'en avait pas été question entre nous, mais ma cousine attendait manifestement un heureux événement. Du moins, je supposais qu'il était heureux.

Sir Howitt tint promesse et, le lendemain, il me montra ses fermes, son réservoir à truites, et ses vergers et ses pâturages vallonnés. Au-delà, c'était la sauvage contrée du Dartmoor hérissée de mystérieux cercles de pierres. Et Sir Howitt, qui n'avait rien de mystérieux ni de sauvage, fit faire demi-tour à son cheval.

Quand nous revînmes à Tawton Castle, les salons commençaient à s'animer. De la compagnie venait d'arriver, des amis de Sir Howitt qui aimaient comme lui la chasse à courre, tous gentlemen de bonne race, bien portants et le teint couperosé par le grand air. Ils firent un charmant accueil à mon canard, mais se montrèrent plutôt réservés avec Lady Howitt, qui, à vrai dire, les ignorait. J'eus la surprise de retrouver Tante Janet dans le hall, encore tout encombrée de paquets et de cartons à chapeau. Elle venait d'arriver, elle aussi, et comptait s'établir tout l'été aux côtés de «cette chère petite».

Tante Janet, *avec un air de compassion* — Vous savez, elle va avoir besoin de moi.

Et, pour que je comprisse mieux la fine allusion, elle sortit à demi de son panier à ouvrage une paire de petits chaussons de laine jaune vif dont la forme et le coloris auraient pu convenir à Cookie.

MOI — Très mignon.

TANTE JANET, *cachant les chaussons* — C'est important de montrer qu'on participe aux événements de la famille, tout en restant à sa place, naturellement. Vous verrez, nous n'avons pas la plus mauvaise part… Votre cousine Ann ne tardera pas à avoir besoin d'un soutien, elle aussi. Cette chère petite est tout à fait comme sa mère. Totalement incapable de tenir sa maison et d'élever des enfants. C'est une enfant elle-même ! Elle sera si heureuse de vous savoir près d'elle.

Un grand froid m'envahissait tandis que Tante Janet me chuchotait ces horreurs à l'oreille. Le monde m'avait-il déjà condamnée à finir en Tante Cherry tricotant des chaussons ?

Dès le lendemain matin, à six heures, je m'installai devant mon chevalet. Avec mon travail, je gagnerais ma liberté. Car la liberté tient en trois lettres : LSP. J'avais une idée d'histoire prenant mon timide Tim Ticket pour héros. Tim, le hérisson, partait un matin sur les grands chemins pour aller délivrer la princesse Kiss-me-not, prisonnière d'un dragon dans un château ensorcelé. Tim Ticket se comportait comme un chevalier de la Table ronde jusqu'au moment où on s'apercevait qu'il n'était qu'un pauvre hérisson au pouvoir d'un petit garçon. Le garnement avait construit un château de brindilles et de cailloux, un dragon de feuilles et de boue. Quand sa maman l'appelait, le petit garçon laissait Tim Ticket roulé en boule dans sa prison de branchages. Puis la lune se levait et, à la faveur de la nuit, Tim se déroulait, s'échappait de la prison et, disait mon texte : « Il partit retrouver la princesse Kiss-me-not au fond du jardin. »

J'entendais déjà Marshall me dire que les petits lecteurs ne sauraient pas démêler le vrai du faux dans mon histoire. Mais mon hérisson était si mignon que j'espérais tout de même avoir le dernier mot. Quand je ne travaillais pas à *Courage, Tim Ticket!*, mon nouveau livre, j'allais faire de grandes promenades dans la campagne et j'en rapportais des esquisses et des aquarelles. Sir Howitt fit encadrer l'une d'elles qui représentait ses chères vaches rouges dans un pâturage. Nous nous entendions à merveille, lui et moi, ce qui achevait d'exaspérer Lydia. Au total, j'aurais pu passer quelques semaines agréables, loin de Londres et des chagrins que j'y avais laissés. Malheureusement, Sir Howitt avait un frère cadet, que vous avez sûrement oublié et que j'aurais aimé oublier, moi aussi, mais qui se présenta un matin à Tawton Castle.

EUSTACHE HOWITT — Hello, Mrs Tiddler! Et comment va votre mari, le capitaine de frégate?

MOI — Son bateau a coulé, Mr Howitt, je m'étonne que vous ne l'ayez pas appris.

Eustache Howitt — Ah, ah, la bonne farce! Hein? Vous êtes un garnement, Miss Tiddler!

Mr Eustache Howitt était un cadet de grande famille, ce qui signifiait que, à part des relations, il ne possédait rien. J'étais donc pour lui une proie des plus intéressantes, ce qui l'autorisait à me persécuter. Plus grave encore, comme il ne cessait d'être sur mes talons, il marchait souvent sur les pattes de Cookie. La chose présentait un intérêt pratique, car Cookie m'avertissait lorsque Mr Howitt entrait dans la pièce où je me tenais, en battant des ailes et en jetant des coin coin de détresse. Je m'aperçus aussi que l'aimable homme avait en horreur ce qu'il appelait, pour se concilier mes bonnes grâces, mes «petites bébêtes».

Eustache Howitt — Mais qu'est-ce que vous avez là, oui, là, sur la manche... Ah! Mais ça bouge!

Moi — C'est Mademoiselle Désirée. Dites bonjour à Mr Howitt, Désirée.

Eustache Howitt — Non, non, gardez-la, gardez-la!

Forte de ce succès, je descendis au salon avec Master Peter, le gardant sur mes genoux pendant les repas, le canard à mes pieds, la souris sur l'épaule. Et je mis un comble au supplice de Mr Howitt en apportant avec moi la cage de Petruchio. Mon corbeau avait fait de grands progrès, grâce à Gladys Gordon. Désormais, il disait d'une voix très grave, et l'œil mauvais: «Je vous aime, mon amour, je vous aime.» Cela éteignit définitivement les ardeurs de Mr Eustache Howitt.

Tante Janet — Vous avez bien fait de le rembarrer. Il n'y a que deux sortes d'homme, Miss Tiddler, ceux qui en veulent à notre argent et ceux qui en veulent à notre honneur… Voulez-vous que je vous apprenne à tricoter ?

Moi — Je crois que je détesterais, Tante Janet.

Mais je lus dans ses yeux que tôt ou tard j'y viendrais.

Dès mon retour à Londres, ma cousine Ann voulut me voir et grimpa mes trois étages avec des bonds de chèvre.

Ann — Alors, racontez-moi tout ! Vous avez dû vous ennuyer à mourir avec ce cher Howitt !

Je lui fis une description enthousiaste du Devonshire et du mode de vie campagnard de Sir Howitt, plus heureux sur ses terres que le roi de France à la Cour. Pendant ce temps, Ann déplaçait mes crayons, mes livres, mes aquarelles, et j'avais bien envie de lui taper sur les doigts.

Ann — Mais Lydia ? Lydia ! Vous ne m'en parlez pas. Elle doit être en pénitence à Tawton Castle. Si elle n'avait pas tant flirté avec ce… Oh, mais dites, c'est lui !

Elle venait d'apercevoir, caché sous plusieurs croquis, le portrait que j'avais fait de Mr Ashley dans son rôle de Cecil Graham. Elle me jeta un regard où s'entrechoquaient la surprise, la colère et la raillerie.

Ann — Tiens, le beau Kenneth aurait fait une victime de plus...

Moi, *gardant mon calme* — J'ai toujours besoin de modèles. C'est un portrait fait de mémoire, mais il n'est pas mauvais... puisque vous l'avez reconnu.

Ann se mit à rire de ce rire aigre qu'elle avait dès qu'il était question de Mr Ashley.

Ann — Ne vous fatiguez pas, ma chère. Il nous aura toutes bien trompées.

Elle fit semblant d'admirer le portrait.

Ann — Hein ? Croiriez-vous, avec ce visage d'ange, que ce fût un démon ? Il n'aime pas, il n'aime personne, il n'aime que lui. Il ne pense qu'à sa carrière, à sa gloire future !

J'étais certaine qu'elle parlait par dépit.

Moi — Mr Ashley a du talent, il est normal qu'il ait de l'ambition. Les ambitieux paraissent toujours un peu égoïstes.

Ann, *s'enflammant* — Oui, oui, aimez-le, aimez-le bien, Cherry, et pleurez toutes les larmes de votre corps ! N'est-il pas étrange qu'il nous ait si longtemps tourné autour sans jamais se déclarer ? Des promesses, des compliments, des yeux doux, mais pas de demande en mariage.

Il prétendait que ni ma sœur ni moi ne pourrions vivre sans argent. Pff! La vérité, c'est…

J'étais certaine qu'elle allait mentir. Je ne voulais pas en entendre davantage.

Ann — La vérité, c'est qu'il aime les hommes. Le théâtre l'a dévoyé. Il aime se déguiser en f… Cherry!

Je l'entendis crier mon nom. Puis je n'entendis plus rien. Quand je revins à moi, je sentis que quelqu'un tenait mon poignet et j'eus très peur. Qui était là? En entrouvrant les paupières, j'aperçus le Docteur Piper à mon côté.

Docteur Piper — Le pouls est encore faible… Vous êtes là, Miss Tiddler? Faites-moi un signe… Bon. Quitte pour la peur. Que vous est-il arrivé? Un coup de chaleur?

J'entendis la voix de maman dans le lointain, expliquant que ma cousine était montée me divertir et que j'étais tombée brutalement de ma chaise.

Maman — La dernière fois qu'elle est tombée d'une chaise, elle avait cinq ans. C'était à l'église. Mais elle s'était endormie.

Docteur Piper, *avec bonne humeur* — Alors, il faut croire que la cousine n'était pas très divertissante…

Il me donna quelques tapes sur les joues.

Docteur Piper — Là, les couleurs reviennent. Ces jeunes filles serrent trop leur corset. Ou peut-être travaillez-vous trop, Miss Tiddler ? On voit vos livres dans toutes les librairies ! Vous êtes devenue un auteur à succès.

MAMAN — Un « auteur à succès » ? Dans notre famille ! Je savais bien que tout cela finirait mal.

Le Docteur Piper disait vrai et je m'en aperçus en me promenant dans les rues de Londres. Mes livres étaient en vitrine et Mr Galloway m'assura qu'il avait vendu en une semaine tout son stock du *Mariage de Miss Tutu.* Cela me donna le courage de retourner à la maison King and Co., d'en pousser la porte, de demander si Mr Marshall King était là. Il me sembla que les employés me regardaient avec insistance et chuchotaient dans mon dos. Étais-je à leurs yeux la fiancée infidèle ou la femme dont on n'avait pas voulu ? Je vis alors Marshall King accourir vers moi.

MARSHALL — Mais entrez donc, ne restez pas dans ce hall. Il fait une chaleur épouvantable. Permettez que je vous débarrasse, hmm… Charity.

Il me prit des mains mon carton à dessin et nous nous regardâmes au fond des yeux comme pour lire au fond de nos cœurs.

MOI — Je suis si contente de… si contente, Marshall.
MARSHALL — Moi aussi. Moi aussi.

Nous étions très émus.

Je demandai des nouvelles de toute la famille King, Marshall s'inquiéta de ma santé. Nous défîmes ensemble les nœuds de mon carton à dessin et commentâmes ensemble les dessins et le texte de *Courage, Tim Ticket!* Marshall trouva mon récit hardi dans sa complexité, mais ne me critiqua pas. Il ne se raidissait plus, je ne prenais plus la mouche.

MOI — Croyez-vous qu'un jour je pourrai revenir passer une soirée dans votre famille?

MARSHALL — Demain, si vous le voulez. Ils ont été déçus, je ne veux pas vous le cacher. Mais c'est parce qu'ils vous aiment. Et ça, ça n'a pas changé.

MOI — Votre famille est importante pour moi, Marshall… Il y a tant de jeunesse, tant de gaieté, tant d'amour entre vous! Je n'ai pas connu de vraie famille. J'ai grandi seule dans la nursery. Mes petites sœurs, voyez-vous, mes petites sœurs…

Je fus incapable de poursuivre. C'était ridicule, ce chagrin. Mais il était là. Depuis toujours, il était là.

MARSHALL — Je suis votre frère, Charity. Votre frère, hmm… si vous me le permettez.

MOI, *lui prenant les mains* — C'est la meilleure nouvelle depuis des années!

Mais l'été se passa sans que je revisse ni les King ni les Schmal, car je partis pour Dingley Bell avec mes parents. Ned, le jardinier, nous apprit une nouvelle inquiétante à la fin du mois d'août. Les propriétaires du cottage allaient sans doute être obligés de le mettre en vente. Il m'était impossible d'imaginer un été loin du Kent, sans Ned, sans Néfertiti, sans pêche à la mouche, un été sans Dingley Bell. Comme papa semblait assez contrarié, je me pris à espérer que je le déciderais à acheter le cottage. Ned m'en indiqua le prix: «Deux mille livres», ce qui me parut raisonnable.

Dans les premiers jours de septembre, papa nous apprit qu'il devait rentrer à Londres pour traiter de quelques affaires un peu embrouillées avec l'avoué de notre famille, Mr Tulkinghorn. Il s'agissait de placements financiers que papa avait faits sur les conseils du mari de ma cousine Ann. Il nous proposa à maman et à moi de prolonger notre séjour comme d'habitude jusqu'à la fin du mois.

MOI — Non, je préfère vous accompagner. Je... je m'ennuie un peu.

PAPA, *étonné* — Vous? Vous vous ennuyez, vous?

Il n'insista pas, voyant que je rougissais.

En réalité, il me fallait rentrer à Londres à cause de Gladys Gordon. Gladys avait alors dix-neuf ans. Sans être une jolie fille, elle avait de beaux cheveux et un regard provocant. Elle parlait mal, se tenait plus mal encore, était paresseuse, menteuse, et un peu voleuse. Mais elle aimait les animaux, posait pour moi et portait mes messages. Telle qu'elle était, elle me convenait. Mais hélas, elle convenait plus encore aux marchands de marrons et aux cireurs de chaussures. Ce qui devait arriver arriva. Gladys se confia à moi en pleurant. C'était dans les derniers jours d'août. Elle savait que, si mes parents apprenaient la vérité, elle serait chassée et qu'il n'y aurait que la rue pour l'accueillir. Je voulus savoir si le responsable de son malheur n'accepterait pas de l'épouser, mais elle ne sut me donner un nom.

GLADYS — Je suis pas la fille qu'on se marie avec. J'ai plus qu'à m'jeter dans la rivière.

Ces mots me firent penser à Tabitha. La malheureuse Gladys se serrait la taille comme Tabitha l'avait fait autrefois, dans l'espoir que rien ne se remarquerait. Je ne savais quoi faire pour l'aider. Je me souvenais seulement avoir lu dans la bibliothèque des Bertram un horrible roman français où une jeune fille de la noblesse se cachait pour avoir son bébé puis allait l'abandonner sur les marches d'une église. C'étaient les seuls renseignements dont je disposais sur la conduite à tenir. Il me semblait qu'à Londres je pourrais trouver plus d'aide que dans un village du Kent. Mais, en allant à «Rêve de Roses», j'appris par les voisins des Schmal que ceux-ci prenaient quelques jours de repos à Brighton. Quant à Marshall King, il était parti à Bath. Il ne me restait donc qu'une solution et qui ne me plaisait guère.

Un après-midi, j'envoyai Gladys rôder autour du théâtre de St James à la recherche de Mr Ashley. J'ignorais où il habitait, mais je savais qu'il jouait tous les soirs le rôle de Cecil Graham. Gladys revint dans la soirée et je l'expédiai tout de suite au salon, où maman l'avait sonnée à plusieurs reprises. Elle raconta je ne sais quels mensonges, se fit sermonner, puis dut servir à table. Elle était plus pâle que son tablier et je redoutais qu'elle ne fît un malaise. Quand elle put enfin me rejoindre au troisième étage, son regard me fit peine comme celui des animaux qui se sentent mourir.

MOI — Eh bien, l'avez-vous vu?

GLADYS — Non, Miss. Mais j'sais où qu'il perche. C'est au St Georges et le Dragon.

MOI — C'est un nom de taverne?

GLADYS — Oui, Miss, à côté du théâtre.

C'est une fille, un genre d'actrice, qui m'a dit: «Si vous le cherchez, il est plus souvent là qu'aut' part.»

Munie de ces informations, il ne me restait plus qu'à trouver la taverne. Ce que je fis le lendemain à l'heure du lunch. J'essayai tout d'abord de jeter un regard à l'intérieur du St Georges et le Dragon, mais les petits carreaux au verre dépoli ne laissaient rien voir. Je me résignai donc à entrer dans une taverne pour la première fois de ma vie. L'atmosphère y était passablement enfumée et bruyante. Des garçons enveloppés dans de longs tabliers blancs voltigeaient entre les tables, portant haut levés des bocks de bière et des assiettes de viande bouillie, et laissant derrière eux des panaches de fumée odorante. L'arrière-salle comportait des stalles de bois où des gens, que je ne pouvais voir, buvaient, braillaient, chantaient même. Il me semblait qu'il était bien tôt pour se mettre dans de pareils états et je me souvins que, d'après Mrs Carter, Mr Ashley «faisait la noce». Je m'approchai de la buvette où la barmaid servait la bière à la tireuse, mais elle était trop occupée à plaisanter avec les clients pour faire attention à moi. Enfin, je trouvai le courage d'arrêter un garçon qui se dirigeait vers les cuisines et de lui demander si Mr Ashley était là. Le garçon me parcourut d'un regard railleur et je rougis.

LE GARÇON, *plutôt familier* — Il est là, ma petite. Mais allez-y pas lui faire une scène. Hein ? C'est pas parce qu'il est avec des dames qu'il pense à faire le mal. C'est des amies à lui. Si ça se trouve, c'est même ses cousines.

Mon air de jeune fille de la bonne société paraissait l'amuser beaucoup.

MOI, *très digne* — J'ai un message à transmettre à Mr Ashley. Vous est-il possible de l'avertir que quelqu'un l'attend près de l'entrée ?

LE GARÇON — Y a pas un nom que je pourrais z'y donner ?

MOI — Mon nom ne lui dirait rien.

Le garçon s'en alla, incertain et ricanant. J'attendis quelques instants, très mal à mon aise tant l'air était lourd à respirer. J'entendais des bribes de conversation s'échappant des dos tournés des buveurs.

L'UN — Comment ça marche au St James ?

L'AUTRE — Salle pleine tous les soirs, mon vieux.

UN TROISIÈME — On raconte des drôles d'histoires sur ce Mr Wilde…

Je vis alors s'avancer vers moi Mr Ashley. Il était tout à fait comme j'imaginais un jeune homme qui fait la noce, les yeux trop brillants, les cheveux en désordre et la cravate desserrée. Il aurait joué à merveille le cadet de famille qui a mal tourné dans la scène 2 de l'acte III. Il parut saisi de me voir là.

> KENNETH ASHLEY — Miss Tiddler! Que vous arrive-t-il?

Je portai la main à ma gorge. J'étouffais. Il le comprit et m'entraîna vers la rue.

> KENNETH ASHLEY — Voilà, respirez lentement. Appuyez-vous sur moi. Nous allons marcher un peu…

Je lui pris le bras et nous fîmes quelques pas en silence.

> MOI — Vous devez être surpris de me voir là. Je… je vous ai fait rechercher.

Mr Ashley se taisait et marchait à mon côté, la tête baissée. Il devait être un peu migraineux.

> MOI — Je ne sais vraiment que faire. Je manque tant d'expérience, je vis si isolée. À qui puis-je demander de l'aide?

Mr Ashley se taisait toujours, ce qui commença à m'irriter.

> MOI — Bien sûr, on peut… on peut toujours cacher les choses. Mais il est un moment où cela doit devenir difficile. Et puis il y a un moment où il faut bien… Et alors, que faire et où aller? Croyez-vous vraiment qu'on puisse l'abandonner sur les marches d'une église?

Mr Ashley s'était immobilisé. Il s'écarta de moi d'un mouvement brusque.

Kenneth Ashley — Mais, nom de Dieu, de quoi parlez-vous ? Cacher quoi ? Abandonner quoi ? Ne me dites pas que… Vous ? Non, pas vous !

Son regard me parut celui d'un fou furieux. Je me sentis défaillir.

Moi — Mr Ashley, je parle de Gladys. Gladys Gordon.

Mr Ashley porta la main à son front en marmonnant : « Nom de Dieu », car il avait la mauvaise habitude de jurer.

Kenneth Ashley — Reprenons calmement. Gladys est votre petite bonne, n'est-ce pas, celle qui voulait ma photographie ? Mais ce n'est pas comme ça qu'elle est tombée enceinte. C'est bien de cela qu'il s'agit ? Elle est enceinte ? Non, non, ne me répondez pas. J'ai compris.

Moi — Elle va être chassée. Et alors, qu'adviendra-t-il d'elle ?

Kenneth Ashley — N'essayez pas de l'imaginer. L'homme qui l'a mise enceinte ne veut pas l'épouser ? Ou bien, elle ne sait pas qui c'est… Ne dites rien. J'ai compris.

Soudain, il me saisit aux épaules.

Kenneth Ashley — Quand cesserez-vous de vous intéresser aux rats, aux folles et aux filles perdues, dites ?

Moi, *désemparée* — Mais, Mr Ashley…

Kenneth Ashley — Taisez-vous, vous m'exaspérez. Envoyez-moi cette fille au St Georges demain à midi.

Moi — Oui… mais qu'allez-vous faire ?

Kenneth Ashley — Miss Tiddler, laissez-moi régler cette affaire et retournez peindre des lapins et des souris.

Moi — Mr Ashley, je ne suis ni une enfant ni une idiote. J'ai besoin de votre aide, mais je veux savoir ce qu'il adviendra de Gladys.

Kenneth Ashley — Miss Tiddler, vous vivez dans votre monde, moi dans le mien. Nos routes se croisent parfois, parce que Dieu le veut, mais nos mondes ne se confondent pas. Dans le mien, ce qui arrive à Miss Gordon est des plus ordinaires, et nous savons ce qu'il faut faire.

Il m'offrit le bras et nous reprîmes notre marche en direction de la station de fiacres.

Moi — Au moins, Mr Ashley, faites attention que l'enfant ne prenne pas froid sur les marches de l'église en attendant qu'une âme charitable le recueille…

Un éclat de rire sec accueillit ma recommandation.

Kenneth Ashley — Séparons-nous ici. Avez-vous peur de moi, Miss Tiddler ?

Moi — Bien sûr que non, Mr Ashley.

Kenneth Ashley — Alors, tendez-moi la main.

Ce que je fis, et il la serra.

Gladys put s'absenter le lendemain sans que personne ne le remarquât. À son retour, elle m'apprit qu'elle irait voir le dimanche suivant «une sage-femme qu'était à la campagne».

Gladys — Ça se pourrait que le lundi je soye pas revenue. Alors, faudra dire à madame que ma vieille est morte et que j'ai été à l'enterrement au village.

Tout cela me parut mystérieux et même inquiétant. Mais Gladys semblait joyeuse et pressée de voir arriver le dimanche. Le lundi, en effet, elle n'était pas de retour. Je dis à maman qu'un petit garçon était passé voir la cuisinière de la part de Gladys pour dire que celle-ci enterrait sa mère.

MAMAN — Encore! Son père, ses deux grands-mères, ses deux grands-pères, son frère aîné, sa sœur cadette sont morts…

PAPA — Cette jeune fille est bien malchanceuse.

MAMAN — Mais, Albert, je crois bien que c'est la deuxième fois qu'elle enterre sa mère.

PAPA — Autant que les choses soient bien faites.

Gladys ne revint que le mercredi et maman parla de la renvoyer. Une fois de plus, j'intervins pour la protéger. La pauvre fille était livide et ne tenait guère sur ses jambes. Pourtant, elle fit son service comme à l'accoutumée.

Les jours et les semaines passèrent. Je fêtai mes vingt-quatre ans. Aucun bébé ne fut déposé sur les marches d'une église, et Gladys Gordon ne me parla plus jamais de Jack, Jim ou John. Pour le reste, elle demeura fidèle à elle-même, paresseuse, menteuse et un peu voleuse.

30

En ce printemps 1894, les turbulences de ma vie s'étaient apaisées et ma santé était bien meilleure. J'étais retournée chez les King, où les jumeaux Norman et Norbert avaient imposé à chacun de m'appeler Tante Cherry, ce qui ne me dérangeait pas, tant qu'on ne m'obligeait pas à tricoter. Susan et Elizabeth voulaient toutes deux que je fusse la marraine de l'enfant qu'elles attendaient, et, pour éviter une querelle, j'acceptai dans les deux cas. Quand j'allais chez les Schmal, j'étais «Reine» pour leurs deux enfants et chez les Carter j'étais la «Miss Charity» de tout le monde. Ayant un peu d'argent grâce au copyright de mes deux derniers livres, je pouvais faire mille petits cadeaux, un oiseau en cage pour Edmund, une tortue pour Rose, une boîte d'aquarelle pour Noël... Ma vie me semblait tracée comme un dessin dont je n'avais plus qu'à repasser les contours, une vie studieuse, active, souvent solitaire au milieu de mes animaux, mais ponctuée de joyeuses visites d'enfants. Cependant, tandis que le ciel s'éclaircissait au-dessus de moi, des grondements se firent entendre au loin qui menaçaient les miens.

Lydia était revenue de Tawton Castle pour mettre au monde son bébé avec l'assistance du Docteur Piper. C'était un beau petit garçon, Andrew, dont je fus… la marraine. Mais je ne le vis guère, car les Howitt l'expédièrent à la campagne chez une robuste nourrice du Devonshire. Dès qu'elle fut rétablie, Lydia profita de la saison londonienne, des bals, des soirées, des spectacles. J'allais parfois au théâtre avec elle, y ayant pris un goût très vif. C'est ainsi que, un jour d'avril 1894, je découvris au théâtre de l'Avenue une pièce de Mr Bernard Shaw, dont on opposait souvent le talent à celui d'Oscar Wilde. La pièce intitulée *L'Homme et les armes* me parut piquante et romanesque, supérieure à tout ce que j'avais vu jusque-là sur les planches, et je me fis la réflexion que Mr Shaw pourrait un jour écrire un rôle pour Mr Ashley. Avant le lever du rideau, ma cousine inspecta la salle de ses jumelles et me fit d'étranges commentaires sur les dames présentes.

LYDIA HOWITT — Eva Greene doit bien avoir deux mille livres de diamants autour du cou. À moins que ce ne soient des faux. Oh, avez-vous vu la vieille Mrs Rainbird ? Cette robe indécente qui montre ses salières ? Elle a au moins pour trois cents livres de dentelles sur sa vieille peau. C'est dégoûtant !

Le monde autour de Lydia n'était que Livre Shilling Penny. Depuis qu'elle s'était mariée, son cœur s'était arrêté de battre et avait été remplacé par un coffre-fort. Pendant le spectacle, son mari s'endormit, la tête renversée sur le dossier et la bouche ouverte. Quand le rideau fut baissé, Mrs Carter («Une émeraude de deux cents livres à l'index, me signala ma cousine à mi-voix, sûrement un bijou de famille») nous rejoignit, toute fière de nous faire savoir que Mr Shaw était apparenté à son mari. Je lui fis part de mon admiration pour la pièce et Mrs Carter voulut absolument m'en présenter l'auteur qui, était dans les coulisses.

LYDIA HOWITT — Vous n'y pensez pas, ma chère, tout le monde sait que Mr Shaw est socialiste!

MRS CARTER, *frondeuse* — Mais cela n'a aucune importance, c'est un artiste! Les artistes disent et font n'importe quoi.

Sir Howitt, qui sortait du coma, bégaya: «Hein, quoi, quoi?» et me fit très fort penser à Cookie.

MOI — Je serais très flattée de saluer Mr Shaw.

Ce fut assez difficile car il était assailli d'admirateurs, ce qui me laissa le temps de l'examiner. Il était aux antipodes de Mr Wilde: un long visage prolongé d'une longue barbe, le regard sombre et tourné vers lui-même.

MRS CARTER — Quel succès, cher ami! Tout Londres est venu vous applaudir ce soir!

BERNARD SHAW — Oh… Je dois ma célébrité au fait que je pense une ou deux fois par semaine.

MRS CARTER — Il me semble avoir lu cela quelque part…

BERNARD SHAW — C'est de moi. Je me cite souvent, cela apporte du piment à ma conversation.

MRS CARTER — Puis-je vous présenter une admiratrice : Miss Charity Tiddler ?

BERNARD SHAW — Miss Charity Tiddler ? *Le Mariage de Miss Tutu ?* J'ai un neveu que vous avez fanatisé, il se ferait tuer pour un de vos livres. Aucune religion n'a la puissance de la littérature pour un enfant de cinq ans.

Tout le monde me dévisageait et j'aurais voulu disparaître. Mr Shaw le comprit parfaitement et, après un petit salut, il me délivra en me tournant le dos. Dans le fiacre qui nous ramenait, ma cousine me dit, mi-figue, mi-raisin, qu'on ne pouvait passer inaperçu quand on sortait avec moi. Elle m'accompagna pourtant de nouveau quelques semaines plus tard au théâtre de St James où Mr Wilde faisait jouer *Un mari idéal*. Mr Ashley y tenait le rôle de Lord Goring, dandy irréprochable qui « adore parler de rien, car c'est le seul domaine où il connaît un peu quelque chose ». C'était bien le premier rôle que Herr Schmal lui avait prédit, et Mr Ashley fut décrété « joli comme un cœur » à l'entracte. Je guettais les réactions de Lydia, mais elle restait aussi inerte que si Kenneth Ashley n'avait jamais fait partie de sa vie.

MRS CARTER, *potinant à son habitude* — Vous savez ce qu'on raconte sur Mr Wilde et Lord Douglas, qu'ils sont…

SIR HOWITT, *l'interrompant* — Ces choses-là ne devraient pas exister. C'est contre la nature et contre la loi de Dieu.

Miss Dean — Absolument. Il faut mettre ces gens en prison. *(Avec une grande inconséquence :)* Dépêchons-nous de retourner à nos places. Cette pièce est si délicieuse!

Lord Goring fut certainement le héros de la soirée et Mr Ashley salua le public avec une fausse modestie.

L'été approchait et la nouvelle que je redoutais finit par nous arriver. Dingley Bell était en effet mis en vente au prix de deux mille trois cents livres. Papa parut très contrarié mais ne parla pas d'acheter le cottage. Depuis quelques mois, il était préoccupé, ce qui se traduisait par des interjections qu'il lâchait de temps en temps sans crier gare : «Allons!», «Eh bien!», et qui étaient la conclusion de monologues intérieurs. Je me résolus à aller frapper à la porte de son bureau, un endroit où je n'étais entrée que deux ou trois fois dans ma vie, et toujours pour me faire gronder.

Moi — Papa? Puis-je vous parler?

Dès qu'il fut question de Dingley Bell, papa secoua la tête, l'air désolé.

Papa — Je sais que vous tenez à cette maison…

Moi — C'est le meilleur de mon enfance.

Papa — Et ce sont les meilleures journées de ma vie.

Moi — Alors?

Papa — Alors, nous n'avons pas les moyens de l'acheter… Nous ne les avons plus. Pour vous dire toute la vérité, Charity, j'ai suivi les conseils du mari de votre cousine Ann qui me recommandait de placer de l'argent dans la Société du canal d'Argentine…

Moi — Oh! Nous sommes ruinés?

La Société du canal d'Argentine venait de se révéler une vaste escroquerie, impliquant des hommes d'affaires et de hauts responsables politiques.

Papa — Non, non, tout de même… Mr Tulkinghorn, notre avoué, m'a empêché de faire une trop grosse imprudence. Mais nous allons devoir nous restreindre. Et Dingley Bell est au-dessus de nos moyens.

La voix de papa chevrota.

Ce fut alors que je remarquai à quel point il avait vieilli en quelques semaines et je me pris à détester le mari de ma cousine Ann. Adieu, Dingley Bell, ses bois, ses sentiers fleuris, ses grillons, ses champignons, adieu, enfants du village qui couriez après ma carriole, adieu, Révérend Brown, pêcheur impénitent!

Papa — Ne dites rien à votre mère, Charity. Elle se rendrait malade.

Je promis et, le cœur lourd, je quittai le bureau de papa. Il ne me restait plus que le travail. De longues journées de travail. J'avais trouvé un nouveau sujet d'histoire qui tournait autour de Lord Snob, un renard qui se voulait élégant comme un dandy, mais qui perdait tout sang-froid dès qu'il voyait des poules.

Ce jour-là, après avoir parlé à papa, je pris mon carton à dessin et allai montrer mes premières esquisses à Marshall

King. J'avais un besoin urgent de me changer les idées. Mais Marshall remarqua vite mon air abattu.

MARSHALL — Vous êtes souffrante, Charity ? Je vous l'ai déjà dit, vous vous surmenez. Quand partez-vous à la campagne ?

MOI — Oh, ce ne sera pas cet été.

En quelques mots, et en cherchant à ne pas me laisser gagner par l'émotion, je lui parlai de Dingley Bell.

MARSHALL — Si votre père ne peut acheter cette maison, pourquoi ne le faites-vous pas ?

MOI — Mais, Marshall, il me reste très peu d'argent de la vente de mon dernier manuscrit… Et de toute façon, la somme demandée est considérable : deux mille trois cents livres !

MARSHALL — Voulez-vous qu'on fasse le compte de ce que nous vous devons ?

Je le regardai sans comprendre de quoi il me parlait.

MARSHALL — Charity, il y a un peu plus d'un an, vous avez obtenu de mon père un pourcentage sur la vente de vos livres. Vous n'avez jamais demandé les comptes, n'est-ce pas ?

Il se leva et me pria de patienter un moment. Dix minutes se passèrent et Marshall revint vers moi, toujours aussi discret, posé, feutré. Il s'assit, dit : « Voici », et me tendit un chèque. Un chèque de deux mille trois cents livres.

MOI — Qu'est-ce que c'est ?

Marshall — Un acompte. Père vous versera le solde dès qu'il aura les chiffres exacts.

Je regardai le chèque, hébétée. Mon nom y était inscrit.

Moi — Mais votre père a dû se tromper…

Marshall eut un petit rire et se frotta les mains l'une contre l'autre, comme quelqu'un qui se réjouit d'un bon tour.

Marshall — Charity, vous touchez un pourcentage sur la vente de vos livres et vos livres se vendent par milliers. La règle du LSP, vous vous souvenez ?

Il bondit de son siège, voyant que j'allais me trouver mal. Mais je me ressaisis très vite.

Moi — Marshall, c'est impossible, c'est incroyable ! Alors, je peux… je peux acheter Dingley Bell ? Moi ? C'est moi qui…

J'étouffais de joie. Et pourtant, je restais incrédule. Avec mes petits dessins, mes souris, mes lapins, j'allais pouvoir acheter une maison et un jardin !

Moi — C'est incroyable, c'est incroyable !

Et je regardais mes mains.

Marshall — Je suis si heureux pour vous. Vous méritez tellement ce qui vous arrive. Votre talent, votre travail obstiné, votre volonté…

Moi, *souriant* — Oh non, non, ne me dites pas cela !

Marshall — Malgré votre solitude, malgré votre mauvaise santé, vous avez créé, progressé, et gagné le cœur de milliers d'enfants. Vous ne vous en êtes pas rendu compte, n'est-ce pas ? Mais il ne faut pas pleurer, Charity…

MOI, *pleurant* — Je voudrais que tout le monde soit heureux, aujourd'hui !

J'eus besoin de silence et de repli, après une telle émotion. Je montai à mon troisième étage et je m'agenouillai devant la cage de Master Peter. Je lui montrai mon chèque.

MOI — Vous voyez ceci ? C'est grâce à vous.

Puis je pensai à Blanche qui m'avait appris l'aquarelle, à Herr Schmal qui m'avait tant encouragée. Que de mercis j'avais à dire ! Oh, dès demain, dès demain… Mais comment allais-je annoncer la nouvelle à mes parents ? Papa accepterait-il que j'achète ce qu'il ne pouvait m'offrir ? Et maman, quel coup pour elle de savoir que sa fille gagnait sa vie !

Je m'endormis sur cette pensée. Mais je n'eus pas le sommeil paisible et peuplé des rêves heureux que j'étais en droit d'attendre. Bien au contraire. Au milieu de ma nuit, je vis, si distinctement que je crus pouvoir la toucher, Tabitha assise sur sa chaise, le panier de linge à ses pieds. C'était la Tabitha de mon enfance, belle rousse à la chair blanche. Mais elle était liée à sa chaise par une grosse corde et elle se démenait pour essayer de se détacher. Ce fut son cri : «Charity ! Charity !» qui me tira du sommeil. Une inexprimable angoisse m'avait envahie. Tabitha ! Ne l'avais-je pas abandonnée ? Quand Mr Ashley m'avait rendu l'argent qu'il n'avait pu dépenser pour elle, pourquoi n'avais-je rien dit, pourquoi n'avais-je rien fait? À présent, ma mauvaise conscience revenait me tourmenter, car j'avais de l'argent, beaucoup d'argent, et le pouvoir de libérer Tabitha. En renonçant à Dingley Bell.

Dès le lendemain, j'envoyai Gladys au St Georges et le Dragon. Elle me parut très contente de revoir Mr Ashley dont elle disait que c'était un «type épatant». Elle trouva donc le type épatant à la taverne et lui demanda de passer à West Brompton. L'après-midi même, il m'attendait au salon.

KENNETH ASHLEY, *sans me saluer* — Eh bien, qui sauvons-nous, cette fois-ci?

MOI — Bonjour, Mr Ashley, et merci d'être venu. Je n'ai pas encore pu vous féliciter pour votre rôle dans *Un mari idéal*. Vous faites un Lord Goring idéal.

KENNETH ASHLEY, *pas mécontent* — C'est bon. Ne me passez pas de pommade, comme dirait Mr Wilde. Que voulez-vous de moi?

En quelques mots, je lui dis que j'avais de l'argent et que je voulais m'en servir pour sortir Tabitha de cette horrible cellule. Il y avait sûrement des institutions privées où elle serait mille fois mieux traitée. Mr Ashley m'écoutait, l'air renfrogné.

KENNETH ASHLEY — Vous ne vous en fatiguerez jamais?

MOI — De quoi donc?

KENNETH ASHLEY — De faire le bien.

Moi — Ne jouez pas les cyniques, Mr Ashley.

Kenneth Ashley — Mr Wilde vous dirait qu'un cynique est un homme qui connaît le prix de tout et la valeur de rien.

Moi — Mr Wilde est devenu votre maître à penser?

Kenneth Ashley — Quel mal y a-t-il à cela?

Moi — Aucun... M'aiderez-vous à faire le bien, Mr Ashley?

Kenneth Ashley — Vous savez bien que c'est vous mon véritable maître à penser... Juste une curiosité: d'où vient cet argent?

Moi — De la vente de mes livres. Je suis libre d'en disposer.

Ma gorge se serra en prononçant ces mots. Adieu, adieu, Dingley Bell!

Kenneth Ashley — Combien?

Moi — Pardon?

Kenneth Ashley — Combien avez-vous gagné?

Moi — Vous n'êtes guère discret.

Kenneth Ashley — Mr Wilde vous dirait: «Il n'y a pas de questions indiscrètes. Mais certaines réponses le sont.» Vous pouvez ne pas me répondre.

Moi — Deux mille trois cents livres.

Mr Ashley s'inclina, comme pour témoigner son respect.

Puis il me promit de passer à Bedlam et de prendre des nouvelles de Tabitha.

KENNETH ASHLEY — Connaissez-vous un médecin qui pourrait nous conseiller un bon établissement?

MOI — Le Docteur Piper.

Mr Ashley me tendit la main.

MOI, *la serrant* — Le bonjour, Mr Ashley.

KENNETH ASHLEY — Le bonjour, Miss Tiddler.

Mais avant que j'eusse de ses nouvelles, les grondements qu'on entendait au loin se rapprochèrent et ce fut un vrai coup de tonnerre qui frappa notre famille. Le mari de ma cousine Ann n'était pas seulement de mauvais conseil. C'était un escroc. Toutes ses affaires s'effondrèrent comme un château de cartes dès que la supercherie du canal d'Argentine fut prouvée, et lui-même s'enfuit sur le continent avec l'argent de plusieurs de ses victimes, dont celui de papa. Quant à ma cousine, il l'abandonna dans sa luxueuse demeure envahie par les huissiers. Elle alla trouver refuge chez ses parents et fut plusieurs semaines sans oser mettre le nez dans la rue. Lydia se chargea de lui faire sa réclame, parlant dans les salons de sa «pauvre sœur» et de «ce misérable» qui était son époux. Elle montra toute l'étendue de son affection en achetant pour elle-même les bijoux d'Ann quand ils furent mis en vente aux enchères.

LYDIA — Sa robe de mariée s'est vendue pour une bouchée de pain. Mais je n'en ai pas voulu. Elle doit porter malheur.

Si l'on en croyait Lydia, rien ne valait une fortune terrienne patiemment amassée, rien ne valait désormais Tawton

Castle, le Devonshire, ses vaches et ses pommes à cidre. Et tandis que se jouait cette pitoyable comédie humaine, j'attendais des nouvelles de Tabitha. Un matin, Gladys me monta une carte de visite et me la tendit sans me dire comme autrefois : «Vot'chéri» ou bien «Çui qui fait l'acteur», mais simplement : «M'sieur Ashley.» Il était au salon, me tournant le dos, et jouant avec les aiguilles d'une pendulette arrêtée. Il se retourna lentement et son air grave me fit peur.

MOI — Vous êtes souffrant?

KENNETH ASHLEY — Je ne vous apporte pas de bonnes nouvelles.

MOI — Elle est morte!

KENNETH ASHLEY — Mourante, Miss Tiddler.

Il s'était approché de moi et me soutint jusqu'à la chaise où je m'effondrai.

KENNETH ASHLEY — Je vous interdis de penser que c'est votre faute. Vous n'y êtes pour rien.

MOI — Je veux la voir.

KENNETH ASHLEY — À quoi bon?

MOI — Tout de suite.

KENNETH ASHLEY — Elle ne vous reconnaîtra pas.

Je sortis chercher mon chapeau. J'irais seule si Mr Ashley refusait de m'accompagner.

MOI — J'y vais.

Il m'offrit son bras en poussant un soupir. Ni lui ni moi ne souhaitions retourner dans cet endroit où rien n'avait changé depuis notre dernière visite. Henri VIII et l'infante de Castille étaient sur un banc, prostrés.

LE GARDIEN — On a un nouveau, c'est le cheval du duc de Wellington. Il était toujours à quatre pattes, mais ça va mieux. On lui a appris à se cabrer.

Mr Ashley avait retrouvé son ami intime, Mr Job Temple, le gardien de Bedlam qui ne se mettait en mouvement que lorsqu'on lui avait glissé un shilling dans la main.

Le monde selon Mr Temple se divisait en « calmes » et « pas calmes ». Il nous ouvrit la porte de la cellule de Tabitha en nous assurant qu'elle était bien calme. Elle était étendue sur son lit, décemment vêtue et les cheveux coupés. Mr Ashley avait fait ce qu'il avait pu pour lui procurer un peu de confort.

LE GARDIEN — Elle aimait bien se balancer dans sa chaise. Elle était pas dérangeante.

Je m'agenouillai à son chevet. Ses yeux étaient grands ouverts et je crus d'abord qu'elle était morte. Mais elle cilla. Elle était maigre et grise, plus semblable à une momie qu'à une vivante.

MOI — Tabitha! C'est moi, Miss Charity. Tabitha, vous souvenez-vous de la petite fille aux souris?

Je lui parlai de Master Peter qu'elle appelait Fricassée.

KENNETH ASHLEY, *se penchant vers moi* — Dites-lui que Gromfy est là.

Mais, quoi que je lui dise, elle ne réagissait pas.

Moi — Et Petruchio, Tabitha? C'était votre préféré…

Je me mis à imiter le corbeau et c'était grotesque de m'entendre croasser: «Faut pas me la faire, Robert» et siffler *Rule Britannia* aux portes de la Mort. Mais quelque chose passa sur le visage de Tabitha, pas tout à fait une lueur, pas tout à fait un sourire. Ses lèvres s'entrouvrirent et il me sembla qu'elle disait dans un souffle: «Y a le feu, Tante Polly.» Mais, si elle le dit vraiment, je fus la seule à l'entendre.

Le gardien — C'est pas que j'm'ennuie. Mais je vais pas pouvoir rester là toute la sainte journée, messieurs-dames.

Mr Ashley m'aida à me relever et congédia le gardien avec un autre shilling en lui demandant d'aller faire chercher un pasteur.

Tabitha ne mourut pas, elle glissa dans la mort, car elle était morte à elle-même depuis plusieurs années.

Ce fut le pasteur, peu après être entré, qui nous signala sur un ton contrarié qu'elle n'était plus en vie. Mr Ashley ferma les yeux de Tabitha et mit sur chacune de ses paupières une pièce d'un penny. Pour payer son passage vers l'au-delà.

Le pasteur — Coutume païenne.

Je lui tendis une petite bourse.

Moi — Pour vos œuvres, mon Révérend. Et pour l'enterrement.

Mr Ashley me reconduisit à la station de fiacre.

Kenneth Ashley — Êtes-vous triste?

Moi — Je voudrais l'être davantage.

Kenneth Ashley — «Nous sommes tous dans la boue, mais certains d'entre nous regardent les étoiles.»

Moi — C'est de Mr Wilde?

Kenneth Ashley — Oui.

Moi — Pourquoi me dites-vous cela?

Kenneth Ashley — Parce que je pourrais descendre en Enfer avec vous, je verrais toujours le Ciel… Pardonnez-moi, je n'ai pas déjeuné. Je suis toujours romantique quand j'ai l'estomac vide. Le bonjour, Miss Tiddler.

Le lendemain, je frappai à la porte du bureau de papa. Il était plongé dans un livre de comptes, les sourcils froncés et l'air douloureux.

Moi — Puis-je vous montrer quelque chose?

Je posai devant lui le chèque de la maison King and Co.

Papa, *ajustant son lorgnon* — Qu'est-ce que… «Deux mille trois cents livres… Miss Charity Tiddler»… Mais que diable…

Moi — La vente de mes livres, papa. Nous pouvons acheter Dingley Bell.

Il resta hébété à regarder le chèque comme je l'avais fait

moi-même, et je me mis à rire comme l'avait fait Marshall. Peu à peu, son visage se déplissa. Dingley Bell! Les pique-niques sous les grands ormes, les parties de pêche avec le Révérend Brown, les promenades avec Keeper, je vis tout cela passer dans ses yeux comme dans une lanterne magique.

Moi — Il ne faudra rien dire à maman. Elle aurait honte de savoir que j'ai gagné une telle somme.

Papa — En effet.

Lui-même, je crois, ne savait qu'en penser. Toutefois, il chargea Mr Tulkinghorn d'acheter le cottage en mon nom.

Dingley Bell ne se montra pas sous son meilleur jour lorsque nous y revînmes en propriétaires. Il pleuvait depuis le matin et la maison sentait le renfermé. Mais Ned nous attendait et Néfertiti piaffait dans l'écurie. La pluie cessa peu avant le coucher du soleil et le ciel prit d'adorables teintes rosées.

Mon bonheur fut si grand, ce soir-là, que je ne pus tenir en place dans ma chambre. Je chaussai mes bottines, jetai un châle sur mes épaules et descendis au jardin. La terre était toute détrempée, mais l'air était doux et parfumé. J'avançai jusqu'au muret de pierres sans entendre d'autre bruit que celui de mes pas s'arrachant à la gadoue. Je levai les yeux au ciel. La nuit était magnifique, traversée par la Voie lactée. J'étais dans la boue, je regardais les étoiles, et vous vous y trouviez, Kenneth Ashley.

31

Il est des nombres marquants. 25, par exemple. J'allais avoir un quart de siècle. Je me sentais stable et d'aplomb comme jamais jusqu'à présent. Était-ce d'être propriétaire terrienne, même en secret ? Je n'avais plus de malaises, d'engourdissements au lever, d'étourdissements à la moindre émotion. Maman parlait de moi comme de son « bâton de vieillesse », très satisfaite au fond que je n'aie pas trouvé à me marier. Elle me gardait, elle avait toujours voulu me garder.

Je me sentais stable et d'aplomb comme jamais.

À mon retour de Dingley Bell, à la fin novembre, ma première visite fut pour les Schmal. Noël, petit homme de sept ans tout en angles et en pointes, exigea que je lui pose des questions en français pour pouvoir me répondre en allemand. Puis sa petite sœur vint me réciter l'alphabet grec que son frère lui avait enseigné. Les mamans des élèves de l'Institut Schmal voyaient dans ces jeunes prodiges des monstres hydrocéphales dont le cerveau éclaterait avant la puberté. Ce jour-là, j'offris à mon filleul *Le Livre des Nouvelles Merveilles* dont j'avais trouvé un exemplaire chez Mr Galloway.

ROSE — Et moi, je peux moncrer mon cadeau à Reine?

NOËL, *presque agressif* — Montrer, montttrer!

ROSE, *docile* — Montrer.

Elle obtint la permission de monter à la nursery et en revint avec une sorte de poupée animale.

HERR SCHMAL — Miss Tiddler, regardez bien ce que j'ai acheté hier chez Hamley's.

C'était un Master Peter en col marin.

MOI — Il est affreux. Je n'aime pas du tout ses yeux.

HERR SCHMAL — Mais vous rendez-vous compte qu'on est en train de vous voler votre œuvre? L'autre jour, c'était du papier peint qu'on vendait avec des Mademoiselle Désirée et des Miss Tutu! Vous devez absolument vous défendre.

MOI — Mais comment?

Noël, *levant le nez de son livre* — On va prendre un avocat et faire un procès.

Herr Schmal — Ne vous mêlez pas toujours de la conversation des adultes, Noël… À part cela, il a raison. Et il faut que vous déposiez des brevets. Vous pouvez faire fabriquer des albums à colorier, des tasses, des mouchoirs, des jeux de l'oie, des bouillottes décorés avec des Master Peter, des Tim Ticket et des Lord Snob !

Moi — Mais quelle horreur !

Noël — Vous serez très riche, Reine, et vous m'achèterez un laboratoire pour que je fasse les expériences du livre.

Rose — Je pourrai aller dans le laboratoire, s'il vous plaît, Noël ?

Noël — Si vous vous lavez les mains.

Le lendemain, songeant à cette conversation, je passai chez Hamley's, qui est l'annexe de l'atelier du Père Noël. J'y trouvai au premier étage une dizaine de Master Peter attendant un petit maître ou une petite maîtresse. Je pris une des poupées en main, l'examinai, la soupesai, la retournai. Master Peter avait des yeux en bouton de bottine qui lui faisaient un air méchant, ses moustaches étaient si raides qu'elles risquaient de blesser les enfants au premier câlin, et les vêtements étaient cousus à gros points. J'eus honte de lui et je me rendis alors chez King and Co. pour faire part de mon indignation à Marshall. Il sourit en m'écoutant.

MARSHALL — Je n'osais pas vous en parler. Père pense que c'est à nous de fabriquer ces «produits d'attraction dérivés». C'est l'expression qu'il convient d'employer et, du strict point de vue du LSP, c'est quelque chose de très intéressant.

Marshall se maria en avril 1895 et, au moment des toasts, je pus poser sur la table des noces ce premier produit d'attraction dérivé.

MOI, *me tournant vers la jolie mariée* — Mais le premier produit d'attraction pour Marshall, c'est vous, ma chère Madeleine.

NORMAN ET NORBERT — Hourra pour tante Cherry!

TOUS — Hourra!

Je ne fus pas la seule à récolter des «hourras» dans

les premiers mois de l'année 1895. Mr Wilde, après le succès d'*Un mari idéal,* fit jouer au théâtre de St James *De l'importance d'être Constant* avec Mr Ashley dans le rôle d'Algernon.

Je reçus une invitation pour la première et j'y retrouvai tout ce que Londres comptait d'aristocrates, de dandies et d'artistes. Je pris place entre ma cousine Lydia et Mrs Carter qui m'apprit, avant le lever du rideau, que Kenneth Ashley avait rompu avec Mlle d'Estivelle et qu'il était l'amant de Nancy Vanburg, sa nouvelle partenaire.

> MRS CARTER, *la mine réjouie* — Ces acteurs font une noce abominable!

Je fus fort occupée dans les premiers instants de la pièce à déceler sur le visage de Mr Ashley des traces de noce abominable, en braquant sur lui mes jumelles. Il me parut d'une fraîcheur et d'une jeunesse inégalées, mais il fallait peut-être en attribuer le mérite à son maquillage de scène. Son jeu, mélange farfelu de nonchalance, de vanité et d'insolence, faisait mouche à chaque réplique. Comme ceci:

> ALGERNON-ASHLEY — Toutes les femmes deviennent comme leur mère. C'est leur drame. Les hommes ne le deviennent jamais. C'est le leur.
>
> JACK — Vous trouvez cela intelligent?
>
> ALGERNON-ASHLEY — En tout cas, c'est extrêmement bien tourné!

À la fin de la pièce, tous les spectateurs se levèrent comme un seul homme pour applaudir, et je vis pour la seconde et dernière fois Oscar Wilde triomphant sur une scène.

Lorsque nous sortîmes du théâtre, cherchant comme tout le monde à héler un fiacre, nous aperçûmes dans les rues avoisinantes un étrange déploiement de policiers. Craignait-on un attentat d'anarchiste ?

Ce fut Mrs Carter qui nous donna l'explication quelques jours plus tard. À voir son air gourmand, je me doutai qu'il s'agissait encore de quelque affaire scandaleuse.

Mrs Carter — Le directeur du St James avait obtenu la protection de Scotland Yard pour la première de la pièce de Mr Wilde parce que Lord Queensberry avait dit qu'il jetterait des carottes et des navets sur les comédiens.

Miss Dean — Des carottes et... Mais quelle idée idiote, chère amie !

Mrs Carter se pencha vers nous et chuchota ce qu'elle appelait des « choses affreuses* ».

Oscar Wilde, qui avait triomphé au théâtre en février, fut emprisonné en avril, et le directeur du St James retira sa pièce de l'affiche dès le lendemain de son arrestation. Mr Ashley, auquel le directeur proposa de jouer en rem-

* Oscar Wilde était l'amant d'Alfred Douglas. Lord Queensberry, le père d'Alfred, fit traduire Wilde en justice et celui-ci fut condamné pour « actes indécents avec des hommes » à deux ans de travaux forcés.

placement dans une pièce d'un autre auteur, refusa net et fut renvoyé. Au bout de quelques semaines, je m'inquiétai de son silence et de ce qui ressemblait à une disparition de la scène publique. Un midi, je me rendis au St Georges et le Dragon et je revis le serveur qui s'était moqué de moi. Je lui demandai si Mr Ashley était là.

LE GARÇON — L'acteur? Non, Miss. On a été clair avec lui. Les saouleries et le reste, c'est pas ici.

Je restai un moment interloquée. Mais il fallait absolument que je sache ce qu'il était devenu. Je tendis discrètement un shilling au garçon.

MOI — Savez-vous où je pourrais le trouver?

LE GARÇON, *empochant la pièce* — Allez voir du côté de Limehouse, il traîne par là-bas. Il chasse le dragon, le vrai dragon.

Il s'éloigna, me laissant répéter à mi-voix: «Le vrai dragon.» Qu'avait-il voulu dire? Je revins à la maison, plus inquiète que jamais. J'eus beau retourner l'énigme dans ma tête les jours suivants, je ne voyais pas où trouver un dragon à Limehouse. Jugeant que Gladys avait plus que moi la connaissance de Londres, je lui demandai si elle avait entendu parler d'un endroit dans Limehouse, peut-être une taverne, qui s'appellerait «Au vrai dragon» ou bien «Au dragon chasseur». Devant son étonnement muet, je lui rapportai les paroles exactes du garçon.

GLADYS — À Limehouse? Vous tracassez pas, Miss, je sais à qui je vais demander.

Dès le lendemain, elle avait la réponse. «Chasser le dragon» signifiait «fumer de l'opium», et Limehouse était un quartier sinistrement réputé pour ses fumeries d'opium tenues par des Chinois. Cette nouvelle m'anéantit. Si Mr Ashley chassait le dragon, que pouvais-je pour lui? Des lambeaux de phrases entendues au théâtre, notamment dans *La Vengeance du baron masqué*, se mirent à tourner dans ma tête: «S'abîmant dans le vice… vautré dans la fange… corrompu jusqu'à la moelle…» Et je revoyais Mr Ashley me déclarant, à la sortie de Bedlam: «Je pourrais descendre en Enfer avec vous, je verrais toujours le Ciel.» Ne m'avait-il pas adressé un appel au secours, même en tenant compte du fait qu'il avait alors l'estomac vide? Il m'avait dit aussi que nous vivions dans des mondes différents et qui ne se confondraient jamais. Mais n'avait-il pas ajouté: «Nos routes se croisent parfois, puisque Dieu le veut»?

Une nuit que le sommeil m'avait quittée, je me souvins du mauvais roman français que j'avais lu dans la bibliothèque des Bertram et qui était décidément un véritable guide pratique. Car, après avoir abandonné son bébé sur les marches de l'église, la jeune aristocrate se mettait en quête de son séducteur qui, comme tout séducteur qui se respecte, hantait les lieux de débauche. Pour pouvoir en faire autant, la jeune femme se déguisait en marin.

GLADYS — Mais pourquoi que vous voulez vous nipper en marin? Y a des tas de gentlemen qui vont chasser le dragon. Prenez donc les frusques à monsieur.

Gladys avait toujours cultivé une certaine décontraction vis-à-vis du bien d'autrui, ce qui lui permit d'aller se servir dans les armoires de papa sans trop faire souffrir sa conscience.

Après avoir passé la chemise et le pantalon, il me revint en mémoire que papa m'avait dit un jour de pêche à la mouche : « J'ai souvent pensé au garçon que je n'ai pas eu. Mais aujourd'hui, je n'y pense plus. » Je suis grande et assez solidement charpentée. Je ne fus donc pas totalement ridicule dans mes vêtements masculins.

GLADYS — Oh, Miss, quel beau gars vous feriez ! Franchement, vous êtes plus réussie qu'en fille.

Je ne fus pas bien sûre que ce fût un compliment, mais mon reflet dans la psyché me tira un sourire. Puis j'agitai les manches qui cachaient mes mains et me donnaient un peu l'air d'un épouvantail à moineaux. Quelques ourlets hâtifs raccourcirent bientôt manches et bas de pantalon. Un chignon haut placé me permit de dissimuler mes cheveux sous le chapeau melon. Hélas, les bottines de papa anéantirent mes prétentions à l'élégance et il me sembla que je pourrais à peine les soulever. Gladys fila chez un fripier de Whitechapel et en revint avec des chaussures de plus petite taille pour moi, et une tenue complète pour elle, un peu râpée aux coudes et pochant aux genoux. Et, un après-midi où mes parents étaient invités chez les Bertram, un gentleman et son homme à tout faire descendirent l'escalier de service et se sauvèrent dans la rue.

Ce fut moi qui hélai le fiacre et ordonnai au cocher: «Limehouse!» de cette voix grave qui m'avait souvent gênée et trouvait enfin son utilité. Le fiacre s'arrêta aux abords du quartier malfamé, le cocher n'ayant, pas plus que la police, envie de s'y aventurer. Je lui tendis un billet et lui demandai s'il pourrait m'indiquer «une bonne fumerie d'opium», du ton dont je lui aurais demandé l'adresse d'une épicerie. L'homme, tout en faisant disparaître le billet, me regarda bizarrement. Il me désigna d'un coup de menton une ruelle qui ressemblait assez à un trou à rat et marmonna: «Par là, Vot' Seigneurie.» Gladys me tira par la manche de mon habit pour m'inviter à m'éloigner rapidement.

GLADYS — Sortez pas les billets, Miss. Que des shillings.

MOI — Dites-moi «monsieur». Je vous appellerai «Jack».

Il y avait en moi à cet instant-là quelque chose d'inflexible. Je venais arracher Mr Ashley à la débauche pour le rendre au théâtre. Mais cela ne m'empêcha pas de remarquer que les ruelles dans lesquelles nous nous engagions étaient bien sombres et sentaient vraiment mauvais. Des constructions en bois, à peine achevées, d'où s'échappaient des rires et des pleurs d'enfants, alternaient avec des maisons en ruine où le papier huilé remplaçait les vitres depuis longtemps. Nous devions faire attention aux endroits où nous posions les pieds car les habitants trouvaient commode de vider leurs ordures dans la rue. Une fillette de douze ou treize ans, en jupon et les pieds nus, nous fit signe sous un porche et je voulus lui demander notre chemin. Mais Gladys me retint par la manche de mon habit.

GLADYS — Non, Mi… M'sieur, c'est pas une fille honnête.

D'ailleurs, voyant que je renonçais à lui parler, la malheureuse me cria tout ce qu'elle savait d'injures. Je n'avais pas vraiment peur, car il me semblait être passée dans un décor. Gladys, guidée par une sorte d'instinct, m'entraîna au fond d'une cour où quelques marches menaient à un sous-sol. La porte qui en fermait l'accès était massive, en bon état, et ornée d'un marteau… en forme de dragon. Gladys le souleva et cogna deux fois. Une minute se passa. Peut-être fallait-il frapper d'une certaine façon pour qu'on nous ouvrît? Gladys allait toquer de nouveau quand la porte s'entrebâilla lentement. Un étrange visage jaune et joufflu se détacha sur la pénombre comme une lune au sourire édenté. «Genl'm'n?», gargouilla-t-il, et la porte s'ouvrit à demi. Le Chinois nous salua en se courbant très bas quand nous entrâmes dans la cave. Je plissai les yeux pour tenter de percer l'obscurité tandis que la porte, comme mue par un ressort, se refermait derrière moi.

LE CHINOIS — Deux?

Toujours souriant, il compta «deux» avec l'index et le majeur.

Gladys, *à mi-voix* — Ouais, mon vieux, on est deux.

L'air était suffocant. Il semblait n'y avoir aucune ouverture et un gros nuage de fumée opiacée flottait au-dessus de nos têtes. La seule lumière provenait des pipes des fumeurs qui rougeoyaient par intervalles et du halo lointain d'une bougie.

Le Chinois, *se présentant dans une courbette* — Lee Chong. Mélior opium chez Lee. Deux sh'llin pour pipe.

Peu à peu, je distinguai des corps, certains recroquevillés à même le sol, d'autres allongés en travers d'un lit. Est-ce que Mr Ashley était là? Mes yeux identifièrent successivement un marin, une vieille femme, un grand Nègre, un Mongol au crâne rasé, tous hébétés, marmottant des mots sans suite, ricanant, geignant, secoués de spasmes, hideux.

Moi, *à Lee Chong* — Est-ce que vous connaissez Mr Ashley? Mr Kenneth Ashley?

Toujours souriant, Mr Lee Chong acquiesça.

Lee Chong — Si, si, Ash… chich. Mélior haschich chez Lee Chong, deux sh'llin.

Moi — Non, non. Ashley. Ley. Pas chiche. Ley.

Lee Chong — Deux. Deux sh'llin.

Comme son sourire avait disparu, laissant voir son abominable face de coquin, je jugeai plus prudent de lui tendre les shillings réclamés.

Moi — Je cherche Mr Ashley. Est-ce qu'il vient ici

de temps en temps? Ashley... Un grand gentleman avec une moustache...

Lee Chong avait retrouvé le sourire et acquiesçait à tout ce que je disais, répétant mes paroles en les déformant : «Si, si, Achli, mastachli...» Et, faisant des courbettes, tendant le bras pour m'indiquer le chemin, il nous conduisit devant une paillasse qu'occupait un vieillard.

MOI, *désespérée* — Mais non! Mr Ashley est jeune!

Mr Lee Chong répéta «deux, deux», en nous faisant comprendre que nous pouvions nous allonger en travers du lit, le vieillard nous laissant de la place.

MOI, *anéantie, à Gladys* — Il ne comprend rien du tout.

À présent, il était en train de préparer nos pipes. Mr Lee Chong ne connaissait qu'une seule sorte d'être humain, le fumeur d'opium à deux shillings.

GLADYS, *dans un chuchotement* — M'sieur Ashley est pas là. Et vaudrait mieux se calter.

Mais déjà, Mr Lee Chong me tendait la pipe qu'il venait d'allumer, un peu surpris que je ne me sois pas déjà allongée.

MOI — Non, non, merci, Mr Chong. Une autre fois.

Je reculai vers la porte tout en parlant et butai dans un corps. L'homme – c'était le marin – se redressa avec des yeux d'épouvante, sans doute arraché à une vision, et poussa un rugissement. Gladys, perdant tout sang-froid, courut jusqu'à la porte en piétinant bras et jambes. Des clameurs s'élevèrent d'un peu partout. Mr Lee Chong nous poursuivit de malédictions incompréhensibles, mais, heureusement, il nous suffit de pousser fort la porte pour nous retrouver à l'air libre. Je ne pense pas avoir jamais couru aussi vite que ce jour-là. Bientôt, Limehouse disparut de ma vue, et la frontière qui nous séparait, Mr Ashley et moi, se referma.

Le mois de juin arriva et mes parents n'auraient sans doute pas compris pourquoi, moi qui aimais tant Dingley Bell, j'aurais refusé de les accompagner dans le Kent. En abandonnant Londres, j'eus le sentiment d'abandonner Mr Ashley. Allait-il de lui-même se ressaisir et ne plus se livrer aux débauches à deux shillings ? Ne pouvait-il comprendre que les portes des théâtres qui se fermaient aujourd'hui se rouvriraient demain, que le public qui l'avait applaudi en acteur d'Oscar Wilde l'applaudirait en acteur de Bernard Shaw ? C'était une certitude que j'avais depuis que j'avais vu au théâtre de l'Avenue *L'Homme et les armes*. Mr Shaw pourrait écrire un rôle magnifique pour Mr Ashley. Mais il fallait les persuader l'un et l'autre, et rien ne se ferait si Mr Ashley chassait indéfiniment le dragon.

Une fois à Dingley Bell, je me remis à l'aquarelle avec une nouvelle histoire que j'avais promise à Rose Schmal en l'honneur de sa petite tortue. Mon récit, que j'intitulai *Un toit pour Small Rosa* racontait comment une tortue, invitée par une taupe, s'était mise à lui envier sa maison souterraine et était partie en quête d'un autre toit que sa seule carapace. Comme j'avais besoin d'un modèle, je m'achetai une jeune tortue que je baptisai Small Rosa. Mais était-ce le sujet ou bien mes soucis? J'avançais très lentement dans mon travail. Je restais parfois de longues minutes, la tête reposant entre les mains, à regarder Small Rosa avancer une patte, avancer l'autre patte, s'arrêter, étirer le cou soupçonneusement puis le rentrer. J'avais appris des choses très alarmantes sur son compte. Une tortue n'a aucune vie de famille, elle abandonne ses œufs dès qu'elle les a pondus, elle ne joue pas, elle ne se dresse pas, elle hiberne quatre mois et ne fréquente personne le reste du temps, c'est une sorte de Lee Chong agrémenté d'une carapace et, pire que tout, elle peut tenir quatre-vingts ans de cette façon. Une personne sujette à la neurasthénie ne devrait jamais acheter de tortue. Parfois, j'emportais Small Rosa dans un panier et je la lâchais non loin de la maison pour étudier son comportement dans la nature. Il lui arrivait de s'obstiner à escalader une roche glissante ou à passer par-dessus un enchevêtrement de branches. Elle faisait de longs et pénibles efforts pour un résultat sans intérêt, et, une fois l'obstacle franchi, elle me regardait de ses yeux lugubres, semblant me dire: «N'est-ce pas ce à quoi ressemble ta vie?» Pour mieux saisir ce visage si expressif, je me mettais souvent à plat ventre, appuyée sur les coudes.

UNE VOIX, *tombant de haut* — Perdu quelque chose, Miss Tiddler?

La foudre ne m'eût sans doute pas fait plus d'effet. Je fus incapable de bouger, de parler, de réagir.

Kenneth Ashley, *s'agenouillant* — Miss Tiddler ? Dites-moi que vous êtes en vie !

Il me saisit par les bras et m'aida à me relever.

Kenneth Ashley — Vous étiez tombée ? Vous avez eu un malaise ? Votre mère (que je viens de saluer) m'a pourtant dit que vous vous portiez mieux… Mais dites-moi quelque chose !

Moi — Vous ne chassez plus…

Kenneth Ashley — Si je chasse ? Heu… parfois…

Moi — … le dragon ? Vous ne chassez plus le dragon ?

Mr Ashley eut l'air plus ennuyé que coupable.

Kenneth Ashley — Vous êtes sûre que vous allez bien ?

Je m'aperçus alors qu'il me tenait toujours par les bras et que, de la fenêtre du salon, maman pouvait très bien nous voir.

Je me dégageai doucement, tout en le dévisageant. Il paraissait si jeune, le teint hâlé, les joues un peu moins creuses qu'à l'ordinaire. Mais il semblait très soucieux.

Kenneth Ashley — Que faisiez-vous à plat ventre, Miss Tiddler ? Chassiez-vous… hmm… le dragon ?

Moi — Mais non, c'est vous !

Peu à peu, un terrible soupçon s'infiltrait en moi. Et si le garçon de café m'avait raconté, à peu de choses près, n'importe quoi ?

Kenneth Ashley — Je vais vous raccompagner chez vous, Miss Tiddler. Ce n'est peut-être qu'une insolation.

Il me reprit le bras comme s'il souhaitait m'entraîner.

Moi, *dans un sursaut* — Mon Dieu, ma tortue !

Kenneth Ashley, *vraiment désolé* — Vous chassez la tortue aussi ?

Je me mis à chercher à mes pieds en appelant «Small Rosa!», tout en me doutant bien qu'elle n'allait pas me répondre en aboyant. Mr Ashley restait immobile, les bras ballants, l'air toujours plus navré.

Moi — Mais aidez-moi ! C'est votre faute, vous avez détourné mon attention. Et ne marchez pas dessus ! *(Appelant :)* Small Rosa !

Elle ne pouvait être bien loin. Je m'agenouillai, palpai l'herbe, écartai des fougères, et poussai un cri de triomphe. Dans sa folle escalade, elle était tombée sur le dos et des branchages la dissimulaient au regard.

Moi, *triomphante* — La voilà ! Voilà Small Rosa !

Kenneth Ashley — Ouiii… Et le dragon ?

Moi — C'est dans mon histoire. Elle rencontre un dragon.

Nous poussâmes tous deux un soupir de soulagement.

Moi — Vous êtes de passage au village, Mr Ashley ?

Kenneth Ashley — Un passage qui s'est prolongé. J'ai quitté Londres il y a un mois.

Je remis Small Rosa dans son panier, Mr Ashley s'offrit à me le porter, et nous marchâmes ensemble jusqu'au portail de Dingley Bell. Chemin faisant, Mr Ashley me fit part de sa décision de ne plus remonter sur scène. Le directeur du St James l'avait jeté à la rue, ses «amis» comédiens l'avaient calomnié, le public l'avait certainement déjà enterré. N'était-ce pas aussi le sort d'Oscar Wilde?

KENNETH ASHLEY — Les médiocres sont toujours heureux de piétiner le génie quand il trébuche. J'ai voulu continuer à jouer la pièce de Mr Wilde… Et on a fait courir le bruit que j'avais les mêmes mœurs que lui.

Il était blessé, sa voix s'enrouait de larmes. Il était venu se cacher dans le village de son enfance, mais il n'y était pas plus heureux.

KENNETH ASHLEY — J'aime ma mère, mais je ne supporte pas l'homme dont elle s'est entichée… *(Me rendant mon panier:)* Je rentre à Londres demain. Que vais-je y faire?… Je ne sais pas.

MOI — Le théâtre est votre vie, Mr Ashley. Vous y reviendrez. Et le plus tôt sera le mieux.

KENNETH ASHLEY, *l'air renfrogné* — «C'est toujours un tort de donner des conseils, mais en donner de bons ne vous sera jamais pardonné.»… Oui, c'est d'Oscar Wilde. Le bonjour, Miss Tiddler.

32

La fin de mon été fut occupée par la question suivante : comment demander une faveur à un homme qu'on ne connaît pas ? À mon retour à Londres, à la fin septembre, j'obtins quelques renseignements de Mrs Carter sur son célèbre parent, Bernard Shaw. Il prenait ses repas à son club, le club de la Réforme, en bon célibataire qu'il était. Il y retrouvait ses amis de la Société fabienne* pour envisager la disparition de la propriété privée et l'avenir de la femme quand elle voterait (dans une centaine d'années, certaines décisions ne pouvant se prendre à la légère). N'ayant ni le droit de voter ni celui d'entrer dans un club, je décidai d'emprunter de nouveau son habit à papa. Je lui pris même une de ses cartes de visite pour devenir Mr Albert Tiddler.

Un lundi, le jeune Albert Tiddler se mit à rôder autour du club de la Réforme. Il y avait un portier à l'entrée qui semblait se contenter de saluer les messieurs passant devant

* Association dont faisait partie Bernard Shaw et qui souhaitait révolutionner la société mais… en douceur.

lui, mais qui connaissait probablement les visages de tous les habitués. Quand je vis un groupe de trois gentlemen s'apprêtant à traverser la rue, je me joignis à eux. Comme ils étaient pris par leur conversation, ils ne me remarquèrent pas et nous entrâmes tous quatre au club d'un pas décidé, sans éveiller les soupçons du portier. J'avançai dans le hall gigantesque, surmonté d'une coupole, avec une galerie circulaire à l'étage. Par où aller? Les messieurs avaient déjà disparu derrière une lourde porte capitonnée et j'hésitais à en faire autant. Je savais par papa qu'il pouvait y avoir dans certains clubs plusieurs salles de restauration, une bibliothèque, un fumoir, un billard, et même des chambres. Un domestique traversa alors le hall, avec un air de discrétion funèbre. Je l'arrêtai d'un simple signe.

Moi — Mr Shaw est-il là?

Le domestique — Je ne sais pas, monsieur. Faut-il se renseigner?

Moi — Je vous en prie. Et si vous le voyez, pouvez-vous…

Je tendis ma carte de visite et je sentis à son haussement de sourcils que le domestique se posait quelques questions à mon sujet.

Le domestique — Oui, monsieur. Si monsieur veut bien attendre…

Il me désigna un cercle de fauteuils inoccupés puis s'éloigna, tenant ma carte du bout de ses doigts gantés. J'attendis dix bonnes minutes et je commençais à penser que ma carte de visite avait fini en petits morceaux lorsque le domestique reparut.

LE DOMESTIQUE — Mr Shaw est au jardin d'hiver. Il attend monsieur.

Je le remerciai d'un signe de tête condescendant et me dirigeai avec autorité vers n'importe quelle porte, sur ma gauche.

LE DOMESTIQUE — À droite, monsieur. Le couloir et la deuxième porte à gauche. Puis tout droit.

Il était temps que je disparaisse de sa vue. Comme je n'avais rien retenu de ses explications, j'eus l'occasion de découvrir le vestiaire, les toilettes, puis le fumoir. Enfin, j'aperçus au bout d'un couloir une serre où, au milieu des palmiers et des fleurs, des gentlemen lisaient le journal, les pieds sur une chaise, somnolaient, le haut-de-forme incliné sur les yeux, ou buvaient du thé, le dos raide et le monocle à l'œil. Le silence était si parfait qu'on entendait les chants des oiseaux de l'autre côté de la verrière. Je reconnus immédiatement Bernard Shaw à son visage en lame de couteau, sa crinière, ses sourcils touffus, sa moustache et sa barbe. Je m'inclinai d'autant plus respectueusement devant lui que j'étais dans l'impossibilité d'ôter mon chapeau.

BERNARD SHAW — Je ne crois pas avoir l'honneur de vous connaître, Mr… (*consultant ma carte de visite :*) Mr Albert Tiddler?

MOI — Je ne pense pas, non…

Le gentleman qui lisait le *Times* à côté de nous tourna une feuille de son journal en poussant un soupir déjà excédé.

Mr Shaw se leva et me désigna la sortie. Il me conduisit à une sorte de cabinet de lecture où quelques fauteuils profonds étaient cernés de bibliothèques vitrées. Un triste jour entrait par la seule fenêtre aux verres dépolis. C'était peut-être la salle de réunion de la Société fabienne.

BERNARD SHAW, *s'asseyant* — Là, nous pourrons parler. Mettez-vous à votre aise, Mr Tiddler. Comme je le fais moi-même…

Ostensiblement, il posa son chapeau à terre, croisa les jambes et me dévisagea. Je m'assis et ôtai mon chapeau melon.

BERNARD SHAW, *sans la moindre surprise* — Eh bien, Miss Tiddler, que projetez-vous? D'enlever le Prince de Galles contre rançon ou de vous enchaîner aux grilles de Buckingham Palace pour exiger le droit de vote?

Il était très difficile de soutenir le regard sardonique de Mr Shaw et je dus baisser les yeux en marmottant que je souhaitais simplement parler théâtre.

MOI — Vous… vous allez dans soute… heu… sans doute… me prendre pour une folle…

BERNARD SHAW — Pourquoi pas, en effet? Il y a des fous partout, même dans les asiles. *(Se penchant brusquement vers moi pour ajouter:)* Que me voulez-vous? Et, par pitié, ne me dites pas que vous avez écrit une pièce et que vous rêvez qu'elle soit jouée!

Moi — Non, Mr Shaw, j'aime le théâtre, mais je dessine des lapins.

Bernard Shaw — Sage décision. La Nation a besoin de vos lapins.

Moi — Je voudrais vous demander, Mr Shaw, si vous êtes en train d'écrire une pièce en ce moment?

Bernard Shaw — Vous a-t-on dit que c'était mon métier?

Moi — En fait, je voudrais savoir s'il n'y aurait pas dans votre future pièce un rôle pour… pour un acteur que… qui est un ami de ma famille. Il est assez… assez connu. Mr Ashley? Kenneth Ashley. Il a joué récemment au théâtre de St James.

Bernard Shaw — Oui. Dans *De l'importance d'être Constant*. Je n'ai pas beaucoup aimé cette pièce de Mr Wilde. Elle est brillante, mais superficielle, elle manque d'humanité… Holà! Vous pouvez ranger les petits poignards qui vous sortent des yeux, Miss Tiddler. Ce qu'on vient d'infliger à Mr Wilde prouve aussi un manque d'humanité. Mais ceci nous éloigne de votre souci. Car vous vous faites du souci, n'est-ce pas? Pour Mr Ashley?

Je rougis en balbutiant que oui, que non, que c'était un excellent acteur, et un ami de ma famille, et que le récent scandale lui avait fermé les portes de certains théâtres.

Bernard Shaw — Kenneth Ashley m'a semblé assez doué, du moins pour un certain type de personnage… Et puis, c'est un ami de votre famille. C'est une chose à considérer. *(Sur le ton de quelqu'un qui s'informe :)* Mr Ashley sait-il que vous l'aimez à la folie ?

Moi — Oh, non !

Bernard Shaw — Il est idiot ?

Je ne pus m'empêcher de rire.

Bernard Shaw — Parfait. Vous êtes charmante quand vous vous détendez. Et cet habit masculin vous rend si troublante, chère amie…

Je commençais à trouver cet endroit bien solitaire et Mr Shaw bien entreprenant.

Bernard Shaw — Je ne sais pas si je vais pouvoir trouver un rôle dans la pièce que j'écris pour cet idiot d'Ashley…

Je jetai un regard noir à Mr Shaw.

Bernard Shaw, *d'un ton de reproche* — C'est la deuxième fois que vous m'assassinez, Miss Tiddler… Allons, je suis certain que nous pouvons trouver un terrain d'entente. Mais bien sûr, donnant donnant…

Il se rapprocha de moi jusqu'à faire se toucher nos genoux et je me reculai au fond de mon fauteuil, terrifiée.

Bernard Shaw — J'écris un rôle sur mesure pour Kenneth Ashley. Mais vous, de votre côté, pour me faire plaisir… *(un long silence :)* vous dédierez votre prochain livre à mon neveu. Il s'appelle Ernest.

Ainsi prit fin notre entretien. Mr Shaw me reconduisit jusqu'au hall du club et me donna sa carte à transmettre à Kenneth Ashley. Je sortis dans la rue, les jambes tremblant sous moi. Mr Lee Chong, en comparaison de Mr Shaw, ce n'était rien du tout.

Dès le lendemain, j'envoyai Gladys en éclaireuse au St Georges et le Dragon. Mr Ashley y avait repris ses quartiers, mais Gladys apprit de la bouche de la barmaid que le patron ne lui ferait pas longtemps crédit. Peu désireuse d'être de nouveau en butte aux facéties de mon ami le garçon de café, je me fis remplacer par Albert Tiddler. Je traversai la taverne avec des airs d'habitué et gagnai l'arrière-salle, là où se mêlaient comédiens, fils de bonne famille et filles de petite vertu. Mr Ashley était bien là, dans un des compartiments, buvant une bière en compagnie de l'Infortunée, qui me parut plus infortunée que jamais, dans sa robe criarde et avec son rouge artificiel. Je restai immobile, mécontent, à considérer Mr Ashley dans la scène 3 de l'acte IV, quand le mauvais sujet s'avère décidément un propre à rien. Mr Ashley dut se sentir observé, car il jeta un regard maussade dans ma direction. Avec un soupir, il revint à sa bière, tressaillit, et me regarda plus attentivement. Il fut bientôt l'incarnation même de la Stupéfaction.

KENNETH ASHLEY — Mmm... Miss? Miss Ttttt... iddler?

La surprise jointe à l'ébriété ne lui facilitait pas l'élocution. J'étais de plus en plus mécontent.

MOI — Peut-on vous parler?

Je fis un signe de tête qui signifiait : dehors! Mr Ashley

s'extirpa péniblement de son banc et m'escorta jusqu'à la rue, la démarche un peu chancelante.

KENNETH ASHLEY — Qqqqq… que vous est-il arrivé ?

MOI — Ce qui arrivera aux femmes, si j'en crois Mr Shaw.

KENNETH ASHLEY — ?

MOI — Je m'émancipe.

KENNETH ASHLEY, *abasourdi* — En effet.

MOI — Je sais que vous n'appréciez pas mes conseils…

KENNETH ASHLEY — Ssssi, jjjjje… j'en raffole.

MOI — Mr Shaw peut vous proposer un rôle dans sa prochaine pièce. Si vous êtes à jeun.

Je sortis la carte de Bernard Shaw et la mis sous le nez de Mr Ashley.

Il la prit et la regarda longtemps, jusqu'à ce qu'une vague lueur d'intelligence éclairât son visage.

KENNETH ASHLEY, *me montrant la carte* — Sss… c'est la carte de Mr Shaw. Vous savez ? L'auteur.

MOI — Non ? Vous croyez ? *(Contenant ma fureur :)* Allez cuver votre bière et saisissez votre chance si vous en êtes encore capable ! « Ce ne sont pas les heures qui sont précieuses, ce sont les minutes. » Oui, c'est de Bernard Shaw. Le bonjour, Mr Ashley.

Dès que mon nouveau livre *Un toit pour Small Rosa* sortit des presses de l'imprimerie, j'en envoyai plusieurs exemplaires à Mr Shaw. J'avais rempli la part de notre contrat.

Peu après, je reçus de Mr Shaw la lettre suivante :

Mon cher Albert,
Mon neveu délire de joie depuis que je lui ai remis Un toit pour Small Rosa *et m'a fait part de sa ferme intention de vous épouser.*

Votre idiot est passé me voir la semaine dernière et m'a montré douze façons différentes de dire «je vous aime» à la potiche de mon salon. Méfiez-vous. C'est un grand acteur.

J'obtins quelques précisions supplémentaires par Mrs Carter. Son illustre parent s'entendait fort bien avec Mr Ashley : celui-ci serait le principal interprète masculin de la pièce qui serait jouée au théâtre de l'Avenue et dont le titre était *Une femme moderne.*

Mrs Carter — Et les trois actrices seront les trois anciennes maîtresses de Kenneth Ashley, Rosamund Blackmore, Mlle d'Estivelle et Nancy Vanburg ! Mr Shaw trouve ça «gentil» et, d'après ce qu'il m'a dit, il y en a une quatrième en lice… Ces comédiens, tout de même !

La première de la pièce fut annoncée pour le 13 février 1896. Les anciens collègues de Mr Ashley, les comédiens du théâtre de St James, avaient réservé des places à la galerie, et Mr Shaw redoutait leurs sifflets au moindre fléchissement de la pièce ou de Kenneth Ashley. La veille de la première, je me sentis fébrile, mais je me refusai à faire venir le Docteur Piper. Je devais tenir bon jusqu'au lendemain soir et assister à la chute ou à la résurrection de Mr Ashley.

Je me souviens que le temps était exécrable ce 13 février. La pluie tombait en rafales cinglantes, et le directeur du théâtre de l'Avenue craignit que les spectateurs ne fussent pas au rendez-vous. Quand j'arrivai, claquant des dents sans savoir si c'était de fièvre ou de froid, la salle était à demi remplie. La pièce avait changé de titre, comme c'est souvent le cas. Elle s'appelait désormais *On ne peut jamais dire*.

MRS CARTER — Mais ça parlera tout de même de la femme moderne.

LYDIA HOWITT, *ricanant* — Et qu'est-ce que c'est, une «femme moderne»?

MRS CARTER — Mais… c'est une femme qui ne se marie pas pour rester indépendante et qui gagne sa vie.

MOI — En somme, je suis une femme moderne.

LYDIA HOWITT, *ricanant toujours* — C'est une autre appellation de la vieille fille, voilà tout.

Je fus décontenancée quand le rideau se leva et que j'aperçus Mr Ashley sur scène. Il s'était rasé pour interpréter le dentiste de l'histoire, un jeune gentleman pas encore fixé et à la recherche d'aventures distrayantes. J'hésitai à savoir qui était la «femme moderne» selon Mr Shaw. Était-ce la mère divorcée, interprétée par Rosamund Blackmore, ou la fille élevée dans le culte de l'indépendance, jouée par Nancy Vanburg? Bien sûr, le dentiste, Valentin, s'éprenait au premier coup d'œil de la fille, Gloria Clamdon, laquelle était aussi peu avertie des choses de l'amour que je l'avais été moi-même. Moderne, certes, mais ne sachant rien de l'Homme et de ses ruses de chasseur.

Dès que Mr Ashley était sur scène, le miracle que j'avais déjà constaté se reproduisait. Toute la salle comble était suspendue à ses lèvres, à ses gestes, et lui-même semblait un fildefériste au bord du vide, pirouettant sur les mots avec grâce.

GLORIA — J'espère que vous n'allez pas être assez fou… assez vulgaire… pour parler d'amour.

VALENTIN-ASHLEY — Non, non! Pas d'amour! Nous savons à quoi nous en tenir là-dessus. Appelons cela de la chimie. Nous ne pouvons nier qu'il existe une chose comme l'action chimique, l'affinité chimique, la combinaison chimique : la plus irrésistible de toutes les forces naturelles. Eh bien, voilà, vous m'attirez irrésistiblement. Chimiquement.

Puis, après avoir fait rire la salle, Mr Ashley lui ravissait son cœur.

GLORIA — Si vous étiez vraiment amoureux, cela ne vous rendrait pas fou. Cela vous conférerait de la dignité! De la beauté, même.

VALENTIN-ASHLEY — Croyez-vous vraiment que cela me rendrait beau? *(Gloria lui tourna le dos.)* Ah, vous voyez que vous n'êtes pas sérieuse. L'amour ne peut donner à nul homme de nouveaux dons. Il ne peut qu'accroître les dons qu'il a de naissance.

GLORIA, *se retournant brusquement* — Quels dons avez-vous de naissance, je vous prie?

VALENTIN-ASHLEY — La légèreté de cœur.

GLORIA — Et la légèreté de tête, et la légèreté de caractère, et la légèreté de tout ce qui fait un homme.

VALENTIN-ASHLEY — Oui, maintenant, le monde entier est comme une plume dansant dans la lumière. Et Gloria est le soleil... Le bonjour, Miss Clamdon!

Mr Ashley sortit de scène gaiement, laissant Gloria plantée au milieu de la pièce, le regardant s'éloigner... et le regrettant déjà.

GLORIA, *de toute la force de ses poumons* — Idiot!

Il n'y eut pas un sifflet au baisser du rideau. Mr Ashley avait gagné la partie et Bernard Shaw triomphait.

Je fus très malade pendant toute une semaine et le Docteur Piper craignit même un transport au cerveau.

GLADYS — Vous arrêtiez pas de traiter tout le monde d'idiot... Et au fait, y a M'sieur Ashley qu'est passé pour avoir de vos nouvelles. Il avait l'air drôlement embêté.

MOI — Et c'est tout?

GLADYS — Ah non, il a laissé un mot pour vous.

C'était une carte de visite qui portait ces quelques mots griffonnés au verso:

Kenneth Ashley a suivi le conseil de Miss Tiddler comme d'habitude, il lui en est profondément reconnaissant et bla bla bla.

Kenneth Ashley doit ABSOLUMENT parler à Miss Tiddler et le plus tôt sera le mieux.

La curiosité m'aida sans doute à recouvrer la santé. Que voulait me dire Mr Ashley, pourquoi était-ce si pressé ?

Kenneth Ashley passa à notre maison le 27 février. Oui, c'était le 27 février après-midi. J'étais encore faible et je dus m'accrocher à la rambarde de l'escalier pour descendre au salon.

MOI — Mr Ashley... C'est gentil à vous de visiter les malades !

KENNETH ASHLEY, *avec une grimace* — N'est-ce pas ?... Quelle mauvaise mine vous avez ! Et cette robe chiffonnée ! Vous dormez avec ? Vous avez un talent particulier pour vous enlaidir.

MOI — Merci. C'était ce que vous deviez ABSOLUMENT me dire ?

KENNETH ASHLEY — Pas du tout. Je suis venu vous demander en mariage.

Il me sembla recevoir un coup de faux à hauteur des genoux.

Je m'agrippai au dossier du fauteuil.

KENNETH ASHLEY, *renfrogné* — Mais je ne procède pas dans l'ordre. Pourquoi me bousculez-vous ? Je devais d'abord vous dire que je vous aime. Oui, oui, asseyez-vous. J'en ai pour un moment.

Moi, *m'asseyant* — À quoi jouez-vous, Mr Ashley?

Kenneth Ashley — C'est la scène finale de l'acte IV, Miss Tiddler. *(Braillant soudain :)* Je n'en peux plus! Il donna un coup de pied au canapé.

Kenneth Ashley — Je vous aime depuis… depuis une éternité de temps. J'ai essayé de vous le dire vingt fois. Oh, je sais! Nous ne sommes pas du même monde. Je n'ai reçu qu'une éducation bâclée et, à part des dettes, je n'ai rien à mon actif. Vous, vous avez reçu une instruction raffinée au milieu des crapauds et des souris. Parce que, en plus, vous êtes folle! Voilà, j'aime une fille complètement folle. Vous me terrifiez, Miss Tiddler. Vous êtes terrifiante!

Moi — «Un homme se décrit toujours inconsciemment quand il décrit quelqu'un d'autre.»

Kenneth Ashley — Ah?

Moi — C'est de Mr Shaw.

Kenneth Ashley — Mettons. *(Donnant un nouveau coup de pied au canapé :)* Je ne sais plus où j'en étais.

Moi — À «terrifiante».

Kenneth Ashley — Oui, c'est cela. Vous me terrifiez. Et vous m'obsédez depuis des années. Et maintenant, je ne peux plus faire un pas sans voir vos lapins en vitrine, vos souris sur du papier peint, vos tortues sur des verres à pied! C'est un cauchemar… Ne riez pas, Miss Tiddler. J'ai acheté toute la collection de vos livres. Par parenthèse, le marié, dans *Le Mariage de Miss Tutu*, me ressemble diablement. Miss Tiddler, dites-moi que vous m'aimez !

Moi — Mr Ashley, n'avez-vous pas été amoureux de Lydia Bertram, d'Ann Bertram, de Rosamund Blackmore, de Mlle d'Estivelle, de Nancy Vanburg ?

Kenneth Ashley, *désinvolte* — Il fallait bien que je m'occupe à quelque chose.

Moi — Vous n'avez pas eu l'intention d'épouser mes cousines ?

Kenneth Ashley — Les deux ? Vous savez ce que m'a dit Mr Shaw l'autre jour ? « Un bigame est un homme qui a une femme de trop. Un monogame aussi. »

Moi — Très amusant. Mais qui ne plaide pas en faveur du mariage. D'ailleurs, « le bonheur d'un homme est fonction des femmes qu'il n'a pas épousées ».

Kenneth Ashley — C'est de Shaw ?

Moi — C'est de Wilde.

Kenneth Ashley — Mettons… C'est incroyable ce que votre conversation peut être décousue. Où en étions-nous ?

Moi — À vos maîtresses, peut-être.

Kenneth Ashley, *avec une grimace* — Je ne veux pas de ce mot dans votre bouche. J'ai fait des sottises, Miss Tiddler. Mais elles ne peuvent vous atteindre. Vous êtes… à part. *(Geignard :)* Vous ne voulez vraiment pas m'aimer ?

Moi — Mais si, bien sûr.

KENNETH ASHLEY — Vous ?… Qu'est-ce que vous venez de dire ?

MOI — Que je vous aime ? Mais la Terre entière est au courant. Mes lapins et mes souris le disent, Lord Snob le dit, le marié dans *Le Mariage de Miss Tutu* le dit. Le problème n'est pas là.

KENNETH ASHLEY — Ah bon ? Et où est-il alors ?

MOI — Mais le problème, c'est vous. Comment vous faire confiance ? Vous avez le caractère le plus inconsistant que je connaisse, vous vous laissez influencer, vous flanchez à la moindre difficulté, vous cédez aux tentations, et vous êtes maussade, colérique…

KENNETH ASHLEY — Je sais, je sais, Miss Tiddler, mais «chaque fois que, le soir, je pense à mes défauts, je m'endors tout de suite». *(En manière d'excuse :)* C'est de Wilde.

Il s'agenouilla devant moi, posa la tête sur mes genoux, puis sauta de nouveau sur ses pieds, toujours étrangement agité.

KENNETH ASHLEY — Charity, vous êtes ma Volonté. Est-ce que je n'ai pas toujours fait ce que vous me demandiez, est-ce que je n'ai pas toujours suivi vos conseils ?

J'étais fatiguée de lutter. Depuis tant et tant d'années. Je fermai les yeux.

KENNETH ASHLEY — Vous êtes souffrante… Et moi qui vous tourmente ! Pardonnez-moi… Mais tout de même…

Il s'agenouilla de nouveau.

Kenneth Ashley — Même si vous ne voulez pas de moi pour mari, même si je ne suis pas digne de vous, dites-moi... *(À l'oreille :)* Depuis quand m'aimez-vous?

Moi, *les yeux fermés* — Depuis le jour où vous avez voulu jouer à snap dragon.

Kenneth Ashley — À... snap dragon? Mais ça fait un moment que je n'y joue plus.

Je rouvris les yeux et je vis la scène comme si elle se déroulait devant moi.

Moi — Vous êtes entré dans le salon des Bertram, tout saupoudré de neige, les joues rouges, les yeux si brillants. Un démon. Vous avez dit: «On va jouer à snap dragon!»

Kenneth Ashley, *atterré* — Mais il y a au moins... douze ans de cela.

Moi — Quinze.

Kenneth Ashley — Nom de Dieu!

Il me prit la main, la retourna, l'embrassa. Je n'avais plus la force de lui résister.

Kenneth Ashley — Votre père est là?

Moi — Au premier étage, dans son bureau.

Kenneth Ashley — M'autorisez-vous à lui demander votre main?

Moi, *lui souriant* — Vous l'avez déjà prise, il me semble... Mais réfléchissez encore. «On compare souvent le mariage à une loterie. C'est une erreur, car, à la loterie, on peut parfois gagner.»

Kenneth Ashley — C'est de Wilde ?

Moi — C'est de Shaw.

Kenneth Ashley — Eh bien, c'est idiot.

Il se releva, brossa son pantalon, se donna un coup de peigne devant le miroir, et son reflet me fit une dernière grimace.

Kenneth Ashley — Et maintenant, allons voir Beau-papa.

Rarement demande en mariage fut plus mal accueillie. Papa fut plusieurs semaines avant d'admettre qu'il ne s'agissait pas d'une plaisanterie. Quant à maman, elle m'adjura de ne plus jamais lui en parler si je voulais la conserver en vie. Les King furent consternés, leur Tante Cherry avait dû attraper un coup de lune. Pour Mrs Carter, Kenneth Ashley était un affreux coureur de dot, ce que ma cousine Ann s'empressa de confirmer. N'avait-il pas essayé pendant des années de l'épouser en comptant sur l'argent de Sir Philip ? Quant à Lydia, elle raconta partout que, lorsque j'étais enfant, je poursuivais le jeune Kenneth dans les coins sombres pour le forcer à m'embrasser. La rumeur qui domina les autres fut que Mr Ashley se vendait à une demoiselle dont personne n'avait voulu, mais qui était richissime, et Tante Janet ne put s'empêcher de penser que tout cela ne serait pas arrivé si j'avais appris le tricot. Seuls Blanche et Ulrich m'ouvrirent grand leurs (trois) bras.

Herr Schmal — Alors, c'est le brigand ? Je l'aurais parié! Le jour où vous m'avez dit que vous aviez remis cinquante livres à cet Ashley, j'ai pensé: «Pour que Miss Charity, qui aime tant l'argent, ne lui ait pas demandé de reçu, c'est qu'elle en est amoureuse.»

BLANCHE ET MOI — Oh!

ROSE — Moi aussi, mon mari sera un brigand quand je sera grande.

NOËL, *féroce* — Serai. Rai. Rai.

Comme il n'est pas de tempête qui ne finisse par s'apaiser, les commérages cessèrent peu à peu, et papa consentit à mon mariage. Il eut lieu au mois de juin, le meilleur des mois, et à Dingley Bell, le meilleur des endroits. Mon filleul Noël, qui avait un grand sens de sa dignité, refusa de porter ma traîne, et, comme j'avais le sens de la mienne, j'en profitai pour renoncer à la traîne. Mrs Carter m'offrit cinq demoiselles d'honneur d'un coup et me promit une «surprise». Tous les King, les parents, les enfants, les petits-enfants acceptèrent de bon cœur mon invitation et Alfred King me promit, lui aussi, une «surprise». Lady Bertram, ma marraine, ne pouvait faire autrement que de «m'assister ce jour-là», comme elle me le dit du bout des lèvres. Et finalement, la curiosité l'emportant sur la désapprobation, tout le monde accepta mon invitation, Ann et Lydia, Sir Howitt et son frère Eustache, Tante Janet, les demoiselles Gardiner, les Summerhill, le Révérend Donovan, le Docteur Piper, Mr Tulkinghorn, Mr Brooks, Johnny Johnson, Mathew Pattern, Frederick Anderson et leurs épouses, Sally, Nelly, Molly Brown et leurs maris et, bien sûr, la mère de Kenneth et Mister Smith, son beau-père. Rosamund Blackmore, Viviane d'Estivelle et Nancy Vanburg, que je n'avais pas personnellement invitées, dirent à Kenneth Ashley qu'elles ne «manqueraient pas ça»… Gladys me soutint pendant tous ces jours difficiles, et notamment pendant les séances d'essayage chez la couturière. La blancheur du tulle faisait ressortir mon teint de pruneau et le décolleté ne laissait rien ignorer de ma solide carrure.

GLADYS, *philosophe* — C'est juste une journée à passer, Miss.

Ce fut la journée du 21 juin 1896.

Nous avions décidé, Kenneth et moi, de nous rendre ensemble de Dingley Bell jusqu'à l'église dans la carriole tirée par Néfertiti. Il m'attendait donc au bas de l'escalier quand je descendis dans ma robe de mariée. Il transforma habilement sa grimace en sourire.

MOI — Si vous souhaitez vous rétracter, c'est encore possible maintenant, Mr Ashley.

KENNETH ASHLEY — Je vois bien que vous essayez de me décourager.

MOI, *un peu désarçonnée* — Je suis vraiment laide? On me le disait souvent quand j'étais petite…

KENNETH ASHLEY — Disons que le blanc ne vous avantage pas.

Il m'attrapa brutalement par les épaules et m'embrassa comme il ne l'avait encore jamais fait.

GLADYS — Holà, M'sieur Ashley, vous allez tout la froisser!

KENNETH ASHLEY, *m'offrant son bras* — Un peu de dignité, voyons, Miss Tiddler.

Je relevai délicatement le bas de ma robe de trois doigts gantés et sortis au jardin où Keeper attendait pour m'adresser ses félicitations. Il bondit sur moi et posa avec fougue ses pattes sales sur le satin blanc. Kenneth le chassa d'un coup de pied, mais le mal était fait. Tandis que Gladys m'aidait à réparer les dégâts, Mr Ashley me demanda si j'avais l'intention de lui imposer Cookie comme garçon d'honneur, car mon canard s'était affectueusement attaché à ses pas.

Enfin, nous réussîmes à quitter Dingley Bell, Ned faisant office de cocher, la cocarde blanche épinglée à son haut-de-forme. Mais je n'avais pas prévu que les enfants du village nous fourniraient une escorte et nous suivraient jusqu'à l'église aux cris de «Vive la mariée!». Notre arrivée fut donc plus pittoresque que protocolaire et la «surprise» de Mrs Carter n'arrangea pas les choses. Mes cinq demoiselles d'honneur avaient fait couper leur robe dans un tissu imprimé de petites Miss Tutu. Mr Ashley les embrassa toutes les cinq et, dans son élan, embrassa aussi ses amies comédiennes, qui m'examinaient d'un air critique. Du reste, toute la noce semblait se jauger, les King regroupés et vaguement hostiles, mes cousines ricanant avec leur coterie, maman sanglotant entre Miss Dean et Mrs Summerhill et répétant qu'elle avait toujours su que cela finirait mal. Néanmoins, ce qui devait se faire se fit. J'entrai à l'église au bras de papa et en ressortis au bras de mon mari.

Je n'ai aucun souvenir de ce que nous mangeâmes, peut-être parce que je ne pus rien manger. Mais je sais qu'au dessert, Mr Alfred King nous offrit sa surprise. Toutes les assiettes que les serveurs apportèrent étaient décorées de Lord Snob et de Small Rosa. Et quant à la pièce montée, elle était couronnée d'un Master Peter en sucre filé. Kenneth se leva d'un bond et leva le verre en ma direction.

KENNETH, *théâtral* — Ce n'est pas une femme que j'épouse, c'est un empire commercial! Et j'en suis très fier.

Les jumeaux King furent les premiers à rire et Herr Schmal fit applaudir l'assemblée.

ROSE — Pourquoi le vrai Master Peter, il n'est pas là? C'est sa fête aussi.

EDMUND — On peut aller le chercher, Miss Charity… heu… Mrs Ashley?

LES PETITS SCHMAL, LES PETITS CARTER ET LES JEUNES KING
Master Peter! Master Peter!

MOI — Mais Cookie sera jaloux.

NOËL — On peut aller le chercher aussi…

Sans attendre de permission, il se leva, entraînant tous les autres enfants. C'est ainsi que Master Peter, Cookie, Petruchio, Tim Ticket, Zack le crapaud, Small Rosa et

Mademoiselle Désirée (Number Two) se retrouvèrent à la noce. Comme j'avais fait ouvrir la grille du jardin, les enfants du village se mêlèrent aux autres enfants et, pour distraire tout ce petit monde, Master Peter consentit à faire ses tours, tapa dans le tambourin, sauta au travers d'un cerceau, compta et dansa avec moi, fit le mort quand je fus le chasseur, puis désigna Eustache Howitt comme le petit garçon le plus gourmand de l'assemblée et Ann Bertram comme la petite fille la plus sage. Échevelée, ma belle robe piétinée, salie, froissée, n'ayant plus ni gants, ni voile, ni fleurs d'oranger, mais portée par le succès, je lançai Petruchio dans son répertoire. Et quand mon corbeau, l'œil mauvais, me déclara : «Je vous aime, mon amour, je vous aime», le rire le plus léger, le plus fou, le plus gai fut celui d'un certain Kenneth Ashley.

EDMUND CARTER, *me tendant la main* — Miss Charity… heu, Mrs Ashley… c'était le plus beau jour de ma vie.

MOI — Je crois que pour moi aussi.

Épilogue

Bernard Shaw a beau prétendre que « le mariage, c'est l'histoire d'un jeune homme et d'une jeune fille qui cueillent une fleur et reçoivent une avalanche sur la tête », j'attends toujours l'avalanche. Être mariée à une personne agitée m'a fait aller de l'avant et créer sans repos. J'ai inventé et illustré des dizaines et des dizaines d'histoires. Kenneth a joué à Londres, Paris et New York dans toutes les pièces de Bernard Shaw et, dès que ce fut possible, il a repris toutes les pièces d'Oscar Wilde, le faisant applaudir à titre posthume.

Nous avons certainement déçu la bonne société qui avait parié dans notre dos que Mr Ashley me tromperait avec des actrices et que je sombrerais dans la neurasthénie. Mrs Summerhill prétendit même que Mr Ashley était alcoolique et qu'il me battait jusqu'au jour où Kenneth se rendit à un thé de bienfaisance, en but deux litres et acheta cent mouchoirs brodés, ce qui permit d'une part de baptiser les derniers Papous idolâtres, d'autre part de compléter le trousseau de Gladys. Car Gladys Gordon a fini par se marier, ni avec un marchand de marrons, ni avec un cireur de chaussures.

GLADYS — Moi, j'ai pas de goût pour les jeunots.

Elle a donc épousé Ned, qui n'a que vingt ans de plus qu'elle. Ils sont tous deux restés à mon service et me volent dans des proportions raisonnables.

Est-ce que j'aime l'argent? comme me taquinait Herr Schmal. La règle du LSP a fait de moi quelqu'un d'indépendant. Une femme moderne? Les King, père et fils, ont bâti un royaume avec les produits d'attraction dérivés et je suis devenue riche. Avec mon argent, j'ai pu améliorer le sort des malades mentaux dans les hôpitaux, j'ai pu financer les recherches de Noël. Mon filleul est devenu un paléontologue, et bien plus fort que le Révérend Tomkins, il lui suffit de tomber sur une dent pour vous dire l'âge du dinosaure. C'est aussi un épouvantable célibataire qui tyrannise sa sœur et collaboratrice. Fort heureusement, Rose Schmal a épousé le charmant Edmund Carter.

ROSE — Et j'ai enfin découvert que je pouvais faire des fautes de grammaire sans qu'on m'incendie.
NOËL — Incendiât. Diât!

Je ne sais s'il vous importe de savoir que ma cousine Ann, ayant divorcé, a épousé Eustache Howitt, mais je vous le dis tout de même. Lydia a eu trois fils qui ont tous eu droit aux chaussons de laine jaune de Tante Janet. Papa a profité pendant quelques années de Dingley Bell, puis il est parti au paradis des pêcheurs à la mouche. Maman supporte très dignement son veuvage et a clairement l'intention, tout comme Petruchio, de tous nous enterrer. Master Peter, lui, est mort en s'étouffant dans un dernier hoquet. C'était un grand vieillard, mais toujours complaisant et de bonne humeur, et je l'ai beaucoup pleuré. Bien sûr, j'ai eu d'autres lapins, d'autres canards, d'autres souris. Et j'ai des dizaines de filleuls, et des milliers de lecteurs. Mais je n'ai pas eu d'enfant. Peut-être était-il écrit quelque part que je resterais la petite fille aux souris ? Je repense souvent à elle, qui vivait au troisième étage avec Tabitha pour seule compagnie. Je la revois qui traverse la sombre salle à manger, escortée de deux petits fantômes. Et puis je repense à vous, Madame Petitpas, à vous qui avez sauvé cette enfant de la folie, parce que, avec vos yeux comme deux grains de café, vos moustaches effrontées et la chaleur de votre corps, vous étiez tout simplement la vie, la Vie.